Dies ist die Geschichte der elfjährigen Derdâ, Schülerin auf einem ostanatolischen Internat, in dem eines Nachts ein Mädchen ums Leben kommt. Dies ist die Geschichte des elfjährigen Friedhofsjungen Derda, der in einer Behausung an der Instanbuler Friedhofsmauer lebt und den Tod seiner Mutter geheimhalten muss. Dies ist die Geschichte von Derdâ, die mit dem Anführer eines islamistischen Ordens verheiratet und nach London geschickt wird. Die zum Opfer männlicher Fantasien wird. Und die nur überlebt, weil sie sich die ihr fremde Sprache aneignet. Es ist die Geschichte zweier Menschen, deren Wege sich über die Literatur immer wieder kreuzen – und am Ende auch eine ganz besondere, weil außergewöhnliche Liebesgeschichte.

Hakan Günday, geboren 1976, studierte Französisch in der Türkei und in Brüssel, anschließend Politikwissenschaften in Ankara. Diplomatensohn, Bestsellerautor, Drehbuchautor, Provokateur, Enfant terrible der jungen türkischen Literatur. Seine Romane sind gleichermaßen Bestseller wie Kultbücher. Seine vielen Fans feiern ihn für seine politischen Kolumnen, seine öffentlichen Debatten und dafür, dass alles, was er tut, aus dem Rahmen fällt. Für seinen Roman »Flucht« wurde er in Frankreich mit dem renommierten Prix Médicis étranger ausgezeichnet, den vor ihm u.a. Orhan Pamuk, Paul Auster, Philip Roth erhalten haben.

Hakan Günday

Extrem

Roman

Aus dem Türkischen
Von Sabine Adatepe

btb

Die türkische Originalausgabe erschien 2011 unter dem Titel »Az« bei Doğan Kitap, Istanbul.

Der Verlag weist ausdrücklich darauf hin, dass im Text enthaltene externe Links vom Verlag nur bis zum Zeitpunkt der Buchveröffentlichung eingesehen werden konnten. Auf spätere Veränderungen hat der Verlag keinerlei Einfluss. Eine Haftung des Verlags ist daher ausgeschlossen.

MIX
Papier aus verantwortungsvollen Quellen
FSC® C014496
FSC www.fsc.org

Verlagsgruppe Random House FSC® N001967

1. Auflage
Deutsche Erstveröffentlichung August 2016

Neumarkter Str. 28, 81673 München
Umschlaggestaltung: semper smile, München
Umschlagmotiv: © Shutterstock/grop; jumpingsack
Druck und Einband: GGP Media GmbH, Pößneck
UB · Herstellung: sc
Printed in Germany
ISBN 978-3-442-71401-8

www.btb-verlag.de
www.facebook.com/btbverlag
Besuchen Sie auch unseren LiteraturBlog www.transatlantik.de!

für Nevzat Çelik

Wir sind nicht viele, das ist sicher
Auf Seiten der vielen sind wir nicht
Auf Seiten der vielen werden wir niemals sein

Die zwei Voraussetzungen des Widerspruchs,
Nevzat Çelik

Derdâ

Sie war sechs, und mit sechs sollte sie sterben. Sie schlotterte vor Angst, außerstande, die Augen von dem Käfer zu lösen. Sie starrte zur Decke, weit wie ein Sonnenblumenfeld, sah aber nur ihn, den Käfer, nicht größer als ein Sonnenblumenkern. Den Käfer mit wimpernzarten Fühlern und Härchen an den spitzen Beinen wie Manschetten. Der Körper reglos, ein pechschwarzer Fleck auf dem Beton, den der Schummer in dunkles Grau tauchte. Von gleicher Farbe waren auch die vor Angst tränenden Augen des kleinen Mädchens.

Sie krallte die schwitzenden Handflächen in die bis unters Kinn gezogene Bettdecke. Wann würde ihr der Käfer aufs Gesicht fallen? Sie lag oben auf einem Etagenbett ohne Leiter. Kein halber Meter trennte sie von der Zimmerdecke. Sie würde einschlafen und im Schlaf den Mund öffnen, der Käfer würde sich fallenlassen und ihr zwischen die Zähne krabbeln. Oder er würde erst auf die Bettdecke purzeln, einen Augenblick hocken bleiben und, sobald der Hunger ihn trieb, die Füße auf ihr kleines Gesicht setzen, in eines ihrer Nasenlöcher klettern und anknabbern, was ihm vors Maul kam. Für eine Sekunde reckte sie den Kopf nach rechts und versuchte abzuschätzen, wie weit sie vom Boden entfernt war. Dafür reichte eine Sekunde aber nicht aus. Sie hatte den Boden nicht deutlich erkennen können, doch um den Käfer nicht aus den Augen zu verlieren, richtete sie den Blick wieder zur Decke.

Schon früher hatte sie Käfer gesehen. An den Wänden ihres Zuhauses und in anderen Häusern. Eigentlich hatte sie an der Wand eines jeden Hauses, das sie betrat, mindestens einen Käfer entdeckt. »Die kommen vom Bach her«, hatte ihr Vater gesagt. Auch größere Käfer hatte sie gesehen, die, vom Bach hergekommen, zur Decke emporkletterten, dann aber dem eigenen Gewicht zum Opfer fielen und auf den Ofen stürzten. Ebenso winzig kleine, klein wie die Läuse, die schuld daran waren, dass man ihr den Kopf schor. Sie hatte welche gesehen, die fluchtartig in Mauerritzen verschwanden, und solche, die unter Zuckerrübensäcken seelenruhig darauf warteten, getötet zu werden. Ratten hatte sie gesehen. Und einmal sogar einen Wolf. Einen Wolf, hundertmal größer als der Käfer, der jetzt zur Tat entschlossen war. Gefürchtet aber hatte sie sich vor keinem. Vor keinem hatte sie gezittert, geschweige denn geweint. Denn bei keinem war sie allein gewesen. Auch jetzt war sie nicht allein. Mit dem Mädchen unter ihr lagen fünfunddreißig Kinder im Raum. Doch die zählten nicht. Denn sie kannte keines beim Namen, und jetzt war es zu spät, danach zu fragen. Sie schliefen. Sie konnte ihre Schlafgeräusche hören. Konnte hören, wie ihnen der Atem gegen die verstopften Nasen ploppte und durchkrachte. Schnarchende Mädchen wälzten sich von einer Schulter auf die andere, wendeten die Kissen unter den Köpfen, um sich an die kühle Seite zu schmiegen, kratzten an einem Bein mit der Ferse des anderen und kümmerten sich kein bisschen um den Käfer.

Sie musste fliehen. Musste aus dem Bett steigen, bevor der

Käfer auf sie herabfiel. Nur wie? Da war keine Leiter! Beim Hinaufklettern hatte das Mädchen unter ihr nachgeholfen. »Beim nächsten Mal schaffst du das allein!«, hatte es geraunzt, das grantige Mädchen.

Mit einem Ruck zog sie sich die Bettdecke über den Kopf. Als die stachligen Fasern der mit den Jahren steif gewordenen Decke sie in die Wange piekten, ging ihr auf, welch schweren Fehler sie gemacht hatte. Denn sie konnte den Käfer nicht mehr sehen. Dabei war er noch da. Dinge, die man nicht sah, verschwanden ja nicht einfach. Welchen Sinn hatte es, sich zu verstecken, wenn man den Feind nicht im Blick behielt? Die Gefahr war jetzt umso größer. Der Käfer konnte tun und lassen, was er wollte, niemand würde auch nur davon erfahren. Er stand ja nicht mehr unter Beobachtung.

Schweißperlen bildeten sich auf ihrem Gesicht. An den Schläfen blühten Wasserpusteln auf. Ihr Atem überholte ihren Herzschlag. Sie würde sich retten. Sich vor diesem Käfer retten! Würde aus der Einsamkeit ausbrechen. Sie würde einen Weg finden. Einen Weg, aus dem Bett zu steigen. Es musste einen Weg geben. Nur einen. Sie brauchte nicht lange zu suchen. Wählte den kürzesten aller Wege, nahm die Abkürzung »Komme, was da wolle«. Mit der linken Hand stieß sie die Bettdecke zurück, mit der rechten zog sie sich an den Rand. Sprang in die Richtung »Wohin auch immer«.

Als ihre Stirn den Betonboden berührte, klang es wie ein einsames Klatschen. Dass ihr Genick brach, vernahm aber niemand. Ihr Herz, das bis dahin wie ein Kolibri geflattert hatte, blieb beim Aufschlag stehen. Sie war sechs Jahre alt. Der Riss in der Decke, den sie in Schummer und Furcht für einen Käfer gehalten hatte, war nur ein Jahr älter als sie. Seit sieben Jahren saß er da, und seit sieben Jahren ähnelte er einem Käfer, wenn das Licht erlosch. Auf dem Korridor musste die Glühbirne brennen und die Tür zum Saal offen stehen, damit die Härchen an seinen Beinen sichtbar wurden.

Derdâ hörte es klatschen und öffnete die Augen. Sie sah den geknickten Nacken des Mädchens am Boden. Sein Gesicht lag im Finstern verborgen, und doch erkannte sie es. Es war das Mädchen, dem sie wenige Stunden zuvor mit strengem Blick bestimmt hatte: »Du schläfst oben!« Sie hatte ihm beim Hochklettern geholfen, hatte an den Beinen nachgeschoben, um anschließend zu drohen: »Nur ein Ton von dir, und ich schneide dir die Zunge ab!« Gebrüllt hatte sie das, damit alle es mitbekamen. Nun lag das Mädchen am Boden. Gleich neben ihr. Offensichtlich aus dem Bett gefallen. Gesprungen sein konnte es ja wohl kaum.

Sie zog die Hand unter dem Kissen hervor, streckte sie aus und berührte das Mädchen am Arm. Sie rüttelte es sogar an der Schulter, die sie mit den Fingern zu fassen kriegte. Sie hob den Kopf und spähte durch die Eisenstangen des Bettgestells in den Saal. War jemand aufgewacht? Kein angehobener Kopf zu sehen. Sie war beruhigt. Vorsichtig schlüpfte sie aus dem Bett und kniete sich neben das Mädchen. Sie fasste es, das leicht wie eine Katze war, bei den Schultern und drehte es um. Das kleine Gesicht war blutüberströmt. Derdâ schaute sich erneut um. Sicher, dass immer noch alle schliefen, begann sie zu weinen. Mit der Unterlippe zwischen den Zähnen verschloss sie sich den Mund, schluchzte so leise, dass niemand davon erwachte.

Die Kleine, die sich aus Angst vor einem nicht existenten Käfer vom oberen Bett hinabgestürzt hatte, kam aus Yatırca.

Aus dem Dorf der Dorfschützer. Dem Dorf der Verräter. Aus Yatırca, dem Agentendorf, wie die Kinder es nannten, Yatırca, dem Hurensohn. Leuten aus Yatırca zu helfen war verboten. Selbst wenn sie tot waren, reichte man ihnen nicht die Hand. Deshalb holte Derdâ in jener Nacht weder den diensthabenden Lehrer, noch tat sie sonst etwas. Sie weinte nur. Dann löste sie sich behutsam von dem Körper des Mädchens und kroch ins Bett zurück. Sie stammte selbst aus Yatırca. Es hatte sie vier Jahre gekostet, die vierhundertdreißig Kinder in der Schule diese Tatsache vergessen zu machen.

Die Bettdecke, die links über die Matratze ragte und mit einem Zipfel den Boden berührte, schien ihr im Dunkeln wie ein Segel. Das Bett wie ein Boot. Ein Boot, das durch die Nacht segelte. Sie hatte so etwas in einem Bilderbuch gesehen, einem Buch mit blauem Meer. Einem Buch, durch das schneeweiße Segel an den Masten bunter Boote schwebten. Einem Buch, in dem kleine Mädchen in gelben Regenmänteln zum Horizont blickten und lächelten. In dem alle Mädchen glücklich waren. Nur ein Buch. Ein dummes Buch. Das dümmste und verlogenste Buch der Welt! Denn solche Mädchen gab es in der Wirklichkeit nicht. Gäbe es sie, hätte man Fotos von ihnen auf den Seiten abgedruckt und keine Tuschebilder.

»Gott, lass mich bitte im Traum sterben«, murmelte sie.

»Im Schlaf«, wollte sie korrigieren, doch da war das Boot, in dem sie lag, schon still im Schlaf versunken. Sie war elf Jahre alt. Zehn plus eins.

*

»Der Bastard aus Yatırca ist krepiert!«

Sie war aufgewacht. Wohin ihr Schlaf auch entschwunden sein mochte, sie hätte ihr Leben gegeben, ihm folgen zu können. Sie war aber zum Hören verdammt.

»Runtergefallen ist sie, hat sich den Kopf aufgeschlagen! Und die blöde Derdâ schläft immer noch! Wach auf! Wach endlich auf!«

Sie erkannte die Stimme. Nazenin hieß ihre Besitzerin. Vor sechs Jahren war ihr Vater umgebracht worden. Erschossen beim Überfall auf eine Gendarmeriestation. Die ganze Kreisstadt war auf der Straße gewesen, um seinen Leichnam einzufordern. Ebenso schnell hatten sich alle wieder verkrochen, als die Panzer des Sondereinsatzkommandos durch die Gassen rollten. Rechenschaft für den nicht freigegebenen Leichnam zu verlangen blieb der Organisation überlassen. Die wartete die Nacht ab, bevor sie ihre Raketen abfeuerte. Seltsamerweise trafen sie zuerst das Haus von Nazenin, gleich neben der Kreiskommandantur der Gendarmerie. Ein kleiner Rechenfehler riss zwei Mauern des Hauses des Toten ein und zerfetzte einen Säugling in Windeln. Letztlich bekam niemand den Leichnam. Es gab gar keinen. Denn die Leiche des Mannes war in eine Höhle in der Nähe der attackierten Wache gestürzt und damit von der Natur übernommen worden. Der Kreisverantwortliche der Organisation entschuldigte sich dutzendfach bei Nazenins Familie, zahlte aber nur die Hälfte des versprochenen Blutgeldes. Die zweite Hälfte zahlte, wegen des Kredits, den die Familie genoss, weiterhin die lokale Bevölkerung. Mit dem bei der Ziraat-Bank aufgenommenen Kredit wurden die beiden Mauern restauriert und mit der Entschädigung, die man Jahre später als Terroropfer erhielt, wurden zwei Zimmer angebaut. Die älteste Tochter des Hauses, Nazenin, erhielt aufgrund des Respekts, der ihr gebührte, im Regionalinternat den Rang der Saalältesten. Dass es sich bei dem Wickelkind um ein Mädchen handelte, war, darin stimmten alle im Kreis überein, ein Segen, wurde so doch der Ausbruch einer Blutfehde verhindert.

Nazenins Rütteln brachte Derdâs Augenlider ins Rutschen und klappte sie auf.

»Deine Kleine aus Yatırca ist in der Nacht aus dem Bett gefallen. Steh auf, Lehrerin Yeşim will dich sehen.«

Sie sagte kein Wort, nickte nur. Als sie sich aufsetzte, berührten ihre Füße den Boden. Kaum gesetzt, riss sie die Fersen wieder hoch, hob den Kopf, sah Nazenin an, die vor ihr stand, und nahm den erwarteten Befehl entgegen.

»Mach das sauber!«

An ihren Sohlen klebte das Blut des toten Mädchens.

»Hatte ich dir nicht gesagt, die Kleine soll unten schlafen?!«

Yeşim war erst vor fünf Monaten an das Regionalinternat gekommen. Kaum hatte sie die auf zweiundzwanzigtausend Quadratmetern gegründete Schule erblickt, gingen ihre Füße rückwärts, und rückwärts rennen wollte sie, als sie erfuhr, dass für vierhundertdreißig Schüler nur vier Lehrer zuständig waren. Hätte sie nicht seit fünf Jahren darauf gewartet, an irgendeiner Schule eingesetzt zu werden, wäre ihr diese physisch durchaus heikle Art der Fortbewegung sicher gelungen.

»Ich rede mit dir! Hörst du mich?«

Warum nur arbeitete sie nicht an einer Schule, wo sie hätte sagen können: »Hol deine Eltern!« Die Eltern der Schüler an dieser Schule aber kamen meist mit AK-47ern in den Händen und fragten: »Kümmern wir uns gut um dich, Frau Lehrerin?« Machten klar, dass sie, wenn sie wollten, sich auch schlecht kümmern könnten. An dieser Schule gab es keine faulen, frechen, bösen oder nichtsnutzigen Kinder. An dieser Schule gab es Agenten als Lehrer, die den Kindern das Gehirn wuschen. Lehrer, über die es hieß: »Sie sind hier, um uns unsere Lieblinge zu entreißen!« Mit Unterricht in Sozialkunde, Mathematik und Türkisch, diversen Aufgaben und schriftlichen Tests wurden die Kinder gefoltert, die gefangen gesetzt worden waren, weil ihre Väter gegen den Staat kämpften. Was sollte ein Mädchen von vierzehn, das längst über das Heiratsalter hinaus war, mit einem männlichen Lehrer im Alter ihres potenziellen Ehemannes zu tun haben? Auch aus religiöser Sicht waren diese Schulen nicht statthaft. Doch welche Möglichkeiten hatte man schon? Die Organisation konnte ihre Leute nicht immer und überall schützen. Stand man dem Staat allein gegenüber, gab es kein Entrinnen. Da wurden die Kinder, die vor den Häusern aus reinlichem Kuhdung mit der Tollwut spielten, am Kragen gepackt und Yeşim in die Arme geworfen. Und sie öffnete ihre Arme. Griff schamlos nach Schultern und rüttelte sie.

»Derdâ, antworte mir! Ist dir klar, was du da getan hast?!«

Doch gab es eine Derdâ, die fähig gewesen wäre zu antworten? Gab es sie noch? Wie viel von Derdâ war vierzehn Jahre alt? Ihre Beine, ihre Nägel, ihre innen angenagten Wangen? Was an ihr war Kind? Die Haare, die ihr wie Dampf aus dem Zopf entwichen, ihre Fersen, die einfach nicht vernarben wollten?

»Schön, Derdâ, dann eben nicht. Geh jetzt in den Speisesaal, iss dein Frühstück. Wasch dir vorher Gesicht und Hände!«

Sosehr Derdâ Kind war, sosehr war die 26-jährige Yeşim Lehrerin. Sie nahm dem mageren Mädchen die Hände von den Schultern. In einem letzten Versuch legte sie ihr drei Finger unters Kinn und hob ihren Kopf. Vielleicht nützte es etwas, sie direkt anzuschauen. Hauskatze und Straßenkatze Auge in Auge, eine Handbreit voneinander entfernt. Es war Yeşim, die aufgab. Sieger waren Derdâs verschlossene Lippen.

»Mit dir rede ich später.«

Yeşim beobachtete, wie das kleine Mädchen hinter der Tür verschwand, dann öffnete sie die oberste Schreibtischschublade und angelte eine Schachtel Zigaretten heraus. Sie entnahm ihr das Feuerzeug und eine Zigarette, zündete sie an. Rauch verhüllte ihr Mund und Gesicht. Yeşims Augen tränten stärker. Ein paar Züge lang überlegte sie davonzulaufen. Dachte daran, das Gebäude zu verlassen, den Hof zu überqueren, die Eisenpforte zu durchschreiten, zum Dorf zu laufen, in den Minibus zur Stadt zu steigen und sich aus dem Staub zu machen. Wenige Züge später kehrte sie zurück. Drückte die Zigarette in den gläsernen Aschenbecher. Hielt sie für gelöscht. Doch nichts war gelöscht. Die gekrümmte Kippe glomm weiter. Sie versuchte es wieder. Und wieder. Ihre Fingerkuppen färbten sich schwarz. Asche schob sich unter die Fingernägel. Die Zigarette aber verlosch nicht. Yeşim kümmerte sich nicht weiter darum, schloss die Augen und begann zu warten. Auf das, was kommen würde. Ein Erdbeben, Feuer, eine Lawine, irgendeine Katastrophe. Irgendeine göttliche Bleistiftspitze, die unter alles einen Punkt setzte. Sie wartete. Und das Erwartete trat ein.

Ohne dass angeklopft worden wäre, ging die Tür auf, die zu klein für ihren Rahmen war. Nezih, der Stellvertreter des Rektors, erschien. Er streckte den bebrillten Kopf ins Zimmer und spähte zur jungen Lehrerin hinüber, die während der Dienstzeit mit geschlossenen Augen auf ihrem Stuhl saß.

»Yeşim Hanım, ist jetzt der Moment zum Schlafen?«

Die Augen klappten auf.

»Die Familie des Mädchens wird nicht kommen. Das Dorf ist zurzeit abgeschnitten. Wir legen sie vorerst in den Fleischschrank in der Küche. Bis die Gendarmerie da ist. Sie gehen am besten in den Speisesaal runter. Die Kinder sollten nicht ohne Aufsicht sein.«

Auch wenn diese keiner der erwarteten Katastrophen glich, war die Nachricht, das tote Kind solle im Fleischschrank aufbewahrt werden, deprimierend genug. Alles in Yeşims Brust verkrampfte sich. Bauch und Magen klammerten sich aneinander und mutierten zu Stein. Ihr Körper wurde schwer, als hätte sie ein Monument verschluckt. Wenn Nezih sah, dass sie nicht aufstand, würde er sie drängen. Das tat er.

»Yeşim Hanım, niemand kann es sich leisten, einfach abzuwarten. Kommen Sie schon!«

Aus dem Aschenbecher qualmte es noch immer. Yeşims Augen folgten dem Rauch, der sich verflüchtigte, je höher er stieg. »So verlieren Menschen sich also«, dachte sie. Mehr dachte sie nicht. Sie griff nach dem gläsernen Aschenbecher, schleuderte ihn Nezih entgegen. Die Tür wurde dem bebrillten, in den Gang flüchtenden Kopf zum Schild. Yeşims leere Hand packte einen schweren Locher. Er nahm denselben Weg wie der Aschenbecher. Dann folgten eine Stiftebox, ein Notizbuch und ein Wälzer von 500 Seiten. Als Letztes hoben die Prüfungsarbeiten vom Schreibtisch ab, flogen auf wie wilde Vögel. Stießen aneinander und stürzten ab. Durch Ritzen, die die Tür nicht schließen konnte, drang Nezihs Stimme ins Zimmer.

»Yeşim Hanım! Mädchen! Yeşim! Verdammt noch mal!«

Das ganze Zimmer hörte es, nur Yeşim nicht. Ihr Blick fiel auf ein Schreibtischset, ein Geschenk ihrer Mutter. Füllfederhalter, Kugelschreiber und Brieföffner in derselben Farbe. Sie schnappte sich den Brieföffner und stieß zu. Es war ihr versteinerter Bauch, den sie traf. Kein Problem, wenn sie gestorben wäre. Doch leider überlebte sie.

*

Die Schule, die an ein und demselben Tag einen Todesfall und einen Selbstmordversuch beherbergt hatte, empfing Gäste in Tarnkleidung. Die Gendarmen scherzten mit den Kindern, doch die Kinder lachten nicht. Der Hauptmann tat, als hörte er dem Rektor zu, doch er hörte nichts. Nezih rieb sich mit zwei Fingern die Schläfen, sein Kopf tat aber gar nicht weh. Derdâ kaute auf dem Bissen in ihrem Mund herum, schluckte aber nicht. Yeşim, die die einzige Trage der Krankenstation belegte, wollte sterben, lebte aber weiter.

Entscheidungen wurden getroffen, Anordnungen erteilt. Yeşim und der kleine Leichnam sollten von den Gendarmen in die Kreisstadt gebracht werden, dort würde man je nach Zustand weiter mit ihnen verfahren. Zu den Zuständen der Materie gehörte auch der der Ausnahme. Die Schule im Ausnahmezustand ballte sich jeweils dort, wo die unbeaufsichtigten Kinder zusammenkamen. Sie schwankte wie ein von einer plötzlichen Welle getroffenes Boot. Nur Derdâ auf dem Hof wurde übel, die anderen kannten keine Probleme mit dem Gleichgewicht. Deshalb war Derdâ die Einzige, die umfiel. Als fiele sie ins Meer. Sie ertrank nicht, doch man drehte sie auf den Bauch, damit sie ihre Zunge nicht verschluckte. Sie lag da wie ausgestreckt, nicht wie umgefallen.

Als sie zu sich kam, nahm sie Yeşims Geruch wahr. Sie hob den Kopf und hielt Ausschau nach der Lehrerin. Doch die Krankenstation war verlassen, Derdâ lag auf der Trage, die Yeşim geräumt hatte. Länger konnte sie ihren Kopf nicht halten, bettete ihn auf das Kissen. Nur die Haare waren dazwischen, wurden zwischen Kopf und Kissen eingeklemmt, aber kein Einziges schrie. Derdâ hätte sie auch gar nicht gehört, denn sie weinte.

An einem einzigen Tag hatte sie einen Todesfall und einen Selbstmordversuch verursacht. Vor Wut zugepresste Lider bedeckten ihre Augen, mit dem einen sah sie Yeşim, mit dem anderen die Kleine aus Yatırca. Derdâ hätte als erster Mensch mit doppeltem Gewissen in die Medizingeschichte eingehen können, für ihren kleinen Körper war das alles zu viel. Deshalb blieb sie auf der Trage liegen. »Sie werden mich ins Gefängnis stecken«, murmelte sie.

»Die Gendarmen werden alles erfahren und mich dann ins Gefängnis stecken!«

Dabei gab es vor den Gendarmen eine andere Institution, die Derdâ zu fürchten hatte, die älteste der Welt: die Familie. Oder doch die Hälfte davon: die Mutter. Einen Vater gab es nicht. Er war fortgegangen. Nach Istanbul. Vor zwölf Jahren. Vier Tage, nachdem er ihre Mutter geschwängert hatte. Und er war nie wieder aufgetaucht. Immerhin war er so nobel gewesen, seine Frau nicht allein, sondern schwanger zurückzulassen. Sie hatten vor Gott, dem Imam und zwei Zeugen geheiratet, so dass immer noch Gott blieb, als alle anderen gegangen waren. Sein Nutzen würde sich für die Frau allerdings erst am Ende ihres Lebens erweisen, denn ihr einziges Gebet lautete: »Wenn Gott nur meine Seele nähme und ich gerettet wäre!« Das erwartete Wunder würde sicher eintreten und Gott sie erhören, doch die Frau gehörte zu jenen, die alles sofort wollten. Deshalb würde sie nicht darauf warten, dass Derdâs Brüste schwollen, um sie zu verschachern. Ihre Geduld war erschöpft. Elf Jahre hatte sie gewartet. Die beiden ersten davon hatte sie bei der Familie ihres verschwundenen Ehemanns zugebracht, war oft böse beschimpft worden, weil sie keinen Sohn zur Welt gebracht hatte. Den Rest in der Kreisstadt, wohin sie sich mit der Tochter geflüchtet hatte und wo sie seither im Lehrerwohnheim putzte. Sich selbst hatte sie nun genug beschmutzt. Sie hatte keine Sekunde mehr zu verlieren. Sie hatte es satt, in den drei Stockwerken des Lehrerwohnheims dem Eimer hinterherzurutschen, sich die Knie beim Scheuern aufzuschürfen und sich vom Spülwasser die Hände verätzen zu lassen. Sie musste ins Dorf zurück. Ein Häuschen bauen, ein paar Tiere anschaffen. Das Mädchen hatte eh keine Lust zur Schule. Wäre sie andernfalls auf dem Schulhof ohnmächtig geworden? Hätte sonst der Stellvertreter angerufen und gesagt, komm und kümmere dich um deine Tochter? Wusste der Kerl, der sich stellvertretender Rektor nannte, was die Fahrt mit dem Minibus kostete? Putzte der vielleicht das Lehrerklo? War er es, der hustete, wenn ihm der Geist des Salzes die Lunge reizte? Sie würde ihre Tochter von der Schule nehmen. Falls man sie nicht herausgab, würde sie sie entführen. Sicher würde sie einen Weg finden. Und dann würde sie ins Dorf gehen. Immerhin gehörte sie einem Clan an. Auch wenn sie kein Geld hatte, sie hatte Derdâ. Die Verwandten würden einen Ausweg wissen. Wer nähme nicht gern ein Unschuldslamm von elf Jahren? Gegen ein Häuschen und ein wenig Vieh würde Derdâ verschwinden, wie sie gekommen war. Wäre unter der Haube, um ihrer Mutter ein ruhiges Leben zu verschaffen. Das war ein Kind seinen Eltern schuldig.

»Saniye Abla!«

Sie löste den Kopf vom Fenster des Minibusses, an das sie sich gelehnt hatte, und schaute sich um. Sie tauchte aus den Gedanken auf und gab dem Fahrer sein Geld. Auf dem Rückweg setze ich mir das Mädchen auf den Schoß, für die zahle ich nicht extra einen Platz, dachte sie und betrat das Schulgelände.

»Deine Tochter ist unpässlich. Aber keine Angst, es ist nichts Schlimmes. Entschuldige, dass wir dich haben rufen lassen. Wir dachten, das Kind freut sich, wenn es dich sieht«, sagte Nezih.

Nun war Saniye an der Reihe. Zu sprechen und sich zu freuen.

»Ich nehme meine Tochter mit, Herr Stellvertreter. Ich fahre eine Woche mit ihr ins Dorf. Sie soll sich ausruhen. Wenn es ihr besser geht, bringe ich sie wieder her.«

Nezih dachte an Yeşim. Sie können sich nicht daran gewöhnen, dachte er. Manche können sich an die Gegend hier nicht gewöhnen. Es war abzusehen. Sie verhielt sich schon so komisch, als sie ankam. Offenbar war sie verrückt. Man legte doch nicht Hand an sich!

»Was meinst du, Herr Stellvertreter?«

»Bitte?«

»Das Mädchen, sage ich. Ich bringe sie für eine Woche ins Dorf.«

»Ins Dorf? Nach Yatırca? Der Weg dahin ist abgeschnitten.«

»Nein, ich bringe sie nach Kurudere.«

Nezih war genervt. Er wollte die Sache nicht in die Länge ziehen. Seine Gedanken waren bei Yeşim. Mehr noch bei ihrem Busen. Jener Nacht, als er ihren Busen betatscht hatte. Als er eine Hand auf ihren Mund und die andere auf ihren Busen gepresst hatte. Als er ihr in die sich weitenden Augen geblickt und gefaucht hatte: »Ich lasse dich umlegen, eine Leiche wird man nicht finden!« Als Yeşim nicht aufgehört hatte zu zittern, obwohl sie starr war vor Angst. In ihr Gesicht hatte er abgespritzt und war mit den Worten »Keine Angst, ich bums dich nicht!« aus dem dunklen Zimmer geschlüpft. Nun war Yeşim fort. Wen sollte er jetzt befummeln? Wer würde sich anschließend artig das Gesicht waschen und tun, als wäre nichts geschehen? Wer würde zittern wie Yeşim? Die in der Abschlussklasse? Oder eher die Jüngeren? Nazenin fiel ihm ein. Nazenin und ihr blondes Haar. Warum nicht, dachte er. Seine gute Laune war wiederhergestellt.

»Gut, in Ordnung, nimm deine Tochter mit. Aber hör zu, nur eine Woche!«

»Gott vergelt's, Herr Stellvertreter!«

Nezih ließ sich nicht gerne die Hand küssen. Er fasste Saniyes Schulter und schob sie von sich. Eine hübsche Frau, dachte er. Wenn sie bloß nicht so nach Putzmittel röche!

*

Derdâ begriff nicht. Sie wiederholte ihre Frage.

»Für eine Woche?«

Saniye war dabei, die Habseligkeiten ihrer Tochter aus dem Spind zu räumen und in zwei Taschen zu verstauen. Nun hob sie den Kopf zu Derdâ.

»So viel hat der Herr Stellvertreter erlaubt.«

»Aber was wird aus den Schularbeiten?«

Saniye sah Derdâ in die Augen.

»Was du versäumt hast, holst du nach, wenn du zurück bist.«

»Dann bin ich heute in einer Woche wieder hier, ja?«

Saniye starrte Derdâ in die Pupillen.

»Natürlich, Mädchen. Was sollen wir denn im Dorf? Ich habe ja auch gar nicht länger Urlaub.«

Besser, als verhaftet zu werden, dachte Derdâ. Besser, als von den Gendarmen mitgenommen zu werden. Ihr fielen die Schulbücher ein. In Mathe waren ihr ein paar Brüche unklar. Im Dorf hätte sie reichlich Zeit zum Üben.

»Warte, ich geh eben in die Klasse und hol meine Bücher.«

Diesmal sah Saniye Derdâ nicht ins Gesicht und schwieg. Nur den langen Zopf betrachtete sie, der dem Mädchen bei jedem Schritt den Rücken peitschte. Sie wird ihnen gefallen, dachte sie. Und lächelte.

Der Klassenraum war leer. Derdâ öffnete ihr Pult und hob Bücher und Hefte heraus. Sorgsam packte sie alles in ihre Tasche. Sie hasste verknickte Kanten. Gerade verstaute sie das Mathematikbuch, da kam Nazenin herein.

»Wo gehst du hin?«

»Meine Mutter ist da, wir fahren ins Dorf«, sagte Derdâ. Um der Angstbeule, die immer hinter ihrer Stirn schwoll, wenn sie mit Nazenin allein war, keine Chance zu geben, zu platzen und ihren ganzen Leib zu überschwemmen, beeilte sie sich und nahm hin, dass das Buch gequetscht wurde, als sie es in die Tasche stopfte.

»Wann kommst du wieder?«

»In einer Woche.«

Nazenin war irgendwie merkwürdig. Der übliche Hauch von Brutalität in ihrer Stimme fehlte heute. Normalerweise kamen ihre Worte Faustschlägen gleich. Die Hände brauchte sie dazu nicht. Nun aber sah sie nur zu. Regungslos. Derdâ mühte sich mit dem Reißverschluss der prallen Tasche ab, sie aber sah nur zu. Fünfzehn war Nazenin. Das galt anderswo für fünfundzwanzig.

»Du kommst doch zurück, oder?«

Derdâ wusste nicht, wie sie auf Nazenins Interesse reagieren sollte. Sie hatte noch nicht gelernt, angstfrei zu sprechen.

»Natürlich. Mama hat gesagt, in einer Woche bin ich wieder da.«

Derdâ hängte sich die Tasche über die Schulter und tat einen Schritt. Nazenin vertrat ihr den Weg. Nur eine Ohrfeige entfernt. Der Größenunterschied zwischen ihnen betrug gerade mal ein dickes Buch, und genau so weit hob Derdâ den Kopf. Ein paar Herzschläge lang sah Derdâ Nazenin so, wie Nazenin alle Mädchen sah, die wie Derdâ fortgingen. Keine war zurückgekehrt. Und keine hatte geahnt, dass sie nicht wiederkommen würde. Wenn die Zeit reif war, würde auch sie gehen. Ihrem Onkel folgen, gehen und nicht in die Schule zurückkehren. Fortgehen. Mitgenommen werden. Nazenin gab den Weg frei. Und Derdâ ging los. Soll ich mich umdrehen und winken, überlegte sie. Sie unterließ es. Aus Furcht.

»Mädchen aus Yatırca!«

Derdâ erstarrte. Drehte sich um. Sie erblickte eine Hand. Eine erhobene Hand. Nazenin zeigte ihre Handfläche. Winken nannte man das. Derdâ lächelte. Zum ersten Mal an jenem Tag. Vielleicht in jener Woche.

Derdâs Beine schmerzten von den kurzen Schritten, die sie machte, um auf dem angeschmolzenen Schnee nicht auszurutschen. Ihre Ohren, die hörten, was die Mutter sagte, waren rotgefroren.

»Klar, du musstest ja all die Bücher einpacken, und jetzt kannst du nicht laufen!«

»Fahren wir nach Kurudere?«

»Wir fahren zu deiner Tante. Du erinnerst dich doch an Tante Mübarek? Zu ihr fahren wir.«

Bevor die beißende Kälte ihnen schaden konnte, mussten sie die Hauptstraße erreicht und einen Minibus bestiegen haben. Saniye gehörte zu jenen, denen vom Reden warm wurde.

»Was war denn in der Schule heute los? Von irgendwas war da die Rede, ich hab's nicht richtig verstanden.«

Derdâ starrte vor sich hin. Am liebsten hätte sie ihr Gesicht in der Brust verborgen. Vor Scham, vor Kälte.

»Ein Mädchen aus unserem Dorf. Sie ist aus dem Bett gefallen. Tot. Die Gendarmen waren da. Und Lehrerin Yeşim ...«

Wer sich gern warmredet, hört ungern zu. Längst hatte Saniye die Hand gehoben und zappelte wie ein dummer Vogel, um den Minibus anzuhalten.

Als die weiße Tür mit der beschlagenen Fensterscheibe aufschwang, schlug ihnen warmer Mief entgegen. Über die einzige Stufe kletterten sie in den Minibus hinein. Saniye brauchte sich Derdâ nicht auf den Schoß zu setzen, der Fahrer verlangte kein Fahrgeld für das Mädchen. Er war entfernt mit Saniye verwandt. Einer von einer unbekannten Anzahl nutzloser Verwandter.

Der Schnee auf dem Kragen schmolz und rann ihnen in den Nacken. Der warme Atem aus fünfzehn Mündern in dem mit vierzehn Fahrgästen besetzten Minibus machte schläfrig. Die Lider sanken, die gefrorenen Wimpern weichten auf. Derdâ saß in der letzten Reihe zwischen einem alten Mann und der Mutter eingequetscht, die Schultern wurden ihrem Kopf zum Kissen. Sie schlief ein. Im Schlaf schien sie zu schrumpfen. Beim Schrumpfen suchte ein Alptraum sie heim. Sie hielt den toten Körper der Kleinen aus Yatırca im Arm und weinte. Bis sie aufwachte. Anschließend erinnerte sie sich an nichts.

»Saniye Abla!«

In Kurudere stiegen sie aus.

*

Kurudere wirkte eher wie unregelmäßiges Gelände denn wie ein Dorf. Aus den Buckeln der gefensterten Erhebungen stieg Rauch auf und malte Flecken an den schneeweißen Himmel. Straßen oder Adressen gab es in Kurudere nicht. Nur Hügel, dicht aneinandergedrängt zum Schutz vor der Kälte. Und in den Hügeln Menschen. Sie lebten, auch wenn sie es sich nicht anmerken ließen. Dreiundvierzig Häuser. Auf einem Fleck. Vom Clan der Aleyzam, vom Zweig der Kender. Dem faulen Zweig, zu keiner Scheiße nütze. Ein Nest voller Ameisenkadaver, das nicht einmal Scheich Gazi aufzusuchen sich herabließ. Ein knochentrockner Bach. So trocken, dass er vielleicht niemals dort entlanggeflossen war. Vielleicht hatte der Bach, als er das Dorf sah, die Richtung geändert.

Die Menschen in Kurudere sprachen nicht. Waren sie wütend, murrten sie, beteten sie, murmelten sie. Ansonsten herrschte Schweigen. Und die Krähen. Und der Lautsprecher der Moschee: »Leute von Kurudere! Scheich Gazi Hodscha Efendi der Gesegnete besucht das Dorf Girinti. Wir fahren hin und huldigen ihm. Der Minibus fährt morgen früh um neun ab.« Dann Rauschen. Gehüstel vom Imam. Dann wieder Schweigen. Als wäre da nichts. Als hielte jemand den Atem an. Dreiundvierzig Häuser. Dreiundvierzig gottverlassene Häuser.

»Schwester, wir sind's.«

Mübarek sah Saniye an, Derdâ Mübarek. Mübarek war so beleibt, dass sie die Tür, vor der sie stand, vollständig verdeckte. Oder die Türen in Kurudere waren so klein, dass man nur geduckt hindurchkam. Hinter Mübarek, auf Höhe ihrer Brust, erschien ein Kopf. Ein Mädchen in Derdâs Alter tauchte auf.

»Na so was, Saniye!«, sagte Mübarek. Vielleicht war es auch ein Murren.

»Willst du uns nicht hereinbitten? Lass uns rein, dass wir zu Atem kommen.«

Statt der Tür ging Mübarek auf, und alle vier verschwanden bei lebendigem Leib in einem der Hügel von Kurudere.

»Wie groß sie geworden ist!«, sagte Saniye und tätschelte Fehime, der jüngsten Tochter Mübareks, den Kopf.

»Elf ist sie geworden«, sagte Mübarek.

»Meine Derdâ ist auch elf.«

Mübarek redete nicht lange um den heißen Brei herum.

»Was willst du hier, Saniye?«

Die Antwort hatte Saniye parat. Im Minibus hatte sie sie ausgebrütet.

»Sie haben mich im Lehrerwohnheim entlassen. Und das Mädchen ist krank. Ich habe niemanden sonst, wohin sollte ich gehen? Nur ihr seid noch da.«

Auch Mübarek hatte ihre Worte parat. Sie waren allerdings etwas schal. Unverändert seit Jahren.

»Das hättest du dir überlegen müssen, bevor du einen aus Yatırca nimmst. Was ist aus ihm geworden, dem Hund? Hast du Nachricht?«

»Nein, Abla, keine Nachricht und auch sonst nichts. Gebe Gott, dass er längst krepiert ist!«

»So Gott will!«

Sie schwiegen, musterten sich. Vor allem Fehime. Sie beäugte Saniye, dann Derdâ. Wie Tiere starrten sie einander an. Minutenlang. Bis der Tee kam.

Während Fehime die Gläser füllte, wechselte Mübarek das

Bein, das sie untergeschlagen hatte, weil es eingeschlafen war. Dann sprach sie.

»Warten wir auf Ebcet, sehen wir, was er sagt. Vielleicht kennt er jemanden im Lehrerwohnheim.«

Saniye wärmte sich am Glas in ihrer Faust. Sie sah Fehime an.

»Fehime, nimm Derdâ mit ins Dorf.«

Fehime sah, dass ihre Mutter nickte, und ging zur Tür. Derdâ folgte ihr. Als die Tür sich hinter ihnen schloss, öffnete sich Saniyes Mund.

»Eigentlich will ich das Mädchen verheiraten. Fällt dir wer ein? Deshalb bin ich mit ihr hier.«

Mübarek wieherte. Wie ein Nilpferd. Dann brach sie ab und sprach.

»So ist das also? Erst hast du das Mädchen in die Schule gesteckt, jetzt willst du sie an den Mann bringen. Wer nimmt denn ein Mädchen von der Schule? Beschmutzt ist die Kleine.«

Das hatte Saniye auch schon gedacht, doch was blieb ihr anderes übrig? Sie hatte das Mädchen aus lauter Not zur Schule geschickt. Als Interne. Wäre sie in der Lage gewesen, selbst für sie zu sorgen, hätte sie sie wohl kaum dem Staat überlassen.

»Was soll ich machen, Abla. Aber jetzt ist Schluss. Aus. Ich habe sie da weggeholt. Sie wird nicht dorthin zurückkehren. Berichte du mir von hier. Gibt es hier nicht Leute, denen es gut geht?«

Mübarek lehnte sich an die mit Teppichen behängte Wand. Den Blick zur Decke gerichtet dachte sie nach. Was, wenn Ebcet Lust auf Saniye bekommt, dachte sie. Was, wenn Saniye gar nicht wieder geht? Was, wenn Saniye nicht genug Geld hat, um wieder zu gehen? Aber was, wenn Derdâ eine gute Partie macht, Saniye das Brautgeld kassiert und verschwindet? Dann erzählte sie, was sie an der Decke gesehen hatte.

Fehime hatte Derdâs Rock durch den Mantel blitzen sehen. Die Farbe kannte sie. Das war die Farbe der Schule.

»Kannst du lesen?«

Derdâ formte den vom Boden aufgenommenen Schnee zum Ball und warf ihn zwischen zwei Hügel.

»Klar. Ich gehe in die Fünfte. Gehst du denn nicht zur Schule?«

Mit einem Hölzchen kratzte Fehime Schnee von der Sohle ihrer Gummistiefel.

»Nein.«

Sie schwiegen. Es gab nichts weiter zu sagen.

»Meinst du, es klappt?«

Saniye war aufgeregt. Ein Häuschen und ein paar Stück Vieh traten ihr vor die Augen.

»Sicher, warum nicht? In wenigen Wochen ist Frühling. Dann kommen sie alle her. Kommen, um Scheich Gazi die Hand zu küssen.«

Saniyes Aufregung wuchs.

»Von weit her kommen die?«

»Sicher. Du musst nur ein wenig Geduld haben. Ich spreche auch mit Ebcet. Der findet schon einen Weg.«

Saniye hüpfte das Herz in der Brust.

»Schwör's!«

»Also, sie kommen jedes Jahr her. Holen sich Mädchen aus dem Dorf und verschwinden wieder. Dafür geben sie eine Menge Geld. Nun verrat du mir mal Folgendes: Sagen wir, du kriegst das Geld. Wo willst du dann leben?«

»Du musst schon entschuldigen, Abla, aber hier bleibe ich nicht!«

Zum ersten Mal, seit sie ihre Schwester erblickt hatte, freute Mübarek sich. Sie war so glücklich, dass sie aufstand und Saniye Tee nachschenkte.

»Ich geh nach Tomurcuk … ein paar Tiere … ein Haus … ist schön da … bei der Kreisstadt …«

Mübarek hörte gar nicht mehr zu. Der Rest interessierte sie nicht.

Ebcet musterte die Neuankömmlinge im Zwei-Raum-Haus und nahm den ersten Zug von der Zigarette. Küchenschaben gleich hockten Mübarek und Saniye in einer schummrigen Ecke des Raumes und flüsterten miteinander. Derdâ brachte Fehime bei, ihren Namen zu schreiben. Die haben uns noch gefehlt, dachte Ebcet. Zwei Mäuler mehr. Was er verdiente, reichte kaum für die eigene Familie. Womit sollte er die Frau von dem Kerl aus Yatırca und ihren Bastard füttern? Aber er würde sich vor dem Dorf blamieren, wenn er sie aus dem Haus warf. Was sagte Scheich Gazi immer? Seid den Waisen ein Vater! Na schön, nur wie? Der Kiosk lief schlecht. Seit die Gendarmen geschmuggelte Zigaretten im Visier hatten, war der Verkauf eingebrochen. Im ganzen Kreis gab es niemanden, dem es gut ging. Je länger er grübelte, umso wütender wurde er. Verdrossen erhob er sich. Als Ebcet aufstand, verstummten die anderen. Alle außer Mübarek.

»Wolltest du etwas?«

»Komm mit!«

Mübarek folgte ihrem Mann. Sie traten in die Eiseskälte hinaus. An seiner Zigarette steckte sich Ebcet die nächste an.

»Wann verschwinden die wieder?«

»Darüber wollte ich gerade mit dir reden«, sagte Mübarek. »Saniye will Derdâ unter die Haube bringen. Gib doch morgen dem Sohn von Scheich Gazi Bescheid. Vielleicht findet sich jemand.«

Ebcet hielt den Rauch in der Kehle zurück und schaute Mübarek an, soweit er sie im Dunkeln erkennen konnte. Gott hatte sich seines Knechtes erbarmt. Sämtliche Sorgen verflogen mit dem Rauch, der ihm aus dem Mund quoll.

»Gut, ich sprech's an. Wie alt ist sie?«

»Elf«, sagte Mübarek.

»Maschallah!«, sagte Ebcet.

*

Vor dem Dorf Girinti herrschte eine Stimmung wie auf einem Automarkt. Die Leute waren aus allen Ecken des Kreises herbeigeströmt, um Scheich Gazi zu sehen, sie standen auf dem Dorfplatz versammelt und fanden vor lauter Hand-Geküsse und Zigaretten-Anbieten kaum die Gelegenheit, miteinander zu reden. Ein Knirps von vielleicht sechs Jahren kreischte: »Da sind sie!«

Vier Wagen, so lang wie acht, hielten Einzug ins Dorf. Hintereinander kamen sie zum Stehen. Die Menge umringte sie. Wer die Füße küssen durfte, war vorher festgelegt worden. Dieselben Männer durften auch die Türen öffnen. In welchem Wagen mochte Scheich Gazi sitzen? Wer von ihnen würde der Glückliche sein? Hinter welcher Tür steckte der Scheich? Hinter den schwarzen Scheiben war ja nichts zu erkennen!

Als sie Ebcet »Allah!« rufen hörten, vergaßen die anderen Füßeküsser jene, die durch die Türen, die sie aufgerissen hatten, ausstiegen, und spähten halbblind vor Neid hinüber. Der einundachtzigjährige Scheich Gazi hatte keine Eile mit dem Aussteigen. Zuerst streckte er die Füße heraus. Noch bevor sie den Boden erreichten, hatte Ebcet sie geschnappt und küsste sie. Er konnte nicht sehen, was genau er küsste. Ein wenig Kaftanstoff, ein wenig Schuhleder. Er spürte eine Hand auf seinem Kopf. Scheich Gazis Hand. Ebcets wie zum Gebet gesenktes Haupt diente dem alten Mann als Krücke. Er stützte sich auf Ebcet und hievte sich aus dem Wagen. Ebcet aber war noch nicht fertig. Er richtete sich auf und machte sich über die Hände des Scheichs her. Küsste sie, führte sie an die Stirn. Beide Hände. Tränen rannen ihm aus den Augen. Wieder hatte Gott sich seines Knechtes erbarmt! Ihm war bewusst, dass aller Blicke auf ihm lagen. Dass jeder ihm seine

Stelle neidete. Der ganze Aleyzam-Clan, der gesamte Hikmet-Orden, alle. Zwei magere Hände fassten nach seinen Wangen und bogen ihm den Kopf nach oben. Erst da begegnete sein Blick dem des Scheichs. Für wenige Sekunden. Dann beugten die Hände Ebcets Kopf, und Scheich Gazi berührte die vor ihm schwebende Stirn mit den Lippen. Auf Ebcets Stirn blühten Rosen auf.

Mit seinen einundsechzig Jahren war Gido Ağa ein Clan-Führer, der von dem Treibstoff, der nachts über die iranische Grenze ins Land einsickerte, einen solchen Anteil erhielt, dass er darin schwimmen konnte. Dem senilen Scheich Gazi traute er zwar nicht über den Weg, war aber gezwungen, ihm ins Gesicht zu lächeln. Der Clan der Aleyzam. Eine Horde, die ihr Fähnchen in den Wind hängte, die alle fünf Jahre zwischen Dorfschützertum und Terrorismus hin- und herwechselte. An ihrer Spitze ein Schafhirte namens Gido Ağa. Sein Haus war geräumig. So geräumig wie zehn. Und auch in diesem Haus gab es natürlich einen Platz für das Oberhaupt. Auf diesem Platz saß nun in seinem weißen Kaftan, seinem weißen Turban Scheich Gazi und döste. Alt war er geworden. Weder sprach er, noch hörte er zu. Eigentlich war er nichts anderes als ein Banner. Bei seinen Reisen durch die Dörfer wurde er an einer geeigneten Stelle aufgepflanzt, ringsum versammelte man sich. Während Scheich Gazi im eigenen Wind flatterte, kümmerte sich sein Sohn Hıdır Arif um die Angelegenheiten des Ordens.

Im Wohnzimmer war allein Tayyar noch auf den Beinen. Ein Judoka, geschaffen aus Muskeln und Nerven statt aus Fleisch und Knochen. Er stand hinter Scheich Gazi, und seine

Augen registrierten alles, was sie sahen, mit der Schärfe von Objektiven. Beinah zwei Meter groß und hundert Kilo schwer. Arme, die den Kaftan sprengten, eine Stirn, die zu schmal für sein Gesicht schien, eine nach dem Bruch nicht gerichtete Nase und Finger, stark wie Pistolenläufe. Die Hände unterhalb der Schärpe verschränkt, fixierte er seine Umgebung, als wolle er jedes Staubkorn in der Luft einzeln aufspüren. Er war Scheich Gazis Adoptivsohn. Mit sieben hatte er zu ihm gefunden. Ein Palästinenser, dessen Mutter, Vater und vier ältere Schwestern von israelischen Bomben getötet worden waren. Unter den drei Millionen Palästinensern, die 1967 vor dem Sechs-Tage-Krieg geflohen waren, hatte er die Hände der Hikmetisten ergriffen, die Grenzen überwunden und die Gunst ihres Scheichs erlangt. Mit seinen siebenjährigen schwarzen Augen hatte er Scheich Gazi so angeblickt, dass dieser sagte: »Weine nur! Weine, so viel du willst, mein Kind. Denn von nun an wirst du nie wieder weinen.«

An jenem Tag war Tayyar in Scheich Gazis Schatten getreten und unter seinem Atemhauch aufgewachsen. Er wuchs heran und wurde seinem Adoptivvater zu Auge, Zunge und Faust. Keine Stadt gab es im Land, die er nicht betreten hätte, keinen Hikmetisten, in dessen Ohr er nicht Scheich Gazis Wort geflüstert hätte. Seine Befehle wie auch seine Bitten überbrachte er. Er wurde zu dem Botschafter, den der Scheich, der im Laufe der Jahre mehr und mehr verstummte, ins Leben entsandte. Und hatte nie wieder geweint.

Der Unterschied der Hikmetisten zu anderen Orden in der Region war der, dass man ihren Scheich für »entrückt« hielt. Es gab keine Medresse, in der sie unterkamen, keinen Konvent, in dem sie residierten. Der entrückte Scheich

Gazi war als Gast geboren und würde als Gast dahinscheiden. Er hatte weder ein Zuhause, noch war er behördlich erfasst. Deshalb wechselte er alle drei Monate den Aufenthaltsort, zog vom Haus eines Anhängers zum nächsten und lebte von gastfreundschaftlicher Aufnahme. Entrücktheit war das Grundprinzip des Hikmetismus. Für die Hikmetisten galten keine Staatsgrenzen. Für sie galt kein Staat. Es gab nur Gläubige und Ungläubige. Aus diesem Grund waren sie über die ganze Welt verstreut. Weil sie entrückt waren. Selbstverständlich existierten einige Grundbuchauszüge, auf denen Hıdır Arif stand. Entrücktheit bedeutete ja nicht unbedingt Besitzlosigkeit. Hıdır Arif war in Istanbul. Gelegentlich auch in London. Dort wartete er darauf, dass sein Vater starb. Meistens in einem Viertel namens Çemendağ in Istanbul. Zweihunderteinundzwanzig der zweihundertsechsundzwanzig Wohnhäuser des Viertels gehörten ihm. Die übrigen fünf Wohnhäuser waren illegal errichtet. Demnächst würde er bei der Kommune auf ihren Abriss drängen. Dann gab es noch eine Moschee in Çemendağ. Doch Hıdır Arif bemühte sich nach Kräften darum, dass die Moschee nicht im gleichen Atemzug mit den Hikmetisten genannt wurde. Er war eher ein Geschäftsmann. Ein Geschäftsmann, der eine Supermarktkette in London besaß, Mastbetriebe nahe Hamburg unterhielt und in Istanbul im Bauwesen tätig war. Ein viel beschäftigter Geschäftsmann. Es verstimmte ihn, dass er bei all der Arbeit auch noch seinen Vater wie einen Vorzeigehengst von Dorf zu Dorf führen musste. Doch dessen Anhänger konnten nicht einschlafen, ohne ihr Banner gesehen zu haben. Wenn der Schlaf sie floh, riefen sie Hıdır Arif an und quengelten: »Wir haben schon die letzte Rate eingezahlt, aber die Häuser sind immer noch nicht fertig.« Eigentlich quengelten sie laufend. Pausenlos. Leute wie Ebcet, der direkt neben ihm kniete, waren ständig um sie herum. Was wollte dieser Bursche jetzt?

»Da ist ein Mädchen. Eine Nichte von mir. Erst elf. Wenn so ein passender …«

»Foto«, sagte Hıdır Arif.

Vor lauter Eifer, sein Anliegen vorzubringen, verstand Ebcet nicht.

»Bitte?«

Hıdır Arif stöhnte auf und wiederholte. Das Dasein als Geschäftsmann erforderte Geduld.

»Mach ein Foto von ihr, schick's uns. Dann sehen wir.«

»Gott vergelt's! Möge Gott dir, welchen Wunsch auch immer du …«

»Schon gut, schon gut«, sagte Hıdır Arif. Dann ließ er den Blick schweifen. Erst zu den Falten, die Gido Ağa wie Messerschnitte im Gesicht saßen, dann zu dem Speichel, der seinem Vater aus den Mundwinkeln rann. Er beobachtete die Männer, die vor ihm knieten und stille Post spielten. Er war vierundvierzig. Hatte drei Frauen und acht Kinder. Ein Abschlussdiplom von Princeton. Fachbereich Finanzwesen. Aus Amerika, das er geschworen hatte, niemals zu verlassen, war er vor sechzehn Jahren heimgekehrt. Wozu? Um in einem Loch namens Girinti Knie an Knie mit einem anderen Loch namens Gido Ağa zu hocken. Dörfer und Dorfbewohner waren seine Sache nicht. Ich transferiere alles nach London und komme einfach nicht wieder zurück, dachte er. Ihm fiel der Blick auf die Themse aus seinem Büro in London ein, und auf seinem Gesicht, das Gido Ağa vergessen hatte, tauchte ein Lächeln auf. Gido beantwortete dieses Lächeln mit einem freundschaftlichen Klaps seiner Hand, die eine Zigarette hielt, auf Hıdır Arifs Knie.

Als Derdâ fotografiert wurde, schaute Fehime zu und nagte an ihrer Unterlippe. Sie war es müde, sie zu beneiden, hatte sich hingehockt und die Wangen in die Hände gestützt. Schon ihr ganzes Leben lang war sie gezwungen, sich mit Zuschauen zu begnügen. Sie würde zuschauen, bis sie irre daran würde, und irre sein, bis sie am Wahnsinn krepierte. Wie alle Mädchen im Dorf bestand auch Fehime aus einem Paar Augen. Einem Paar Augen, das sich bei der Geburt geöffnet hatte und sich schließen würde, wenn sie starb. Weder ihr Mund war zu etwas nütze noch ihre Stimmbänder.

Ebcet sah, dass sie nur zu dritt waren, und sagte nun: »Nimm das Kopftuch ab!« Derdâ band ihr schwarzes Kopftuch auf und ließ die Zipfel zu beiden Seiten des Halses baumeln. Der schwarze Zopf glitt ihr einer seltenen Schlange gleich über den Rücken hinunter. Als Ebcet den Apparat in dem einzigen Haushaltswarengeschäft der Kreisstadt erworben hatte, hatte man ihm gesagt: »Es braucht Licht, ohne Licht geht es nicht.« Also versuchte Ebcet, Derdâs Gesicht unter dem trüben Himmel ins Licht zu drehen. Dabei dachte er, wer auch immer das Mädchen nimmt, wird alles bezahlen. Er wird den Apparat bezahlen, ebenso wie er die Strafe dafür auf sich nehmen wird, einem elfjährigen Mädchen das Kopftuch abzunehmen. Und ein wenig Geld wird er noch obendrauflegen.

Derdâ wurde zum ersten Mal fotografiert, sie konnte sich nicht entscheiden, ob sie lächeln sollte. Eigentlich täte sie es gern. Sie widerstand nicht länger und lächelte. Auch Ebcet widerstand nicht und ohrfeigte Derdâ.

»Miststück, willst du mich zur Sünde zwingen? Ins Haus mit dir!« Er vergaß auch Fehime nicht, die angesichts der lang ersehnten Szene unwillkürlich hatte lachen müssen. »Auch du gehst rein!«

Mit wenigen Schritten verschwanden die Mädchen im Haus. Ebcet drehte den Apparat hin und her und murmelte vor sich hin: »Wie geht denn dieses Scheißding aus?«

Die Zeiten, da bildliche Darstellung eine Sünde war, lagen weit zurück.

*

»Hör auf zu heulen! Guck, auch ich bin krank. Hast du denn gar kein Mitleid mit mir? Iss ein paar Löffel Suppe. Komm schon, Kind.«

Saniye stellte die Schüssel Derdâ vor die Nase und verließ den Raum. Als sie Mübarek sah, die damit beschäftigt war, Kartoffeln unter die Asche des Ofens zu schieben, sagte sie: »Es geht ihr schlecht.«

»Sie wird sich dran gewöhnen.«

»Schön und gut, aber sie wird noch verhungern. Sie isst ja nichts.«

»Die wird schon essen. Ist ja auch nicht mehr lange hin. Nächste Woche kommen sie. Dann hast du deine Ruhe …« Und ich auch, lag ihr auf der Zunge, doch sie schwieg.

Die Fotos waren vor einem Monat gemacht worden. Der Frühling hatte Einzug gehalten, vom Schnee waren nur noch Placken übrig, die Erde zeigte Farbe. An dem Tag, an dem sie glaubte, zur Schule zurückzukehren, war Derdâ früh aufgestanden, hatte sich angezogen und darauf gewartet, dass die Mutter aufwachte. Eine Stunde lang, während sie darauf wartete, dass ein Paar Augenlider sich hob, hatte sie an die Kleine aus Yatırca und an die Lehrerin Yeşim gedacht. Der Kloß, der sich in ihrer Kehle bildete, hatte sich erst bei der Erinnerung an Nazenins Winken aufgelöst. Doch mit Saniyes Aufwachen hatte alles ein Ende gefunden. »Wohin willst du?«, hatte Saniye gefragt. »Fahren wir denn nicht zur Schule?«, fragte Derdâ zurück. »Du wirst nicht mehr zur Schule gehen.« Als sie den Satz hörte, war sie gestorben und wieder auferstanden.

Saniye stand auf. »Ich seh mal nach dem Mädchen.« Sie betrat den zweiten Raum des Hauses und sah gleich, dass die Schale geleert war. Das freute sie. Das Mädchen würde nicht verhungern. Dann fiel ihr der Fleck an der Wand auf. Ein tropfender Fleck. Die Wand hatte die Suppe gegessen. Nicht länger mit der Handfläche, mit dem Handrücken schlug sie Derdâ. Da war kein Ort, an den das Mädchen sich hätte flüchten können. Sie lebte in der Ecke des Zimmers. Im hintersten Winkel. Um ihr rechtes Fußgelenk lag ein Ring. Eisen. In den Ring griff ein Kettenglied. Aus Eisen. Die Kette hing an einem Ring, der an die Wand genagelt war. Auch aus Eisen.

Derdâ war ausgerissen. Vier Mal. Man hatte sie wieder eingefangen. Wer hätte sich mit ihr abgeben sollen. Das Beste war, sie an die Kette zu legen. Sie hatte erfahren, dass sie verheiratet werden würde. Fehime war wieder neidisch gewesen. Und als sie hörte, wohin Derdâ nach der Heirat gehen würde, hatte sie erst richtig an der Unterlippe genagt. Nicht, weil sie wusste, wo das war. Weil sie wusste, dass es woanders war.

Saniye fiel ein, dass ihr nur mehr eine Woche blieb, um Derdâ so weit zu bringen, ihren Mann nicht zu attackieren. Sie bereute, sie geschlagen zu haben, ging vor Derdâ auf die Knie, umarmte sie.

»Hab keine Angst, mein Kind. Ich denk dabei nur an dich. Ich tu alles dafür, dass es dir gut geht. Guck dir doch unsere Lage an. Könnte ich dich etwa versorgen? Außerdem habe ich auch in deinem Alter geheiratet.«

Sie log. Sie war dreizehn gewesen, als sie heiratete.

»Mama«, stammelte Derdâ. »Ich werde dich nie wiedersehen.«

»Wie kannst du so etwas sagen? Ich komme zu dir. Geh du voraus, ich komme dann nach.«

Sie sagte die Wahrheit. Zumindest glaubte sie, die Wahrheit

zu sagen. Denn sie litt an der Krankheit, die von allen auf der Welt am schnellsten vorüberging, und, kaum dass sie vorüber war, sich erneut einstellte: Hoffnung.

Sie weinten zusammen, und es wirkte. Den zweiten Teller warf Derdâ nicht an die Wand, sie aß die Suppe auf. Verzehrte sogar das Brot. Mübarek hatte recht. Das Mädchen gewöhnte sich daran. Wie alle Menschen auf der Welt, die weiterlebten, obwohl sie wussten, dass sie sterben würden.

Einen Tag später nahm man ihr die Kette ab und rieb den Ringabdruck an ihrem Fußgelenk mit Salbe ein. Zwei Tage später nahm Mübarek Maß und nähte ihr aus dem bordeauxroten Stoff, den Ebcet mitgebracht hatte, ein Kleid. Fehime schwieg und sagte kein Wort mehr. Drei Tage später löste man Derdâs Zopf, wusch ihr das Haar und kämmte es. Vier Tage später verbrannte Derdâ ihre Hefte und Bücher im Ofen. Fünf Tage später wurde Ebcet von Gendarmen festgenommen, weil er geschmuggelte Zigaretten verkaufte. Sechs Tage später wurde Ebcet wieder freigelassen. Sieben Tage später klopfte es gegen Abend an der Tür.

*

Zwei Männer im Kaftan traten ein. Dem Älteren reichte der Bart bis auf die Brust, dem Jüngeren zwei Finger breit unters Kinn. Ebcet küsste ihnen die Hände, entrichtete Gottes Gruß und nahm ihn entgegen. Der Jüngere schwieg. Der Ältere sagte: »Der redet nicht.« Man setzte sich zum Essen auf den Boden. Mübarek und Saniye bedienten. Die Männer warteten, dass die Suppe kam und die Frauen hinausgingen, bevor sie redeten.

Der Ältere hieß Ubeydullah. Der Jüngere Bezir. Ubeydullah redete. Ebcet und Bezir hörten zu.

»Wir bleiben nicht lange, Ebcet. Mit Gottes Segen bringen wir das Mädchen nach Istanbul. Dort wird die Ehe geschlossen. Wir kümmern uns um die Formalitäten und reisen dann weiter. Wir müssen so schnell wie möglich wieder zurück, die Läden sind ohne Aufsicht.«

War es nun an der Zeit, Derdâ hereinzurufen und vorzuführen? Und wie viel Geld würden sie geben? Ebcet nickte und stellte zugleich seine Berechnungen an. Vor allem musste er etwas sagen.

»Wie geht es dem verehrten Scheich, ihr seht ihn doch, nicht wahr? Ist er gesund, geht es ihm gut?«

»Alles in Ordnung … Nur, den Ausweis des Mädchens hast du, oder?«

Ebcet entspannte sich. Er hatte begriffen, dass Ubeydullah es mindestens ebenso eilig hatte wie er selbst.

»Ja, alles ist fertig. Soll ich sie rufen, soll sie hereinkommen?«

»Warte«, gebot der alte Mann. Er zog ein Kuvert aus seinem Kaftan und reichte es ihm. »Nimm erst das.«

Ebcet nahm das Kuvert entgegen. Was sollte er nun tun?

Sollte er das Geld herausholen und zählen? Er verkaufte zum ersten Mal ein Mädchen. Seine älteren Töchter hatten sich vor sieben Jahren umgebracht. Am selben Tag. Am selben Morgen. Seite an Seite. Mit demselben Gewehr. Erst die eine. Dann die andere. Fehime war noch nicht an der Reihe. Ubeydullah, der sein Zögern sah, lachte.

»Mach auf! Mach auf und schau nach!«

Wie leicht man doch mit einem verständigen Mann Geschäfte schloss! Ebcet öffnete den Umschlag und zählte die Geldscheine, indem er sie von der einen in die andere Hand strich. Beim Zählen beschleunigte sich sein Atem. Denn alles war da. In seiner Hand. Der Betrag für den Fotoapparat, das Bußgeld für die begangene Sünde, der Anteil für Saniye, sein eigener … Er wusste nicht, was er sagen sollte. Redete wirr.

»Möge Gott es annehmen.«

Als Bezir sah, dass Ubeydullah sich aufrichtete, war er noch vor seinem Vater auf den Beinen.

»Wir gehen, wir haben eine lange Reise vor uns.«

Kaum schloss sich Ubeydullahs Mund, da wandte Ebcet sich zum hinteren Zimmer und rief: »Mübarek! Bring sie her!«

Die Tür zum Zimmer ging auf und, von Mübarek an den Schultern vor sich hergeschoben, erschien Derdâ. Das heißt, ihre Augen. Denn von Derdâ waren nur die Augen unverhüllt. Zuerst sah sie Ubeydullah an. Und erschrak sehr. Dann sah sie Bezir. Und erschrak noch mehr. Sie wandte den Kopf und streckte die Hand zur Mutter neben sich aus. Saniye nahm die Hand des Mädchens und ließ sie gleich wieder los. In Derdâs Schultasche waren ein paar Kleidungsstücke verstaut. Das bordeauxrote Kleid, Unterwäsche, ein Paar Schuhe. Bezir nahm Saniye die Tasche ab und ging hinter Ubeydullah zur Tür.

Derdâ würdigte er keines Blickes. Von Mübarek geschubst, ging Derdâ los, drehte sich zu Saniye um. Sie weinten gemeinsam. Doch es half nicht.

Bezir hatte die Hintertür des Wagens geöffnet und wartete. Ebcet übergab Ubeydullah den Personalausweis des Mädchens. Derdâ tat noch ein paar Schritte, eine Armlänge vor dem Auto fiel sie um. Der Tschador, den sie trug, war schwarz. Deshalb war der Blutfleck nicht zu sehen.

In ihrem elfjährigen Leben hatte Derdâ zum ersten Mal ihre Periode bekommen. Durch die starke Blutung war sie zusammen mit ihrem Blutdruck gefallen. Ubeydullah und Bezir gingen zu Verwandten nach Girinti, um zwei Tage später wiederzukommen. Saniye säuberte Derdâ und sorgte dafür, dass sie schlief. Ebcet, der fürchtete, Ubeydullah könnte angesichts eines solchen Missgeschicks verärgert sein und Abstand von der Sache nehmen, setzte zu einer Entschuldigung an, atmete aber auf, als der alte Mann sagte: »Ist gut, es ist gut«, und Ebcet steckte das Kuvert voller Geld unter sein Kopfkissen.

Der nächste Besuch verlief noch kürzer. Sie kamen, holten Derdâ und gingen. Das Blut war geflossen. Das kleine Mädchen hatte nichts mehr zu vergießen. Kein einziger Tropfen löste sich aus ihren Augen, als sie ein letztes Mal ihre Mutter ansah.

*

Mit drei Pausen, in keiner davon aß Derdâ etwas, erreichten sie in fünfzehn Stunden Istanbul und in sechzehn Çemendağ. In den sechzehn Stunden waren nicht mehr als sechzehn Worte gefallen. Derdâ schlief nicht, sie schaute aus allen Fenstern des Autos hinaus und spielte mit ihren schwarzen Handschuhen. Ohne dass die Männer vorn es bemerkten, zog sie sie mehrfach aus und wieder an. Sie ballte die linke Hand zur Faust, zog ihr mit der rechten den Handschuh halb über und wedelte mit den leeren Fingern, und als die Tür aufging, stieg sie aus.

Sie betraten einen Wohnblock und fuhren in den vierten Stock hoch. Damit hatte Derdâ zum ersten Mal einen Aufzug benutzt. Auf der Etage fanden sie die beiden einander gegenüberliegenden Türen geöffnet vor. In beiden Türen hatten sich Köpfe versammelt. Man küsste Ubeydullah die Hand, nahm Bezir die Taschen ab und zog sich zurück. Männer in die eine Wohnung, Frauen in die andere. Derdâ vergaßen sie einige Sekunden lang vor dem Aufzug, kehrten um und holten sie. Und Derdâ betrat die Wohnung der Frauen.

Man umringte sie, zog ihr den Tschador aus, begutachtete sie. Derdâ fühlte nichts. Eine fragte: »Wie heißt du?« »Was geht dich das an?«, lautete die Antwort, und die anderen lachten. Die Fragende wartete mit ihrer Rache, bis das Mädchen zur Toilette ging. Sie folgte Derdâ und ohrfeigte sie. Derdâ wollte sich im Bad einschließen, da stellte sie fest, dass auf keiner Tür Schlüssel steckten. Bei den Hikmetisten ließen sich Türen nur von außen abschließen. Wer im Haus das Sagen hatte, wusste, wo die Schlüssel lagen.

Da sie die ganze Nacht unterwegs gewesen waren, schliefen Ubeydullah und Bezir bis zum Mittagsgebet. Derdâ fühlte sich nicht müde, doch die Frauen waren beharrlich. Auf dem ihr zugewiesenen Bett schloss sie die Augen, und die Tür fiel ins Schloss. Im Schlüsselloch drehte sich ein Schlüssel, und Derdâ schlug die Augen auf. Sie starrte an die Decke. Sie sah Brüche im Beton. Versuchte sie zu lösen. Dann sah sie ihre Mutter. Prompt klappte sie die Augen zu. Auf jenem Bett schrieb Derdâ ihre Mutter ab.

Mit Regaip an seiner Seite schritt Ubeydullah durch die einzige Straße von Çemendağ und betrat den Wohnblock. Sie fuhren in den vierten Stock und gingen durch die Männertür. Die im Wohnzimmer Knienden lauschten einer Koranrezitation. Ubeydullah sagte zu Regaip: »Nimm Platz!« Regaip nahm Platz. Neben Bezir. Bezir beachtete ihn nicht. Es läutete an der Wohnungstür, man hörte sie aufgehen.

Derdâ betrat das Wohnzimmer. Und eine Frau, die etwa so groß wie Derdâ war. »Setz dich!«, sagte sie zu dem Mädchen. Derdâ setzte sich. Nur die Stimme des Imams war zu hören. Dann verstummte er. Er blätterte das Heiratsbuch in seiner Hand auf, fand eine leere Seite und schrieb sorgfältig Derdâ hinein. Er sah Regaip an, und Ubeydullah sagte: »Regaip.« Auch das schrieb der Imam auf. Er ergänzte die Namen der Zeugen und schloss seine Liste mit Bezir. Er fragte nach islamischer Art, auf welche Summe man sich geeinigt habe, dabei fiel der Ausdruck Brautgabe. Ubeydullah offenbarte, wie viel er für das Mädchen gezahlt hatte. Der Imam sah Regaip an. Regaip nickte. Der Imam begann, Suren zu rezitieren, blickte unversehens Regaip an und bildete einen sehr langen Satz, der begann mit »Nachdem es Gott der Erhabene so gewollt und es Brauch unseres Herrn Propheten ist«, sich fortsetzte mit »gibst du Derdâ, deren Ehevormund du bist ...« und endete mit »... im Rahmen deiner Vollmacht in die Ehe mit Bezir, der sie zur Ehefrau fordert?« Regaip sagte: »Ja.« Die Frage wurde zwei Mal wiederholt. Zwei Mal lautete die Antwort Ja. Der Imam wandte sich an Bezir und bildete noch einen langen Satz, der mit »Nimmst du ...« begann, und zum ersten Mal seit ein paar Tagen sprach Bezir. Viel aber sagte er auch jetzt nicht, denn er sprach lediglich drei Mal dasselbe Wort: »Ja.«

»Hiermit schließe ich die Ehe«, sagte der Imam, schloss seine Augen, richtete seine Stimme und kehrte zu seinen Suren zurück.

Die ganze Zeit hatte Derdâ ihre von schwarzem Stoff verhüllten Knie angestarrt und auf dem Teppich, der begann, wo ihre Füße endeten, das Löwenmotiv studiert. Der Löwe lag in einem Wald von drei Bäumen und beobachtete Derdâ. Sie blieb Auge in Auge mit ihm, bis die Frau, die hinter ihr saß, sich vorbeugte und ihr auf die Schulter tippte. Gerade als sie dachte, wie es wäre, wenn er aus dem Teppich spränge und alle auffräße, hob sie den Kopf und erblickte eine Hand, die sich ihren Lippen entgegenstreckte. Es war Regaips rechte Hand. Ubeydullah sprach.

»Küss deinem Vater die Hand!«

Während sie die Hand, die sie mit den Lippen berührt hatte, an ihre Stirn führte, überlegte Derdâ, ob sie sich wohl verhört habe. War Regaip der Vater, den sie nicht kannte? Da sie ihn nie zuvor gesehen hatte, konnte sie den Blick nicht von ihm lösen. Doch ihr Blick wurde nicht erwidert, denn wie schon Bezir hatte auch Regaip sich erhoben und ging hinaus. Gerade wollte sie schreien: »Nimm mich mit, Papa!«, als sich wieder eine Hand ihren Lippen näherte. Nachdem auch Ubeydullahs

Hand abgefertigt war, merkte sie, dass ihr Vater längst fort war. Sie küsste noch eine ganze Reihe von Händen und hob sie anschließend an die Stirn. Keinem der Besitzer dieser Hände fiel auf, dass Derdâ neununddreißig Grad Fieber hatte. Dabei glühte die Stirn des Mädchens wie ein Grill.

Nach zwei Tagen, in denen sie mit den Fotos, bei deren Aufnahme ihr das Lächeln vergangen war, ein staatliches Gebäude nach dem anderen betreten hatte, und zwei Nächten, die sie allein auf ihrer Matratze auf dem Boden verbracht und mit dem Schweiß das Fieber gelöscht hatte, weckten Frauen Derdâ und zogen ihr das bordeauxrote Kleid an. Diesmal wurde ihr nur der Kopf verhüllt. Man setzte sie in den Wagen, in dem schon Ubeydullah saß und den Bezir steuerte, und sie fuhren in Gassen hinein und auf Straßen hinaus. Als sie an einer Bushaltestelle die Geschwindigkeit drosselten, wollte Derdâ die Tür aufstoßen und flüchten, doch durch die aufklappende Tür stieg Regaip zu und setzte sich neben sie. Sie sah Regaip zum vierten Mal. Stumm beobachtete Derdâ ihren Vater. Der Vater starrte vor sich hin. Derdâ reckte sich und flüsterte Regaip ins Ohr: »Papa!« Regaip hob den Zeigefinger vor die Lippen und bedeutete ihr zu schweigen. Derdâ ließ sich nicht beirren. Sie wisperte: »Bring mich weg von hier.«

Ubeydullah wandte den Kopf zum Hintersitz um und sagte: »Du weißt doch, was du zu sagen hast?«

Regaip griff nach der Kopfstütze des Vordersitzes, setzte sich auf und sagte: »Ja, ja, ich weiß Bescheid.«

Derdâ hatte nicht vor, sich geschlagen zu geben. Wieder flüsterte sie: »Papa, warum warst du nie da?«

Regaip wartete ab, bis sie mit dem Müllwagen auf gleicher

Höhe waren, den sie im dichten Verkehr überholten, und sprach im Schutz des Lärms dem Mädchen ins Ohr, als hustete er.

»Ich bin nicht dein Vater.«

Derdâ flüsterte nicht noch einmal, sie starrte nur vor sich. Auf den Lederrücken von Bezirs Sitz. Ein paar Straßen weiter würde sie an einer Ecke versuchen, die Tür zu öffnen und hinauszuspringen. Da bekam sie es mit der Kindersicherung zu tun.

Im Wartesaal eines Gebäudes mit hohen Wänden erhoben sich Derdâ, die auf Ubeydullahs Geheiß das Kopftuch abgenommen hatte, und die anderen, als ihre Namen aufgerufen wurden, und gingen durch die Tür, die man ihnen wies. Ein Angestellter erschien und führte sie durch den schmalen Korridor, blieb vor einer anderen Tür stehen und drückte auf die Klingel an der Wand. Zwei Sekunden später leuchtete das grüne Licht unter der Klingel. Der Lotse öffnete die Tür und dirigierte die Kolonne von dreieinhalb Personen hinein. In dem Raum saß ein Mann im Anzug, vor ihm stand ein breiter Tisch. Lächelnd stand er auf und begrüßte Ubeydullah mit Handschlag. Den anderen reichte er nicht die Hand. Als er sich wieder setzte, fragte er: »Sind die Unterlagen vollständig?« In gebrochenem Türkisch. Und Ubeydullah sagte: »Ja!«

Er stellte dem Handelsattaché Regaip, den neuen Mitarbeiter seiner Möbelfabrik, und dessen Tochter Derdâ vor. Der Attaché musterte das Mädchen und sprach davon, welch hervorragende Schulen es in seinem Land gab. Nach einigen Formularen, die ausgefüllt, und einigen Fragen, die beantwortet wurden, herrschte Einvernehmen darüber, dass ein fünfjähriges Visum für Vater und Tochter angebracht sei.

Der Attaché hob den Telefonhörer ab, um die notwendigen Anweisungen zu erteilen, und fragte: »Kann ich Ihnen etwas zu trinken anbieten?« Als Ubeydullah »Nein« sagte, entnahm der Attaché dem Glas auf seinem Tisch eine Schokoladenpraline. Das kleine Mädchen griff nach der Praline und sah Ubeydullah an. Der alte Mann nickte. Sie wickelte die Praline aus, steckte sie in den Mund und begann zu kauen. Plötzlich verzog sie das Gesicht, und mit einem vom dreitägigen Fieber verbliebenen Würgereiz erbrach sie, was in ihrem Magen und was von der Praline übrig war. Auf das Beistelltischchen, das vor dem Schreibtisch des Attachés zwischen Bezirs und Ubeydullahs Knien stand. Sie erbrach sich genau auf das Titelblatt der obersten auf dem Tischchen liegenden drei Zeitschriften. Die Frau auf dem Titelblatt wurde Königin von England genannt.

Am meisten regte Ubeydullah sich auf. Immerhin war seine Stimme bei der Einbürgerungszeremonie vor sechsundzwanzig Jahren unter allen, die den Schwur leisteten, der Königin treu zu dienen, am kräftigsten erklungen. Bezir und der Attaché dagegen blieben gelassen, sie waren Engländer seit ihrer Geburt.

*

Regaip trug Derdâ auf dem Arm aus dem Konsulatsgebäude hinaus, dabei ordnete er die feuchten Haarsträhnen, die ihr über die verschwitzte Stirn in die Augen fielen, und drückte wie ein Vater, der sein Kind vor dessen Geburt verlassen hatte, ihren Kopf an seine Brust. Wohl deshalb schöpfte Derdâ Hoffnung. Sie lüpfte die Augenlider und stammelte: »Papa.« Dieses Mal wies Regaip es nicht zurück. Er nahm es aber auch nicht an. Er schwieg und lief mit Derdâ auf dem Arm zum Auto.

In Çemendağ fuhren sie bei der Poliklinik vor, übergaben Derdâ der Obhut der Frauenärzte und absolvierten in der Moschee im Park des Gebäudes das Mittagsgebet. Dann erhoben sie sich, und Ubeydullah sagte zu Regaip: »Dein Job ist erledigt, verschwinde jetzt.« Regaip hatte aber nicht vor zu verschwinden.

»Ihr werdet mich mitnehmen!«

Diese Reaktion kam für Ubeydullah völlig unerwartet, er dachte, er hätte Regaip genug Geld gezahlt, um eine solche Reaktion auszuschließen. Überrascht fragte er: »Wohin?«

»Wohin ihr geht, dahin.«

Regaips Tonfall ließ Bezir zwei Schritte vortreten. Er hätte mit einem Schlag einen von Regaips Armen brechen können, hielt aber inne, als er Ubeydullahs Hand auf seiner Brust spürte. Der alte Mann richtete den Blick auf Regaip und sagte schleppend: »Wir hatten ein Abkommen getroffen. Das Mädchen nehmen wir mit. Du bleibst hier.«

Regaip sah Bezir, der darauf wartete, dass sein Vater zurücktrat, damit er zuschlagen konnte, in die Augen und fragte: »Soll ich zur Polizei gehen?« Wort für Wort. Ruhig. Kein bisschen wie eine Drohung.

Ubeydullah dagegen brüllte, obwohl er das nicht beabsichtigt hatte: »Was willst du? Sag es mir!« Das Stehen strengte ihn an, er stützte sich auf Bezirs Schulter. Obwohl er ein Meister im Verhandeln war, hatte seine Stimme gezittert. Dabei konnte er doch mit jedem um alles feilschen. Mit dem Teufel, mit Gott, mit einfach jedem …

»Ihr nehmt mich mit, und dort verschwinde ich. Das ist alles. Ich fordere nichts weiter. Ihr nehmt mich mit nach England, dann will ich meines Weges …«

Ubeydullah fiel Regaip ins Wort. »Dein Ticket zahlst du selbst.« Er war außerstande, darüber nachzudenken, wie er ihn sonst zum Schweigen hätte bringen sollen. Er war erschöpft. Er hatte Zweifel an der Gesundheit des Mädchens, das er für Bezir besorgt hatte. Er war in Sorge wegen der Fabriken, die er Läden genannt hatte. Es zermürbte ihn, von diesem bedauernswerten Mann bedrängt zu werden und all das seinem Sohn zuliebe zu tun. Und dann?, fragte er sich. Was wird dann? Wird dieses Vieh uns zum Problem, wenn es uns begleitet? Muss ich mich mit diesem Kerl abgeben, bis das Mädchen volljährig ist? Sollte ich den Burschen vielleicht tatsächlich einstellen? Wäre es nicht besser, er ist in meiner Nähe und ich sehe, was er anstellt? Wie auch immer, sein Ticket zahle ich nicht! Hol ihn der Teufel! Verdammter Gauner!

Er schob die Gedanken beiseite und sagte: »Wie soll ich wissen, ob du nicht Bockmist baust? Wenn du Schwierigkeiten kriegst, sind sie gleich auch hinter dem Mädchen her. Du wirst mir unter den Augen bleiben, du arbeitest für mich, klar?«

Regaip hatte, solange Ubeydullah sprach, kein Auge von Bezir gelassen, nun lächelte er und sagte: »Mag sein.«

»Was kannst du?«, fragte Ubeydullah.

»Gelernt hab ich nichts. Ich war Dorfschützer.«

Ubeydullah war beinahe am Ende seiner Händlergeduld.

»Was hast du denn in Istanbul gemacht?«

Regaips Lächeln gefror, die Zunge wurde ihm zur Rasierklinge zwischen den Zähnen.

»Ich hab einen umgelegt. Als eure Leute mich ansprachen, war ich gerade erst raus.«

Ubeydullah fürchtete Männer, die andere umlegten, kein bisschen. Denn wenn es um rohe Gewalt ging, gab es Hunderte von Leuten in seiner Umgebung, die Regaip den Kampf ansagen könnten. Nur Diebe fürchtete er. Er zögerte nicht.

»Also gut«, sagte er. »Du wirst Wachmann.«

»Mal sehen«, sagte Regaip. Um die beiden aufs Blut zu reizen. »Fahren wir erstmal hin, dann schauen wir weiter.«

Bezirs rechte Hand löste sich von seinem 130 Kilo schweren, fast zwei Meter großen Körper und schnappte sich Regaips Hals. Regaips Fersen hoben ab. Er konnte erst atmen, als er mit den Zehen sein Gleichgewicht wiederhergestellt hatte. Im Park der Poliklinik drehten sich ihnen die Köpfe der Patientenangehörigen zu. »Bezir!«, brüllte Ubeydullah. Bezir entließ den Hals so abrupt aus seinem Griff, wie er ihn gepackt hatte. Regaip hüstelte, lächelte gezwungen und sagte: »Willst du mich umbringen, Bursche? Man bringt doch seinen Schwiegervater nicht um!«

Aus Angst davor, hereingelegt zu werden, hatte Regaip darauf bestanden, gemeinsam zu fliegen, aber dann kein Ticket mehr für dasselbe Flugzeug bekommen. Deshalb verfielen die Tickets, die Ubeydullah in Händen hielt, und die Reise würde erst am nächsten Tag stattfinden. Um den Schmerz, aufgrund der Drohung mit der Polizei gekuscht zu haben, zu verdrängen und um den zusätzlichen Tag nicht ungenutzt zu lassen, sagte Ubeydullah zu Bezir: »Bring uns zum Friedhof!« Am Grab von Yakup Hodscha Efendi, dem Bruder Scheich Gazis, las er aus dem Koran. Da auch Yakup entrückt gewesen war wie sein älterer Bruder, war er zu Lebzeiten umhergezogen, und man hatte ihn danach begraben, wo er gestorben war. Mit dem hölzernen Brunnen gleich nebenan hatte sein Grab etwas von einer kleinen Türbe, einer Art Mausoleum. Ebendies war beabsichtigt. Am liebsten hätte man Yakup noch zu Lebzeiten in eine Türbe verwandelt. Wie man es nun mit seinem älteren Bruder hielt.

Derdâ befahlen sie, das Grab von Unkraut zu säubern. Ein Junge in Derdâs Alter kam mit zwei Kanistern voll Wasser heran. Er hatte den auf den Friedhof einbiegenden Wagen verfolgt und war über Schleichwege herbeigeeilt.

»Soll ich begießen, Onkel?«

Ubeydullah gab dem Jungen zu verstehen, dass er nicht gestört werden wollte, indem er ihm einen Blick unter gerunzelten Brauen zuwarf und laut fortfuhr, aus dem Koran zu rezitieren. Anschließend nahm er sein Gemurmel wieder auf. Als er aber merkte, dass der Junge sich nicht vom Fleck rührte, hob er den Kopf und deutete mit Brauen und Blicken zum Grab.

Der Junge stellte sich hinter Derdâ und tränkte das Grab mit kleinen Schlucken, so dass die Erde das Wasser gut aufnehmen konnte. Derdâ rupfte energisch aus, was ihr unter die Finger kam, der Junge goss hinter ihr Wasser in die entstandenen Wurzelkuhlen. Schweigend umrundeten sie so das Grab. Bezir fand sich währenddessen umringt von Hikmetisten, die die Gräber ihrer Familienältesten besuchten. Er redete nicht, doch er hörte zu. Was auch immer man ihm erzählte, es schien ihn nicht zu interessieren, denn über die Schultern der Leute hinweg ließ er den Blick schweifen.

Der Junge hatte die Erde vollständig benetzt, nun galt es, das Marmorbecken am Fußende des Grabes aufzufüllen. Er hatte zwar selten Vögel aus dem Becken trinken sehen, doch um ein gutes Taschengeld zu erhalten, wollte er seine Arbeit mustergültig ausführen. Er schraubte den zweiten Kanister auf und goss Wasser in das Becken. Da sah er ein Paar Hände. Das sich der Öffnung des Kanisters entgegenstreckte. Wie in Handschellen gelegt, eine Hand über der anderen. Vom Unkrautjäten beschmutzt. Der Junge hob den Kopf, und sein Blick traf Derdâs. Zum ersten Mal. Er lenkte den Wasserstrahl um, zog ihn vom Becken ab und richtete ihn auf die Hände. In dem Strahl wuschen sich Derdâs weiße Hände. Sie standen nah beieinander. Kopf an Kopf. Vielleicht zu nah.

»Danke«, sagte Derdâ.

»Danke dir«, wollte der Junge sagen, doch eine Hand packte ihn am Kragen und riss den kleinen Körper weg. Bezir schleuderte den Jungen beiseite. Wie einen Stein. Ubeydullah hob den Kopf, sah seinen Sohn an, fuhr mit lauter Stimme in seinem Singsang fort, und Bezir verstand. Er zog ein wenig Kleingeld aus der Tasche und zeigte es dem Jungen, der gerade wieder auf die Füße kam. Der Junge beugte sich zu dem Kanister, der ihm aus der Hand geflogen war, und hob ihn auf. Er warf Bezir einen Blick zu, dann Derdâ. Er wandte sich um und ging fort. Ubeydullah, der mit Gemurmel den Koran in seinen Händen zuschlug, sagte laut, dass alle ihn hörten: »Amen!«

Ubeydullah schlurfte zwischen den stählernen Bänken auf dem Flugplatz umher, ließ die Gebetskette durch die Hand gleiten und malte sich aus, wie er daheim in London die ausgefallenen Gebete nachholen würde. Bezir und Regaip schleppten die Koffer, Derdâ, die am liebsten den schwarzen Stoff, der sie umhüllte, verbrannt hätte, trug ihre Schultasche auf dem Rücken und bestaunte mit offenem Mund das riesige Gebäude, das sie zum ersten Mal zu Gesicht bekam.

Nach ein paar Schritten klappte sie den Mund zu, denn ihr fiel ein, wie sehr sie alle Menschen hasste, die bis zu jenem Tag auf der Welt gelebt hatten und noch lebten. Viele solcher Menschen umgaben sie. Sie war umringt. Von Menschen. Die an ihr vorübergingen. Die, wenn sie ihnen in den Weg trat, hastig einen Bogen um sie machten, die es eilig hatten und das Mädchen in Schwarz nicht sahen. Wie kann es sein, dass sie nicht verstehen, dachte Derdâ. Ich gehe an ihnen vorbei. Ich bin hier, bin unter ihnen. Aber es kümmert niemanden. Sie nehmen mich gar nicht wahr. Sie sind alle blind geworden. Oder dieser Tschador ist aus Unsichtbarkeitsstoff…

Drei Stunden verstrichen, und eine Stewardess, die bedauernd, aber mit einem Lächeln in den sichtbaren Teil von Derdâs Gesicht blickte, schloss den Sicherheitsgurt des Mädchens. Eine weitere halbe Stunde verging, und die Räder des Flugzeugs verschwanden in seinem weißen Bauch. Derdâ schaute wie ein Vogel auf Istanbul hinunter. Wie ein Zugvogel flog sie davon.

Einige Minuten lang dachte sie an das Mädchen aus Yatırca und an Lehrerin Yeşim. Sie standen ihr lebendig vor Augen. Die eine weinte, die andere sprach. Dann entglitten ihr die Gesichter allmählich. Von Nazenin hatte sie es aufgeschnappt. Und sprach es aus wie sie. Still für sich. In einem Atemzug:

»Ich fick euch!« Es gefiel ihr. Sie wiederholte es. »Ich fick euch, fick euch, fick euch!« Ihr Gesicht fand zu einem Lächeln, zu leicht, um mit Augen wahrgenommen zu werden. Und es hörte ja keiner. Menschen, dachte sie. Weder sehen sie, noch hören sie. Tausend Mal, dachte sie, werde ich das sagen. Für alle. »Ich fick euch, fick euch, fick euch, fick euch, fick euch, fick euch, fick euch, fick euch, fick euch, fick euch …« Ein Mal gab sie sich, um mit den tauben Ohren der Menschen zu spielen, nicht mit dem Denken zufrieden, sondern wisperte. Das Schwanzende auf »keuch« ließ sie leicht über die Lippen springen. Ubeydullah, der neben ihr saß, dachte, das Mädchen, dessen Lippen sich rasch bewegten, bete aus Flugangst oder murmele eine Sure, die sie noch aus dem Korankurs im Kopf hatte. Hatte Ebcet nicht gesagt: »Sie war fünf, da haben wir sie hingeschickt«? Er war es zufrieden.

Tausend Mal »Ich fick euch!« hatte sie geschafft, und Derdâ hob den Kopf, um die Knöpfe über sich zu mustern. Die Lampe fiel ihr auf. Ein Fleck in der runden Lampe. Sie schaute genauer hin. Der Fleck war eine Fliege. Sie lebte noch, irgendwie war sie unter die Abdeckung gelangt und saß nun darin gefangen. Eine Fliege, die zu fliegen versuchte und dabei immer wieder gegen die Wände ihres engen Aquariums taumelte. Derdâ hatte kein Mitleid mit ihr. Kein bisschen. Sie schaltete die Lampe ein.

*

Wie Wasser trank Derdâ, was an ihren Augen vorüberzog. Vom Flughafen Heathrow wurden sie von einem Kleinbus abgeholt und fuhren über die Umgehungsstraße. Derdâ saß am Fenster, der Platz, den sie in ihrer kurzen Autovergangenheit zum Lieblingsplatz erkoren hatte. Sie liebte ihn nicht wegen der Aussicht. Er bedeutete, einen Menschen weniger an der Seite zu haben. Derdâ lernte. Je weniger, desto besser! Aber dieses Mal war auch der Ausblick nicht schlecht. Sie betrachtete die grünen Wiesen und Bauernhöfe nahe der Autobahn wie die Bilder in den Büchern, die sie einst gelesen hatte. Sie schaute die Schilder an, die Menschen in den Autos neben ihnen, die Wolken, die riesigen Trafos, alles, einfach alles schaute sie an. Vom Schauen brannten ihr die Augen. Vom Beobachten schmerzten ihr die Augen. Sie wollte nichts zurücklassen, während sie mit neunzig Stundenkilometern vorbeirauschte. Es sollte nichts bleiben, das sie nicht gesehen hätte! Manchmal verpasste sie etwas. Ein Gebäude oder eine Brücke. Sofort wandte sie den Kopf. Nach hinten. Aber sie war zu schnell, ihr Kopf drehte sich im geweiteten Tschador, und alles wurde dunkel. Sie wollte die Sicherheitsnadel unmittelbar unter das Kinn setzen, um den Stoff, der ihr über die Wangen glitt, festzustecken, doch sie glaubte, dann zu verpassen, was draußen vor dem Fenster geschah, und vermochte es nicht.

Als ihre Augen, beeindruckt von allem, was sie gesehen hatten, vor Vergnügen, Staunen und verweigertem Lidschlag feucht waren, fuhren sie nach London hinein. Die Rushhour hatte eingesetzt. Bezir, der links neben ihr saß, griff an eine schwarze Röhre über der Scheibe, die sie zuvor nicht bemerkt hatte. Gerade als Derdâ den Blick eines Punks auffing, der auf dem Bürgersteig bettelte, zog Bezir das Kunststoffrollo herunter. Nun war die Scheibe schwarz. Die Welt war nicht länger zu sehen. Derdâ ließ den Kopf hängen. Starrte auf ihre Knie. Sie schloss die Augen und dachte an all das, was sie unterwegs gesehen hatte. Alles konnte sie noch einmal sehen, wenn sie daran dachte.

Als sie aus ihren Gedanken gerissen wurde, waren sie in Finsbury Park angekommen. Dem Hauptquartier der Hikmetisten in London. Çemendağ auf Englisch: Finsbury Park. Finsbury Park, wo die Immobilienpreise wegen der muslimischen Migranten im Keller waren. Finsbury Park, wo aus diesem Grund Engländer, je ärmer, desto rassistischer, und Muslime, je wohlhabender, desto zahlreicher, eng beieinander wohnten.

Der Kleinbus, der Regaip zu einer anderen Adresse bringen sollte, fuhr ab, und sie betraten einen zwölfgeschossigen Block, den zur Hälfte Hikmetisten bewohnten. Bis sie in der Wohnung im elften Stock ankam, war Ubeydullahs Hand von Dutzenden Menschen geküsst worden. Dann legte sich diese Hand Bezir auf die Schulter.

»Geh in deine Wohnung. Sie schicken dir das Mädchen.«

Ubeydullahs Ehefrau Rahime und die anderen Frauen steckten Derdâ ins Bad der Wohnung im elften Stock und fragten: »Weißt du, wie man die rituelle Waschung vornimmt?«

»Ja.«

Die Frauen waren nicht überzeugt. Deshalb forderten sie den Beweis. Sofort und vor ihren Augen. Derdâ zog sich aus und wusch sich nach den Regeln, die Mübarek ihr beigebracht hatte. Nach Art der Hikmetisten. Sie waren zufrieden.

Daraufhin sagte eine Frau lächelnd: »Hör zu, ich bin Rahime Abla, ich war genauso alt wie du, als ich herkam, du brauchst wirklich keine Angst zu haben.« Sie nahm Derdâ bei der Hand und führte sie in den zwölften Stock hinauf. Zwei Wohnungen hatte die Etage. Die Frau klingelte an der Tür, die der Treppe am nächsten war, und trat dann zurück, stieg ein paar Stufen hinunter. Sie hörte, wie die Tür aufging, und sah Derdâ, die einen Augenblick lang reglos dagestanden hatte, mit einem Schritt eintreten.

Bezirs Wohnung hatte vier Zimmer. Der Boden war mit Teppichen bedeckt. Die Teppiche mit Löwen. Im Wohnzimmer befanden sich nur ein Sofa, zwei Sessel, ein hundertjähriges Rahle-Lesepult und ein schwarz gerahmtes Poster von der Kaaba, das sich über eine der Wände erstreckte. Eines der Zimmer war leer. In einem stand ein großer Kleiderschrank. Der einzige Spiegel hing im Bad. Das dritte Zimmer war das größte. An einer Wand stand ein Doppelbett. Ein Bett, das sich nur von einer Seite besteigen ließ. Offensichtlich war es gerade erst dorthin geschoben worden. Das verriet der gewellte Teppich darunter.

Bezir ging auf das Kaaba-Poster zu. Davor lagen zwei Gebetsteppiche. Nebeneinander. Vor den einen stellte er sich und winkte Derdâ heran. Das Mädchen stellte sich vor den anderen Gebetsteppich, und zum Kaaba-Poster an der Wand hin, die in Richtung Mekka lag, vollzogen beide das Gebet. Die Fenster waren von dicken Vorhängen verdeckt, London erwartete eine weitere Mitternacht. Derdâ betete darum, Bezir, den sie aus den Augenwinkeln beobachtete, möge nicht bemerken, dass sie das rituelle Gebet nicht vollzog.

Behäbig rollte Bezir die Gebetsteppiche auf, stapelte sie auf das Sofa, nahm Derdâ bei der Hand und zog sie ins Schlafzimmer. Während er sich des Kaftans entledigte, ließ er das Mädchen keine Sekunde aus den Augen. Er bedeutete Derdâ, den Tschador abzulegen: »Zieh ihn aus!« Derdâ wand sich aus dem schwarzen Stoff, und Bezir sagte: »Leg dich hin!« Er wies zur Wand. »Dahin!«

Er blieb eine Weile stehen und musterte Derdâ. Derdâ, die nur noch ihre Unterwäsche trug. Er zitterte. Beide zitterten. Zum letzten Mal für diese Nacht sprach Bezir.

»Im Namen Gottes, des Erbarmers, des Barmherzigen.«

Und er schlug und fickte Derdâ brutal. Bis es Morgen wurde in London.

Es war die längste Nacht in der Londoner Geschichte, denn die Sonne schämte sich aufzugehen. Deshalb war dieser Morgen jener, der sich später als alle anderen in London einstellte.

*

Bezir untersuchte die Bissspuren an seinen Händen, während er schon vor dem Aufzug stand. Derdâ lag blutend in der leeren Badewanne, das Atmen fiel ihr schwer. »Wasch dich!«, hatte Bezir gesagt. Dann hatte er sie auf den Arm genommen und in die Wanne gelegt. Als legte er sie ins Grab. Derdâ war nackt. Sie fürchtete zu erfahren, woher das Blut kam, konnte deshalb den Kopf nicht heben und nachschauen. Selbst wenn sie es gewollt hätte, wäre sie nicht fähig dazu gewesen. Sie hatte keine Kraft mehr. Die ganze Nacht hatte sie sich gewehrt. Mit Ziehen, Stoßen, Beißen und Nagen an den Händen, die ihr den Mund verschlossen, der sich zum Schreien öffnete. Doch vergebens. Unter ihren Nägeln saß geronnenes Blut. Arme und Beine waren gefleckt wie Leopardenfell. Derdâ war verrottet. In einer Nacht. Vergammelt und verdorrt. Darum konnte sie nicht weinen.

Sie hörte jemanden an der Wohnungstür hantieren. Jemand, der nicht wusste, welcher Schlüssel zum Schloss gehörte, probierte alle durch. Schließlich passte einer und drehte sich im Schloss. Die Tür ging auf. Eine Frauenstimme.

»Derdâ! Derdâ!«

Rahime betrat das Bad und erblickte das Mädchen. Sie erschrak kein bisschen, drehte den Wasserhahn an der Wanne auf und stellte die Temperatur des Wassers ein. Derdâ, die Augen in den Höhlen versunken, blickte in die Welt tief aus dem Inneren ihres Körpers heraus. Sie konnte nicht sprechen, war unfähig, die Laute, die ihr in den Mund hochstiegen, über die Lippen zu bringen. Sie sah nur. Sie sah Rahimes ins Wasser gehaltene Hand wie durch ein umgedrehtes Fernglas. Als Rahime die gewünschte Temperatur auf der Haut spürte, zog sie die Hand aus dem Wasser, schüttelte sie, Tropfen sprühten ihr von den Fingerspitzen. Sie lenkte das Wasser um und ließ es durch den Duschkopf strömen. Derdâs Beine wurden nass. Das kleine Mädchen stöhnte. Das gelang ihr gerade noch. Das lauwarme Wasser regnete auf ihren Körper. Auf ihre Füße, ihre Arme, ihre Hände, ihren Hals.

»Mach die Augen zu«, sagte Rahime und lächelte.

Derdâ hörte es nicht. Verstand es nicht. Ein Dröhnen hatte eingesetzt in ihren Ohren. Als ihr aber die Regentropfen in den Mund drangen, schloss sie unwillkürlich die Lider. Nun war das Wasser auf ihrem Gesicht und setzte sich gleich einer nassen Brille über ihre Augen. Schließlich sah Derdâ aus, als weine sie. Sie weinte aber nicht.

Nachdem das Wasser die Blutflecken abgewaschen hatte, kam die Quelle des Blutes zum Vorschein. Zwischen ihren dünnen Beinen hervor war es überall hingespritzt. Etwas war zerfetzt worden zwischen diesen Beinen. Etwas war zerrissen. Etwas war gestorben. Nachdem das Wasser die Blutflecken abgewaschen hatte, blieben die blauen Flecken zurück. An jeder bloßen Stelle von Derdâ. Etwas war beschädigt worden an diesen Stellen. Etwas war eingeschlagen. Etwas war entstanden. Blaue Augen. Derdâ hatte nun sogar auf dem Rücken ein Auge. Auch wenn es vorerst nicht sah, es war da. Möglicherweise war das Einzige, was dieses blaue Auge benötigte, um sich zu öffnen, ein wenig Zeit.

Sie wollte die Suppe essen, die ihr hingestellt wurde, vermochte es aber nicht. Rahime nahm ihr den Löffel aus der Hand, blies auf seinen Inhalt und leerte ihn zwischen die Lippen des Mädchens, die einen Spalt breit offen standen. Nach ein paar Löffeln schob Derdâ einen kleinen Buchstaben über die Lippen. Sie vergrößerte diesen Buchstaben.

»A!«

Sie vervielfältigte ihn.

»AAAA!«

Zuletzt unterbrach sie ihren Schrei nur noch, um Atem zu holen.

»AAAAAAAA … AAAAAAAA … AAAAAAA …«

Ihre Lippen schlossen sich erst wieder, als Ulviye aus dem vierten Stock heraufkam und ihr Diazepam spritzte. Das heißt, Derdâ war außerstande gewesen, sie zu schließen. Denn es war nicht sie selbst, die schrie, sondern ihr elfjähriges Leben. Dann … schlief sie ein.

Sie erwachte. Sie war sechzehn Jahre alt. Sie lag auf dem Sofa, hatte in lauer Nachmittagsstille die Augen geöffnet und schaute zur Decke hoch, als Gepolter hinter der Wohnungstür sie erschreckte. Sie sprang auf und warf sich den Tschador über. Nur die Augen ließ sie frei, so ging sie zur Tür. Eine Verkrümmung im Spion verhinderte die Sicht in den Hausflur, weshalb sie die Tür einen Spalt breit aufmachte und den Kopf reckte.

Zuerst erblickte sie ein Blatt. Ein gigantisches Blatt an einem gigantischen Stamm in einem gigantischen Topf. Dann sah sie einen Sessel. Einen schwarzen Ledersessel. Dann sah sie Stanley. Einen schlanken, hochgewachsenen Mann. Stanley schob den Glastisch in seiner Wohnung beiseite, damit ein Mann im blauen Drillich, der mit zwei Paketen unter dem Arm an ihm vorüberging, durch die sperrangelweit offenstehende Tür bequem eintreten konnte. Als Stanley die anderen Sachen musterte, entdeckte er Kopf und Schulter von Derdâ, seiner neuen Nachbarin. Er lächelte nicht und grüßte auch nicht. Er schaute nur. In die von pechschwarzem Stoff gerahmten pechschwarzen Augen. Derdâ verschwand im Nu, als zöge jemand sie von innen herein, und schloss die bergende Tür.

Die seit fünf Jahren leerstehende Wohnung vis-à-vis hatte also einen Mieter gefunden. Sie würde künftig den Tschador überwerfen müssen, wenn sie die Fußmatte reinigen oder Bezir morgens zum Aufzug begleiten wollte. Das waren ihre ersten Gedanken. Sich verhüllen, um für fremde Männer unsichtbar zu sein.

Sie kauerte sich hinter der Tür nieder und lauschte zum Flur hinaus. Sie hörte Geräusche. Leichte, schwere, plötzliche, lang anhaltende … Jedem schrieb sie ein Möbelstück zu. Hätte sie wohl hinter der Tür ausgeharrt, bis die Geräusche verstummten und die Tür gegenüber geschlossen wurde, wenn sie gewusst hätte, dass sie kein einziges richtig zuordnete? Vielleicht hätte es sie gar nicht gestört. Denn Derdâ hatte ansonsten nichts zu tun. Seit fünf Jahren lebte sie in der Wohnung im zwölften Stock. Der Unterschied zu dem Raum in Kurudere war, dass sie hier keinen Ring am Fußgelenk trug. Dieses Mal umschloss der Ring ihren ganzen Körper. Nur freitags verließ sie die Wohnung. Über genau sechzehn Stufen huschte sie in den elften Stock hinunter und trat ein durch die Tür, die Rahime öffnete. Sämtliche Frauen der Hikmetisten aus dem Wohnblock versammelten sich hier, um dem Gesprächskreis genannten Vortrag zu lauschen. Zu Beginn war Derdâ unklar, warum der Vortrag Gesprächskreis genannt wurde. Denn sie dachte, ein Gespräch beruhe auf gegenseitigem Reden. Später hatte es sie schlicht nicht mehr interessiert. Sie achtete nur noch darauf, nicht in der Nähe des alten Vezir zu sitzen, der aus der Überlieferung des Propheten berichtete und dabei plärrte und jammerte und sabberte. Denn der alte Mann war sehr laut und sein Mund äußerst wässerig. Er konnte drei Stunden ohne Pause reden und hielt während der letzten Stunde die Augen geschlossen. Die Frauen saßen dicht gedrängt auf dem Boden, damit alle ins Wohnzimmer hineinpassten. Derdâ war der Platz zwischen dem gelben Sessel und der Wand am liebsten. Deshalb kam sie ein paar Minuten zu früh zum Gesprächskreis hinunter und versuchte, diesen Platz zu ergattern. Denn Derdâ wollte sich verborgen halten. Denn Derdâ, die normalerweise einen Einteiler mit Gummiband in der Taille bevorzugte, trug zum Gesprächskreis seit zwei Jahren einen zweiteiligen Tschador und steckte unbemerkt von den anderen die linke Hand in die Pluderhose und deren Mittelfinger in sich selbst hinein. Wenn die Frauen neben ihr unter Tränen Vezir lauschten und hysterische Anfälle bekamen, kontrahierte Derdâ in den drei Stunden mindestens drei Mal und stöhnte laut. So ging sie in der Menge und ihre Stimme im Rauschen auf. Während sie den Finger wie einen Haken über ihre Innenwände führte, malte sie sich aus, von Dutzenden gesichtslosen Männern umringt und der Reihe nach gevögelt zu werden. Mit dem Gipfel der Lusttreppe ließ sie sich in ihrer Fantasie Zeit. In dieser Szene am Schluss erstarrte Bezir wie durch ein Wunder und war gezwungen, das von Kontraktionen zerknitterte Gesicht seiner Frau wahnsinnig vor Raserei anzugaffen. Der Grund dafür, dass Bezir nicht eingreifen konnte, änderte sich von einem Gesprächskreis zum anderen. Mal war er gelähmt, mal waren ihm Hände und Füße gebunden, mal wurde er von drei Männern festgehalten. Den Blick fest auf Bezirs Gesicht gerichtet, stöhnte Derdâ. Anschließend war der Gesprächskreis beendet, und alle kehrten in ihre Wohnungen zurück. Zwei Stunden darauf kam Bezir, und sie setzten sich zum Essen auf den Boden. Er schlang die Bissen in seinem Mund unzerkaut herunter und benutzte seine Zähne dazu, Derdâ zu zerfleischen.

Ein anderes Mädchen an Derdâs Stelle hätte die Gesprächskreise nutzen können, um sich die Wimpern auszurupfen, die Haut der Lippen abzuschälen oder, wie einst ein elfjähriges Kind es getan hatte, sich die Wangen von innen anzunagen. Derdâ aber hatte beschlossen, ihren Einpersonenprotest umzusetzen, ohne eine der schmerzhaften Varianten zu wählen. Denn das taten andere zur Genüge. Es gab eine ganze Welt voller Menschen, die Schlange standen, um Derdâ zu schaden. Zu denen wollte sie nicht gehören. So hatte sie die Quelle ihres stillen Aufschreis in der Lust gefunden. Das war die einzige Rache, die sie nehmen konnte. In einer Welt des Leidens sich selbst Lust zu bereiten. Es war der einzige Weg zu verkünden, dass sie es ablehnte, Opfer zu sein. Zumindest es sich selbst zu verkünden.

Weder erfuhr Ubeydullah, dass Bezir Derdâ schlug, noch erzählte Rahime von dem, was sie in jener Badewanne gesehen hatte. Dabei liebte Ubeydullah Derdâ. Barmherzig. Kam er, wenn auch selten, in die Wohnung, sagte er: »Derdâ, meine Tochter.« Wegen des Stoffes aber, der alles verhüllte, sah er nichts. Weder die Spuren der Gürtelschnalle an Derdâs Knien noch die Abdrücke der Fausthiebe an ihren Schultern.

Bezir schlug, weil es ihm schwerfiel zu sprechen. Bezir schlug, weil das Kickboxen, mit dem er auf Empfehlung des Lehrers in der Stadtteilschule vor sechzehn Jahren einst begonnen hatte, um die Tollwut zu zähmen, die sich seiner bis ins schwärzeste Härchen hinein bemächtigt hatte, zur Wutkontrolle nicht taugte. Und Bezir schlug, weil Derdâ einfach nicht schwanger wurde.

Als sie hörte, dass die Tür gegenüber geöffnet wurde, sprang Derdâ auf und presste das Ohr an die eigene Tür. Um besser hören zu können, schloss sie die Augen. Ein schlanker, hochgewachsener Mann mit sehr kurzen Haaren tauchte hinter ihren Augenlidern auf. Seine Augen, dachte sie. Waren die blau? Sie wusste es nicht. Beim nächsten Gesprächskreis würde seines zu den Gesichtern der Männer gehören, die sie umringten. Das zumindest wusste sie.

*

Bezir hatte für vier Tage nach Istanbul reisen müssen, und die Freude, die Derdâ zunächst verspürt hatte, weil sie eine kurze Weile allein sein würde, hatte sich verflüchtigt, als sie die Anweisung erhielt, sich tagsüber bei Rahime aufzuhalten.

Auf Rahimes Gesicht lag stets ein Lächeln. Ihre Miene schien in einem Moment aufgeklebt worden zu sein, in dem sie gelächelt hatte. Lächelnd schimpfte sie, lächelnd aß sie, lächelnd betete sie. Auch Derdâ sah sie so an. Lächelnd. Sie hatte etwas auf dem Herzen. Sie sprach.

»Weißt du, warum Bezir nach Istanbul gefahren ist?«

»Wegen der Arbeit«, sagte Derdâ.

Rahime schmälerte ihr Lächeln.

»Hat er dir das gesagt?«

»Ja«, sagte Derdâ.

Rahime weitete ihr Lächeln.

»Ach, meine Kleine, wenn du nur wüsstest … Ich will nichts gesagt haben, aber Bezir ist los, um sich ein Mädchen anzuschauen.«

Derdâ war voreilig.

»Verlässt er mich dann?«

»Willst du, dass er dich verlässt?«

Ihre Reaktion auf diese Frage war von größter Bedeutung. Das Ergebnis könnte ein Blitz sein, der sie in vier Tagen ereilen würde.

»Nein, nein«, sagte Derdâ.

Rahime lachte so schallend, dass ihr Lächeln riss.

»Dummes Mädchen, warum sollte er denn nach einem Mädchen Ausschau halten? Wenn er eine Frau wie dich hat … Was bist du dumm!«

Derdâ neigte den Kopf zur rechten Schulter und verengte die

Augen. Sie taxierte ihr Gegenüber, die Frau, die schallend lachte und sich mit den Händen den Mund zuhielt. Ihr wurde klar, dass Rahime den Verstand verloren hatte. Es stimmte. Die zweiunddreißigjährige Rahime war irre, und nur Derdâ bemerkte das. Rahimes einzige Tochter war mit vierzehn dem Blockältesten im Nachbarhaus, Azamet, als dritte Frau angetraut worden. Als Rahime damals begriff, dass sie ihre Tochter nie wiedersehen würde, und wenn doch, dass sie sie nicht wiedererkennen würde, hatte sie aufgehört, irgendetwas zu begreifen.

Bis zum Abendgebet lauschte Derdâ Rahimes Gesprächen mit Gott, die diese lächelnd führte. »Sonst hört ihn niemand«, sagte sie. »Denn er spricht nur mit mir. Ich nehme dich in mein Paradies auf, sagt er.«

Dann hielt Rahime inne. Ihr war ein Gedanke gekommen. Das Lächeln gefror. Ein paar Sekunden vergingen, dann fuhr sie fort.

»Rahime, sagt er zu mir. Du bist meine liebe Dienerin. Einzig deinem Gebet glaube ich. Die anderen lügen …«

Sie ließ Derdâ schwören. Fast alle zwei Stunden.

»Hör zu, du wirst zu niemandem davon sprechen, nicht wahr?«

Sie holte den Koran.

»Leg deine Hand darauf«, sagte sie. »Schwör's!«

Sie aßen, dann verließ Derdâ die Wohnung und erklomm die Treppe. Den Schlüssel zu ihrem Gefängnis trug sie an einem Band um den Hals. Als sie den Schlüssel ins Schloss steckte, hielt der Aufzug auf ihrer Etage, und Derdâ erstarrte. Wie auch der Schlüssel. Die Tür des Aufzugs öffnete sich, und Derdâ konnte sich nicht beherrschen. Sie schaute über die Schulter.

Stanley im Ledermantel, die Augen schwarz umrandet, starrte sie an. Mit seinen mächtigen Dr.-Martens-Stiefeln, die Schäfte reichten ihm bis zu den Knien, Stahlkappen in den Spitzen, sah er noch größer aus. Seine blauen Augen wirkten wie zwischen schwarzen Wolken aufblitzender Himmel.

Derdâ ließ den Schlüssel im Schloss stecken, drehte sich sehr, sehr langsam um und blickte Stanley wie ein schwarzes Gespenst an. An der Decke brannte eine gelbe Lampe, und als sie erlosch, hüllte Dunkelheit sie ein. Niemand konnte sie sehen. Derdâ hätte sich Stanley in die Arme werfen können. Stanley hätte Derdâ an sich ziehen können. Dann wären sie in den Aufzug geschlüpft und der Unendlichkeit entgegengegangen. Doch es gab etwas, das Derdâ vergessen hatte. Es war unmöglich, im Schutz der Dunkelheit zu fliehen, denn Stanley tat einen Schritt und schaltete das Licht wieder ein. Sie starrten einander weiter an. Weniger als zwei Meter trennten sie voneinander. Wieder ging das Licht aus, und diesmal tat Derdâ einen Schritt. Einen so raschen Schritt, dass der Stoff, der sie verhüllte, sich wellte. Stanley, der Jahre vor Derdâ auf die Welt gekommen war, kehrte vor ihr auf die Welt zurück, grüßte das Mädchen mit einer kantigen Kopfbewegung und wandte sich seiner Wohnungstür zu. Obwohl er betrunken war, stieß er den Schlüssel mit einer einzigen Bewegung ins Schloss und öffnete die Tür mit einem einzigen Stoß. Das Licht ging aus, und als es erneut anging, war die Tür geschlossen.

Jene Nacht verbrachte Derdâ auf dem Boden der Diele. In der Hoffnung, irgendein Geräusch von jenseits der Tür zu hören.

Sie erwachte und verließ die Wohnung. Sie sah nach Stanleys Tür. Die glich einer Wand. Als wäre dahinter nichts. Derdâ ließ den Kopf hängen und ging ein Geschoss tiefer. Rahimes Tür öffnete sich, noch bevor die Melodie der Klingel zu Ende war.

»Du kennst ja Ulviye«, sagte Rahime.

Derdâ nickte.

»Auch sie spricht angeblich mit Gott, weißt du das? Vor ein paar Tagen hat sie's gesagt. Die verlogene Nutte!«

Derdâ ergriff die Gelegenheit zum Fluchen und betonte jeden Buchstaben des Wortes, das ihr über die Lippen kam, einzeln.

»Nutte!«

Rahime freute sich, das zu hören, und lächelte so breit, dass sie die Mundwinkel unter die Wangenknochen hätte stecken können.

Nachdem Derdâ zwölf Stunden damit zugebracht hatte, die rituellen Waschungen vorzunehmen und zu beten, zu kochen und zu essen und so zu tun, als hörte sie Rahime zu, verließ sie die Wohnung. Auf jeder Treppenstufe hielt sie inne und horchte auf das Geräusch des Fahrstuhls. Besser gesagt, auf seine Geräuschlosigkeit. Drei Stufen stieg sie hoch, zwei hinunter. Dann ging sie wieder eine Stufe hoch, zählte stumm bis fünfzig, doch das mechanische Klappern vom Fahrstuhl wollte sich nicht einstellen. Nach den ersten acht Stufen gab sie das Warten auf, eilte die Treppe hinauf und schlüpfte in ihre Wohnung, ohne Stanleys Tür eines Blickes gewürdigt zu haben.

Die ersten Stunden jener Nacht verbrachte sie auf dem Sessel, den sie ans Fenster geschoben hatte, und beobachtete das nächtliche London. Dann erhob sie sich und zog sich gemächlich aus. Splitterfasernackt tat sie einen Schritt und hinterließ auf der Scheibe zur Stadt mit Fingern und Brustwarzen Spuren. Am Fenster der dunklen Wohnung im zwölften Stock stand eine entblößte Derdâ mit ausgebreiteten Armen. Die die Stirn gegen das Glas lehnte und zu den Lichtern in der Ferne schaute. Die sich sorgte, ob das wohl jemand sieht, und dann dachte, hoffentlich sieht das jemand. In jener Nacht schwenkte Derdâ sich vor dem Fenster gleich einer Fahne hin und her. In jener Nacht war Derdâ in der Dunkelheit so nackt wie ein Schrei. Doch niemand hörte ihren Schrei. Weil das Glas, hinter dem sie sich entblößt hatte, keinen Laut durchließ, sah niemand ihren wie rohes Fleisch weichgeklopften Körper. Weder entdeckte jemand ihre blauen Flecken und informierte die Polizei, noch beschwerte sich jemand wegen Exhibitionismus. Unbekleidet ging Derdâ zu Bett.

Ihre Lider hoben sich, und eine schwarze Silhouette schwebte vorüber. Sie schlug die Augen auf, klemmte die Decke zwischen Ellbogen und Brust und setzte sich rasch auf. Auf der Bettkante saß Rahime, musterte Derdâs nackte Schultern und lächelte. Im ersten Augenblick wusste sie nicht, wie Rahime hereingekommen war, und auch nicht, in welcher Wohnung sie sich befand. Dann fiel ihr wie ein zornig geschleuderter Stein ein, dass Rahime einen Schlüssel zur Wohnung besaß. Hockte sie etwa schon lange dort, neben ihr, auf der Bettkante? Es war Morgen, die Sonne ließ die Farben der geschlossenen Vorhänge leuchten. Hatte doch jemand gesehen, was sie gestern Nacht getrieben hatte?

»Auch ich war einmal so hübsch wie du.«

Derdâ atmete auf. Rahime ließ die Hand über die Schultern des jungen Mädchens gleiten und sprach weiter.

»Aber sieh nur, was dann geworden ist. Was ist aus mir geworden!«

In voller Tschador-Montur schlüpfte Rahime ins Bett. Sie legte Derdâ den Kopf auf die Brust und weinte. Das Einzige, was Derdâ tun konnte, um Rahime zu trösten, war, den Stoff zu tätscheln, der ihr den Kopf verhüllte.

Der Tag verlief in großer Stille, niemand betete. Gegen Abend trat Rahime mit einem Schuhkarton auf Derdâ zu und wisperte: »Weißt du, was darin ist?«

Ohne Derdâs Antwort abzuwarten, hob sie den Deckel von der Schachtel, und ein Bausch Kopftücher quoll hervor. Als der Wust sich auflöste, erschien eine metallische Farbe. Rahime hob ein kleines Kofferradio heraus und zeigte es Derdâ.

»Zu niemandem ein Wort, um Gottes willen!«, sagte sie und schaltete das Radio ein. Siouxie and the Banshees spielten »Peek-a-Boo«.

Rahime lachte und sagte: »Ich verstehe kein Wort, aber es ist schön.« Da lachte auch Derdâ.

Bis Mitternacht hörten sie Musik und tanzten. Doch sie wussten nicht, wie das ging. So hielten sie sich hauptsächlich an den Händen, hopsten herum, drehten sich um sich selbst und rempelten einander an. Was sie vollführten, nannte man Pogo, doch das wusste keiner.

Anstrengend war für Derdâ nur, alle halbe Stunde die Hand auf den Koran zu legen und zu schwören: »Ich werde niemandem ein Wort von dem Radio sagen.«

Derdâ wachte mit einem Kloß im Hals auf. Sie schluckte, aber er löste sich nicht. Er saß ihr wie eine stählerne Murmel in der Kehle und erschwerte ihr das Atmen. Der entzündete Kloß hatte einen langen Namen: letzter Tag ohne Bezir. Aber er verkürzte sich mit jedem Augenblick. Mit jeder verstreichenden Sekunde …

Zuerst stellte sie sich die Pupillen des Mannes in der Nachbarwohnung vor. Dann sah sie seine blauen Augen in der Luft, die sie atmete. Gleich unter Bezirs schwarzen Haaren. Bezirs finstere Visage verschwand, je deutlicher das Gesicht um die blauen Augen hervortrat, und der Kloß in ihrer Kehle löste sich auf. Ob ich rausgehe und bei ihm klingele, überlegte sie. Ob ich sage, bring mich fort von hier. Ob ich ihn beknie, entführe mich … Aber wie, fragte sie sich. In welcher Sprache? Sie grübelte. Plötzlich fiel ihr ein zu malen. Ja, sie könnte es zeichnen! Alles. Wie sie vor fünf Jahren in die Wohnung gekommen war. Die Misshandlungen durch Bezir. Wie sie dann aus dem Haus gehen würden, um nie wiederzukehren. Gemeinsam. Hand in Hand. Und ein Herz würde sie zeichnen. Riesengroß.

Sie sprang aus dem Bett und eilte ins Wohnzimmer. Auf dem Rahle-Pult lagen Heft und Füller, mit denen Bezir die arabischen Buchstaben übte. Sie nahm beides, legte sich bäuchlings auf den Boden, schlug eine leere Seite auf und stürzte sich darauf. Sie zeichnete sich selbst. Das war einfach. Ein Schneemann in Schwarz. Daneben Bezir. Ein Schneemann mit Bart. Daneben das Haus. Dazu schrieb sie das Jahr. Das Jahr von vor fünf Jahren. Darunter zog sie einen Strich und machte sich an das zweite Feld der Bildgeschichte. Dem weißen Schneemann gab sie einen Stock in die unförmige Hand.

Der schwarze Schneemann lag nun waagerecht. Es brauchte einen roten Stift. Für das Blut. Aber sie hatte keinen. Sie lief in die Küche. Sie nahm das Brotmesser, hielt sich die Schneide an die Fingerspitze und ritzte. Auf ihrer Haut erschien ein roter Draht. Sie kehrte ins Wohnzimmer zurück und malte den schwarzen Schneemann und seine Umgebung mit dem Blut aus. Auf dem dritten Bild widmete sie sich ganz der Aufgabe, den blauäugigen Mann zu zeichnen, der Derdâ aus ihrer Wohnung holte. Fast hätte sie es vergessen. Das Herz. Darauf ließ sie den letzten Tropfen des Blutes fallen, den sie sich aus der Fingerspitze quetschte.

Sie riss die beiden einander gegenüberliegenden Bilder aus dem Heft, kleidete sich an und lief ein Stockwerk tiefer. Rahimes Tür ging auf, und die Frau mit dem Koran in der Hand fragte: »Was willst du?« Sie hatte alles vergessen. Dass Bezir verreist war, dass Derdâ sich während seiner Abwesenheit jeden Tag bei ihr zu melden hatte, die Lieder, die sie am Vorabend gehört hatten, alles. Derdâ hielt sich nicht lange auf. Sie sagte, sie sei gekommen, um Brot zu erbitten. »Ich habe keins«, sagte Rahime. »Für verlogene Nutten wie euch habe ich gar nichts!« Derdâ lächelte die Tür an, die sich vor ihrer Nase schloss, und rannte die Treppen wieder hoch. Sie fürchtete sich vor dem, was sie gleich tun würde, dermaßen, dass eine Sekunde Zögern sie davon hätte abhalten können. Darum zögerte sie nicht. Sie beeilte sich, bis sie gegenüber die Klingel drückte.

Sie hörte Schritte näherkommen, und die Tür ging auf. Stanley war gerade erst aufgestanden. Die Säcke unter seinen Augen steckten noch voller Crystal-Meth, das er in der Nacht geschnupft hatte. Er trug nur eine Lederhose, deren Knopf offenstand, der Reißverschluss war aber hochgezogen. Am ganzen Körper Tätowierungen. Bis auf ein paar verschonte Hautstellen. Ihre Bilder in der Hand, wich Derdâ einen Schritt zurück. Die Teufel in den Tätowierungen erschreckten sie. Dann dachte sie daran, dass Bezir heimkehren würde, und streckte die Blätter aus. Stanley nahm sie entgegen und schloss die Tür.

Es war dieser Augenblick, da Derdâ nicht wusste, was sie tun sollte. Wie gelähmt blieb sie vor der Tür stehen. Nach einer Weile des Wartens ging sie in ihre Wohnung zurück, dabei schaute sie sich immer wieder um.

In London wurde es dunkel. Von den Straßen der Stadt im Fenster floss Licht. Mit angezogenen Knien kauerte Derdâ auf dem Sessel, schaute nach London hinaus, sah aber nichts. »Was, wenn der Mann die Bilder Bezir zeigt?«, sorgte sie sich und beknabberte ihre Wangen. Eine alte Gewohnheit. Ein paar Stunden lang musterte sie ihr Spiegelbild in der Scheibe und überlegte, sich das Leben zu nehmen. Das Fenster öffnen und hinausspringen.

Sie stand auf. Sie merkte, dass sie vergessen hatte, den schwarzen Stoff, der ihr zur zweiten Haut geworden war, abzulegen. Selbst die Handschuhe trug sie noch. Es kümmerte sie nicht. Sie tat einen Schritt und öffnete das Fenster. Die ersten Tropfen des Regens, der soeben eingesetzt hatte, klatschten ihr ins Gesicht. Zuerst schaute sie zwölf Etagen abwärts, dann in die Ferne. Da hieb eine Faust an die Tür. Die Klingel war kaputt.

Derdâ, bar jeden Gefühls, ließ das Fenster offen stehen, verließ das Wohnzimmer, durchquerte die Diele und stand hinter der Tür. Derdâ, bar jeder Neugier, öffnete die Tür und hob nicht einmal den Kopf, um zu schauen, wer gekommen war. Sie sah ein Paar Dr. Martens. Anschließend ein Paar in schwarzes Leder geschmiegte Beine. Ein schwarzes T-Shirt und Stanleys Gesicht. Seine blauen Augen. Um sie zu sehen, hatte sie den Kopf heben müssen. Sie spähten über Derdâ hinweg. In die dunkle Wohnung hinein. Als suchten sie jemanden. Als wollten sie herausfinden, ob sonst noch jemand hier war. Er stemmte die Hände in den Türrahmen.

»Ist da niemand?«, fragte er, in seiner Muttersprache. Unwillkürlich wandte auch Derdâ den Kopf und schaute zurück. Plötzlich verstand sie, was der Mann wollte. Sie drehte sich um. »Nein«, sagte sie. »Da ist niemand.« Sie knickte die Hände an den Handgelenken nach unten und wedelte mit ihnen. Stanley verstand die Geste zwar nicht, doch als keine Antwort auf seinen Ruf kam, begriff er, dass Derdâ allein zu Haus war. Er packte das Handgelenk des Mädchens und zog es mit sich, sie gingen wie auf dem dritten Bild der Bildgeschichte. Im letzten Augenblick konnte Derdâ sich nach ihrer Tür strecken und sie schließen. »Ich gehe fort!«, dachte sie. »Endlich gehe ich fort!« Doch sie gingen nicht weit. Sie wandten sich nicht zur Treppe und blieben auch nicht vor dem Aufzug stehen. Durch die Tür, die Stanley offen gelassen hatte, betraten sie seine Wohnung.

Sie durchquerten eine leere Diele, bogen in einen dunklen Korridor ab und betraten ein großes Schlafzimmer. Derdâ hatte die Wohnung noch nie gesehen, doch ihren Schnitt kannte sie. Und zwar sehr genau. Seit fünf Jahren lebte sie auf ebendiesem Grundriss. In dem Zimmer, in dem Bezir ein Bett an die Wand geschoben hatte, hatte Stanley schwarze Vorhänge, unter die Decke Ketten mit Ringen an den Enden gehängt, den schwarzen Ledersessel, den Derdâ schon gesehen hatte, neben eine Doppelmatratze gestellt und Poster aus dem

Magazin *Torture* an die Wände gepinnt. Als Derdâ sah, was die Frauen und Männer in Latex ringsumher miteinander taten, entzog sie Stanley ihre Hand und wich einen Schritt zurück, um aus dem Raum zu fliehen. Stanley lächelte und griff nach ihren Schultern. Er hob eine Hand und gebot ihr, stehenzubleiben. Über dem Tschador streichelte er Derdâs Kopf. Als Derdâs behandschuhte Hand ansetzte, den Stoff, der ihr Gesicht verbarg und nur die Augen sehen ließ, beiseitezuziehen, wurde sie von Stanley gestoppt. Der großgewachsene Mann bewegte das Kinn leicht von einer Seite zur anderen. Er wollte nicht, dass sie ihr Gesicht enthüllte. Derdâ begriff. Gut. Aber was wollte er? Gleich erfuhr sie es. Stanley zog sich das T-Shirt über den Kopf und lüftete eines der Kissen auf der Matratze, darunter kam ein Knüppel zum Vorschein. Er kniete sich auf das Bett und reichte Derdâ den Knüppel. Er nahm den Blick von Derdâ, öffnete seinen Reißverschluss und streifte die Hose herunter. Bis auf die Knie. Er legte die Hände auf die Matratze, hob hündisch den Kopf und blickte Derdâ an. Derdâ konnte den Fleischprügel sehen, der sich von seinen Leisten dem Bett entgegenreckte, ihr Blick glitt zu den blauen Flecken entlang der Wirbelsäule, die gekrümmt war wie ein Katzenbuckel. Und Stanley, der mittlerweile dreibeinig war, weil er mit einer Hand streichelte, was er zwischen den Beinen hatte, schaute Derdâ flehentlich an. Damit sie den Knüppel auf seinen Rücken sausen ließ.

Derdâ, der vor Entsetzen schwarz vor Augen wurde, floh.

Drei Stunden später kehrte sie zurück und prügelte auf Stanley ein, bis die Farbe vom Knüppel abblätterte.

*

In einem abgelegenen Winkel, in dem sich die Gassen von Camden Town kreuzten, dem Viertel der Freaks, lag das Stick. Ein Pub. Hinter der Bar stand Stanley, in der Hand sein Glas. Mit einem Lappen, nicht einmal als Feudel zu gebrauchen, putzte er scheinbar den Tresen und plauderte dabei mit Mitch, der ihm gegenüber auf einem Hocker saß. Mitch kam aus Amerika. Da die Leute in dem Land, in dem er geboren worden war, Sado-Maso eher mit einer Mineralwassermarke in Verbindung brachten, war er nach London gegangen. Um Sklave einer Frau namens Severin zu werden, die er über eine Annonce in *Torture* kennengelernt hatte. Sie hatten sich aber nicht verstanden. Eines Morgens war die Frau als Lesbe aufgewacht. Mitch war freigelassen worden und begann herumzuhängen. Beim Herumhängen wischte er den Tropfen Bier, der ihm übers Kinn rann, mit dem Handrücken ab und hörte Stanley zu. Zugleich rückte er das Monokel vor seinem linken Auge zurecht, mit einer feinen Kette hing es an dem Ring in seinem linken Ohr.

»Du musst sie sehen, sie ist hinreißend! Wie soll ich sie beschreiben? Du kennst doch diese arabischen Frauen. Total in pechschwarzen Stoff eingepackt. Man sieht nur die Augen. Genauso eine ist sie. Wahrscheinlich Türkin. Im Haus wohnen ziemlich viele Türken, das hat der Verwalter gesagt. Sie gehört wohl dazu. Egal. Sie hat einen Mann oder einen großen Bruder. Ein Kerl mit Bart. Also, das sind meine Nachbarn gegenüber. Ich hatte das Mädchen schon ein paarmal gesehen. Klar, dass wir nie gesprochen haben. Na, gestern klingelte sie jedenfalls bei mir an der Tür.«

»Wie alt ist sie denn?«, fragte Mitch.

»Keine Ahnung«, sagte Stanley. »Wohl ziemlich jung. Kommt mir jedenfalls so vor.«

Schon dieser kurze Bericht geilte Mitch auf. Er zögerte aber, die Hand in die Hosentasche mit Loch zu schieben. Vielleicht ist Stanley sauer, wenn er es merkt, dachte er. Er beherrschte sich und sagte: »Gib mir noch ein Bier.«

Stanley hielt das schmutzige Glas unter den Hahn zwei Schritte rechts von ihm, füllte Bier ein und stellte es Mitch hin. Es war zehn Uhr morgens, und er redete weiter mit dem einzigen Gast im Stick.

»Wo war ich? Ach ja, das Mädchen kam und klingelte bei mir. Sie hatte Bilder in der Hand. Ich hab sie genommen und mir angeschaut. Offensichtlich hatte sie die selbst gemalt.«

Mitch hatte schon einen Schwips. Er war aufgeregt.

»Hast du sie nicht reingeholt?«

»Wart's ab«, sagte Stanley. »Die Bilder haben was erzählt. Ein Mann und eine Frau. Die schlagen sich. Und, hör mal, das ist wirklich merkwürdig … Sie hat ein Herz gemalt. Rot angemalt hat sie das. Und weißt du, womit? Wahrscheinlich mit Blut!«

»Fuck it!«, sagte Mitch. Er dachte an Severin, der sich beim Anblick von Blut der Magen umdrehte, und sagte noch einmal: »Fuck it!«

Stanley lachte.

»Echt! Wie auch immer, ich hab auf den Abend gewartet, um zu sehen, ob der bärtige Typ da ist. Die ganze Zeit hab ich durch den Spion gelinst. Aber der Typ kam nicht. Dann bin ich rüber und hab bei ihr geklingelt. Sie hat aufgemacht. Sonst war niemand da.«

»Spricht sie denn gar nicht? Ich meine, habt ihr gar nicht gesprochen?«, fragte Mitch.

»Nein, nein, sie kann kein Englisch. Also, ich schnapp mir

das Mädchen, nehm sie mit zu mir. Du glaubst es nicht, Mitch, es war wie ein Traum. Echt, der totale Traum!«

»Hast du ihr Gesicht gesehen?«

»Spinnst du? Wenn ich ihr Gesicht sehe, ist doch der Spaß futsch! Nichts von ihr hab ich gesehen. Nicht mal ihre Hände. Sie trägt Handschuhe.«

»Ja, ja, ich weiß«, sagte Mitch. »Die kommen immer zum Tesco bei uns in der Straße. Fünf Frauen. Alle fünf pechschwarz. Wie Gespenster schweben sie durch die Abteilungen. Einmal stand eine in der Kassenschlange vor mir, da hab ich's gesehen. Die tragen schwarze Handschuhe.«

Mitch verstummte. Er träumte. Von allen muslimischen Frauen auf der Welt, die ihre Körper und Gesichter verbargen. Dann redete er weiter.

»Das müssen die schärfsten Frauen überhaupt sein.«

»Wer?«, fragte Stanley.

»Muslimische Frauen. Guck mal, die sind so sexy, dass sie sich total verhüllen. Damit sagen sie uns doch, wenn wir uns einmal enthüllen, rastet ihr aus, verstehst du? Wenn wir den Stoff ablegen, könnt ihr euch nicht beherrschen, das wollen sie uns Männern sagen. Ja, daran hab ich noch nie gedacht, aber so muss es sein! Also, wenn man nicht die schönste Frau auf der Welt ist, warum sollte man sich dann verstecken? Die haben wahrscheinlich Angst davor, vergewaltigt zu werden. Denk nach, hast du bei den Nudisten schon mal eine hübsche Frau gesehen? Nein! Vielleicht sind die muslimischen Frauen eine Art Waffe. Eine tödliche Waffe! So tödlich, dass man sie auf keinen Fall aus der Hülle nehmen darf. Wie Atombomben! Sie gehen nicht hoch, aber sie sind da. Also, wenn sie sich enthüllen, ist das der Weltuntergang! Alle werden ihre Sklaven! Vielleicht sind es Amazonen, die man gefangenhält!«

Sie lachten. Dann wurde Stanley wieder ernst.

»Was sie da anhat, macht mich dermaßen scharf... Noch dazu ist das keine Fantasie oder so. Sondern echt! Also die sind nicht wie die Zicken hier, die morgens Röcke tragen und sich nachts Latexmasken über die Köpfe ziehen. Diese Frauen sind immer so! Wie edel sie in den dunklen Stoffen wirken! Als würden sie nicht gehen, sondern schweben, verstehst du?«

»Ja!«, sagte Mitch. Wieder dachte er an Severin. Severin, die ein Kostüm trug und in einer Scheißbank arbeitete. »Wie ging es weiter? Was habt ihr gemacht?«, fragte er.

Stanley drehte sich um und schob sein T-Shirt hoch. Sein Rücken glich dem von Derdâ. Übersät mit blauen Flecken. Mitchs Alkoholikerhand strich zitternd über die Spuren. Stanley drehte sich wieder um und sah Mitchs offenen Mund.

Vorübergehend schloss Stanley das Stick und kam auf dem Damen-WC am Gaumenzäpfchen des Amerikaners. Denn das Herrenklo hatte er noch nicht gereinigt.

Als das Stick wieder geöffnet wurde, marschierte zuerst Regaip herein. Kaum hatte Stanley ihn erblickt, flüchtete er Hals über Kopf in den hinteren Bereich des Pub, dass die Stühle umflogen. Als er sich in der Kabine einschloss, in der er kurz zuvor den Amerikaner auf die Knie gezwungen hatte, glaubte er sich in Sicherheit, doch Regaip trat mit einem einzigen Fußtritt Tür samt Angel ein, packte Stanley an der Gurgel, drehte ihn herum, drückte ihm den Kopf in die Kloschüssel und betätigte die Spülung. Eine Weile verharrten sie so, begleitet vom

Getöse der Spülung, dann zog Regaip Stanleys Kopf aus dem Klosett und schlug ihn gegen die Wand seitlich daneben. Stanley hob die Hände und sagte: »Okay, okay!« Regaip trat einen Schritt zurück und wartete. Aus der Gesäßtasche seiner Hose zog Stanley zweihundert Pfund und reichte sie ihm. Das war die Hälfte seiner Schulden für einen Monat Crystal-Meth. Deshalb sagte Regaip, als er das Geld nahm: »Nächste Woche! Ich komme!«, auf Englisch.

Dann drehte er sich um und ging. Als er Mitch entdeckte, der sich vor Angst hinter die Bar geflüchtet und eine leere Whisky-Flasche in die Hand genommen hatte, obwohl er niemals Gebrauch davon machen würde, sagte er: »Verfickte Schwuchteln!«, auf Türkisch. Dann ging er hinaus. Nach zwei Schritten blieb er auf dem Bürgersteig stehen. Er drehte sich um und ging durch die Tür, aus der er soeben herausgetreten war, wieder hinein. Diesmal brüllte er. Wieder auf Türkisch.

»Hey, hast du die Flasche gegen mich erhoben, Ehrloser?«

Als Mitch sah, dass Regaip auf ihn zukam, fuhren seine Brauen in die Höhe, und das Monokel in seinem linken Auge stürzte ab, wobei es ihm das Ohr blutig riss.

*

Bezir wiederholte seine Frage: »Was hast du gesagt?«

»Zum Einkaufen, sag ich … Wenn ich mit Rahime Abla und den anderen gehen könnte. Die kaufen nie das Richtige für uns.«

Bezir fragte noch einmal. Diesmal in drei Teilen.

»Du? Rausgehen? Mit Rahime Abla und den anderen?«

Genug. Derdâ würde es nicht mehr erwähnen. Die Sache war klar.

»Nein«, sagte sie. »Na ja, sie bringen uns ja alles mit.«

Bezir saß auf dem Sofa, lehnte sich zurück und zog einen Fuß unter sich.

»Erzähl du mir erst mal was über den Sessel!«

»Welchen Sessel?«, fragte Derdâ.

»Den hier! Hast du den umgestellt?«

Er zeigte auf den Sessel, der vier Tage und vier Nächte lang vor dem Fenster gestanden hatte. Jetzt stand er wieder auf seinem Stammplatz, dem Sofa gegenüber. Mit Blick auf die Wand. Derdâ wusste nicht, was sie sagen sollte. Sie stotterte.

»Vie-vielleicht hab ich ihn beim Staubsaugen verrückt.«

Bezir lächelte.

»Ach ja?«

Er befreite den unter sich gezogenen Fuß, ließ ihn baumeln und erhob sich. Behutsam legte er seine Hand Derdâ, die stand, in den Nacken. Er drückte leicht. Aber nicht zu arg.

»Komm!«, sagte er.

Er schob Derdâ vor sich her, bis vor das Fenster. Die Vorhänge waren geschlossen, und Derdâ wusste nicht, was nun geschehen würde. Sie hatte Angst. Große Angst.

Plötzlich spürte sie einen starken Druck im Nacken. Bezir presste Derdâ wie einen Nagel und ließ sie in die Knie gehen.

Auch er selbst beugte sich hinunter. Er krümmte Derdâs Körper und drückte ihr Gesicht auf den Teppich.

»Und was ist das dann?«, fragte er.

Derdâ sah nichts. Außer den Teppichhärchen. Bezir merkte, dass sie nichts sah. Er hob ihren Kopf ein paar Zentimeter an. Doch sie sah noch immer nichts. Vor ihren Augen lag nur der Teppich.

»Was denn?«, konnte sie sagen. »Was soll ich sehen?«

Bezirs Zeigefinger deutete auf einen schmalen Abdruck im Teppich.

»Das hier sollst du sehen, das!«, sagte er und zog den Kopf des Mädchens zum nächsten Abdruck. Siebzig Zentimeter rechts vom ersten.

»Und das hier!«

Noch ein Abdruck.

»Und das!«

Dann der letzte.

»Und das!«

Er hatte das Mädchen auf den Knien im Kreis herumgedreht und ihr Gesicht auf jeden Abdruck, den der Sessel im Teppich hinterlassen hatte, einzeln gedrückt.

»Weiß ich nicht!«, sagte Derdâ. »Weiß ich doch nicht!«

Sie weinte. Bezir hasste es, wenn sie weinte.

»Wer soll es denn sonst wissen? Jemand anderes? Ist sonst jemand hier gewesen? Hat der den Sessel vor das Fenster gerückt? Hat der rausgeguckt, bei offenen Vorhängen? Hast du jemanden in die Wohnung reingelassen? Willst du mir das sagen? Deshalb willst du also rausgehen? Um ihn zu sehen?«

Bezir brüllte nicht, als er diese Fragen stellte. Er sprach mit gedämpfter Stimme. Denn Ubeydullah hatte gesagt: »Aus eurer Wohnung dringt viel Lärm, mein Sohn. Tust du dem Mädchen was an?«

Unversehens schwächte sich der Druck auf Derdâs Nacken ab. Denn Bezir hatte keine Zeit. Er musste zur Arbeit. In der Diele schlüpfte er in seine Schuhe und ging aus dem Haus. Derdâ hockte, wo er sie hinterlassen hatte. Sie hob den Kopf, und ihr Blick fiel auf das Rahle-Pult. Ihre Augen suchten das Heft, aus dem sie Seiten herausgerissen hatte, aber es war nicht da. Ob er auch das bemerkt hatte? Heute Abend werde ich es erfahren, dachte sie und stand auf.

Bis zum Nachmittag drehte sie Runden im Wohnzimmer, dann verließ sie die Wohnung und klingelte an der Tür gegenüber. An jenem Tag hatte Stanley frei. Ohne ihn eines Blickes zu würdigen, trat sie ein und marschierte ins Schlafzimmer. Er folgte ihr. Derdâ bückte sich und holte den Knüppel unter dem Kissen hervor. Stanley hob den Zeigefinger und gebot ihr zu warten. Er nahm das dreistreifige Nietenhalsband, das an einer der von der Decke hängenden Ketten befestigt war, und legte es Derdâ über dem Tschador um den Hals. Er trat einen Schritt zurück und begutachtete das Mädchen im schwarzen Tschador mit Nietenhalsband. Schwärmerisch. Dann zog er sich gemächlich aus. Dieses Mal blieb er stehen und führte die Hände über dem Kopf zusammen. Und schloss die Augen. Er blieb regungslos stehen, bis aus der Spitze des Fleischstücks, das sich immer stärker aufgerichtet hatte, je länger der Hartplastikknüppel auf Beine und Rücken niedergefahren war, eine transparente Flüssigkeit rann. Er öffnete die Augen und zeigte Derdâ seine Handflächen. Das Mädchen hielt inne. Stanley nahm ein auf dem Boden liegendes Nietenarmband und setzte es umgekehrt auf das Fleischstück mit der feuchten Spitze. So, dass die Nieten ins Fleisch bissen. Er bewegte das Armband ein paarmal auf und ab, hob dann den Kopf und schaute Derdâ an. Das Mädchen hatte verstanden, was Stanley wollte. Mit der schwarz behandschuhten Hand ergriff sie das Armband und bewegte es zwölf Mal vor und zurück. Nun hatte die Flüssigkeit, die aus dem Fleischstück austrat, eine Farbe.

Derdâ warf den Knüppel, den sie noch immer in der Hand hielt, auf das Bett und begann, sich in der Wohnung umzusehen. Sie suchte etwas. Ein Buch. Irgendetwas. Sie fand es. Aber kein Buch. Das TV-Magazin. Stanley hatte sich angezogen und trat zu ihr. Sie blätterte die Zeitschrift auf, zeigte sie Stanley und brüllte: »Auf Englisch!« Als könnte sie ihre Stimme nicht zu Gehör bringen. Sie dachte stets, man würde ihre Stimme wegen des Stoffs über ihrem Mund nicht richtig hören. Mit einer Hand deutete sie auf die Bilder auf den Seiten, dazu sagte sie: »Auf Englisch!« Stanley sagte: »Ich verstehe nicht, was willst du.« Derdâ führte die freie Hand durch die Luft, als schriebe sie, und Stanley brachte ihr einen Stift. Auf der Rückseite des Magazins war eine Taschenreklame. Eine Tasche bedeckte den Busen einer nackten Frau, die aufrecht dastand und die Handflächen gegen die Unterschenkel presste. Wo ihre Beine sich vereinten, stand der Markenname. Derdâ zeichnete eine Zickzacklinie wie ein Wort an die Spitze des Pfeils, den sie von der Tasche an den Rand geführt hatte. Dann umkringelte sie die Augen der Frau und führte aus diesem Kreis einen weiteren Pfeil heraus. Auch an dessen Spitze setzte sie Gekrakel. Dazu sagte sie: »Auf Englisch!« Dann fiel ihr ein, dass sie etwas vergessen hatte. An den Spitzen aller

Pfeile ergänzte sie ein Fragezeichen, und Stanley verstand. Er nahm Derdâ das Magazin aus der Hand, deutete wieder und wieder mit dem Zeigefinger auf die nackte Frau und sagte »Frau«, auf Englisch. Derdâ wiederholte es.

An jenem Tag ejakulierte Stanley noch zwei Mal, und Derdâ lernte noch sechsunddreißig Wörter.

*

»Und das ist der berühmte Big Ben«, sagte Hıdır Arif.

Gido Ağa interessierte das nicht. Er dachte vor allem an den Heroinhandel, in den er gerade erst eingestiegen war. Das Heroin, das den Gewinn aus dem Treibstoffschmuggel verachtfachen würde. Er war nach London gekommen, um mit seinen vor langer Zeit zu Londonern gewordenen Landsleuten zu verhandeln. Auch wenn die Männer, mit denen er verhandelte, in einem Dorf geboren waren, das er noch nie gesehen hatte, zählte jeder Mann als Landsmann, der mit der Muttermilch Kurdisch aufgesogen hatte. Mit Frauen sprach er nicht über Arbeit. »Ich«, hatte er gesagt, »bringe die Ware über die bulgarische Grenze. Alles Weitere ist eure Sache, da misch ich mich nicht ein.« Seine Londoner Landsleute hatten »Okay« gesagt. »Wir erledigen das, aber das erhöht die Kosten. Dadurch sinkt dein Anteil, damit du Bescheid weißt.« Das ärgerte Gido Ağa. Deshalb interessierte ihn der Big Ben, an dem er vorüberfuhr, nicht. Eigentlich interessierte ihn kein einziges Gebäude, solange es nicht ihm gehörte. Und Hıdır Arif war natürlich nicht wild darauf, eine Yacht von einundzwanzig Metern Länge zu mieten und mit Gido Ağa über die Themse zu schippern. Aber sie konnten auch nicht so tun, als würden sie sich nicht kennen, nur weil ihre Länder ein paar Tausend Kilometer voneinander entfernt waren. Sie hatten eine Menge Gemeinsamkeiten. Ungefähr zweihunderttausend Stück. So viele Menschen lebten auf dem Territorium, über das beide herrschten. Hıdır Arif, der von seinem Vater gelernt hatte, sich nicht in Gidos Angelegenheiten einzumischen, schaute ihm nicht in die Karten, obwohl er wusste, dass sie gezinkt waren. Hauptsache, Gido mischte sich nicht bei den Hikmetisten ein. Sie hatten die Menschen aufgeteilt. Ihr Fleisch und ihre Knochen gehörten dem Aleyzam-Clan, ihre Seelen den Hikmetisten. Das war ein faires Abkommen. Immerhin hatte es eine Tradition von fast einhundert Jahren. Da Gido für die Organisation zuständig war, führte er auch die Kerbholzrechnungen jener, die in die Berge gingen. Hıdır Arif war die Farbe der Fahne, die über seinem Boden wehte, egal. Er wusste sehr genau, dass Menschen sich ohne Seele in lebende Tote verwandelten. Deshalb würden selbst für den Fall einer Invasion durch die Chinesen die Hikmetisten die Oberhand über die Region behalten. »Kurdistan, Türkische Republik, Chinesische Volksrepublik, was macht das für einen Unterschied«, pflegte er zu seinem Vater zu sagen. In den Jahren, da die Ohren Scheich Gazis noch zu hören vermochten. Hıdır Arif war ein Kosmopolit Marke Princeton. Außer der religiösen erkannte er keine Grenzen an. Er verfügte über eine derart reichhaltige Fantasie, dass er die Organisation Muslime Ohne Grenzen leiten könnte, sollte sie je gegründet werden. Aber es gab doch Volksgruppen, die er favorisierte. Beispielsweise bewunderte er die Präsentationssucht der Araber, und sollten sie beschließen, die Kaaba mit Gold zu überziehen, wäre er einer der ersten Unterstützer. Aufgrund dieser Prunksucht hatte er für einen pfundschweren Stein eine halbe Million Dollar gezahlt, obwohl er nicht restlos überzeugt war, dass es sich tatsächlich um ein Bruchstück vom Hacerü'l Esved handelte, dem schwarzen Stein der Kaaba. Anschließend hatte er begonnen, allen Besuchern, die sein Büro betraten, den Stein vorzuführen. Eine gläserne Kugel, darauf die Weltkarte, darin mittig ein pechschwarzer Stein, als hinge er in der Luft. Anstelle des Erdkerns. Die Kugel thronte auf einer stählernen Säule, und sie war es, die die Eintretenden zuerst begrüßte. Zudem ließ Hıdır Arif sie von innen her leuchten. Per Fernbedienung manipulierte er von seinem Platz aus die Farbe der Erdkugel. Meist bevorzugte er das Grabmalgrün der Türben.

Als sie auf die Waterloo Bridge zusteuerten, sagte Gido Ağa: »Da gibt es einen Burschen. Wahrscheinlich kennst du ihn.«

»Wen?«, fragte Hıdır Arif.

»Bedir oder Bezir oder so ... Der soll hier sein. Was macht der beruflich, weißt du das?«

Die Boote ringsum und die Waterloo Bridge quollen von Touristen über. Fotoapparate in den Händen, schossen Dutzende von Leuten unablässig Fotos, die sie wahrscheinlich niemals anschauen würden. Als ein Mann auf der Brücke den Bärtigen in Kaftan und Turban auf der Luxusyacht entdeckte, die kurz darauf unter ihm hindurchgleiten würde, hielt er ihn für eine Führungspersönlichkeit aus einem nahöstlichen Land und fotografierte ihn. Der Mann neben ihm sagte: »Lass den, ich weiß, wer das ist. Nimm lieber unseren Mann auf.«

Die beiden in gelbe Regenmäntel gekleideten Agenten des britischen Geheimdienstes MI5 waren dort, um Gido Ağa auszuspähen, der im Waldorf logierte, dem teuersten Hotel der Stadt. Eigentlich hätte Gido wie irgendein Tourist einreisen und England wieder verlassen können. Dass er allerdings Personen besuchte, die seit Monaten vom MI5 beobachtet wurden, hatte auch ihn in den Fokus gerückt. Und da Observiertwerden ansteckend war, wurde nun auch Gido observiert. Ein rotbärtiger Schotte im Kilt, der seinen Lebensunterhalt mit Dudelsackspielen auf der Brücke verdiente, stieß die Agenten mit den Ellbogen beiseite. »Weg hier«, sagte er, »bleibt nicht direkt vor mir stehen!« Notgedrungen gaben die beiden Männer ihren Standort auf. An dem Doppeldeckerbus, der an ihnen vorüberfuhr, klebte ein Plakat des neuen *James Bond*, der im Kino anlief. Ein James Bond im Smoking mit helmartigen Haaren, zu beiden Seiten Bikini-Mädchen. Sie starrten zuerst das Plakat an, dann einander. Ihr Blick wanderte über die phosphoreszierenden gelben Regenmäntel, deren Schöße der Wind ihnen bis in den Nacken blies, ihr zerzaustes Haar von ein paar hundert Strähnen, die sich Jahr für Jahr verringerten, ihre geröteten Augen, ihre Schuhe made in China aus dem Ausverkauf und zu guter Letzt über den Schotten, der, obwohl er längst wieder den Dudelsack blies, sie noch immer schräg ansah. Einer der beiden sagte: »Ich scheiß auf James Bond!«, und sie trollten sich.

Währenddessen überlegte Hıdır Arif, wo er den Namen, nach dem Gido gefragt hatte, schon einmal gehört hatte. Er brauchte ein paar zusätzliche Informationen.

»Zu wem gehört er?«

Das sollte heißen, gehörte er zum Clan oder zur Gemeinde. Also, welche seiner Seiten überwog, meinte er.

»Zu euch«, sagte Gido.

»Na so was«, sagte Hıdır Arif und schüttelte den Kopf. »Ich kenne den Namen, aber woher nur? Wie auch immer, was hast du mit dem Mann zu tun?«

»Frag bloß nicht!«, sagte Gido und senkte den Blick auf das trübe Wasser der Themse. »Da ist so eine Sache ...«

Hıdır Arif fragte nicht. Deshalb erfuhr er nicht, dass Bezir, der in London eine kleine Organisation muslimischer Kickboxer aufgebaut hatte, nun nach dem Motto »Auf Gottes Weg ist jede Art von Dschihad legitim« versuchte, ein paar hundert Ungläubige zu eliminieren, indem er sie heroinsüchtig machte. Hıdır Arif fragte nicht. Deshalb erfuhr er nicht, dass Bezir, der den gesamten Gewinn aus seinen Geschäften wiederum sofort in Heroin investierte, da er unrechtmäßig Erworbenes grundsätzlich nicht anrührte, eine Technik entwickelt hatte, die den Dealern, die Stoff an Muslime verkauften, mit einem einzigen Schlag die Knie brach. Aber selbst wenn Hıdır Arif Gido nicht gehorcht und doch gefragt hätte, hätte er von all dem nichts erfahren. Denn auch der wusste nichts davon. Man hatte ihm nur gesagt: »Da ist ein Bursche, von den Hikmetisten. Der hat Bockmist gebaut, den erledigst du dann gleich mit.« Es waren vier Brüder, die das gesagt hatten, sie brüsteten sich damit, Besitzer von drei Vierteln allen Heroins zu sein, das auf die Insel gelangte. Die Brüder Dulluhan. Die Londoner Daltons! Ihr Problem mit Bezir bestand darin, dass er Heroin von den Russen kaufte. Also das Viertel, das ihnen nicht gehörte. »Wir kümmern uns darum«, hatte Gido gesagt. Da hatte der MI5 das erste Foto von ihm geschossen. Durch ein angelehntes Fenster im vierten Stock einer Wohnung gegenüber dem Hauptsitz der Dulluhan in Westminster.

Als sie sich auf dem Achterdeck der Yacht zum Essen setzten, rief Hıdır Arif: »Ich hab's! Ich weiß, wer der Mann ist. Bezir heißt der, Bezir. Der Sohn von unserem Ubeydullah. Ein guter Junge. Er kümmert sich um die Möbelfabrik seines Vaters.«

Er konnte nicht sagen: »Vor fünf Jahren habe ich ihm ein elfjähriges Mädchen als Frau vermittelt«, stattdessen fuhr er fort: »Er hat ein Mädchen aus Kurudere genommen. Ich erinnere mich jetzt. Egal, was brauchst du von diesem Mann?«

Als Gido roch, dass es zu dem Fleisch auf seinem Teller keinen Rakı gab, hob er den Kopf.

»Gib mir seine Adresse, das reicht. Und sag mir eines: Ist er wichtig?«

Eigentlich hatte Hıdır Arif es schon gespürt. Er hatte gefühlt, dass es darauf hinauslaufen würde. Der Hurensohn Gido würde den Jungen fertigmachen.

Blitzschnell rechnete er auf den Seiten seines Geistes herum. Das Resultat sprach gegen Bezir. Gott möge es verzeihen, sagte er sich.

»Nein.«

»Gut«, sagte Gido. Seine Laune war wiederhergestellt. Er schaute sich um. »Was hattest du gesagt, Big Bäng, irgendwas hattest du doch gesagt, wo ist das?«

Hıdır Arif fluchte innerlich und sagte: »Wir sind längst dran vorbei. Big Ben!«

Sie hatten beide gerade zu den Gabeln gegriffen, da stürzte eine Frau auf den breiten Holztisch zwischen ihnen. Als sie den Kopf hoben, sahen sie die Unterseite der Tower Bridge. Die Frau war von der Brücke gesprungen und hatte die Yacht getroffen. Ihr Wunsch aber hatte sich erfüllt, sie war tot. Sie hatte den Tisch zerschmettert und lag in ihrem Blut. Sie hielt etwas in der Hand. Ein kleines Radio. Es funktionierte noch. Es war robuster als menschliches Fleisch. Gedämpft spielte es »If it be your will«. Rahime trug keinen Tschador. Zumindest am letzten Tag ihres Lebens hatte sie sich nicht verhüllt. Vielleicht, weil sie nichts mehr zu verbergen hatte.

Einer der beiden MI5-Agenten, der am nächsten Tag die Fotos vom blutverschmierten Deck und von Gidos verblüfftem Gesicht aus allen Blickwinkeln in den Zeitungen sah, fluchte wieder: »Ich scheiß auf James Bond!« Der andere dagegen las, was Hıdır Arif einem Reporter gesagt hatte:

»In diesem Land gibt es keine Sicherheit für Leib und Leben!

Was, wenn diese Frau uns auf den Kopf gefallen wäre? Diese Brücken haben nicht mal Stacheldraht! Wir zahlen so viel Steuern! Wer auch immer dafür verantwortlich ist, ich zeige sie alle an. Gott hat uns geschützt, deshalb sind wir noch am Leben. Zugleich verkünde ich an dieser Stelle meinen Glaubensbrüdern in Hikmet, dem Ratschluss Gottes: Es geht mir gut, sorgt euch nicht um mich!«

*

Die Grundlagen des Hikmetismus hatte Seyit Muharrem aus Kaşıkat 1842 in seinen Versen Hikmetü'l Arz, Gottes Ratschluss für die Welt, wie folgt ausgeführt:

Vergiss nicht deine Prüfung bis ans Lebensende
Schäme dich deiner Geringfügigkeit, hüte dich vor dem Gewaltigen
Vielleicht musst du zur Verteidigung deiner selbst ein Leben nehmen
An dich selbst aber darfst du niemals Hand anlegen

Wenn es dich gibt, dann hast du zu bleiben
Am Leben und in friedvollem Schweigen
Nicht Diktatur, nicht Fluch noch Ehebruch
Selbstmord ist die größte Sünde auf dieser Weltkugel

Weißt du nicht, wem dein Atem gehört?
Betest du nicht auf der Erde, bis du unter ihr liegst?
Nicht Lüge noch Heuchelei noch Leidenschaft
Selbstmord allein ist Verrat gegen Gott

Wie du nicht gekommen bist, ohne dass es hieß, komm
Wirst du nicht gehen, ohne dass es heißt, geh
Solltest du über dich selbst bestimmen und den Kopf in die Schlinge legen
Wirst du im Nichts verschwinden, schwärzer noch als Pech

So lautet dein erster Sieg in der lebenslangen Prüfung
Geduld zu haben bis zum Tod, das sollst du wissen …

Wie alle Gebilde, die ihre Macht aus Quantität und Funktionalität bezogen, verstand auch der Hikmetismus den Suizid als direkten Weg zur Verdammung in alle Ewigkeit. Immerhin hing die Existenz des Hikmetismus vom Überleben der Hikmetisten ab. Und wer nicht für die Sache fiel, sondern in eigenem Namen starb, war zu nichts nütze. Deshalb wiesen die Hikmetisten den Leichnam Rahimes, die den Freitod gewählt und überdies ihren letzten Atemzug unverhüllt getan hatte, weit von sich. Auch dass sie zudem um Haaresbreite den Tod eines hervorragenden Menschen wie Hıdır Arif verursacht hätte, war unverzeihlich! Sie mussten nicht lange überlegen, um Rahime in jeder Hinsicht zu verleugnen. Nur Ubeydullah gab seine letzte Ehefrau nicht auf. »Das Bestattungsgebet wird abgehalten, und wenn ich es eigenhändig organisiere!«, sagte er. Zu sich selbst. Denn in seiner Umgebung gab es niemanden mehr. Durch den Fluch war sein prall gefülltes Leben auf einen Schlag verödet.

Er und Bezir würden hingehen und Rahimes Leichnam abholen. Aus der Leichenhalle des Krankenhauses. Anschließend würde sie auf dem islamischen Friedhof im Norden der Stadt beerdigt werden. Um seines Vaters willen hatte Bezir alles organisiert. Vom Leichentuch bis zur Waschung der Toten. Ubeydullah hielt es nicht länger im Haus. Das Herz war ihm geschwollen und schmerzte, der Brustkorb schien ihm zu eng.

Währenddessen, eine Etage höher, hatte Derdâ Bezir angefleht, sie zur Beerdigung mitzunehmen, doch in ihrem Gesicht blühten Fingerabdrücke auf, und sie stürzte zu Boden. Sie heulte. Wie sie noch nie geheult hatte. Sie schrie und hämmerte mit den Fersen auf den Teppich ein. Sie konnte es nicht länger ertragen. Sie stand auf, schoss zum Fenster. Öffnete es. »Ich stürz mich raus!«, schrie sie. »Ich schwör's, ich springe!«

Stumm schaute Bezir zu. Er hatte schon gehen wollen, aber die Tür offen gelassen, und nun kehrte er zur Wohnzimmertür zurück und sah zu Derdâ hinüber, die ein Bein aus dem Fenster gehängt hatte. Lautlos. Als wartete er darauf, dass sie sprang und starb. Plötzlich beugte sich der Körper, der den Eingang versperrte, und hinter ihm erschien Ubeydullah. Mit seinen alten Händen hieb er auf den Rücken seines Sohnes ein. Nicht wegen des Schmerzes, den die unerwarteten Faustschläge auslösten, fiel Bezir in sich zusammen, sondern als er erkannte, wer sie ihm versetzte. Er ließ die Schultern hängen und zog den Kopf ein. Bezir mit seinen 130 Kilo versuchte, sich klein zu machen, und es gelang ihm.

Ubeydullah schluchzte. Er hatte Rahime geliebt. Seine erste Frau hatte er an den Brustkrebs verloren, Bezir war sein einziger Sohn geblieben. Trotz des Altersunterschieds von sechsunddreißig Jahren hatte er Rahime sehr geliebt. Wie er auf gewisse Weise alle Menschen liebte. Barmherzig. Als Frau und Kind zugleich. Vielleicht hatte er ihren Tod verursacht, aber er hatte sie geliebt. Doch ein anderes Leben kannte Ubeydullah nicht. Er hatte nicht gelernt, dass man mit einer Frau auf eine andere Art leben konnte. Er weinte nur und hieb mit seinen zitternden Händen auf Bezir ein, wo er ihn zu fassen bekam. Er rächte sich an Bezir, als hätte er Rahime von der Brücke gestoßen. Im Grunde schlug Ubeydullah sich selbst. Nicht einen anderen.

»Noch ein Mal!«, rief er außer Atem. »Wenn du das Mädchen noch ein Mal anrührst, bring ich dich um! Hörst du mich? Gott sei mein Zeuge, ich bring dich um! Auch wenn du mein Sohn bist, ich bring dich um!«

Er schlug wieder zu, dann fiel er zu Boden. Bezir, der bis dahin keinerlei Reaktion gezeigt hatte, außer den Kopf zu senken, nahm seinen Vater auf den Arm und stapfte durch die offene Tür hinaus. Derdâ stürzte ihm hinterher. Den Vater auf dem Arm, stieg Bezir zwölf Stockwerke hinab. Wie nur ein Sohn es fühlen kann, wusste er, dass sein Vater drauf und dran war, den letzten Atemhauch zu tun. Denn nie zuvor hatte der alte Mann derart nach Luft gerungen. Aus diesem Grund war der Aufzug Bezir gar nicht in den Sinn gekommen.

»Allah!«, brüllte Bezir. »Allah!«

In den Winkeln seiner zusammengekniffenen Augen sammelten sich Tränen, von der Unterlippe rann ihm Speichel aufs Kinn. Derdâ, die ihm folgte, nahm er nicht einmal wahr. Nichts nahm er wahr. Außer einer Tür. Einer Tür mit zwei Flügeln. Mit dem Fuß trat er die Haustür auf und rannte durch den Garten zum Parkplatz. Derdâ bemerkte nicht, dass sie durch die Tür, durch die sie fünf Jahre zuvor hereingekommen war, zum ersten Mal wieder hinaustrat. Auch sie weinte. Sie wusste nicht, warum. Wahrscheinlich um alles. Um fünf Jahre. Um Ubeydullah. Um Rahime. Um sich selbst.

Sie verlor Bezir aus den Augen. Sie drehte sich um sich selbst. Der Himmel verdrehte ihr den Kopf. Dann entdeckten ihre Augen ihren Mann auf dem Parkplatz. Sie schnellte los. Bezir bettete den Vater auf den Rücksitz. Derdâ wollte durch die andere Tür einsteigen. Doch sie bekam sie nicht auf. Sie wusste nicht, wie man sie öffnete. Über das Auto hinweg kreuzten sich ihre Blicke. Bezir und Derdâ. Sie starrten die Tränen an, die ihnen aus den Augen strömten. Vor allem Derdâ starrte. Denn zum ersten Mal sah sie ihren Mann weinen.

Bezir warf die Tür auf seiner Seite zu und ging hinten um den Wagen herum. Derdâ trat zwei Schritte zurück und hob die Arme schützend vors Gesicht.

»Steig ein!«, befahl Bezir.

Als Derdâ die Augen aufschlug, erblickte sie eine offene Tür. Sie stieg ein. Bezir setzte sich neben sie und ließ den Motor an. Sie fuhren vom Parkplatz auf die Straße hinaus. Da kam von hinten, er hatte sich kurz aufgerichtet, Ubeydullahs Stimme.

»Schwör's, Bezir!«

»Vater!«, sagte Bezir. »Vater, um Gottes willen!«

Er konnte nicht schwören, dass er Derdâ nicht mehr schlagen würde. Mit seiner hornhäutigen Hand prügelte er auf das Lenkrad ein.

»Vater, um Gottes willen!«, sagte er, denn Ubeydullah wollte nicht verstummen.

»Sprich das Glaubensbekenntnis, Vater!«, forderte er ihn auf, doch Ubeydullah schrie ohne Pause.

»Schwör's! Du schlägst sie nie wieder! Schwö…«

Sein Wort brach ab. Sein Leben, sein Zorn, alles brach ab. Sein Herz, müde vom Schlagen, blieb stehen, blieb stecken wie eine ins Fleisch gedrungene Kugel. Hätte sie es vermocht, wäre sie weiter vorgedrungen, doch da war sein Sohn. Den konnte sie nicht durchbohren.

Ubeydullah starb. An der zweiten Kreuzung, über die sie fuhren. Vier Kreuzungen vor dem Krankenhaus. Es war Derdâ, die es zuerst bemerkte.

»Er bewegt sich nicht mehr!«, schrie sie.

Mit einer Hand rüttelte sie am Körper des alten Mannes. Bezir trat auf die Bremse, das Taxi hinter ihnen konnte nicht mehr bremsen und fuhr ihnen ins Heck. Derdâ stieß mit der

Stirn ans Armaturenbrett. Bezir stieg aus, riss die Hintertür auf, packte seinen Vater bei den Beinen und zog ihn heraus. Ubeydullah faltete sich wie eine Matte, Bezir kauerte sich neben den Wagen und nahm den Vater in die Arme. Dann hallte zwischen allen Gebäuden rings um die Kreuzung herum seine Stimme wider: »Allah!«

Vierzig Tage, von jenem Tag an gerechnet, rührte Bezir Derdâ nicht an. Er nahm Derdâ gar nicht wahr. Vierzig Tage lang verließ er die Wohnung nicht. Lebte, als hätte er keinen Körper. Aß nicht, trank nur Wasser. Er schloss seine Frau im Schlafzimmer ein und hielt mit den Kickboxern Versammlungen im Wohnzimmer ab. Abends verkroch er sich in eine Ecke und heulte. Die Hände vor dem Gesicht.

Mit den Wörtern, die sie gelernt hatte, schrieb Derdâ einen primitiven Brief, faltete ihn sieben Mal und schob ihn unten durch Stanleys Tür. Er schloss mit: »Komm nicht!«

Derdâ konnte sich nicht entscheiden, ob sie Bezir bemitleiden sollte. Eines Tages aber schien sie tatsächlich etwas zu empfinden. Am Morgen, als Bezir auf dem Bett kauerte und vor sich hin schluchzte, trat sie zu ihm und legte ihm die Hand auf die Schulter. Der Stoff, der ihren ausgestreckten Arm bedeckte, floss ihr vom Handgelenk, und sie sah ihre Haut. Sah ihr eigenes Handgelenk, das zu trübem Kaffee geworden war. Und in dem Kaffee die Spuren von Bezirs Fingern. Ihr kam alles wieder hoch, und sie riss die Hand zurück. Bezir fuhr fort zu schluchzen. Derdâ, sich nicht darum zu kümmern.

Am einundvierzigsten Tag verließ Bezir das Haus. Die Trauer war vorüber, an der Reihe war der Hass. Die Bomben, die er mit dem Geld aus dem Heroinhandel von Afghanen bauen lassen wollte, würde er zur Rushhour in der U-Bahn platzieren und England, das Land der Ungläubigen, ficken. Das war der Plan, den er in vierzig Tagen unter Tränen ausgetüftelt hatte: ficken! Er musste seinen Vater rächen. Da er nicht an sich Rache üben konnte, würde er es an der ganzen Welt tun. Dabei war auf der ganzen Welt die einzige Person, die den Tod seines Vaters verschuldet hatte, er selbst. Doch in dieser Sache war Bezir nach seinem Vater geraten. Nach Ubeydullah, der seinen Sohn prügelte, weil er sich selbst nicht schlagen konnte.

*

Stanley öffnete die Tür, lächelte bei dem Anblick, der sich ihm bot, und gab Derdâ den Weg frei. Das Mädchen trat ein und ging ins Wohnzimmer. Sie drehte sich zu Stanley um und sagte: »Geld!«

Er verzog das Gesicht und sagte: »Nein!«

Derdâ schüttelte den Kopf, sagte: »Nein«, ging zum Fenster und zeigte nach draußen. Auf London und die Menschen, die dort lebten.

»Ich«, sagte sie und fuhr mit der rechten Hand durch die Luft, als schlüge sie ein Gespenst. Sie zeigte nach draußen, sagte: »Die!« und nahm mit der Hand etwas aus der Luft. »Geld«, ergänzte sie.

Allmählich dämmerte es Stanley. Auf einmal fiel ihm das erste Geschenk ein, das er für Derdâ, seine Domina, gekauft hatte.

»Warte!«, sagte er, eilte ins Schlafzimmer und holte ein Wörterbuch. Englisch-Türkisch und umgekehrt. Kaum erblickte Derdâ das kleine Buch, verstand sie und stürzte sich darauf wie ein nach Luft schnappender Delfin. Mit folgenden Worten fasste sie zusammen, was sie sagen wollte:

»Ich … schlagen … Mann … dann … Geld … nehmen … weil … ich …« Sie fand nicht genau das Wort, nach dem sie suchte, doch es reichte: »Königin.«

Stanley lächelte. »Ja«, sagte er, »du bist meine Königin.«

Trotz des Niveaus ihres Lebens war Derdâs Intelligenzniveau außerordentlich. Wie Bezir es mit ihr zu tun pflegte, versetzte sie dem Mann vor sich blitzartig eine Ohrfeige. Anschließend streichelte sie die Wange, die sie geschlagen hatte, griff nach der Schulter dreißig Zentimeter über ihr und drückte sie herunter. Stanley, die eine Gesichtshälfte rot, beugte sich und kniete vor Derdâ. Das reichte noch nicht. Er musste auch die Stirn auf den Boden legen. Einen Teppich gab es in Stanleys Wohnung nicht. Er drückte die Nase aufs Parkett. Derdâ hob den linken Fuß und stellte ihn Stanley, der sich vor ihr bückte, auf den Nacken.

»Ich«, sagte sie. Da sie sich nicht an das Verb erinnern konnte, das sie suchte, blätterte sie wieder im Wörterbuch. »Nehmen … Geld … dann … geben … dir …«

Stanley nickte. Er nickte, und Derdâs Fuß wackelte. Noch in dieser unbequemen Stellung gelang es Stanley, die Hose herunterzuziehen, wenn auch nur geringfügig. Seine beiden Hände, die sich nach hinten reckten, zogen das nackte Fleisch auseinander und verbreiterten eine absolut haarlose Stelle. Erst ein, dann zwei Finger von Derdâ verschwanden an der geweiteten Stelle. Sie wusste, dass sie noch drei Paar Handschuhe zu Hause vorrätig hatte, und atmete auf. Denn was ihre Finger umschloss, war ziemlich schmutzig.

Fünf Jahre lang hatte Derdâ ohne Geld gelebt. Bezir ließ grundsätzlich kein Geld in der Wohnung, in seiner Börse trug er nur Kreditkarten und kleine Münzen bei sich. Deshalb war das, was Derdâ nach Englisch am meisten brauchte, Geld. Und wenn es da draußen noch mehr Leute wie Stanley gab, könnte sie Geld verdienen. Sie könnte so viel Schmerz zufügen wie gewünscht, könnte je nach Belieben erniedrigen. Ihre Kenntnisse darin waren im Vergleich zu anderen enorm. Denn ein Leben lang hatte sie Schmerzen und Erniedrigung erdulden müssen.

Außerdem würde sie beim Geldverdienen nicht einmal den Tschador ausziehen müssen. Derdâ hatte recht. Immerhin lebten sie in London. Da draußen fuhren ein paar tausend Stanleys täglich zur Arbeit und zurück nach Hause und hatten Fantasien, die sich die Leute, die neben ihnen an der Bushaltestelle warteten, nicht im Traum vorstellen konnten. Unter denen, die ihre Geldbörsen leeren würden, um für eine halbe Stunde Sklave eines sechzehnjährigen Mädchens zu sein, von dem nur die Augen zu sehen waren, gab es Postboten ebenso wie Lords.

Derdâs erster Kunde aber war Mitch. Furchtsam betrat er die Wohnung. Schon die Spannung erregte ihn. Im einteiligen Tschador, die Hände auf dem Rücken verschränkt, stand Derdâ einem schwarzen Kegel gleich vor dem Fenster im Wohnzimmer. Als Mitch sah, dass sie unerwartet klein war, stieg seine Erregung noch, denn die kindliche Statur des Kegels führte ihm eine Szene wie die Folterung Gullivers durch die Liliputaner vor Augen. Auch Mitch wog 130 Kilo, doch im Gegensatz zu Bezir bestanden siebzig Kilo davon aus Schweinefett.

Derdâ war ebenfalls aufgeregt. An Stanleys Körper war sie gewöhnt. Doch wie sollte sie diesen Dicken mit Schweiß auf der Stirn, roten Haaren, Lederjacke und flatternden Pupillen behandeln, der ihr gegenüberstand? Dann fiel ihr ein, dass ihr Gesicht verdeckt war. Niemand würde merken, wie aufgeregt sie war. Und sie dachte an Kurudere. An die Kette in Kurudere.

Mitch stand neben Stanley in der Wohnzimmertür und nickte leicht zur Begrüßung. Das Mädchen, das keinerlei Ähnlichkeit feststellen konnte, da sie Stanley Laurel und Oliver Hardy nicht kannte, ging auf die beiden Männer zu und, ohne ihnen ins Gesicht zu schauen, zwischen ihnen hindurch. Stanley und Mitch wechselten einen Blick. Und folgten Derdâ, die durch den Korridor zum Schlafzimmer schritt. Als sie das Zimmer betraten, sahen sie das Mädchen warten, in der Hand eine Kette, die von einem der Ringe an der Decke herabhing. Unten hatte sie einen Ledergürtel befestigt und die Schnalle geöffnet. Den Zeigefinger der freien Hand richtete sie auf Mitch. Mitch trat näher. Er war mindestens so tollpatschig wie Oliver Hardy.

Im Laufe der nächsten Stunde wurde Mitch, der an den Fußgelenken gefesselt war und Stanleys dreckiges The-Cramps-T-Shirt und ein Nietenhalsband trug, von Derdâ mit einem langen Lederriemen ausgepeitscht, ein Ende hatte sie sich um die Faust gewickelt. Als Derdâ sah, dass Mitchs Hände sich allzu frei bewegten, fesselte sie auch diese und trat Schritt für Schritt in die Welt der professionellen Folter ein.

Dass ihr erster Kunde ein Seebär wie Mitch war, den selbst ein Geruch aufgeilte, war für Derdâ beim Erlernen ihres Jobs eine große Erleichterung. Denn in dem Spiel, das man Sadomasochismus nannte, hatte eine Domina, die sich unentschlossen verhielt oder nicht wusste, welcher Schritt der nächste sein sollte, nichts zu suchen. Sklaven wurden insbesondere dann heiß, wenn sie auf einen unerschütterlichen, unbeugsamen, wie aus Titanium geschmiedeten Willen stießen. Im Grunde waren die Rollen in dem Spiel eine Parodie auf das alltägliche Leben der Leute auf der Straße. Nicht anders, als wenn irgendeine Kleinstadt ihre Befreiung von feindlichen Besatzungstruppen stellvertretend inszenierte. Allerdings verkörperte in dieser Travestie die Domina das Leben und der Sklave die Menschen. Alle Menschen wurden vom Leben geprügelt und nur selten belohnt. So einfach war das.

Die Accessoires aus Leder und Metall im Schlafzimmer, über dessen Wände das Stöhnen krabbelte wie Käfer, waren nur ein Detail. Um in Stimmung zu kommen. Ihren Platz nahmen im wahren Leben Visitenkarten ein, Aktenkoffer, Krawatten, Damenhandtaschen, in denen Muster-Parfümfläschchen steckten, Brillen mit durchsichtigen Gläsern, die man trug, auch wenn sie keine Sehstärke hatten, farbige Kontaktlinsen, Haarfärbemittel, Broschüren mit Epiliersonderangeboten, heimlich gekaufte und im Schlafzimmer aufgebaute Sportgeräte zum Schlankwerden, Ohren frecher Kinder, die sich daran gewöhnten, wenn häufig an ihnen gezogen wurde, die Höhe des Radioaktivitätswerts, Zweizimmerwohnungen im Souterrain, die man dreißig Jahre lang abstotterte, Ratenkäufe überhaupt, Gesetze, Polizeiknüppel, krebserregende Lebensmittel, Zigaretten, die, obwohl man sie gar nicht rauchte, trotzdem Krebs erregten, und die Porzellanzähne in den erleuchteten Gesichtern religiöser Führer. Darüber hinaus gab es vor oder nach dem brutalen Akt im wahren Leben Wörter wie Bitte oder Entschuldigung. Deshalb war es keineswegs eine Krankheit, wenn Menschen ihre mehr auf Kummer und Schmerz, weniger auf Vergnügen beruhende Beziehung zum Leben akzeptierten und den Spielregeln entsprechend mitspielten. Wie manche Psychologen ihren Kunden erklärten, die Sado-Maso-Nächte hatten. Es ging nur darum zu verstehen, was was war. Nicht traumatische Auswirkungen von Missbrauch in der Kindheit machten das Leben aus. Traumatisch war das Leben selbst. Das gesamte Leben. Alles. Vor allem alles, das nicht aussah, als sei es traumatisch. Wie geboren zu werden. Postnatale Depression war also keine psychische Erkrankung, die junge Mütter traf, sondern die Definition des Lebens. Des Wunsches, am Leben zu bleiben. Dem Leben zum Trotz.

Stanley, der Mitch und Derdâ während der Sitzung beobachtete, begnügte sich nicht länger mit der Zuschauerrolle, stand auf, riss sich die Kleider vom Leib und gesellte sich dazu. Er penetrierte alles, was sich unterhalb von Mitchs fettem, tätowiertem Rücken befand. Nun schlug Derdâ beide. Dann sah sie, wie Mitch, der Mühe hatte, auf die Beine zu kommen, zwanzig Pfund aus der Tasche seiner Lederjacke fummelte und auf das Bett legte. Diese Art der Bezahlung gefiel Derdâ nicht. Sie vergaß, dass der ganze Raum hässlich war, und fand es hässlich. Vielleicht fand sie es auch nicht angemessen, einer Königin Geld vor die Füße zu werfen. Ab jetzt, dachte sie … drehte sich um und blickte Stanley an, der ebenfalls aufgestanden war.

»Dein Name?«

»Stanley«, sagte Stanley.

Zu guter Letzt hatte sie den Namen des blauäugigen Mannes erfahren, der ihre Liebesfantasien beflügelt und von dem sie einst gehofft hatte, er würde sie von Bezir befreien. Es war zwar nicht ganz so gekommen, wie sie es sich vorgestellt hatte, dennoch würde Stanley Derdâ befreien. Ab jetzt nimmt Stanley das Geld entgegen, ich werde es nicht anrühren, setzte sie ihren Gedanken fort. Wie die meisten Menschen mit blühender Fantasie verstand Derdâ nichts von Geschäften.

Als der rothaarige Seebär gegangen war, gab sie einen der beiden Zehner, die Stanley ihr reichte, vereinbarungsgemäß zurück. Derdâ kehrte in ihre Wohnung zurück. Sie musterte den

Geldschein in ihrer Hand und die gekrönte Frau darauf. Irgendwoher erinnerte sie sich an sie. Einst hatte sie ihr ins Gesicht gekotzt.

*

Sechs Tage darauf kam Mitch wieder. Diesmal hatte er eine Kamera dabei. Derdâ war bereit. Mit dem Rahle-Pult vor sich. Sie hatte auch das Poster von der Kaaba mitbringen wollen, aber es war zu schwer, als dass sie es hätte tragen können. Sie kniete und hielt die Augen auf den Koran gerichtet, der auf dem Pult lag. Wie zuvor vereinbart, betrat Stanley, von Kopf bis Fuß in Latex gehüllt, das Wohnzimmer, und der Dreh begann.

Einen Augenblick hockte Derdâ reglos da. Vor dem Pult. Sie wiegte sich vor und zurück und fing zu murmeln an. Als läse sie im Koran. Was sie sagte, blieb unverständlich. Dann kam Stanley ins Bild. Seine Hände waren auf den Rücken gefesselt. Zwei Schritte vor dem Pult blieb er stehen. In Zeitlupe hob Derdâ den Kopf und sah ihn an. Sie schloss den Koran und stand auf. Dabei nahm sie die biegsame Pferdepeitsche von vierzig Zentimetern Länge in die Hand, die neben dem Koran gelegen hatte. Sie näherte sich Stanley und öffnete einen der zahllosen Reißverschlüsse. Aus dem Schlitz quoll ein unbeschnittenes Fleischteil hervor. Stanley strengte sich übermenschlich an, damit es nicht steif wurde. Mit der Spitze der Peitsche hob sie das wie leblos wirkende Fleisch leicht an, Mitch richtete die Kamera auf Derdâ und betätigte den Zoom. Derdâ schüttelte den Kopf und sagte ruhig: »Nein, nein, nein.« Dann verwandelte sie zwei Finger ihrer freien Hand in eine Schere und schnappte zu. Drei Mal.

Während Derdâ dem Fleischteil, das zunehmend durchblutet wurde und schwoll, leichte Hiebe mit der Peitschenspitze versetzte, linste sie zu der Pappe, die an dem Sessel schräg hinter Mitch lehnte. Darauf stand ein Satz, den sie viele Male von Stanley gehört und in Lautschrift hingeschrieben hatte.

»Ich werde dich beschneiden«, versuchte sie auf Englisch

zu sagen. Die beiden Männer im Wohnzimmer hatten im selben Moment denselben Gedanken zwischen den Ohren: Dass Derdâ den Satz nicht richtig aussprechen konnte, war total sexy!

Im weiteren Verlauf des Films sprachen die aus Yatırca gebürtige Derdâ und der gebürtige Londoner Stanley nicht. Sie schrien. Die eine, um einzuschüchtern, der andere, weil er sich fürchtete. Was sich zwischen Ost und West abspielte, geschah auch zwischen Derdâ und Stanley: Verlockung und Bedrohung. Bestrafung und Belohnung. Missachtung und Gewalt. Sadismus und Masochismus.

Als Mitch in seiner Einzimmerwohnung die CD anschaute, fühlte er, dass er hier ein Meisterwerk hatte. Er täuschte sich nicht. Innerhalb einer Woche wurde Derdâs 45-Minuten-Film in allen möglichen finsteren Clubs und verdunkelten Wohnungen mit erheblichem Spektakel betrachtet. Mitch hatte sich an das Gespräch erinnert, das er einst mit Stanley geführt hatte, und auf die CD-Kopien »Die muslimische Frau ist eine Atombombe« geschrieben.

Von den 4300 Pfund, die der erste Film mit dem überlangen Titel einspielte, bekam Derdâ 500 ab. Damit war sie in der Show-Welt zum ersten Mal übers Ohr gehauen worden. Der Unterschied zur realen Welt war, dass man den Schlag nicht spürte, deshalb merkte sie nicht, was sie da schlucken musste, und hielt sich mit ihren 500 Pfund für die reichste Frau der Welt. Stanley dagegen, der sich mies fühlte, weil er um des hohen Preises der Abhängigkeit willen seine Domina hatte übervorteilen müssen, stillte den Schmerz in seinem Gewissen nicht mit Crystal-Meth, sondern mit Heroin.

Derdâ war in vier weiteren Filmen zu sehen, die Mitch innerhalb von drei Wochen drehte, und bereitete sechzehn weiteren Kunden, die Stanley organisierte, halbe Stunden, die sie ihr Leben lang nicht vergessen würden. Sie wusste nichts davon, doch sie war zu einem Star geworden, der Londons finsteres Antlitz bestrahlte. Die Augen dieses Antlitzes suchten Derdâ. Auch wenn sie ihren Namen nicht kannten. Jede Frau im Tschador, die sie auf der Straße sahen, musterten sie mit einem »Ob sie wohl?« und fragten einander, wie man zu ihr gelangen könne. Nichts davon kümmerte Derdâ. Ihr einziger Wunsch war es, die dreitausendsechshundert Pfund, die sie in der Dunstabzugshaube versteckt hielt, und die fast vierhundert Wörter Englisch, die sie im Gedächtnis sammelte, zusammenzuraffen und nach London durchzubrennen. Hinaus aus dem Wohnblock. Sie war bereit. Der Tag war gekommen. Sie würde fortgehen. Sie fürchtete sich nicht. Was könnte da draußen Gefährlicheres lauern als drinnen? Es brauchte aber einen guten Plan. Vor allem die Beziehung zu Stanley musste sie vollständig kappen. Denn wenn Bezir Verdacht schöpfte, in die Nachbarwohnung ging und Stanley zum Reden brachte, und wenn der dann wusste, wohin sie geflohen war, wäre sie geliefert. Denn Stanley würde unverzüglich reden. Deshalb würde sie Stanley oder Mitch nichts sagen. Nur in einer Sache hatte sie Hilfe erbeten. Vor zwei Wochen hatte sie sich von den beiden Kleidung und Schuhe besorgen lassen. Nur das.

Derdâ würde einfach fortgehen. Sicher würde sie irgendwo Unterschlupf finden. Ebenso einen Job. Vielleicht würde sie sogar in eine andere Stadt gehen. In ein anderes Land. So weit wie möglich von Bezir entfernt. Wohin auch immer. Bezir hatte sich während dieser Zeit völlig verändert, war still geworden. Er schlug Derdâ nicht mehr. Er rührte sie nicht einmal an. Es kam vor, dass er zwei Tage lang nicht heimkehrte. All das beunruhigte Derdâ noch stärker. Sie musste verschwinden, so schnell es ging.

In jener Nacht tat sie kein Auge zu. Zwei Stunden vor dem Morgengebet schlängelte sie sich aus dem Bett und stand auf. Bezir schlief noch. Ohne die Augen von ihrem Mann zu wenden, schlich sie rückwärts aus dem Zimmer. In dem Zimmer mit dem Kleiderschrank warf sie den Tschador über ihr Nachthemd und huschte in die Küche. Der Dunstabzugshaube entnahm sie Geld und Wörterbuch. Ein letztes Mal ließ sie ihren Blick durch die dunkle Wohnung schweifen, dann öffnete sie die Tür. Sie schlüpfte hindurch und ließ die Falle der Tür, die sie mit beiden Händen festhielt, einen halben Zentimeter in das rechteckige Loch im Schließblech schnappen. Weiter zog sie die Tür nicht zu, denn sie wollte jedes Geräusch vermeiden. Auch das Scheppern des Aufzugs. Nach einem Abschiedsblick auf Stanleys Tür schlich sie fünf Stufen hinunter. Plötzlich hielt sie inne, eilte in den zwölften Stock zurück und öffnete den roten Feuerwehrkasten unmittelbar gegenüber dem Aufzug. Sie wusste, dass er nicht quietschen würde, sie hatte ihn eigenhändig geölt. Aus der breiten Lücke hinter dem zur Spirale aufgerollten roten Schlauch zog sie die Tüte hervor, die sie um ein Haar vergessen hätte. Darin steckten ihre Kleider. Sie drehte sich um und ging. Endgültig.

Zwölf Stockwerke tiefer stand sie vor der Haustür, durch die sie zuletzt hinter Ubeydullah hinausgelaufen war. Wie ging die auf? Fast zehn Minuten brauchte Derdâ, um zu begreifen, dass dazu der weiße Knopf an der Wand diente. Das durch den Knopf ausgelöste metallische Schnarren erschreckte sie, doch kaum sah sie, wie die schwere Tür sich einen Finger breit öffnete, schlüpfte sie hindurch.

Sie folgte dem Weg durch den dunklen Garten und setzte den Fuß auf den Bürgersteig an der Straße. Wohin sollte sie sich wenden? In welche Richtung der langen Straße? Erst schaute sie nach rechts, dann nach links. In der Ferne machte sie einen Schatten aus. Ein Mensch. Auf dem Bürgersteig. Er kam auf sie zu. Seine Hände steckten in den Taschen. Derdâ fürchtete sich, wandte sich nach rechts und stob davon.

Der Schatten bewegte sich bis zu dem Punkt des Bürgersteigs, wo der Gartenweg zum Wohnblock hin abzweigte. Er hob den Kopf, schaute zum Hochhaus und ging darauf zu. Vor der Haustür studierte er im Lichtschein seines Feuerzeugs einen Zettel, den er aus der Tasche gezogen hatte. Er tippte auf die Knöpfe in dem kleinen Kasten an der Wand, gab eine vierstellige Chiffre ein. Wieder erklang das metallische Schnarren, und die Tür schwang auf.

Der Aufzug war im Erdgeschoss. Er stieg ein und wählte den zwölften Stock. Auf der Etage angekommen, schob er behutsam die Tür auf, das Licht an der Decke brannte. Er näherte sich der Tür, die der Treppe am nächsten lag, und zog einen Schraubenzieher aus der Innentasche seiner Jacke. Als die Spitze auf Höhe des Schlosses schwebte, stellte er fest, dass die Tür offen war. Behutsam stieß er sie an und reckte den Kopf in die Wohnung hinein. Dunkel. Er steckte den Schraubenzieher in die Tasche und trat durch die Tür. Aus dem Kreuz zog er eine Pistole und schlich weiter. Er passierte Wohnzimmer und

Küche und folgte dem Korridor. Die Türen der ersten beiden Zimmer waren angelehnt. Er stieß sie auf und schaute hinein. Niemand. Die Badezimmertür stand weit offen. Es blieb eine einzige Tür. Die am Ende des Korridors. Ihm genau gegenüber. Und die war geschlossen. Er streckte die Hand zur Klinke aus, die senkte sich aber von allein. Die Tür ging auf. Der sie öffnete, war Bezir.

Ein wenig aus Furcht, ein wenig aus alter Dorfschützergewohnheit, ein wenig wegen einer Sache vor Jahren, als man ihm an die Gurgel wollte, reagierte Regaip prompt und drückte auf den Abzug. Dann schimpfte er mit sich selbst. Derdâ hatte er in der Wohnung nicht erblickt. Hätte er doch nur Bezir noch gefragt: »Wo ist sie?« Damit hätte er Gidos Auftrag erfüllt und zugleich Derdâ, die er zur Witwe machte, mit sich genommen. »Es hat nicht sein sollen«, sagte er sich in den folgenden Tagen, wenn er daran dachte.

Natürlich konnte Regaip es nicht wissen. Dass in den darauffolgenden Tagen noch andere sagen würden: »Es hat nicht sein sollen.« Elf in einem Kickbox-Club versammelte Männer meinten: »Da Bezir nicht mehr dabei ist, hat sich die Sache erledigt«, und ließen ihr Vorhaben fallen. Das Vorhaben, das sie fallenließen, bestand darin, die Bomben, über die sie verfügten, in vier Haltestellen der Londoner U-Bahn zu platzieren. Dass sie die Bomben dann in der Themse entsorgten, konnte Regaip nicht wissen. Sowenig wie die Kickboxer wissen konnten, dass die Londoner U-Bahn und ein Doppeldeckerbus Jahre später von vier Al-Quaida-Aktivisten in die Luft gejagt werden sollten. Wie sie nicht wissen konnten, dass bei dem Selbstmordanschlag am 7. Juli 2005 52 weitere Menschen ums Leben kommen und 700 verletzt werden sollten.

Letztlich war es anderen bestimmt, England zu ficken. Nicht Bezir, der London allein aus Wut über sich selbst hatte hochgehen lassen wollen.

*

Derdâ, die nichts von Bezirs Tod wusste, lief, als müsste sie für den Rest ihres Lebens vor Bezir fliehen. Ohne zu wissen, wohin. Wie sie fünf Jahre lang nicht gelaufen war. Statt zu ermüden, wurden ihre Beine leichter, als sie ihre Schritte wie Sprünge führten. Sie eilte unter Straßenlaternen, über die Fahrspuren leerer Straßen, an bronzenen Skulpturen vorbei, Beweise, dass ganz London erstarrt war und Derdâ beobachtete, und wurde von einem Gefühl beflügelt, das sie zum ersten Mal verspürte: Freiheit.

Die Kälte stach ihr in die Augen und hinterließ beim Wiederaustreten Tränen, doch Derdâ bremste nicht ab. Ihr seit sechzehn Jahren schlagendes Herz trommelte wie eine Militärkapelle. Nach einer gewonnenen Schlacht. Derdâ lachte. Tränen tropften ihr von den lachenden Lippen, doch niemand sah sie. Stanley hatte es seinerzeit gesagt: Derdâ ging nicht und lief nicht. Unter den Lichtern der Stadt schwebte sie gleich dem schwarzen Schatten eines farbenfrohen Schmetterlings dahin.

Als sie an der Crouch-Hill-Kreuzung mit einem Mal fünf Straßenmündungen vor sich hatte, hielt sie inne und hörte ihren Pulsschlag, der ihr beinahe über die Lippen purzelte. Sie schaute in die Richtung, aus der sie gekommen war. Weder das Wohnhaus war zu sehen noch Bezir. Alles lag hinter ihr. Alles. Die gesamte Vergangenheit. Sie breitete die Arme aus und fiel auf die Knie. Sie hob den Blick zum Himmel, an dem die Sterne hinter den Wolken lebten, und schrie, wie sie es vor fünf Jahren schon einmal getan hatte: »AAAAAA!« Dieses Mal vor Glück. Glücks-AAA! Als sie entdeckte, dass hinter einigen Fenstern Licht anging, sprang sie auf und eilte weiter. Durch eine der fünf Straßen. Am liebsten wäre sie in alle fünf zugleich hineingestürmt. Um sich für all die Straßen zu rächen, durch die sie bis zu jenem Tag nicht hatte gehen können. Doch sie wählte eine. Derdâ traf ihre Wahl. Niemand anderes. Sie allein. »Das will ich!«, sagte sie und nahm sich, was sie wollte. Sie schlüpfte durch die Mündung der dritten Straße von links und verschwand in ihrem Magen.

Als sie wahrnahm, dass die Gartenhausbebauung zu beiden Seiten der Straße sich lichtete, verlangsamte sie ihre Schritte, und das Lächeln in ihrem Gesicht verflüchtigte sich wie Wasserdampf von einer Scheibe. Sie war erschöpft. Sie brauchte einen Ort, an dem sie auf den Morgen warten konnte. Einen Ort, der sie vor der Kälte schützte. Nachdem sie eine Kurve, die kein Ende nehmen wollte, umrundet hatte, erblickte sie die rote Hütte. Eine Hütte mit Fenstern. Ein Haus für eine Person. Ihre erste Londoner Nacht verbrachte sie, so gut es ging, ausgestreckt, in einer Telefonzelle.

Sie spürte eine Hand über sich, riss die Augen auf und die Handflächen vor das Gesicht. So hatte Derdâ es gehalten, wann immer Bezir in der Nähe war und die Hand erhoben hatte. Manchmal hatte Bezir den Arm gehoben, um ein Glas aus dem Küchenschrank zu nehmen, Derdâ aber war drei Schritte zurückgewichen und hatte ihr Gesicht vor einer möglichen Ohrfeige geschützt. Nun traf kein Schlag ihre Hände oder ihr Gesicht. Sie öffnete einen Spalt zwischen den Händen. Durch die Finger erblickte sie ein Kind. Vielleicht fünf. Es lächelte. Auf einmal brach die Zahnlückenshow ab: Die Mutter hatte das Kind am Handgelenk gepackt und zerrte es weg. Sie entschwanden, einer heulend, die andere zeternd.

Derdâ versuchte sich aufzurichten, musste aber feststellen, dass ihr die Beine eingeschlafen waren. Sie rieb sie und kam endlich hoch. Beim ersten Schritt aus der Zelle hinaus blähte ihr Tschador sich wie eine Pelerine, und kühn nahm Super-Derdâ es mit der Zukunft auf, ihrem ärgsten Feind.

Das Viertel Crouch End war einer der Satelliten des Planeten City und durch ein paar Baumwollfäden, Buslinien genannt, mit dem wahren London verbunden. Ein Gebiet von einander benachbarten gepflegten, alten Häusern in Gärten. Sogar Bob Dylan hatte seinerzeit eines erwählt und angemietet. Die Fußwege waren hier menschenleer und die Mauern bemoost. Ein Flecken, an dem Rentner und erwachsene Kinder, die mit den Rentnern lebten, weil es ihnen nicht gelungen war, ein eigenes Leben zu gründen, auf Bänken die Zeit totschlugen, indem sie einander mit spitzen Bemerkungen verletzten, während sie auf den gegenüberliegenden Gehsteig starrten. An jenem Tag aber war Crouch End vor allem ein Ort, an dem Derdâ nach einer Gaststätte suchte, wo sie sich umziehen und den Hunger stillen konnte. Einer der Rentner, bei dem es noch nicht lange her war, dass seine blonden Haare weiß geworden waren, drehte auf der Bank, auf der er saß, den Kopf in Derdâs Richtung. Kaum hatte er das Mädchen erblickt, drückte er den Rücken durch. Er mochte seinen alternden Augen kaum trauen und wartete ab, bis Derdâ näher heran war, um genauer hinzuschauen. Als sie zwei Schritte vor ihm stand, war er sicher. Er erkannte sie an ihren Augen. An ihren schwarzen Augen, die er minutenlang angestarrt hatte, nachdem er das Bild auf dem Bildschirm eingefroren hatte.

Er konnte sich nicht beherrschen, streckte die Hand aus und griff nach ihrem Arm. Keinen Augenaufschlag später hatte Derdâ ihren Arm befreit, war fünf Schritte weiter geflüchtet, hielt an, drehte sich um und betrachtete den blondweißhaarigen Mann. Der war nun auf den Beinen, hob als Kapitulationsfähnchen die Handflächen in die Höhe und sagte: »Verzeihung! Ich bitte um Verzeihung. Ich bin Ihr Fan! Ich bitte vielmals um Verzeihung!«

Derdâ, die in Stanleys Wohnung hundertfach um Verzeihung hatte bitten lassen, da in ihrer eigenen Wohnung sich niemand jemals bei ihr entschuldigt hatte, kannte die englischen Worte für Verzeihung sehr gut und hörte nun zu. Der Mann trat näher und blieb eine Armlänge vor ihr stehen. Diese Entfernung überbrückte er mit der Hand, die er ihr reichte.

»Ich heiße Steven. Es ist mir eine große Ehre, Ihre Bekanntschaft zu machen.«

Derdâ starrte die faltige, magere Hand an. Dann das Gesicht des Mannes. Natürlich ergriff sie die Hand nicht.

»Darf ich ein wenig mit Ihnen plaudern?«, fragte der Mann. »Haben Sie Zeit? Vielleicht setzen wir uns irgendwohin und trinken einen Kaffee?«

Derdâ stand da wie in ihren Filmen. Als überragte sie trotz ihrer kleinen Statur alle anderen. Als verfluchte sie trotz ihres Schweigens alle und jeden.

»Ich kenne Sie aus Ihren Filmen«, erklärte der Mann. »Brillant!«, setzte er hinzu.

Derdâs Ohren ergriffen das Wort: Film. Sie lachte. Im Inneren. Des Tschadors.

»Bitte«, fuhr der Mann fort. »Nur fünf Minuten, gleich hier um die Ecke. Ich gebe Ihnen mein Wort, danach will ich Sie nicht weiter belästigen.«

Derdâs Stimme klang heiser, denn seit dem Erwachen sprach sie zum ersten Mal.

»Okay.«

Wie ein wahrer Gentleman verbeugte sich der Mann und wies Derdâ mit der ausgestreckten Hand den Weg.

»Bitte sehr.«

Sie gingen los. Derdâ voran, der Mann drei Schritte hinter ihr.

Der Pub, den sie betraten, gehörte zu den ältesten von Crouch End. Sie gingen zwischen Rentnern hindurch, die, obwohl sie wussten, dass es kein Leben auf dem Mars gibt, das Mädchen im Tschador anstarrten, als wäre es ein kleines grünes Männchen, und setzten sich an einen freien Tisch. Derdâ fragte die Kellnerin nach der Toilette, ihr wurde der Weg beschrieben, sie nahm ihre Tasche und ging hin.

Den Blick unausgesetzt im Spiegel der engen Toilette, zog sie Tschador und Nachthemd aus, faltete beides zusammen und stopfte es in die Tüte. Auf dem Klodeckel lagen eine schwarze Jeans, ein schwarzes The-Cramps-T-Shirt und eine schwarze Lederjacke, die Stanley in seiner Gothic-Vernarrtheit ausgesucht hatte. Auf dem Boden stand ein Paar rote Dr. Martens. Sie zog den Reißverschluss ihrer Slipper herunter und streifte sie ab. Angeekelt musterte sie sie und warf sie zum benutzten Handtuchpapier.

Stück für Stück stieg sie in ihr neues Kostüm. Die Haare hingen ihr über den Rücken. Ein einzelner Zopf. Sie lächelte die Derdâ im Spiegel an. Ihre Hände hoben sich zu den Haaren, und ihr Lächeln erstarb. Sie fühlte sich unwohl. Weder die Hose an ihren Beinen noch das T-Shirt störten sie, aber an ihre offenen Haare würde Derdâ sich nicht leicht gewöhnen. Sie tat einen tiefen Atemzug und stieß die WC-Tür auf. Sie nahm ihre Lederjacke und die Tüte und trat hinaus.

Derdâs größter Fan konnte nicht glauben, dass sie das Mädchen war, das auf seinen Tisch zusteuerte. Tausend Dinge gingen ihm durch den Kopf: Das Mädchen war noch viel hübscher, als er sich vorgestellt hatte, ihre Brüste dagegen waren kleiner als gedacht, und irgendwoher erinnerte er sich an Derdâs ganzes Gesicht …

Er bestellte Kaffee bei der Kellnerin, die erneut zu ihnen kam, und war erleichtert, weil Derdâ um die Karte bat. Denn das bedeutete, sie würde nicht bloß Minuten bleiben. Nach längerem Zweifel angesichts der Wörter, die ihr nichts sagten, zeigte Derdâ mit dem Finger auf irgendeines. Sie hatte Beefsteak vom Kalb mit Pilzsoße und Bratkartoffeln gewählt. Ohne es zu ahnen. Es war ihr Glückstag.

»Verzeihung, aber verstehen Sie mich?«

Derdâ, die gerade den Schmutz unter ihren Fingernägeln betrachtet hatte, hob den Kopf und sagte »Vielleicht« statt »Ein wenig«.

»Dann möchte ich Sie etwas fragen: Kann es sein, dass wir uns schon mal begegnet sind?«

Derdâ verstand kein Wort.

»Woher stammen Sie? Ich meine, aus welchem Land kommen Sie?«

Wieder verstand Derdâ kein Wort.

»Spanien? Italien? Rumänien? Woher?«

Derdâ lächelte, denn sie verstand tatsächlich nichts. Die junge Kellnerin brachte den Kaffee und deckte vor Derdâ den Tisch. Ein rechteckiges Stück Papier mit einem Text, der die Geschichte des Pubs erzählte, eine Serviette und Besteck mit einem Steakmesser. Der Mann fuhr fort, Länder aufzuzählen.

»Griechenland? Türkei?«

Derdâ zuckte zusammen. Sie glaubte, ein Wort gehört zu haben, das klang wie Türke. Der Mann war überzeugt, eine Spur zu haben, und wiederholte: »Türkei?« Nun auf Türkisch. Derdâ schüttelte den Kopf. Doch der Mann fuhr fort, Türkisch zu sprechen.

»Okay, ich hab's. Ich erinnere mich an Sie. Sie waren ein Kind damals. Sie waren mit Ihrem Vater wegen eines Visums da. In Istanbul.«

Derdâ umklammerte das Steakmesser mit der rechten Hand. Sie wusste, dass die Entscheidung, die sie jetzt zu treffen hatte, eine gewaltige Bedeutung besaß. Sie saß vor dem Hurensohn, der ihr die Tür zu der Hölle, in der sie fünf Jahre lang gelebt hatte, aufgestoßen und sie hatte eintreten lassen. Auch sie erinnerte sich an Steven. Mehr noch an den ekelerregenden Geschmack der Praline, die er ihr überreicht hatte. Sie könnte ihm das Messer in die Brust stoßen. Oder seine magere, runzlige Hand auf den Tisch nageln, auf dem sie lag. Keines von beidem tat sie. Sie hörte nur zu.

»Wie viele Jahre ist das her? Sechs oder fünf? Ein unglaublicher Zufall, nicht wahr?«

Derdâ zeigte, wenn auch gezwungen, die Zähne und nickte.

»Erinnern Sie sich an mich?«

Wieder nickte Derdâ.

»Gehen wir nachher zu mir nach Hause?«

Ein letztes Mal nickte Derdâ, hob das Messer und stieß es in das Fleisch, das ihr serviert worden war. Ihre Rache sparte sie sich für ein anderes Mal auf. Sie brauchte jemanden, der sie in London einführte. Deshalb konnte sie den einzigen Menschen unter den ihr bekannten Engländern, der Türkisch sprach, nicht umbringen. Noch nicht.

Sie durchquerten den akkurat angelegten Garten, rote Rosen waren zu weißen gesetzt, und betraten das zweistöckige Haus durch die hölzerne Eingangstür. Bis zum Haus waren es nur ein paar hundert Meter gewesen, doch bei jedem Passanten hatte Derdâ gedacht, er begaffe ihr Haar. Eine Zeit lang hatte sie sogar ihren Hass auf Steven vergessen und sich vorgestellt, den Leuten auf der Straße die Augen auszukratzen.

Das Haus war klassisch und gemütlich eingerichtet, als lebte eine sehr glückliche Familie darin. Offensichtlich wurde pedantisch auf Sauberkeit geachtet. Steven deutete auf ein Sofa, gepolstert mit einem Muster von Rosen, denen im Garten ähnlich, und sagte: »Bitte nehmen Sie Platz.« Derdâ zog den Sessel daneben vor. Wählte sie das Sofa, dachte sie, würde Steven sich neben sie setzen. Er dagegen hatte anderes im Sinn: DVD-Player und Fernsehapparat in Gang setzen und einen von Derdâs Filmen mit ihr gemeinsam anschauen.

Er drückte ein paar Knöpfe auf der Fernbedienung und bat Derdâ, die auf der Kante des Sessels kauerte: »Machen Sie es sich doch bequem.« Ihre Tüte hielt Derdâ fest umklammert. »Auch die können Sie nun ablegen.« Sie setzte die Tüte auf den Boden. Als der Fernsehbildschirm unvermutet sie selbst zeigte, empfand sie nichts.

Das Bild wurde schärfer, und Derdâ wandte den Blick Steven zu, der noch immer stand. Soweit sie erkennen konnte, veränderte sich seine Miene mit den Szenen. Wurde säuerlich oder fröhlich, verengte sich, wenn der Mund aufging, dazwischen quetschten sich einsilbige Lacher. Der alte Mann unterschied sich von Stanley und Mitch. In jenem Augenblick kam Derdâ zu dem Schluss, dass Steven mindestens so verrückt war wie Rahime. Als sie den Blick wieder auf den Fernseher richtete, sah sie, dass auch die Derdâ auf dem Bildschirm ihre Augen auf sie gerichtet hatte und reglos verharrte. Steven hatte das Bild eingefroren, er legte die Fernbedienung auf das Sofa und fragte lächelnd: »Kann ich irgendwo dieses Ding auftreiben, das Sie da tragen? Wie hieß das noch?«

»Tschador«, sagte Derdâ.

Er schnippte mit den Fingern und schnellte kurz auf die Zehenspitzen.

»Genau!«, rief er, »der Tschador! Wo bekomme ich so einen?«

Derdâ war ziemlich egal, was hier geschah. Mit dem linken Dr. Martens stieß sie die Tüte auf dem Boden an.

»Hier ist einer drin.«

Steven wirkte wie ein sechzigjähriger Mann mit kindlichem Aussehen, der unter einer seltsamen Krankheit litt, die ihn am Wachsen hinderte. »Wirklich?«, stieß er hervor und wollte sich auf die Tüte stürzen, im letzten Augenblick beherrschte er sich und schaute Derdâ an.

»Darf ich hineinschauen?«

Derdâ schwieg, und Steven nahm voll übertriebener Ehrfurcht, als berührte er ein Kronjuwel der königlichen Familie, den Tschador aus der Tüte. Mit beiden Händen hob er ihn gegen das durch das Fenster einfallende Licht.

»Superb!«, sagte er auf Englisch. Auf Türkisch fuhr er fort. »Wie zieht man den an?«

Vier Stunden später saßen Steven im Tschador und Derdâ an dem Esstisch, der gleich hinter dem Sofa im Wohnzimmer stand, und aßen Nudeln. Derdâ kaute an dem Bissen in ihrem Mund und hatte keine Bedenken, gleichzeitig zu sprechen.

»Jetzt ist dein Gesicht offen. Du isst. Später verhüllst du es. Dann sind nur deine Augen zu sehen.«

»Ja«, hauchte Steven.

»Du redest erst, wenn ich es dir erlaube!«, schrie Derdâ. Sie hatte die Replik aus ihrem letzten Film entwendet. Steven wollte gerade »In Ordnung« sagen, verschloss aber rasch mit der Hand den Mund. Er rollte mit den Augen und lächelte schamhaft. Einer osmanischen Dame gleich.

»Ich bleibe heute Nacht hier«, sagte Derdâ.

Steven nickte, immer wieder.

»Vielleicht bleibe ich auch morgen hier«, fuhr Derdâ fort.

Als sie sah, dass Steven weiter nickte, wurde sie mutiger.

»Vielleicht gehe ich überhaupt nie wieder. Du bringst mir Englisch bei. Wir fangen sofort an. Du hast genug gegessen. Steh auf, räum den Tisch ab!«, kommandierte sie.

Flink deckte Steven den Tisch ab, Derdâ setzte ihre Inspektion des Hauses da fort, wo sie innegehalten hatte. Vor dem Vitrinenschrank aus Nussbaum, der offenbar aus Istanbul stammte, blieb sie stehen. Schnitzereien zeigten Halbmond und Stern. Zwischen den Sets kristallener Whiskygläser und Sammeltellern aus verschiedenen Ländern entdeckte sie eine Schachtel Camel. Steven kämpfte tapfer darum, nicht mehr zu rauchen, die Schachtel hatte er weggesperrt wie ein Kriegsgefangener. Derdâ öffnete die Vitrine und nahm die Schachtel an sich. Sie fingerte eine Zigarette heraus und brüllte: »Rahime!« Steven hatte sich gleich verliebt, als er diesen Namen vor ein paar Stunden gehört hatte, er war nun Rahime. Derdâ hatte viel aus den Filmen gelernt, zu denen Mitch das Drehbuch geschrieben hatte. Um einen Menschen zu brechen, züchtigte man ihn nicht mit dem Knüppel, sondern verschmähte seinen Namen. Und gab ihm einen neuen. Wer Namen vergab, herrschte. Wie ein Kind, das sein Haustier benannte, wie Amerikaner und Europäer, die eine ganze Region als Orient bezeichneten, nur weil sie östlich von ihnen lag, und diesen Namen auch bei den dort lebenden Menschen durchsetzten.

Zu Steven, der mit geschürzten Tschador-Schößen herbeieilte, sagte sie: »Bring mir ein Feuerzeug!« In derselben Geschwindigkeit huschte Steven in die Küche und kehrte mit einer Schachtel Streichhölzer zurück. Derdâ, die Zigarette zwischen den Lippen, zerbrach die ersten beiden Streichhölzer, weil ihr die Hände vor Aufregung zitterten. Mit dem dritten gelang es ihr, die Zigarette anzuzünden, dabei beobachtete sie Steven. Nie hatte jemand auf dieselbe Art wie Derdâ mit dem Rauchen begonnen.

Nach dem ersten Zug hustete sie zwei Mal. Nach dem zweiten ein Mal. Dann hustete sie nicht mehr. Die Rückwand in der Vitrine war verspiegelt, Derdâs Blick blieb an ihren Haaren hängen, wie ein Angelhaken sich in Algen verheddert. Es gelang ihr nicht, ihn zu lösen. Sie schaute … schaute … schaute … Die Zigarette drückte sie auf dem Tellerchen aus, auf dem eine Windmühle und das Wort Amsterdam zu sehen waren, und marschierte in die Küche.

*

Im Badezimmerspiegel beobachtete sie Steven. Stevens Hände. Die Schere in seinen Händen. Zuerst fiel ihr Zopf, dann die Haare weiter oben. Stevens Blick suchte im Spiegel Derdâs, er fand ihn. Reicht das, wollte er fragen. Noch immer störte Derdâ ihr Haar. Solange die Haare dort waren, würde sie sich nackt fühlen, sobald sie auf die Straße ging. »Alles!«, sagte sie. »Schneid alles ab! Rasier sie ab!«

Mit der Schere hatte Steven begonnen, mit der Rasierklinge setzte er sein Werk fort. Als er mit dem Handtuch den Rasierschaum von Derdâs blankem Kopf wischte, wurden ihr die Augen feucht. Sie ließ es Steven nicht merken. Immerhin war sie eine Domina. Weinen durfte sie nicht. Sie strich sich mit den Handflächen über die Kopfhaut. Sie glaubte, im Spiegel jemand anderes zu erblicken. Ihr kam der Gedanke, was ihre Mutter sagen würde, wenn sie das sähe, doch sie verscheuchte ihn, erhob sich von dem Schemel, auf dem sie gesessen hatte, und steckte sich eine Zigarette an. Sie konnte es unterlassen, in den Spiegel zu schauen, doch ihre Hände, die immer wieder nach ihrem Kopf langten, konnte sie nicht aufhalten.

In jener Nacht rauchte sie die ganze Schachtel weg und fühlte sich mit jedem Zug ein wenig besser. Wie neu geboren. Als trüge sie auf ihren Schultern einen unbehaarten Babykopf. Die Haare, die ihr das Gefühl gegeben hatten, den Kopf verhüllen zu müssen, existierten nicht mehr, und sie sagte: »Hätte ich sie doch schon vor Jahren geschoren!«

Einige Wochen lang, in denen Steven sich wie Rahime und Derdâ sich wie Bezir benahm, allerdings nur mit Worten zuschlug, verließen sie kaum das Haus. Denn beide schämten sich. Sie sprachen nie darüber, doch sie bezogen voneinander die Kraft, auf die Straße zu gehen. Zuerst besuchten sie einen nahe gelegenen Supermarkt. Steven gewöhnte sich schneller an seine neue Identität als gedacht. Es waren ja bloß seine blauen Augen zu sehen. Dass er ein Mann war, erkannte man nur, wenn er sprach. Wenn er im Supermarkt um eine Extratüte bat oder das Mindesthaltbarkeitsdatum nicht lesen konnte und einen Angestellten danach fragte. Es hatte einen anderen Grund, weshalb sich alle Augen auf Steven richteten. Es lag an ein paar Flugzeugen. Sie waren in ein paar Gebäude geflogen. Ein paar tausend Menschen waren umgekommen. In einer Stadt namens New York. An einem 11. September. Vor allem bei den Nachbarn erregte er Aufmerksamkeit. Den Nachbarn, mit denen er seit seinem Einzug nicht geredet hatte. Sie hassten Steven. Aus Prinzip aber hatten sie sich das nicht anmerken lassen können. In Crouch End war doch niemand gegen Homosexuelle oder Transvestiten. Man rühmte sich seiner enormen Toleranz, die der Menschheit ein Beispiel sein sollte. Selbst wenn Steven sich wie ein kleines Mädchen gekleidet hätte, wäre er nicht derart schräg angesehen worden. Doch wie bei allen anderen Menschen existierte auch hier das Bedürfnis, jemanden schräg anzusehen. Die Flugzeuge waren genau rechtzeitig gekommen, um dieses Bedürfnis zu stillen. Genau in dem Augenblick, als es nichts mehr gab, das man schräg hätte ansehen können. Als die sozialen Beziehungen von übermäßiger Achtung und Toleranz erstickt wurden. Als es jedermann verboten war, einen Menschen aufgrund seines Aussehens zu diskriminieren. Deshalb hasste man Rahime in dem Augenblick, in dem sie erschien. Und nun wurde das mit finsteren Mienen auch zum Ausdruck gebracht. Denn noch bevor die Trümmer der Gebäude, in die die Flugzeuge gekracht waren, beiseitegeräumt waren, hatte sich in England der Sport entwickelt, Muslime zu verachten, was selbst Kricket übertraf. Da wollten alle mitspielen. Dem Sieger wurden der Orden Erster im Kampf gegen den Primitivismus und als Bonus noch eine Patriotismusmedaille um den Hals gehängt. Rassistisch und fortschrittlich zugleich!

Letzten Endes hatte Steven den Tschador zur falschen Zeit angelegt, aber er hatte inzwischen gelernt, sich nicht darum zu scheren. Auch Derdâ gewöhnte sich. An ihre Glatze ebenso wie ans Rauchen. Tagsüber übten sie Englisch, abends schauten sie Derdâs Filme oder ähnliche. Ansonsten hatten sie nichts miteinander zu tun. Steven hatte sich vor langer Zeit von den Stahlkugeln verabschiedet. Seit Jahren lebte er die physische Seite seiner Sexualität allein in seinem Zimmer mit dem aus, was er an der Decke zu sehen vermeinte. Dementsprechend befand sich Derdâ hier in dem ungestörtesten Haus, das sie, nicht nur in London, sondern in ganz Großbritannien hätte finden können. Sie aß und schlief, lernte Englisch und gebot über einen Sklaven. Darüber hinaus hasste sie den ehemaligen Handelsattaché nicht mehr besonders. Ihre Rachegelüste waren dabei, sich zu verflüchtigen. Es schien also alles gut zu laufen. Bis es eines Tages an der Tür klingelte.

Derdâ öffnete. Vor ihr stand Stanley. Sie riss die Augen auf und erstarrte.

Stanley fragte: »Wer bist du denn? Wo ist mein Vater?«

*

»Hier«, brachte Derdâ heraus. Hinter Stanley stand wieder ein Mann im blauen Drillich und wartete darauf, dass die Leute, die den Eingang versperrten, beiseitetraten, damit er Kartons hineintragen konnte.

»Die kommen alle nach oben!«, bestimmte Stanley. Dann starrte er erneut Derdâ an. Vor allem ihr The-Cramps-T-Shirt. Er kniff die Augen zusammen und dachte an etwas, schüttelte aber den Kopf und ging an dem Mädchen vorbei ins Haus hinein.

»Daddy! Daddy, wo bist du?«

Als Steven aus dem Obergeschoss herunterkam und auf der Treppe sichtbar wurde, flog Stanleys Kopf wieder zu Derdâ herum. Er wusste nicht, was er sagen oder denken sollte. Welche war nun die Frau, die bis vor einem Monat seine Nachbarin gewesen war? Dieser Skinhead, dessen Statur und Augen ihr aufs Haar glichen, oder diese Figur auf der Treppe, die genau wie sie von Kopf bis Fuß in schwarzen Stoff gehüllt war? Steven fragte: »Warum hast du mir nicht Bescheid gesagt?«, und alles war in schummriges Licht getaucht. Stanley trat ein paar Schritte auf seinen Vater zu und fragte: »Daddy? Bist du das?« Dann drehte er sich zu Derdâ um.

»Und du? Bist du etwa …«

Steven ging dazwischen. Wie ein Blatt Kohlepapier.

»Sie ist unser aller geheimnisvolle Gebieterin!«

Er hatte sie *Mysterious Mistress* genannt. So stand es im ersten Augenblick, da Derdâ erschien, auf dem Bildschirm in Mitchs Filmen. Das war Stanleys Idee gewesen. Den Titel hatte er sich ausgedacht. Jetzt musterte er das junge Mädchen, das mit gesenktem Kopf vor ihm stand, und dachte, was das Leben doch für eine Grube voller Zufälle war.

Derdâ nickte zwei Mal und nahm ihren Titel an, schaffte es nicht, das abzustreiten. Stanley brach in Gelächter aus. In lautes Gelächter.

Stanley war heimgekehrt. Er bezog sein Zimmer im ersten Stock des Hauses seines Vaters und schloss sich den frustrierten, allerdings erwachsenen Kindern von Crouch End an. Nachdem er den ersten Schock überwunden hatte, was nicht länger als ein ausgedehntes Gelächter dauerte, erzählte er von dem Mord in Finsbury Park und den anschließenden Ereignissen. Selbstverständlich erwähnte er nicht, dass er aus dem Stick herausgeflogen war, ebenso aus seiner Wohnung, weil er seine gesamte Barschaft in Heroin investiert hatte. »Ich hatte Angst, Daddy«, sagte er. »Das war echt die Hölle geworden. Stell dir mal vor, die haben meinen Nachbarn von gegenüber umgelegt!« Steven nickte. »Dann bleibst du hier, da ist nichts zu machen. Ihr kennt euch schon, oder?«, fragte er seinen Sohn mit Blick auf Derdâ. »Ja«, sagte Stanley lächelnd, »wir kennen uns schon.« Ohne den Tschador, den das Mädchen, das einst seine Gebieterin gewesen war, getragen hatte, verspürte Stanley weder die alte Bewunderung noch den Respekt. Als würde man in eine Handvoll Pulver blasen. Sie kam ihm nun wie ein gewöhnliches Mädchen vor. Wie irgendeine dumme Kuh von der Straße, dachte er sogar. Er hörte sich auch das romantische Gerede seines Vaters an, das von dem Wörtchen Bestimmung nur so triefte und das im Konsulat in Istanbul begann und auf einem Bürgersteig von Crouch End endete, und erfuhr den Grund für Derdâs Anwesenheit hier. In einem Winkel der Küche berichtete er Derdâ dann, dass die Polizei nach ihr fahndete. Das sagte er so laut, dass auch sein

Vater es hören konnte. Damit Steven Derdâ hinauswarf. Doch der war nun Rahime, und Scotland Yard war ihm schnuppe.

Dass sein Vater zuhause im Tschador herumlief und Derdâ ihn herumkommandierte, störte Stanley nicht, nur manchmal dachte er noch an die vergangenen schönen Tage und an seine Mutter. Dabei hatte es in der Vergangenheit schöne Tage nie gegeben. Ähnlich verhielt es sich mit seiner Mutter. Sie hatte die Familie verlassen, als Stanley gerade acht war. Gleich nachdem sie das Geschenk ausgepackt hatte, das Steven ihr zum neunten Hochzeitstag überreicht hatte. Eine halbe Stunde, nachdem sie die durch ein Band verbundenen Stahlkugeln für eine Halskette gehalten und sich bedankt hatte. Fünfundzwanzig Minuten, nachdem sie die Antwort »Die sind nicht für dich, sondern für mich« gehört hatte. Vierundzwanzig Minuten, nachdem sie den Satz »Ich möchte, dass du mir die Kugeln eine nach der anderen einführst«, vernommen hatte, war sie aus dem Haus geflüchtet. Anschließend hatte sie um das Sorgerecht für Stanley gekämpft. Doch der Richter, bei dem sie wegen der Scheidung vorsprach, war Stevens Zellengenosse in den Kerkern von London, in denen er sich an den Wochenenden selbst geißelte. Deshalb war das Urteil in einer einzigen Verhandlung ergangen, und der Job, Steven die Stahlkugeln einzuführen, fiel dem Richter zu. Dem achtjährigen Stanley blieb es, durchs Schlüsselloch zuzuschauen.

Da war es im Haus zu einer chemischen Reaktion gekommen, der Schmerz bildete das dominante Element, und Stanley hatte aufgehört heranzuwachsen. Als Stanley, der sich in Tagträumen erging, wie alle Menschen, die nicht wachsen können, mit dem Fuß in ein Loch trat und die Fußsohle die Realität berührte, fing er zu leiden an. Je älter er wurde und doch nicht reifte, desto intensiver empfand er dieses Leiden. Also stopfte er die Löcher mit Heroin, das er einem vierzehnjährigen Jungen abkaufte, der am Eingang zur U-Bahn-Haltestelle Finsbury Park stand und als Black T. bekannt war, tatsächlich aber Timur hieß. Um nicht in die Realität hineinzufallen und sich etwas zu brechen. Vor allem nicht das Herz.

Vierzehn Jahre alt… Eine Phase, die eine Psychiatrie, die über Lehrstühle verfügte, die aufgrund eines ewig gebrochenen Beines nie zu wackeln aufhörten, Pubertät nannte. Ein Zustand, dessen Symptome jene Lehrstühle als unregelmäßige Wutanfälle, unreife Reaktionen, extremes Verhalten auflisteten. Die Pubertät, beschrieben in Büchern mit Kapitelüberschriften wie Sich und seine Umgebung erkunden oder Soziale Anpassungsschwierigkeiten. Und die Verfasser wissenschaftlicher Aufsätze, die auch diese Bücher schrieben – weder kannten sie Black T., noch erinnerten sie sich daran, was sie selbst mit vierzehn Jahren getrieben hatten. Dabei war die Sache sehr einfach.

Der Mensch wird geboren. Zehn, fünfzehn Jahre später merkt er, was für ein Beschiss die Welt ist und wie er zwischen Geburt und Tod eingesperrt ist. Der Mensch weiß das nicht unbedingt, sondern spürt es eher. Er reagiert zum ersten Mal. Brüllt, so laut er kann. Dieser ohnmächtige Aufschrei ähnelt dem einer Person, die in einer Menschenmenge feststellt, dass ihr das Portemonnaie gestohlen wurde. Die Menge sendet zunächst verächtliche und gleichgültige Blicke aus, fühlt sich bald durch den Krach belästigt und schickt einen aus ihrer Mitte los, um dem Ruhestörer gut zuzureden. Der geht hin und sagt: »Auch uns hat man die Börse geklaut, na und? Machen wir deshalb etwa so einen Radau?« Für eine solche wissenschaftliche Intervention werden meist Leute mit Diplom gewählt. Der Schreihals, dessen Stimme angesichts der Apathie der Masse allmählich verstummt, akzeptiert die Realität und füllt die Leere um sich herum mit Menschen auf. Das nennt man Großwerden. Erwachsenwerden. Genauer, Erwachsenendemut. Ein künstlicher Zustand. Designt. Nach Funktionalitätsberechnungen gestaltet. Die Grundlage von Erwachsenendemut beruht auf der Überzeugung, jedes Individuum in der Gesellschaft sei zu irgendeiner Scheiße nutze, damit die Gesellschaft fortbestehe. Am wichtigsten aber ist, dass die Erwachsenendemut in einer vollkommen maßlosen Welt bis auf den Millimeter geregelt ist. Sie besteht darin, dass der junge Baum sich krümmt und Oralsex mit seiner eigenen Wurzel hat. Dabei sind bei einem vierzehnjährigen Jugendlichen extreme, als pubertäre Wut geächtete Verhaltensweisen der Normalzustand. Die Geburtsschuppen sind ihm von den Augen gefallen, und er hat begriffen, dass ihm sämtliche Gaunereien dieser Welt aufgehalst werden. Er schließt sich auf seinem Zimmer ein und versucht, das Draußen nach draußen zu verbannen. Oder sämtliche Türen und Mauern durch lautes Gebrüll zum Einsturz zu bringen. Seine Reaktionen sind so wie die eines Menschen, der auf einen feuerspeienden Drachen trifft. Darum muss diese Reaktion fortdauern, solange er am Leben ist, solange also der Drache nicht verschwindet. Da nun selbstverständlich der Mob Jugendlicher, denen ein solcher Lebenslauf bevorsteht, die Gesellschaftsordnung ficken und abschaffen würde, wird der Übergang zur Erwachsenendemut als Notwendigkeit für die Menschheit betrachtet. Als soziale Prämisse. Manche aber sind starrköpfig und brüllen bis zum letzten Atemzug weiter. Denn das Leben ist eine extreme Phase und die Welt ein extremer Ort, beide haben extrem brutale Fäuste verdient, die ihnen die Fresse polieren. Deshalb bedeutet, einen Menschen mit sechzig Messerstichen zu töten, jugendlichen Aufstand. Denn einer, der seine Augen erst mit vierzehn Jahren der Welt öffnen kann, stellt fest, dass jeder Mensch von mindestens sechzig Drachen mit rauchenden Rachen umringt ist. Schlussendlich bildet der jugendliche Zustand des Menschen die Phase, in der er im Laufe seines Lebens trotz all seiner Unwissenheit einem freien Geschöpf noch am nächsten kommt.

Erst wenn Leben und Welt friedlich werden, kann man von Jugendlichen erwarten, Ruhe zu geben. Vorher nicht. Deshalb mag Stanley, der zu den Dickköpfigen gehörte, die im vierzehnten Lebensjahr steckengeblieben waren, vielleicht dumm ausgesehen haben, als er an den Wänden des Zimmers, in das er zurückgekehrt war, The-Cramps-Poster aufhängte, zumindest aber bemühte er sich nach Kräften, dem Leben und der Welt ein Vielfaches von dem zurückzugeben, was sie ihm geboten hatten. Nicht, weil er etwas gewusst oder das Leben auf der Welt gekannt hätte. Nicht, weil er die Nachrichten verfolgte oder ein politischer Aktivist im Auftrag seines Gewissens gewesen wäre. Stanley handelte, ohne irgendetwas zu wissen. Wie alle Vierzehnjährigen. Denn wenn irgendwo auf dieser Welt Menschen Bomben auf Kinder warfen, musste man davon nichts wissen. Die Welt würde eh nach verbranntem Kinderfleisch riechen. Auch wenn irgendwo andere Kinder verhungerten, musste man nichts davon wissen. Der Atem der Welt würde eh vor Hunger stinken. Und die Nasen der Kinder würden diese Gerüche wahrnehmen und als jugendliche Wut reproduzieren. Bis Erwachsenendemut ihre Nasen verstopfen würde. Ob für Stanley dieser Tag kam oder nicht, vorerst geißelte er sich und nahm Heroin. Aus Verzweiflung, die er nicht benennen konnte und deren Ursache er nicht kannte. Ebenso wenig wie Vierzehnjährige war er imstande, seinen Frust zu erklären. Er fühlte etwas, da ihm aber jedes Wissen fehlte, sah er die Scheiße nicht, deren Geruch er permanent in der Nase hatte. Also hielt er sich, wie die meisten Jugendlichen, für verrückt und suchte jemanden, den er mit seinem Wahn infizieren konnte.

Eine bessere Komplizin als Derdâ hätte er nie gefunden. Stanley setzte dem Mädchen, dessen schwarz behandschuhter Finger einst schmutzig geworden war und nach Kot gerochen hatte, je mehr sie seine Nerven gekitzelt hatte, die erste Heroinspritze. Damit waren sie quitt. Damit erfuhr Derdâ, dass die Menschen einander nacheinander Lust und Schmerz bereiteten. Erst Derdâ Stanley, dann Stanley Derdâ, erst Kinder ihren Eltern, dann die Eltern den Kindern, erst die Vergangenheit der Zukunft, dann die Zukunft der Vergangenheit, erst die Natur dem Menschen, dann der Mensch … Erst die Toten den Lebenden, dann die Lebenden … Nacheinander … Einander … Schmerz und Lust bereiten … Bis in alle Ewigkeit … Glücklich … *Dolce vita*, fuck you!

*

Als Derdâ erfuhr, dass Bezir ermordet worden war, empfand sie nichts. Als sie anderthalb Stunden später ins Badezimmer im Obergeschoss schlüpfte und in den Spiegel schaute, begann sie hemmungslos zu weinen. Ein unaufhaltbarer Strom. Die Tränen stiegen irgendwo aus der Tiefe auf. Sie heulte, als erbreche sie sich. »Warum?«, fragte ihr zerknitterter Mund. »Warum, warum, warum …« Dann klärte sich allmählich alles. Ihre Miene heiterte auf, die Tränen trockneten auf ihren Wangen. Flüsternd vervollständigte sie ihre Frage.

»Warum habe nicht ich ihn umgebracht?«

Schließlich lachte sie. Den Blick auf den Spiegel gerichtet. Überlegte, was Bezir getan hätte, wenn er sie so gesehen hätte. Sie geschlagen? Umgebracht? Aus dem Fenster geworfen? Derdâ brüllte.

»Nichts hättest du tun können! Gar nichts! Hier bin ich! Komm doch her, du Arsch, ich fick dich! Ich bin hier! Krepiert bist du, krepiert! Hast dich ficken lassen und dich verpisst!«

Noch immer benutzte sie die von Nazenin geerbten Schimpfworte. Es hatte keine Gelegenheit gegeben, neue zu lernen. Als der Bezir im Spiegel sich verflüchtigte und Derdâ wich, wurde es still im Bad, und Steven, der besorgt sein Ohr an die Tür gelegt hatte, nahm seine Tour durch den Korridor wieder auf.

Sie hätte noch fünf Jahre im Bad bleiben und dem Spiegel erzählen können, was ihr fünf Jahre lang nicht über die Lippen gekommen war. Stattdessen schaute sie ein letztes Mal hin, rief: »Fuck you!« und kam heraus. So verlief ihr letztes Gespräch mit Bezir. Ohne Bezir.

Stanley, der, wenn es um Geld ging, wie alle Süchtigen schneller rechnen konnte als eine Rechenmaschine, war sich sicher, dass Derdâ über ungefähr dreitausend Pfund verfügte. Da sie noch immer dasselbe T-Shirt trug, schien sie bisher keine Zeit zum Ausgeben gehabt zu haben. Er wusste nur nicht, wie er an Derdâ herankommen sollte. Also begann er, während er sich sein letztes eigenes Gramm in winzigen Mengen in die Adern jagte, zu lauern.

Nachts geschah, worauf er gewartet hatte, und die Tür zu seinem Zimmer öffnete sich. Derdâ trat ein, um ihn um Zigaretten zu bitten. »Ich hab keine da«, sagte Stanley. »Aber das hier habe ich«, fuhr er fort und schwenkte ein aufgespartes Tütchen Heroin, das er aus einem Metallkasten am Kopfende gezogen hatte, gleich einem Glöckchen. Derdâ bewegte sich auf das Glockengeläut zu, fragte: »Was ist das?«, und erhielt schnell die Antwort. Derdâ hatte nichts dagegen, ihre Barschaft zu dezimieren, um diese Antwort immer wieder zu bekommen, und besuchte nun Stanleys Zimmer täglich mehrfach. Vor der Spritze fürchtete sie sich nicht, und die Rede, die Stanley wie ein Staubsaugervertreter hielt, beeindruckte sie ebenso wenig. Fünf Jahre war Derdâ eingesperrt gewesen. Das machte sechzig Monate. Fast zweitausend Tage. Nahezu fünfundvierzigtausend Stunden. Das machte fünfundvierzigtausend Gründe! Fünfundvierzigtausend Gründe, um mit neugierigen Augen zu beobachten, wie die Kanüle ihr in die Haut stach. Fünfundvierzigtausend Gründe, um alles Mögliche zu tun. Außer Selbstmord. Niemals! Sterben würde Derdâ nicht. Anstelle der versäumten fünf Jahre würde sie nicht fünfzig, sondern fünfhundert Jahre leben. Setzte sie allerdings die Besuche in Stanleys Zimmer fort, würde sie in einer Handvoll von Jahren statt in fünfhundert die Augen schließen.

Währenddessen wurde der Englischunterricht fortgesetzt,

und auf Derdâs Anordnung hin sprach Steven mittlerweile kein Türkisch mehr. Derdâ absolvierte die Probefahrt des Heroins und schaffte es, alle grammatischen Regeln, die sie in den Büchern las, zu behalten. Bei Heroin verlief die Probefahrt allerdings ein bisschen anders. Man konnte die Marken sämtlicher Autos ausprobieren, dann rechts ranfahren und aussteigen, ohne irgendeines zu kaufen. Die Probefahrt eines Autos der Marke Heroin aber endete zwangsläufig mit einem Unfall, und der Fahrer musste, falls er noch am Leben war, obendrein den Schrott kaufen. Er musste also den Preis dafür zahlen, überlebt zu haben. Ein Preis, der darin bestand, sich abzustrampeln, um nie wieder in diesen Schrott einzusteigen. Derdâ fing erst an, sie schaute aus dem Fenster und genoss die Aussicht. Am Horizont stand keinerlei Wand, sie würde also nirgends aufprallen. Nur ihr Geld würde sich ein wenig verringern, aber auch das war kein Problem, denn an der U-Bahn-Haltestelle Finsbury Park wartete Black T. Der Junge, der, wenn sie mit Stanley zu ihm kam, sagte: »Ich mach's billiger für euch, wir sind ja gewissermaßen Nachbarn.«

Doch plötzlich nahm alles Fahrt auf. Der Zeitfaden riss. Es kam vor, dass Tage, manchmal sogar Wochen aus dem Gedächtnis verschwanden. Und der Horizont wurde zur Wand.

*

Zum Abendessen waren sie am Esstisch zusammengekommen. Steven lächelte seinen Sohn und Derdâ an, von der er nicht mehr wusste, was sie war. Beide hatten blasse Gesichter. Jetzt entsprachen sie tatsächlich der Diagnose, die eine Handvoll Eingeborener Jahrhunderte zuvor für die ersten Europäer, die sie sahen, gestellt hatten: Bleichgesichter. Die blauen Augen auf dem Rücken des jungen Mädchens von einst waren zu beiden Seiten ihrer Nase umgezogen und nur mit Mühe imstande, sich zu öffnen. Steven hatte Nudeln serviert. Kaum saß er auf seinem Stuhl, platzte er heraus: »Ich habe eine Idee!«

Die anderen fühlten sich von dem Geräusch gestört und blinzelten aus den Augenwinkeln zu Steven hinüber.

»Man müsste Marken-Tschadore produzieren! Genauso schwarz wie bisher und wie der, den ich trage, nur hier an der Brust würde die Marke stehen. Zum Beispiel Steven's … Oder …«

Steven hob den Blick zur Decke und grübelte, Stanley und Derdâ bekamen mit, dass die Sache sie nichts anging, und wandten sich wieder ihren Tellern zu. Appetit hatten beide nicht. Die Gabeln dienten ihnen dazu, in den Nudeln herumzustochern.

»Es könnte auch ein Logo sein, nicht wahr? Es wäre großartig, wenn es Tschadore von Lacoste geben würde, findet ihr nicht? Wie schön, wenn hier das Krokodil säße! Oder welche von Fred Perry!«

Nach kurzem Schweigen sprach Steven weiter.

»Ich habe euch etwas Wichtiges zu sagen. Würdet ihr mich bitte anschauen?«

Mühsam hoben sie die Köpfe.

»Ich werde operiert.«

»Bist du krank?«, fragte Derdâ.

»Nein!«, rief Steven und lachte laut. »Natürlich nicht. Das heißt, doch, ja. Man könnte mich als krank bezeichnen. Ich bin ein Mann. Und das will ich nicht länger sein. Ich will eine Frau sein!«

Stanley ergriff das Wort. Unverzüglich. Ohne drum herumzureden.

»Hast du überhaupt so viel Geld?«

»Sicher«, sagte Steven. »Wofür hältst du mich denn? Ich habe mein Leben lang gearbeitet. Nicht dagehockt und auf den Tod gewartet wie du! Noch Nudeln?«

Dabei waren alle Teller noch voll. Das war aber nicht wichtig. Wichtig war, ob Steven die Wahrheit gesagt hatte. Hatte er tatsächlich Geld?

»Das gibst du mir!«, schrie Stanley urplötzlich. Er war aufgesprungen.

Steven lachte noch einmal.

»Nein, mein Herr, Euch gebe ich gar nichts.«

Stanley packte den vom Tschador verhüllten Hals seines Vaters und riss ihn mit dem Rest des Körpers und dem Stuhl, auf dem er saß, zu Boden. Hart schlug Steven auf. Die Füße stießen von unten gegen die Tischplatte, zwei der Teller flogen herunter. Umnebelt begriff Derdâ erst, was los war, als sie den Krach hörte und die Erschütterung spürte. Normalerweise hätte Steven an einem Herzinfarkt oder einer Hirnblutung sterben müssen, weil er mit dem Kopf aufgeschlagen war, doch er lachte einfach weiter. Und hustete. Sein Sohn kniete sich neben den Vater, hielt seinen Hals umklammert und brüllte: »Ich bring dich um! Du gibst mir das Geld! Ich bring dich um! Daddy, ich flehe dich an! Daddy, bitte, gib mir das Geld!«

Derdâ wandte sich vor der grünen Holztür noch einmal zu Steven um und gab ihm den letzten Befehl:

»Nicht weinen, Rahime!«

Denn der alte Mann hatte feuchte Augen. Immerhin verließ ihn seine Gebieterin. Selbstverständlich hatten weder Drohungen noch das Flehen gefruchtet. Weder den Stuhl noch Steven umzureißen hatte Wirkung gezeigt. Ein kurzer Wutanfall hatte dazu geführt, dass Stanley hinausgeworfen wurde. Mit einer sehr viel realeren Drohung, als seine eigenen es hatten sein können. »Soll ich die Polizei rufen und dich verhaften lassen?«, hatte Steven gefragt. Stanley war außerstande, auch nur eine einzige Nacht in Gewahrsam zu verbringen. Er hatte ein paar Sachen gepackt, im Rausgehen Derdâ angeschaut und gefragt: »Kommst du mit?« Sie hatte nach dem Wörterbuch gegriffen, ihrem einzigen Besitz, und war ihm gefolgt.

An der Tür hatte Steven nach ihrem Arm gegriffen, wie einst von einer Bank aus, und versucht, Derdâ aufzuhalten. Doch das Mädchen befreite ihren Arm, drehte sich nach ein paar Schritten um und erteilte das Heulverbot.

Am Gartentor drehte Derdâ sich noch einmal um. Zu Steven. »Wirst du zurückkehren?«, fragte der Mann im Tschador. Unwillkürlich musste Derdâ an Nazenin denken. Sie hatte keine Skrupel zu winken.

*

Sie liefen zum Stick. Vor dem Pub Camdenhead lungerten Skinheads herum, sie sprachen Derdâ an, die sie für eine von sich hielten, weil sie sich jede Woche den Kopf rasierte und Dr. Martens trug.

»Was willst du mit der Gothic-Schwuchtel? Komm zu uns!«

Derdâ zögerte eine Sekunde, doch Stanley schnaufte und zog sie am Arm weiter. Er hatte keine Lust, sich auch noch mit Achtzigerjahre-Faschos abzugeben. Er schaute nicht einmal hin. Ein paar Straßen weiter betraten sie das Stick. Am Eingang war ein vierschrötiger Russe mit grünen Haaren postiert. Getrennt suchten sie die Toiletten auf, um ihre Adern mit dem Heroin zu füttern, das sie mit der Hälfte von Derdâs letztem Geld bei Black T. besorgt hatten.

Stanley war schneller und schon ins Gespräch mit Mitch vertieft.

»Ich weiß nicht, was ich tun soll. Scheiße!«, endete er. In drei Sätzen hatte er von seinem Hinauswurf berichtet.

Derdâ trat zu ihnen. Mitch erkannte sie nicht, Stanley stellte sie vor.

»Das ist der Star aus deinen Filmen! Frag sie nur, in was für einer Scheißklemme wir stecken!«

Unter dem schummrigen Licht des Pub beugte Mitch sich vor, schaute Derdâ ins Gesicht und glaubte seinen Augen nicht.

»Nein! Das kann nicht sein!«

Er sah Stanley an. »Doch«, sagte Stanley. Und nickte.

Mitch zeigte auf Derdâ: »Sie versteht uns immer noch nicht, oder?«

Die Antwort gab Derdâ. Mit dem Akzent eines Handelsattachés.

»Ich habe euch leider schon immer verstanden.«

Mitch streckte sein Glas dem Mädchen hin und brach in Gelächter aus. Derdâ stieß das Glas zurück und schaute sich um. An jenem Abend war das Stick ein Narrenkäfig. Transvestiten, Goths, Punks, die es nicht kümmerte, in welchem Jahr sie sich befanden, Rockabillys um die siebzig, die seit fünfzig Jahren ihre Lederjacken auf nur einer Schulter trugen, Teddyboys, die sich alle fünf Minuten mit zwei Kämmen das Haar ordneten, Mods in Parkas und eine betrunkene japanische Touristin, die auf der Bar tanzte. Die Dresden Dolls spielten. »Girl Anachronism.« Amanda Palmers Stimme dröhnte in sämtliche Ohren hinein und wieder heraus, und in den Hirnen, wo sie pausierte, verursachte sie vorübergehendes Erblinden. Wohl deshalb hielt die Mehrzahl der Leute die Augen geschlossen und schwofte auf der Stelle. Oder im Stick herrschte starker Drogenverkehr, und alle standen im Stau.

Das Stick war ein Ort, wo Menschen, von denen ungewiss war, was sie tagsüber taten, Zuflucht suchten. Nicht darin, sondern beieinander. Ein Ort, an dem Fantasten unterschiedlicher Art zusammenkamen, die sich einst mit Messern durch die Straßen gejagt hatten, weil ihre Art am Aussterben war oder weil sie nicht wussten, wohin sie sonst hätten gehen sollen. Sie waren dort, weil sie feststeckten wie Konstanten in einer sich unaufhörlich wandelnden Welt. Sie waren dort, weil sie sich auf den Straßen, die sie einst als Zuhause empfunden hatten, als Fremde fühlten. Nunmehr blieb ihnen nur das Stick. Es war gerade so breit wie ein Zehntel einer Gasse.

Mitch starrte Derdâ an und sagte: »Unglaublich! So sieht also dein Gesicht aus. Willst du wieder ins Filmgeschäft einsteigen?«

»Nie wieder!«, sagte Derdâ.

Stanley dagegen horchte auf.

»Meinst du, das klappt? Könnten wir ein bisschen Geld verdienen, wenn wir wieder solche Filme drehen?«

Mitch nahm einen Schluck von seinem Bier und wurde ernst.

»Die Sache ist eigentlich gegessen. Alle potenziellen Kunden haben wir bedient. Aber falls sie interessiert ist ... Da drüben sind ein paar Typen, die arbeiten für eine Website. Bei denen könnte sie auftreten. Die zahlen gut, haben sie gesagt.«

Er deutete auf zwei junge Männer an der Bar. Die lachend die japanische Touristin beobachteten. Die wie Studenten wirkten. Zwei Weiße, die für das Stick ein bisschen zu sauber waren.

»Worum geht's?«, fragte Stanley.

»Keine Ahnung«, entgegnete Mitch.

Derdâ fuhr dazwischen. Wie ein Hammer.

»Nein! Nicht noch mal! So etwas wird es nie wieder geben!«

Stanley hörte sie gar nicht. Mit drei Schritten war er an der Bar, schob sich zwischen die beiden Männer und redete mit ihnen. Kurz darauf war er zurück.

»Sie zahlen dreitausend«, sagte er, »kannst du dir das vorstellen, dreitausend!«

»Was drehen sie?«, fragte Mitch.

Stanley blickte Derdâ ins Gesicht.

»Gewöhnliche Pornos. Ein Mann, eine Frau. Klassisch. Eine Sache von einer halben Stunde.«

Bis zum Morgen hatte Derdâ erfahren, was ein Leben in Armut bedeutete. Hatte sie wenige Stunden zuvor noch »Nie wieder!«

gebrüllt, hauchte sie jetzt »Okay« und rief die Nummer an, die die beiden Männer, die den Film drehen wollten, hinterlassen hatten. Studenten aus Cambridge, wie Stanley in Erfahrung gebracht hatte. Einer nahm ab, sagte: »Kommt heute Nachmittag« und nannte eine Adresse in Covent Garden.

Bis zum Morgen schlotterten sie und kratzten sich in Mitchs Zimmer. Ein paar Valium mussten aushelfen. Mit der ersten U-Bahn fuhren sie nach Finsbury Park. Sie zahlten Black T. das letzte Geld, das Derdâ noch hatte, durchquerten das Café im Fan-Shop des Fußballclubs Arsenal, der wenige Schritte von der Haltestelle entfernt lag, verschwanden auf dem WC und besiegelten den Deal.

Am Ausgang näherten sie sich Black T., weil sie nichts mehr für die Fahrkarte hatten, und baten: »Gib uns ein bisschen Kleingeld.« Sie erhielten die Münzen zurück, die sie Black T. kurz zuvor in die Hand gezählt hatten, und fuhren nach Covent Garden.

Vor der genannten Adresse blieben sie stehen und suchten in der Nähe einen Platz, wo man sich hinsetzen konnte. Sie ließen sich auf eine Bank fallen, drei Stunden lang saßen sie da, wortlos. Nur einmal sah Derdâ Stanley an und sagte: »Ich bring dich um.« Stanley antwortete: »Musst dich hinten anstellen.«

*

Mit Blick auf Derdâ legte Stanley das Ohr an die Gegensprechanlage, und die erwartete Stimme ertönte.

»Dritter Stock, rechts. Der Aufzug ist kaputt.«

Dann klickte die Tür. Sie stießen sie auf und gingen hinein. Über die Treppe stiegen sie in den dritten Stock hinauf und entdeckten in der Tür rechts einen herausgestreckten bebrillten Kopf mit kurzem Haar. Sein Besitzer verbarg sich hinter der Tür, weil er nackt war. Ein paar Schritte, und Stanley trat durch die Tür ein. Derdâ verharrte auf der letzten Stufe zur Etage. »Los!«, sagte Stanley. »Komm schon!«

Derdâ tat einen Schritt. Dann noch einen. Dann hörte sie die Stimmen. Sie betrat die Wohnung und sah die Körper zu den Stimmen. Einundfünfzig splitterfasernackte Männer. Sie kamen Derdâ wie Tausende vor. Sie schwiegen und starrten das kahlgeschorene Mädchen an. Derdâ wich zurück und hörte die Tür hinter sich ins Schloss fallen. Und Stanley.

»Bleib hier. Du weißt, du musst das tun. Denk einfach gar nichts. Lass es geschehen. Keiner von denen ist von Bedeutung. Verstehst du? Keiner ist von Bedeutung. Geh dahin, mach die Beine breit, dann nehmen wir unser Geld und verschwinden.«

Der Bebrillte hinter der Tür dachte, Derdâ, die schwieg, sei überredet, er schob sie behutsam vor sich her, dirigierte sie zwischen den Männern hindurch und stellte sie auf die transparente Plane, die auf dem Boden des Wohnzimmers ausgebreitet lag. Derdâ starrte den nackten Männern, zweiundfünfzig mit dem, der die Tür geöffnet hatte, soweit möglich einzeln ins Gesicht. Dabei drehte sie sich um sich selbst. Dann zog sie ihre Jacke aus. Schlagartig brach unter den zweiundfünfzig Nackten Trubel aus. Die bis dahin angespannten Männer lachten, applaudierten und gaben unverständliche Laute von sich.

Es waren Studenten aus Cambridge. Abteilung Wirtschaftswissenschaften. Erstes Semester. Sie waren wegen einer Wette mit der Abteilung Jura hier. In einem Video, das sie eine Woche zuvor angeschaut hatten, waren siebenunddreißig Jurastudenten der Reihe nach über ein schwarzes Mädchen gestiegen. Um sich bezüglich der Anzahl sicher zu sein, hatten sie es zweimal gesehen, und überlegt, wie dieser Rekord zu brechen war. Die Prostituierten, die sie auf der Straße angesprochen hatten, wollten nichts davon wissen. Zu guter Letzt waren sie ins Stick gegangen, diese Absteige, und hatten gehofft, dort eine Verrückte zu finden. Oder eine, die bereit war, für Geld alles zu tun. Zum Beispiel eine Heroinsüchtige. Kein Jahr war es her, dass sie den Film *Requiem for a Dream* im Kino gesehen hatten. Und wenn sie auf den Toiletten im Wohnheim masturbierten, standen ihnen noch immer Szenen daraus lebendig vor Augen.

Derdâ hatte sich vollständig entkleidet. Der Bebrillte drückte sie auf die Knie, und sie setzte sich hin. Wieder spürte sie einen Druck auf der Schulter und legte den Rücken auf die Plane. Zu ihren Füßen stand ein blonder Junge. Er sah Derdâ an, als starrte er in das Wasser unter der Brücke, von der er zum Selbstmord springen würde. Zögerlich. Dann stieß ihn jemand an, und er ging in die Knie. Applaus. Von einem einzigen Händepaar. Dann zwei. Dann zwanzig. Der Blonde, der seinen Puls dem Applaus anpasste, zog, wenn auch mit Mühe, Derdâs zusammengepresste Knie auseinander, wie ein Jäger die Bärenfalle öffnete. In diesem Augenblick brach der Applaus an allen Handgelenken ab. Der Blonde, der unverwandt

Derdâs Brüste fixierte, um von der kiloschweren Stille und der tonnenschweren Nacktheit nicht erdrückt zu werden und einzuknicken, setzte die Handflächen neben den Schultern des Mädchens auf. Hatte es bis dahin im Wohnzimmer noch irgendjemanden gegeben, der nicht den Atem anhielt, holte er das jetzt nach. Und der Junge senkte sich auf Derdâ. Doch vergebens. Er stieß gegen eine Mauer aus Fleisch. Um die zierliche Knospe zu sehen, die es vorzog zu sterben statt aufzublühen, umringten sie Derdâ und den Jungen, dem alles Blut aus dem Gesicht gewichen war. Erst kam es zu einer Debatte, dann wurde von hinten ein Tiegel durchgereicht. Die zwei Finger Vaseline, die daraus entnommen wurden, machten Derdâ Derdâ zum Trotz zugänglich. Der Blonde setzte seine Handflächen erneut neben die Schultern des Mädchens, hielt den Atem an und tauchte in Derdâs Leben ein. Es dauerte vier Minuten, bis dem Jungen die Gesichtszüge entglitten. Etwas weniger als vier Jahre, fand Derdâ. Er zog das volle Kondom ab, hob es gleich einem Pokal in die Höhe und versicherte sich, dass jeder es sah. Von zwanzig Händen war Applaus und aus dreißig Mündern ein Jubelschrei zu hören.

Nach den ersten acht verschwammen für Derdâ die Gesichter ineinander, nichts schien ihr mehr real, in der Dunkelheit ihrer geschlossenen Augenlider wurde ihr bewusst, was sie tat, und sie wäre am liebsten gestorben. Deshalb durfte sie die Augen nicht schließen, sie brauchte einen anderen Ort zum Hingucken als die Gesichter, deren Schweiß ihr auf die Stirn tropfte. Sie wählte die Kamera in der Hand des Bebrillten, der um sie herumtanzte. Ihr allein galt ihr Blick. Es war ja doch die Kamera das Einzige im Raum ohne Schaum vor dem Mund. Professionell hob Derdâ den Kopf und verfolgte das kleine schwarze Rund, um nicht den Blickkontakt zu verlieren. Denn zwischen all den Lebendigen fügte ihr nur das leblose Objektiv keinen Schaden zu. Als der Bebrillte, der den Pornoregisseur in sich entdeckt hatte, aus ihrem Blickfeld verschwand, um Nahaufnahmen zu machen, schrie Derdâ sogar: »Komm her! Komm hierher!« Vielleicht hatte sie die Kamera auch deshalb gewählt, weil, während sie von zweiundfünfzig Fleischstücken umzingelt war, eines in ihr, einundfünfzig in den Händen ihrer Besitzer, kein Bezir da war, den sie hätte fixieren können.

Nach den ersten zwanzig fing sie an, auf den Mann, der jeweils über ihr war, einzuschlagen. Auf Gesicht, Schultern, was auch immer sie zu fassen bekam. Denn sie schaute nicht hin, wenn sie schlug. Ihre Augen folgten nach wie vor der Kamera. Schimpfend. Auf Gespenster. Auf Türkisch.

»Ich ficke euch alle! Alle und jeden! Hurensöhne! Was steht ihr da rum? Kommt her und tut was! Ich bin hier, und wo seid ihr? He, wo seid ihr?«

Nach vierzig fing sie zu weinen an und jammerte, mit Blick in die Kamera.

»Bitte, rettet mich! Jemand soll mich hier rausholen! Jemand soll mir helfen ...«

Und nach zweiundfünfzig lag sie in Blut und Schweiß bewusstlos auf der Plane. Stanleys Rütteln brachte sie wieder zu sich. Ihre Wimpern waren verklebt, bei jedem Atemzug bildeten sich Blasen vor ihren Nasenlöchern und zerplatzten. Sie schien in Klebstoff gebadet zu haben. Wie viel wogen die weißen und durchsichtigen Hinterlassenschaften Dutzender Männer, die sich über Derdâ entleert hatten? Vielleicht war es ihr darum unmöglich, sich aufzurichten. Aufgrund des Gewichts, das ihr auf dem Gesicht und dem ganzen Körper lastete. Sie konnte sich nicht bewegen, bis Stanley sie auf den Arm nahm.

Stanley ging ins Bad und legte Derdâ in die Wanne, als bettete er sie ins Grab. Erst stellte er die Temperatur des Wassers ein, dann wusch er das Mädchen. Dabei musste Derdâ an Rahime denken. An Rahime, die sie einst gewaschen hatte, wie nun Stanley es tat. Auch fielen ihr die Gesprächskreise mit Vezir in Rahimes Wohnung ein. Die Szenen, die sie sich während der Stunden religiöser Unterweisung, verborgen zwischen der Wand und dem gelben Sessel, mit der Hand in der Pluderhose, eingebildet hatte. Sie erinnerte sich daran, wie sie sich die Momente vorgestellt hatte, da sie von nackten Männern umringt und Bezir zum Zuschauen verdammt war. All die Fantasien, die sie sich ein Leben lang ausgemalt hatte: Nur eine war Realität geworden, und die war als eine gedacht gewesen, die sich niemals verwirklichen durfte. Dann dachte sie etwas anderes: Wer wählt wohl aus?, fragte sie sich. Welche Fantasie real wurde. Der, der diese Fantasiebilder malte, oder der, der für das Ausmalen der Fantasiebilder sorgte?

Sie sah Stanley an, der ihr mit einem weißen Badehandtuch das Gesicht abtrocknete.

»Hast du davon gewusst?«, fragte sie.

Stanley schwieg und rubbelte weiter ihre Schultern ab. Derdâ schrie.

»Hast du gewusst, dass es tausend sein würden?«

»Ja«, sagte Stanley.

»Und warum hast du es nicht vorher gesagt?«

»Hätte das etwas geändert?«

Bis auf vier Studenten, die, mittlerweile bekleidet, die Plane wegräumten, war das Wohnzimmer leer. Die anderen waren längst gegangen. Den Verbliebenen stand ein sonderbarer Ausdruck ins Gesicht geschrieben. Eine Art Befangenheit. Eine Last, die Reue ähnelte. Ein paar Tonnen, die sie daran hinderten, den Kopf zu heben. Ein paar tausend Mal schwerer und sehr viel dunkler als das weiße und durchsichtige Gewicht, das kurz zuvor auf Derdâ gelastet hatte.

Beim Anziehen versuchte Derdâ, jedem Einzelnen in die Augen zu schauen, doch sie fand sie nicht. Sie wichen ihr aus und machten sich unter dem Vorwand, die aufgerollte Plane entsorgen zu müssen, aus dem Staub.

Stanley zeigte ihr das Bündel, das er aus der Tasche gezogen hatte, und sagte lachend: »Jetzt fängt das Leben an!« Derdâ durchquerte die Diele, öffnete die Wohnungstür und drehte sich im Hinausgehen zu Stanley um.

»Ich scheiß auf das Leben!«

*

Die dreitausend Pfund schmolzen sie in den zweiunddreißig Tagen ein, die sie bei Mitch wohnten, und verwandelten sie wie Alchimisten in Heroin. Zweiunddreißig Tage lang erklang ein und dasselbe Album in der Wohnung: *Off The Bone*. Natürlich von The Cramps. Vor allem der Song »The Crusher«. Eines Morgens aber wollte Derdâ die CD zerstören. Als es ihr nicht sofort gelang, riss sie das Fenster auf, schleuderte die CD auf die Straße, wartete, bis ein Volvo sie überfuhr, und nahm beruhigt ihren Platz wieder ein. Kaum saß sie, klingelte es an der Tür. Sie ging öffnen.

Es war Black T. Die beiden aus der Türkei nach London katapultierten Jugendlichen sprachen Englisch miteinander. Keiner von beiden ahnte, dass auch der andere Türkisch sprach. Denn so weit kamen sie nie. Ihr Dialog beschränkte sich auf Heroin. Qualität des Heroins, Heroinpreise, Verteilung des Heroins, Heroinleben, Heroinmode, Herointod und auch mal Black T.s Schulerfahrungen. Also seine Heroindeals in den umliegenden Schulen. Doch es schien, als wollte Black T. nun über andere Dinge reden.

»Warum rasierst du dir die Haare ab?«

»Das muss so sein. Und wieso läufst du immer im Trainingsanzug herum?«

»Um rennen zu können, wenn es sein muss.«

Black T. zerbröselte das Heroin, das er aus der Tasche gefriemelt hatte, und streute es wie ein Gewürz über den Tabak auf dem Zigarettenpapier. Er hielt inne und lachte.

»Weißt du, eines Tages mache ich ein Restaurant auf. Eine coole Location. Weiße Tischtücher auf den Tischen. So eins von den Restaurants mit uralten Obern. Mitglieder der königlichen Familie werden bei mir zu Gast sein. Das wird aber nur die Tarnung sein. Denn in den Salz- und Pfefferstreuern auf den Tischen ist Heroin. Oder im Salzstreuer Heroin und in dem anderen Kokain. So ungefähr. Einige Gäste werden davon wissen, und obwohl Salz auf dem Tisch steht, werden sie fragen: ›Haben Sie Salz da?‹ Dann bringt der Ober den entscheidenden Salzstreuer. Wenn Sie später nach der Rechnung fragen, steht da: Ente in Orange 40 Pfund, Wein 100, Salzstreuer 1000! Alles völlig transparent, niemand haut irgendwen übers Ohr, verstehst du? Und ich steig richtig groß ein und koche. Ich will eine Kochschule besuchen, weißt du? Eine tolle Sache, finde ich. Kochen ist doch fantastisch!«

Er steckte die präparierte Zigarette an und nahm den ersten Zug.

»Willst du für mich arbeiten?«

Derdâ nahm die Zigarette, die Black T. ihr reichte, schob sie zwischen die Lippen und antwortete.

»Ich hasse kochen.«

Black T. lachte.

»Das meine ich doch nicht, dummes Huhn! Du vertickst Ware. Für mich. Besser gesagt, du ziehst um. Wenn du so weitermachst, wirst du sowieso entweder Hure oder kratzt ab. Bei mir hättest du wenigstens einen geregelten Job, als Gegenwert kriegst du deine Dosis. Was meinst du?«

»Stanley …«

»Was willst du mit der Gothic-Schwuchtel? Der Typ scheint ja nur zum Sterben auf der Welt zu sein. Dem ist alles scheißegal. Sag mal, woher kommst du eigentlich?«

»Keine Ahnung«, sagte Derdâ.

»Was heißt, keine Ahnung? Man weiß doch, woher man kommt! Wo bist du denn geboren?«

»In einer Wohnung.«

»Und wo?«

»Finsbury Park. Im zwölften Stock.«

»Weißt du, woher ich komme? Ich bin Türke. Du weißt doch, was das heißt, oder? Das heißt, ich fick sie alle!«

»Aber sicher«, sagte Derdâ. »Bravo.«

»Glaubst du mir nicht?«

Er angelte ein teures Handy aus der Tasche seiner Jogginghose und ließ es Derdâ vor der Nase baumeln.

»Ein Anruf, und eine halbe Stunde später liegt hier alles in Schutt und Asche. Verstehst du? Mit Türken legt sich keiner an! Wir ficken alle! Egal, was ist nun? Machst du den Deal?«

»Zahlst du im Voraus?«

»Ich will nicht, dass du schon vor der Arbeit high bist. Sagen wir, heute ist dein Probetag. Mal sehen, ob du's zum Mitarbeiter des Monats schaffst. Heute Abend sehen wir weiter.«

»Ich kenne die Türkei ein bisschen«, sagte Derdâ. »Woher kommst du denn genau?«

Black T. lachte.

»Das hat mit den Orten, wo du im Urlaub warst, nichts zu tun. Yatırca! Sagt dir das was? Natürlich nicht!«

Derdâ konnte nicht einmal lachen.

»Wann seid ihr denn hergekommen?«

»Ich hatte eine Schwester. Sie ist gestorben. Da war ich erst neun. Danach sind wir hergekommen. Ganz Yatırca ist hier. Ich hab massig Verwandte hier. Hast du von den Fighting Wolves gehört? Letzte Woche waren die in den Nachrichten. Weil sie einen kurdischen Jungen in der U-Bahn zusammengeschlagen haben. Aber der hatte angefangen! Ich meine, sie hassen uns, weißt du. Wenn du sagst, ich komme aus Yatırca, ich bin Türke, dann schlagen die gleich zu. Du bist Kurde, sagen sie. Na ja, die Jungs in der Bande sind alle Verwandte von mir. Meine Mutter ist wohl auch Kurdin. Oder so was. Was weiß ich, komplizierte Geschichte eben. Ich wär gern Jamaikaner. Aber sag das bloß niemandem! Die haben's echt drauf, findest du nicht? In Notting Hill machen die Party. Geile Burschen. Die sind immer so cool. Aber wenn's drauf ankommt, dann können die richtig fighten. Ja, ich hätte Jamaikaner werden sollen, fuck it! Läge Yatırca doch in Jamaika, das wär's!«

Derdâ hatte sich nur für einen Teil dessen interessiert, was Black T. erzählte.

»War deine Schwester krank?«, fragte sie.

»Nein, da ist ein Scheißunfall passiert. Am ersten Tag in der Schule ist sie aus dem Bett gefallen. Oben aus dem Etagenbett. Das haben sie mir jedenfalls erzählt. Ich kann mich nicht so genau daran erinnern. Ich weiß nur, sie ist in dieser verfickten Schule runtergefallen und hat sich den Kopf zertrümmert. Schweinehunde! Die haben's nicht hingekriegt, auf ein kleines Mädchen aufzupassen! Was glaubst du, wie alt sie war?«

Das Wort kroch Derdâ gleich einer Ameise über die kribbelnden Lippen.

»Sechs …«

»Woher weißt du das?«

»Geraten …«

»Schweinehunde!«, fiel Black T. ihr ins Wort.

Derdâ, die sich noch immer schuldig am Tod des kleinen Mädchens fühlte, war überzeugt, dass ihr der Junge aus Rache gesandt worden war. Wer auch immer bestimmte, welche Fantasie Wirklichkeit wurde, hatte jetzt den großen Bruder des Mädchens, das sie umgebracht hatte, vor sie hingestellt.

Sie hätte sich fügen und alles zugeben können. Hätte aufstehen und schreien können: »Ich war es, die deine Schwester in das Bett oben geschickt hat! Meinetwegen ist deine Schwester gestorben!« Doch sie tat es nicht. Denn wer auch immer ihr Black T. geschickt hatte, er kam zu spät. Um zweiunddreißig Tage. Alle Schuld, die Derdâ in ihrem Leben auf sich geladen hatte und noch auf sich laden würde, war nun gerächt. Durch zweiundfünfzig nackte Männer. Es gab nichts mehr an ihr, das noch zu rächen gewesen wäre. Deshalb blieb sie stumm wie ein Galeerensträfling, der seine Strafe abgesessen hatte. Cosette, so verschwiegen wie Jean Valjean.

Stanley, im Rausch vor der Tür umgekippt, Black T. hatte über ihn steigen müssen, um in die Wohnung zu gelangen, quälte die Augen auf und stammelte etwas.

»Bin kein Goth … 'ne Schwuchtel schon …«

Am Nachmittag kam Black T. mit einer Sporttasche wieder. »Die lieferst du ab«, sagte er. Er reichte ihr einen Zettel.

»Hier ist die Adresse. Man wird dir einen Umschlag geben. Den machst du aber nicht auf. Dreh mal den Zettel um.«

Er wartete, bis Derdâ den Zettel umgedreht hatte.

»Den Umschlag bringst du dann zu dieser Adresse hier. Alles klar?«

Sie hatte verstanden. Black T. fummelte etwas Geld aus der Tasche und gab es Derdâ.

»Nimm ein Taxi.«

Dann beugte er sich zu Derdâs Ohr, zeigte auf Stanley und flüsterte: »Sag dem Typ, er soll die Sache mit Jamaika vergessen. Du auch. Klar?«

Die erste Adresse war in Notting Hill. Der Karneval, den Jamaikaner und Leute aus Trinidad und Tobago gemeinsam veranstalteten und den Black T. erwähnt hatte, sorgte dafür, dass das Taxi nur bis zu einem bestimmten Punkt durchkam. Die Straßen waren wegen des Umzugs gesperrt. Derdâ stieg aus und vergewisserte sich der Adresse in ihrer Hand. Um sie herum liefen Hunderte Menschen mit Bierflaschen zu der Straße, durch die der Umzug führen sollte. Keiner war nüchtern genug, um eine Wegbeschreibung zu liefern. Derdâ ließ sich in der Menge treiben. Sie lief, und Trommelklänge kamen näher. Da sah sie Dutzende von Trommeln und Leute in roten T-Shirts, die sie schlugen. Sie ging bis zum Absperrband, das begann, wo der Gehsteig aufhörte, und wartete, dass die Trommler vorüberzogen. Sie lächelte. Denn es folgten tanzende Mädchen hinter einem Bus ohne Dach, der die Straße aus riesigen Lautsprechern mit tropischer Musik beschallte.

Die Leute auf dem Bus, der im Schritttempo fuhr, warfen Konfetti auf die Zuschauer zu beiden Seiten der Straße, die Mädchen hinter dem Bus blieben alle zwei Schritte stehen und schwangen ihre Hüften. Auf dem Kopf trugen sie riesige Federn, die wie Pfauenräder aussahen. Gekleidet waren sie in bunte Büstenhalter und Bikinihöschen. Niemand interessierte sich für ihren Tanz. Aller Augen waren auf die wackelnden Hüften und Busen und die Schweißperlen darauf gerichtet. Denn die meisten Zuschauer waren Männer, einige wenige auch Lesben. Wegen dieses Augenschmauses waren sie dort. Und wurden allemal satt.

Als ein Jucken sie daran erinnerte, dass sie einen Job zu erledigen hatte, begann Derdâ, sich durch die Menge zu pflügen. Sie bog in die erstbeste Gasse ein. Auch hier war Musik. Eine

Gruppe spielte Reggae auf einer Bühne, ringsherum tanzten die Leute. Über ihnen stieg einer Wolke gleich das Haschisch auf, das sie rauchten. Ein paar Schritte weiter entdeckte Derdâ zwei Polizisten, die unbeteiligt die Gegend im Auge behielten. Einer war eine Frau. Sie sahen aus, als könnten sie höchstens einen Weg beschreiben. Derdâ hatte gelernt, sich nicht zu fürchten. Ein letztes Mal blickte sie auf den Zettel in ihrer Hand, dann reckte sie sich zum Ohr der Polizistin. Sie brüllte, um sich trotz der lauten Musik Gehör zu verschaffen, und fragte nach der gesuchten Straße. Statt Worte bediente die Frau sich der Körpersprache. Sie deutete quer hinüber. Dann machte sie das Siegeszeigen und deutete mit derselben Hand nach links. Derdâ ging in die gewiesene Richtung und bog in die zweite Gasse links ein.

Die Häuser zu beiden Seiten der Straße waren zweigeschossig und direkt aneinandergebaut. Ihre Türen erreichte man über ein paar Stufen. An den Türen standen die Hausnummern. Derdâ wanderte durch die Gasse und achtete auf die Nummern. Sie bemerkte, dass es hier ruhiger war als in den anderen Straßen. Plötzlich war es leer geworden um sie herum. Weiter vorne aber erstreckte sich eine Schlange von einer Haustür weit nach draußen. Dutzende Leute standen dort an und warteten ungeduldig darauf, dass es vorwärtsging. Die Nummer, nach der Derdâ suchte, fand sie an der Tür mit der Schlange. »Auf diese Weise verkaufen die ja wohl keine Drogen, oder?«, fragte sie sich. Sie hatte recht. Die Schlange stand weder nach Heroin noch nach Haschisch an. Der Jamaikaner hinter der Tür, durch die sie trotz der Verwünschungen der Leute in der Schlange eintrat, sagte, sobald er die Sporttasche erblickte: »Komm mit!« Er erklärte ihr die Sache.

»Die stehen zum Klo an. Ein Pfund pro Person. Nicht schlecht, was? Die saufen literweise Bier und wissen dann nicht, wohin damit. Jedes Jahr verdienen wir hier mehr als sämtliche Grillhähnchen-Buden. Mit einem Loch! Mit einem Loch, das wir vermieten!«

Währenddessen waren sie über eine schmale Treppe in den ersten Stock hinaufgestiegen, durch eine Tür eingetreten und in ein geräumiges Wohnzimmer gekommen, wo drei Jamaikaner und ein Pitbull dösten. Eigentlich dösten die Jamaikaner nicht wirklich. Sie hörten Musik und betrachteten mal einander, mal die Decke, mal den Hund und manchmal auch die herrschende Stimmung. Ihre Köpfe, das Einzige, was sie vom Platz aus bewegen konnten, wippten. Im Rhythmus der Musik. Nicht zu schnell und nicht zu langsam. In der Mitte drehte sich eine Platte von Desmond Dekker, dem wahren Gott des Ska. Vierfach klang seine Stimme aus vier Boxen in den vier Ecken des Raumes: »Rude Boy Train.«

Derdâs Lotse kümmerte sich längst wieder um den WC-Job, den er für einträglicher als alles andere hielt. Dass die im Wohnzimmer Anwesenden sich um Derdâ gekümmert hätten, ließ sich nicht sagen. Nur der schwarze Hund hatte für Sekunden den Kopf gehoben, das Mädchen angestiert und war dann wieder in seiner eigenen Welt versunken. Derdâ stellte die Sporttasche auf den breiten Couchtisch in der Mitte der drei Ledersessel und sagte: »Black T. schickt mich. Ihr sollt mir einen Brief geben.« Die Jamaikaner wandten bedächtig die Köpfe und musterten das geschorene Mädchen. Sie hörten auf, mit den Köpfen zu wippen. Dann sagte einer von ihnen: »Ist lange her, dass wir einen Skin gesehen haben.«

Ein anderer sagte: »Ist auch lange her, dass wir einen Skin verprügelt haben.«

Der dritte sagte: »Fass, Bob!«

Gerade wollte Derdâ zur Tür stürzen, da brachen alle drei in Gelächter aus, und der schwarze Hund bellte, weil sein Name gefallen war, rührte sich aber nicht vom Fleck. Der, der zuerst geredet hatte, sagte: »Keine Sorge, wir sind nicht so tollwütig wie ihr«, stand auf und zippte den Reißverschluss der Tasche auf. In diesem Augenblick schwor Derdâ sich, genau in Erfahrung zu bringen, was es mit diesen scheiß Skinheads, mit denen sie ständig verwechselt wurde, eigentlich auf sich hatte. Die Hand des Jamaikaners glitt in die Tasche und kam mit drei Päckchen von je einem halben Kilo wieder zum Vorschein. Er schaute in die Runde. »Will jemand probieren?« Die einzige Antwort kam von Bob. Er bellte. Der lange dunkelhäutige Mann, dem die Rastalocken bis in die Taille hingen, sah Derdâ an und sagte: »Warte hier auf mich.« Dann verließ er mit den Päckchen in der Hand den Raum. Die anderen beiden wippten wieder lautlos mit den Köpfen. Besorgt dachte Derdâ, es sei ja nichts geschehen. Doch selbstverständlich würde der Mann, der mit dem Heroin hinausgegangen war, wiederkommen. So sollte es zumindest sein. Einer der Kopfwipper fragte: »Wer war der Typ?«

»Welcher?«, fragte der andere.

»Der eben hier gesessen hat. Der gerade rausgegangen ist. Ein Kumpel von dir?«

»Nee.«

»Was hatte er dann hier zu suchen?«

»Keine Ahnung. Hab den Mund gehalten, weil ich dachte, du kennst ihn.«

»Ich kenn den nicht.«

»Egal, schien nett zu sein.«

Dann richteten beide den Blick auf Derdâ, und einer sagte: »Dich hat also Black T. geschickt, was? Rück den Stoff raus. Schauen wir mal, wie der ist.«

Derdâs Verstand verknotete sich.

»Ich hab ihn euch doch eben gegeben. Euer Freund hat ihn mitgenommen …«

»Wir kennen den nicht. Aber du scheinst ihn ja zu kennen. Hättest du ihm sonst die Tasche gegeben? Kennst ihn also. Nun mach schon, schieb den Stoff rüber, damit wir weitermachen können.«

Derdâs Herz verknotete sich.

»Was redet ihr denn da? Ich hab ihm alles gegeben. Er hat euch sogar gefragt, ob ihr probieren wollt. Kennt ihr den wirklich nicht?«

»Nö«, sagten beide wie aus einem Mund.

Derdâs Leib verknotete sich, auf ihrer Kopfhaut bildeten sich Schweißperlen. Sie hob beide Hände an die Stirn und heulte: »Und was soll ich jetzt tun?« Die beiden Jamaikaner warfen sich einen Blick zu und prusteten los.

»Du musst wirklich 'ne Glatze sein!«, befand der eine.

Der andere lieferte die Fortsetzung: »Wer sonst wär so blöd!«

Am liebsten hätte Derdâ beide erwürgt, stattdessen aber ließ sie sich in den freien Sessel sinken, atmete tief durch und fragte: »Habt ihr mal 'ne Zigarette?« Die beiden Männer lachten noch immer, »klar«, sagten sie und gaben ihr einen Joint. Sobald Derdâ die Zigarette anzündete, entspannten sich ihre Gesichtszüge, und sie begann zu lachen. Auch die Jamaikaner lachten. Desmond Dekker drehte sich weiter auf dem Plattenteller, die drei Personen im Zimmer schienen, zumindest für den Augenblick, glücklich zu sein. Die Zigarette wurde von dem Trio im Uhrzeigersinn weitergereicht, man äffte Derdâ nach, sagte: »Und was soll ich jetzt tun?«, dann lachte man wieder. Bis der Mann, der die Päckchen mitgenommen hatte, zurückkam, erinnerte man sich wieder und wieder und lachte.

»Alles klar«, sagte der Mann mit den langen Zöpfen und reichte ihr einen Umschlag. Derdâ stemmte sich aus dem Sessel und nahm das Kuvert entgegen. Sie verabschiedete sich von allen, tätschelte Bob, der so cool war wie Bob Marley, dessen Namen er trug, den Kopf und verließ das Wohnzimmer. Im Erdgeschoss begegnete ihr der Jamaikaner von vorhin. Er zeigte auf das WC, aus dem gerade ein Mädchen trat, und sagte: »Willst du auch? Du kannst es abstottern.« Derdâ dankte ihm und ging. Von den Gassen her drang Musik in ihr Ohr, während sie an der Toilettenschlange vorbei- und weiterwanderte, bis sie aus dem Karnevalsbereich heraus war. Sie bestieg das erstbeste Taxi und sagte: »Chelsea.« Nach ein paar roten Ampeln las sie dem Fahrer die Adresse vor, die auf der anderen Seite des Zettels stand. Ein paar Ampeln weiter, diesmal grüne, hielt das Taxi.

Derdâ stand vor einem Hochhaus mit mindestens zehn Etagen. Sie ging die Klingelschilder neben der Haustür durch und fand die gesuchte Nummer. Sie drückte auf den Knopf und wartete. »Was gibt's?«, verlangte eine raue Stimme zu wissen.

»Die Sendung von Black T....«

Ein metallischer Ton unterbrach sie. Die Tür sprang auf, sie ging hinein und fuhr mit dem Fahrstuhl in den achten Stock hinauf. Ihr fielen die Jamaikaner ein, und sie lachte. Sie lachte noch immer, als sie an der Tür der Wohnung Nr. 33 klingelte.

Regaip öffnete. Derdâs Augen weiteten sich, und ihr Mund schrumpfte.

*

Regaip packte das Mädchen mit einer Hand beim Kragen, zerrte es in die Wohnung hinein und warf die Tür zu.

»Ist dir jemand gefolgt?«

Er sprach Englisch. Mit einem merkwürdigen Akzent.

Derdâ bemerkte die Waffe in seiner Hand und sagte: »Nein, nein.«

Der Mann war ihr Vater. Oder doch von allen Menschen auf dieser Welt der, der am ehesten ihr Vater sein könnte. Wenn ich ruhig bleibe, ihm den Umschlag gebe und mich verdrücke, wird nichts passieren, versuchte sie sich zu beruhigen. Offensichtlich hatte Regaip seine Tochter nicht erkannt. Seine Tochter, die er in sechzehn Jahren nur an fünf Tagen gesehen hatte. Vor fünf Jahren. Es waren wohl diese fünf Jahre und die abrasierten Haare dazwischengekommen. Deshalb erkannte er sie nicht, dachte Derdâ. Es gab aber etwas, wovon sie nichts ahnte. Zwischen ihnen stand eine Mauer, fester als alles andere: Kokain.

Eine Woche, nachdem Regaip Bezir umgebracht hatte, hatte Gido angerufen und gesagt: »Miete eine Wohnung und besorg Lebensmittel für ein Jahr. Du kommst erst wieder raus, wenn ich es dir sage.« Dann hatte er aufgelegt. Ein Polizist, den sie in Geld baden ließen, hatte den Dulluhan-Brüdern gesteckt, dass der MI5 die Sache übernommen hatte, der jüngste der Brüder wiederum hatte Gido informiert, und so war der Anruf gekommen. Der Anruf: »Grab dich ein!«

Und Regaip hatte sich vergraben. Nur ein paar Stellen waren unbedeckt geblieben. Vor allem der ehemalige Häftling in ihm. Vier Wände ertrug er nicht. Wie er auch schon die Enge des Wächterhäuschens am Eingang zu Ubeydullahs Möbelfabrik nicht ertragen hatte in seinen ersten Londoner Monaten. Auch da hatte er es nicht ausgehalten. Deshalb hatte er eines Morgens das Haus, in dem er mit den anderen Wachleuten gemeinsam wohnte, verlassen, als ginge er zur Fabrik, und war in die Welt des Verbrechens eingetreten, als stürmte er in die Freiheit. Die Grammatikregeln der englischen Sprache beherrschte er zwar noch immer nicht, doch die Regeln jener Welt kannte er in- und auswendig, weshalb er sich sehr schnell eine Gang aufbaute. Die kleine Bande, die aus den Londoner Nachkommen seiner Verwandten aus Yatırca bestand, hieß Fighting Wolves. Die ersten Wochen hatten Ubeydullah und Bezir sich bemüht, seiner habhaft zu werden, dann aber ganz plötzlich die Finger davon gelassen. Denn ihnen fiel ein, dass Regaip Dorfschützer war. Und einen Dorfschützer zu suchen, der nicht gefunden werden wollte, brachte nichts, auch wenn der Ort, an dem er sich verborgen hielt, kein Berg, sondern London war. Er war unauffindbar. Eine einzige Vorsichtsmaßnahme blieb ihnen. Ubeydullah traf sie. Mit großer, mit allergrößter Inbrunst verfluchte er Regaip.

Regaip verfluchte die Wände der Wohnung in Chelsea, die ihn nach so vielen Jahren Haft wieder einengten, er trainierte die Fighting Wolves weiter und fand nichts dabei, das verdiente Geld in Kokain zu investieren. »Wenn ich nicht zur Welt gehen kann, dann hole ich die Welt eben zu mir«, sagte er über das Kokain, das er schnupfte. Das Kokain, von dem er einst gesagt hatte: »Davor bewahre mich Gott, und sollte er's mir bestimmt haben, möge er's ändern!« Denn er hatte Menschen gesehen, die um dieses Drecks willen ihren eigenen Bruder erschossen, ihre Frau erdrosselten, ihr Kind verleugneten. Dieser Dreck machte einem alle Welt zum Feind. Dabei waren Kokainsüchtige normalerweise Leute, die der Welt schnurzpiepegal waren, die aber so viele Gründe fanden, wie es Sterne am Himmel gab, um zu glauben, sie seien das Zentrum des Universums. »Gott schütze mich!«, pflegte Regaip zu sagen. Mittlerweile sagte er es nicht mehr. Schon seit fünf Monaten. Die zwischen vier Wänden für fünf Jahre zählten. Da er keinen Bruder zum Erschießen und keine Frau zum Erdrosseln hatte, beschränkte er sich darauf, sein Kind zu verleugnen. Er hatte seit dem letzten Mal, da er seine Tochter gesehen hatte, ja nicht wie ein Handelsattaché gelebt, dass er sich an Derdâ hätte erinnern können.

Er entließ den Kragen der Lederjacke aus seiner Faust. Als er sich umdrehte und auf die Tür zum Wohnzimmer zusteuerte, redete er mit sich selbst. Auf Türkisch.

»Wie solltest du ehrlose Glatze auch mitkriegen, ob du verfolgt wirst!«

Das Mädchen verharrte an der ersten Stelle, die es in der Wohnung betreten hatte, den Umschlag hatte sie aus der Tasche geangelt und wartete. Sie hörte Regaips Stimme aus dem Wohnzimmer. Nun sprach er Englisch.

»Komm her!«

Derdâ, die an nichts anderes denken konnte als daran, den Umschlag abzuliefern und sich aus dem Staub zu machen, schlich mit winzigen Schritten ins geräumige Wohnzimmer. Darin befanden sich nur ein Sofa und ein Fernsehgerät. Regaip kratzte sich mit dem Lauf der Pistole an der Stirn. Dann deutete er mit demselben Lauf auf das Sofa.

»Setz dich!«

Derdâ streckte nur die Hand mit dem Umschlag aus.

»Ich habe den Umschlag hier …«

Nun richtete Regaip den Lauf auf Derdâ.

»Setz dich, hab ich gesagt.«

Derdâs Magen rebellierte. Der Mangel, mit dem sie ständig zu kämpfen hatte, der Joint bei den Jamaikanern und die Pistole in der Hand ihres Vaters, den sie nach so vielen Jahren wiedersah, wühlten sie auf. »Ich«, sagte sie mit zitternder Stimme, weil ihre Stimmbänder aneinanderstießen, »bin hier, um den Umschlag abzuliefern. Bitte …«

Mit zwei Schritten bekam Regaip das Ohr des Mädchens zu fassen. Denn Haare, die er hätte packen können, hatte sie nicht. Flucht war Derdâ unmöglich. Der Schmerz an ihrem Ohr krümmte ihr den Rücken, sie folgte Regaip zwei Schritte und wurde auf das Sofa geschleudert. Kaum saß sie, fuhren ihre beiden Hände zum Ohr. Um sich zu vergewissern, ob es noch an Ort und Stelle war. Sie meinte, es sei abgerissen. Doch so zogen Väter eben an Ohren. Und so schimpften sie: »Wenn ich dir etwas sage, hast du es zu tun! Wenn ich sage: Setz dich hin, dann setzt du dich hin! Sage ich: Steh auf, dann stehst du auf! Hör zu, was ich dir jetzt sage! Hörst du mich? Dann hör gut zu! Zieh dich aus!«

Tränen schossen Derdâ in die Augen, und sie schrie los, auf Türkisch, so dass selbst ein Mann mit rot unterlaufenen Augen wie Regaip für einen Augenblick verstummte.

»Ich bin Derdâ! Derdâ! Ich bin deine Tochter! Deine Tochter!«

Regaip erstarrte. Für eine Sekunde. Dann regte er sich. Wieder für eine Sekunde. Er überlegte auf Türkisch. Mit extrem lauter Stimme.

»Woher kennst du den Namen meiner Mutter?«, brüllte er und schlug Derdâ dermaßen ins Gesicht, dass das Mädchen eine Sekunde lang vom Sofa abhob. Sie kippte um und lag auf der Seite, atmete in kurzen, heftigen Stößen. Wie ein verwundetes Tier. Wie ein Hundewelpe, der beinahe krepiert wäre. Sie konnte nichts denken. Wieder schaute sie durch ein umgedrehtes Fernglas auf das Leben.

»Heul nicht sinnlos rum!«, sagte Regaip. »Ich fick dich eh. Bist du nicht deshalb hier? Hat der Bengel dir das nicht gesagt? Timur?«

Es gab so vieles, das Derdâ hätte sagen müssen, um sich in Erinnerung zu bringen, sie aber kreischte: »Wer ist Timur?« Ihr Speichel rann auf das Sofapolster.

»Der Bastard, der sich Black T. nennt«, lachte Regaip. »Ich hatte ein Mädchen bestellt. Und er hat dich geschickt. Gib zuerst mal den Umschlag her!«

Er hat es gemerkt, dachte sie. Er hat gemerkt, dass ich es war, die seine Schwester umgebracht hat. Aus Rache hat er mich hergeschickt.

Bis zu diesem Augenblick war es ihr trotz allem gelungen, das Kuvert in der Hand zu behalten, sich daran festzukrallen, als wollte sie es zerreißen. Sie fuhr hoch und schleuderte es Regaip ins Gesicht. Statt eines Gesichts traf es eine Schulter, bevor es zu Boden fiel. Regaip lächelte, beugte sich hinab und hob es auf. Mit zwei Fingern verbreiterte er den Riss und zog das Bündel heraus. Ein Augenpaar gleich einer Rechenmaschine überzeugte sich von der Summe. Ein Mund dicht unterhalb dieser Augen klappte auf und sprach.

»Zieh dich aus, komm schon, ich hab keine Lust, mich mit dir abzurackern!«

Er beugte sich vor und ohrfeigte die Brüste des Mädchens, seine blutunterlaufenen Augen lachten wie zwei Mäuler, die nach der Frau geiferten.

»Oder willst du vorher ein Spritzchen? So eine kleine Tetanus-Impfung?«

»Papa!«, rief Derdâ flehentlich, »Papa, erinnerst du dich denn nicht an mich? Um Gottes willen …«

Wieder packte er ihr Ohr.

»Schlampe, wag es noch ein Mal, Gottes Namen im Mund zu führen! Sieh dich nur an! Wenn deine Eltern dich sehen könnten, würden sie umkommen vor Kummer!«

Regaip schleifte Derdâ aus dem Wohnzimmer durch den Flur, dann durch eine Tür, und er warf das Mädchen auf das Bett in diesem Zimmer.

»Da findest du was. Mach, welchen Dreck auch immer, aber tritt mir wie ein Mann unter die Augen!«, brüllte er und schlug die Tür zu. Dann drehte er den Schlüssel im Schloss und steckte ihn ein. Er durchquerte den Flur und kehrte ins Wohnzimmer zurück. Die Pistole schob er in den Hosenbund und griff nach dem Handy, das auf dem Fernseher lag. Er drückte einen Knopf und wartete. Sein Gegenüber hatte noch nicht Atem geholt, da brüllte er schon los.

»Ich fick dich, du Schwein! Sammelst du Grünschnäbel auf und schickst sie mir, du Hund? Du hast selbst rumgeschleimt, hast gesagt, du schickst mir 'ne Frau! Und da musstest du ausgerechnet diese Hure, diese Psychopathin aussuchen? Selbst das nehm ich hin, aber das Weib ist auch noch Türkin, fuck it!«

Er war erschöpft. Er hielt inne, um zu schlucken. Black T. nutzte die Gelegenheit, ihm Fragen zu stellen.

»Was weiß ich! Sie faselt rum, von wegen, ich bin deine Tochter …«

Das Telefon glitt Regaip nicht aus der Hand, er schleuderte

es an die Wand vis-à-vis, und es ging zu Bruch. Er stürzte aus dem Wohnzimmer. Im Flur rutschte er aus, fiel hin, stand wieder auf, stürzte weiter.

»Derdâ! Derdâ!«, schrie er, bearbeitete die Tür mit einer Faust, mit der anderen Hand fummelte er nach dem Schlüssel in seiner Tasche. Schließlich bekamen seine Finger ihn zu fassen, er zog ihn heraus, rammte ihn zitternd ins Schloss und riss die Tür auf.

Derdâ lag auf dem Bett, in der Pupille des blauen Auges auf ihrem Arm steckte eine Kanüle. Regaip sprang zu ihr, rüttelte sie an den Schultern.

»Derdâ! Meine Tochter!«

Derdâ quälte die Lider auseinander und murmelte etwas. Regaip näherte sein Ohr ihrem Mund, da er nicht verstand. Derdâ wisperte so Ungeheures, dass Regaip es für den Rest seines Lebens nicht vergessen sollte.

»Papa, fick mich, so viel du willst.« Der Satz schlängelte sich durch sein Ohr und ringelte sich in seinem Hirn zusammen. Regaip packte, was noch von seiner Tochter übrig war, umarmte es und schluchzte laut auf. Er presste Derdâs Kopf an seine Brust, richtete den Blick an die Decke und heulte. So weit sein Atem reichte, brüllte er. Die Geräusche, die er ausstieß, lagen auf derselben Oktave wie der Lärm, der zum Weltuntergang ertönen würde. So ohrenbetäubend war Regaips Geheul, dass er nicht hörte, wie das Schloss der Wohnungstür aufbrach und ein Kommando von sechs SAS-Leuten mit zwei MI5-Agenten im Schlepptau eindrang.

Sie lösten Regaip von Derdâ und warfen ihn zu Boden. Die Pistole im Hosenbund nahmen sie ihm ab, den Handgelenken legten sie Kunststoffschellen an, der Mann, schon heisergebrüllt, verstummte nicht.

»Verzeih mir! Verzeih mir! Verzeih!«

Um seinen Aufenthaltsort sicher bestimmen zu können, hatte der MI5 ein letztes Telefonat von seinem Handy aus gebraucht, und das hatte Regaip mit Black T. geführt, weil er ihn zur Schnecke machen wollte.

Einer der Agenten fühlte dem Mädchen den Puls, der andere rief über Funk eine Ambulanz.

Man packte Regaip unter den Achseln und schleifte ihn fort, seine Stimme schallte durch ganz London.

»Derdâ!«

Seine Tochter, die von ihrem Vater vier Tage, nachdem sie sich in Saniyes Gebärmutter eingenistet hatte, verlassen worden war, verleugnete Regaip doch nicht so weit, dass er mit ihr geschlafen hätte. Auch wenn er seine Ohren verstopft hätte, Derdâs Wispern hörte er doch. An jeder Mauer, auf die sein Blick fiel, sah er den kahlgeschorenen Schädel seiner Tochter, den blauäugigen Arm und die aufgesprungenen Lippen, über die ihre raue Stimme sickerte. Bei jedem Gang begleitete ihn Derdâs Gespenst. So gut er konnte, erzählte er seiner Tochter sein Leben. Soweit seine Zunge erlaubte, erzählte er, warum er sie einst verlassen hatte. Er bildete Sätze, in denen häufig »Ich musste!« vorkam. Mindestens so oft bat er um Verzeihung. Derdâs Gespenst aber verzieh ihrem Vater nicht. Denn es wisperte immerzu denselben Satz: »Papa, fick mich, so viel du …«

Um ihn nicht mehr hören zu müssen, versuchte er, sich die Ohren abzuschneiden. Am Eisen des Bettgestells. Doch es gelang ihm nicht. Bei der ersten Gelegenheit brachte Regaip sich um. Zurück blieb nur ein Satz, den er in die Wand der Zelle gekratzt hatte, in der er sich aufhängte:

Gott bewahre uns vor Schlimmerem.

Das war der einzige Punkt in seinem Leben, für den er dankbar sein konnte: seine Tochter nicht gefickt zu haben. Das reichte Regaip. Deshalb trat er mit geschlossenen Augen ab. In Frieden. Immerhin.

*

Auf der Intensivstation des Saint Mary Hospitals kam sie zu sich. Es hatte drei Tage gedauert, bis sie aus dem Koma erwachte. Ihr Blick fiel auf das Serum, das an einem neben ihr aufragenden Metallständer hing. Sie beobachtete die Tropfen, die aus der Flasche in den Schlauch quollen. Als schaute sie einer Sanduhr zu.

Sie bemerkte die Krankenschwester, die zu ihr getreten war, erst an ihrer Stimme. Eine korpulente Frau mit roten Haaren. Sie lächelte.

»Du bist also aufgewacht, Fräulein. Dann guten Morgen«, sagte sie. Anschließend zeigte sie ihr den Knopf am Ende eines Kabels. In der Nähe ihrer reglosen linken Hand.

»Wenn du etwas brauchst, drückst du den. Ich gehe jetzt den Doktor holen. Nicht dass du dich davonschleichst!«

Sie richtete den Blick wieder auf die Sanduhr. Bar jeden Gedankens verfolgte sie die Tropfen. Im Gefolge der korpulenten Frau tauchte nun ein junger Mann mit einer Mappe in der Hand auf. Auch er lächelte.

»Wie fühlst du dich?«, fragte er.

»Wohl ganz gut«, sagte Derdâ.

Er übergab die Mappe der Schwester, zog einen Stift aus der Brusttasche, ließ die Spitze aufleuchten und hielt ihn ihr vor beide Augen.

»Nicht wohl, sicher gut! Erinnerst du dich daran, was dir passiert ist?«

»Ja«, sagte Derdâ. »Ich hab einen Fehler gemacht …«

»So kann man das natürlich auch nennen«, lachte der junge Arzt.

»Erinnerst du dich daran, was du genommen hast?«

»Das sollte Heroin sein …«

»War es aber nicht. Du hast dir eine kritische Menge Kokain injiziert und drei Tage im Koma gelegen. Du hast eine große Gefahr überstanden. Zwei Mal stand dein Herz still. Du verstehst doch, was ich sage, oder?« Er schaute in die Mappe, die er wieder an sich genommen hatte, und sagte: »Derdâ? Was für ein schöner Name! Wo kommst du her?«

»Türkei.«

»Sehr schön … Gleich kommt ein Polizist. Der wird dir ein paar Fragen stellen, okay?«

Derdâ nickte kaum merklich.

»Okay, dann sehen wir uns später«, sagte der Arzt, drehte sich im Hinausgehen aber noch einmal um und lachte.

»Ja, jetzt fällt es mir wieder ein: Fethiye! Da war ich im letzten Sommer. Ein tolles Land habt ihr, du kannst dich glücklich schätzen!«

Die beiden MI5-Agenten standen zu beiden Seiten Derdâs. Einer schaute den anderen an. Der sprach.

»Hör zu, wir wollen nur, dass du als Zeugin vor Gericht aussagst, mehr nicht. Sonst bitten wir dich um gar nichts. Es wird auch keine Ermittlungen gegen dich geben. Wir tun sogar alles dafür, damit du in England bleiben kannst. Denn, ich weiß nicht, ob es dir bewusst ist, aber im Augenblick bist du illegal hier. Es reicht, wenn du dem Richter erzählst, was du weißt.«

»Ich weiß doch gar nichts«, sagte Derdâ.

»Aber du kanntest Bezir, nicht wahr?«, fragte der andere. »Den Mann, der dich aus der Türkei hergebracht und im Haus eingesperrt hat.«

»Ja.« Es war nur ein Hauch.

»Gut, dann erzählst du, wie es dir in der Wohnung ergangen

ist, das reicht uns schon. Und da ist natürlich noch dein Vater. Über den musst du auch reden.«

»Aber ich habe ihn doch nur ein Mal gesehen«, sagte Derdâ. Unbewusst hatte sie lauter gesprochen.

»Hör zu, Derdâ, wir wollen die Leute zu fassen bekommen, die dir wehgetan haben, seit du in London bist.«

Das war gelogen. Sie waren hinter allen her, von den Dulluhan-Brüdern, die sie schon seit fünf Jahren jagten, bis zu Gido Ağa, von Hıdır Arif, dem Anführer der Hikmetisten, bis zu Bezirs Kickboxern. Hätten sie es in der Hand, würden sie sogar Scheich Gazi, der immer noch lebte, aus dem Haus, in dem er als Gast weilte, nach London entführen und versuchen, ihn zum Reden zu bringen. Momentan aber waren sie mit dem dramatischen Hintergrund eines Prozesses beschäftigt, in dessen Zentrum die Dulluhan-Brüder angeklagt werden sollten. Was konnte dramatischer sein als ein unschuldiges Mädchen, das mit elf Jahren aus seinem Dorf geholt, nach London gebracht und fünf Jahre lang gezwungen wurde, Frau eines Sadisten zu sein? Überdies war ihr Vater ein Killer. Derdâ bildete einen Knotenpunkt der Türken im Londoner Untergrund. Die Anklageschrift, die dem Gericht vorgelegt werden sollte, fußte auf der Kooperation zwischen Drogenmafia und Organisationen radikal-islamischer Weltsicht. Zwei Fliegen wären mit einer Klappe geschlagen, die Bankkonten von allen, deren Namen in der Anklageschrift vorkamen, würden sie konfiszieren und zumindest einige lebenslänglich hinter Gitter bringen. Damit ihnen all dies gelang, taten sie etwas, was James Bond niemals getan hätte, sie belogen ein sechzehnjähriges Mädchen. Doch Derdâ glaubte ihnen.

Sie wurde in ein Rehabilitationszentrum für Süchtige in Brighton geschickt, und am fünften Wochenende, das sie dort verbrachte, vom MI5 abgeholt und nach London verfrachtet. Mit einer Skimaske über dem Kopf führte man sie in das Gebäude, das andernorts Justizpalast hieß, das die Engländer aber Königliches Gericht nannten, da das Wort Palast vermutlich an Intrigen denken ließ. Doch Derdâ sollte erfahren, dass die Intrigen in einem Gebäude nicht verschwanden, nur weil man ihm einen anderen Namen gab.

In einem historischen Raum des historischen Gebäudes trat sie vor den Richter. Da sie als geheime Zeugin aussagte, erfuhr Hıdır Arif niemals, von wem folgende Worte in der Anklageschrift stammten:

»Sie fotografierten mich. In der Türkei, im Dorf. Das Foto haben sie dann hierher an Hıdır Arif geschickt. Angeblich wählt er sämtliche Mädchen aus. Auch mich hat er ausgesucht. Dann bestimmte er den Mann, mit dem ich verheiratet werden sollte. Das hat mir Rahime erzählt. Auch sie war so nach London gekommen. Die Frau, die von der Tower Bridge gesprungen ist …«

Derdâ wurde nicht müde zu erzählen. Selbst Black T. erwähnte sie.

»Von ihm bekam ich das Heroin. Er gehört zu einer Bande namens Fighting Wolves. Die kämpfen gegen kurdische Gangs. Er hat für meinen Vater Regaip gearbeitet. Und, er wollte Jamaikaner werden!«

Ihre letzte Aussage wurde nicht ernst genommen. Doch Derdâ hatte noch nicht genug vom Reden. Selbst den Speichel, der dem alten Vezir beim Gesprächskreis im elften Stock aus dem Mund flog, erwähnte sie. Nur Steven, Stanley und

Mitch verschwieg sie. Ihnen hielt sie zugute, so seltsam das war, ihr geholfen zu haben, ihr Leben zu retten. Stanley verabscheute sie. Doch ins Gefängnis brauchte er nicht, meinte sie, denn er lebte ohnehin in einem Kerker, dessen Mauern aus Heroin bestanden. Derdâ hatte recht. Denn die folgenden sechs Jahre sollte Stanley in diesen Mauern verbringen, allerdings auf der Straße. Als er, nach der Rückkehr vom Begräbnis seines Vaters, das Haus betrat, das schlussendlich ihm zugefallen war, sollten diese Mauern über ihm einstürzen und, verschüttet von den Ziegelsteinen der Überdosis Heroin, die er genommen hatte, würde er sterben. Steven sollte, getreu seinem Testament, im Tschador beerdigt werden. Nur Mitch sollte es gelingen, seinem Leben eine neue Richtung zu geben, nach Kalifornien heimzukehren, dort einen Mann zu heiraten, sich wieder scheiden zu lassen und schließlich eine Frau zu heiraten und Dokumentarfilme zu drehen. Die meisten seiner Dokus enthüllten die Islamfeindlichkeit in dem Land, in dem er lebte. In einer Rede, die er anlässlich einer Preisverleihung hielt, würde er sogar sagen: »Ich weiß nicht, wo sie jetzt ist, aber ich danke dem muslimischen Mädchen, das mir stets Inspirationsquelle war!«

Derdâ, die von all dem nichts ahnen konnte, rutschten bei einer der Sitzungen in dem historischen Gerichtsraum die von Mitch gedrehten Filme heraus. Das erschien dem Richter aber derart abwegig, dass er nicht verstand, wovon sie sprach, und glaubte, sie rede wirr wegen der Medikamente, die sie nahm, auch wechselte Derdâ schleunigst das Thema. Als die Reihe an die zweiundfünfzig Cambridge-Studenten kam und man auf die Rückkehr des Richters vom Mittagessen wartete, sagte einer der MI5-Agenten: »Unwichtig, das ist unwichtig«, und

Derdâ wurde klar, dass die Männer sie belogen hatten, was die Sache mit dem Bestrafen aller betraf, die ihr wehgetan hatten.

Am Schluss wurde sie gefragt: »Hast du uns sonst noch etwas zu sagen?«

»Wo ist mein Vater?«, fragte Derdâ.

»Leider nicht mehr am Leben. Er hat sich umgebracht.«

»Hoffentlich ist er krepiert, hat meine Mutter immer gesagt. Richtet ihr aus, sie braucht sich nicht länger abzumühen!« Sie lachte.

*

Das Rehabilitationszentrum in Brighton war zehn Stationen außerhalb der Stadt im Nabel einer grünen Ebene errichtet worden und so weitläufig wie das Internat, das Derdâ einst besucht hatte. Und es hatte einen Namen: *Hope*.

Als sie das große Schild am Gartentor sah, dachte Derdâ, wie viele Dinge es doch mit dem Namen Hoffnung gibt. Die Menschen hatten offenbar das Bedürfnis, wenigstens einmal am Tag auf der Straße das Wort Hoffnung zu sehen. Sie lächelte. Danach lächelte sie nicht mehr. Zumindest nicht während der zwölf Wochen, die das Basisprogramm dauerte.

Ein Spezialtrip für Heroinabhängige von 85 Tagen. Ein langer Weg namens Entzug, dessen Ziel sie nur erreichen konnten, indem sie an Ort und Stelle blieben. Ein Weg, den man in Begleitung von drei Personen beschritt. Einem Psychiater, der die Medikamente in seinem Schrank wie Munition einsetzte, um die physische Labilität des Süchtigen zu bekämpfen, einem Therapeuten, der seine psychische Welt völlig neu ausstatten wollte, und einer Art Pflegerin, die Begleiterin genannt wurde und ständig an seiner Seite war und verhindern sollte, dass er sich oder jemand anderen umbrachte.

Psychiater und Therapeut waren für alle zwölf Süchtigen in dem Zentrum zuständig, die Anzahl der Begleiterinnen aber schwankte je nach Saison. Denn je nach Jahreszeit schwankte die Zahl der Süchtigen, die zur Behandlung herkamen. Meist trudelten sie im Herbst ein. Den Sommer über, solange sie auf Englands Straßen lebten, dachten sie, ihre Lippen verdorrten nicht aufgrund der Hölle in ihnen, sondern wegen der Sonne, die ihnen auf die Köpfe knallte, wurde aber das Wetter kühler, krochen sie auf das Hope zu, und wenn der erste Regen einsetzte, waren sie da.

Deshalb richtete sich die Zahl der Begleiterinnen im Zentrum nach den Süchtigen. Ehrenamtlich waren sie alle. Um eine solche Arbeit ohne finanzielle Entlohnung zu tun, musste man entweder einst eine große Sünde begangen haben oder sich aufgrund der Geringfügigkeit der begangenen Sünden für schuldlos halten. Denn zwölf Wochen lang an einen Heroinabhängigen gebunden zu sein und die Augenlider nur zu senken, wenn der schlief, erforderte übermenschliche Anstrengung. Übermenschlich bedeutete über dem Menschen gelegen. Also Luft. Aus diesem Grund war Voraussetzung, dass die Begleiter die Abhängigen, denen sie unter die Arme griffen, nicht verurteilten, so wenig wie die Luft um sich herum, und wie ebendiese Luft um sie herum waren. Sie mussten da sein, um sicherzugehen, dass sie atmeten, um sie aufzuheben, wenn sie fielen, ihnen die Tränen zu trocknen, wenn sie weinten, nicht hinzuhören, wenn sie fluchten, um, falls es ihnen denn gelang, sie am Handgelenk zu packen, wenn sie schlugen, um sich das eigene Gesicht abzuwischen, wenn sie spuckten, und weiterzulächeln, um auszuharren, bis einer der beiden Riesen des Zentrums zur Stelle war, wenn sie mit dem Tod drohten. Da sein, hier, dort, überall. Wie die Luft. Die Leitung des Hope zog es allerdings vor, sie als Heilige zu titulieren. Das war leichter. Diesen Frauen, die allesamt ehemalige Krankenschwestern waren, ins Gesicht zu schauen und ihnen das Kompliment zu machen: »Du bist Luft!«, hätte ihnen das Herz brechen können, das sie nach jedem Abhängigen erst mühselig wieder flicken mussten.

Derdâs Begleiterin hieß Anne. Ein Jahr zuvor hatte sie ihren letzten Abhängigen begleitet und sich im Hope auf Nimmerwiedersehen verabschiedet. Dann aber war Derdâ aufgetaucht, und nach einer kurzen Panik, aus Mangel an Begleiterinnen, hatte bei Anne das Telefon geklingelt. Sobald Anne von der Sache hörte, sagte sie, sie könne nicht kommen, ihr Herz, das sie trotz ihrer 53 Jahre für alt erklärte, ertrage diese Tätigkeit nicht länger, und legte auf. Kurze Zeit später, nur vier Minuten, also nachdem sie vier Gewissensjahre mit Blick auf das Telefon zugebracht hatte, rief sie von sich aus zurück und fragte, in welcher Woche die Abhängige sei. Sie hatte sich vorgenommen, keinesfalls zu übernehmen, wenn es hieß, in der ersten. Denn am schwersten war es, den Anfang mitzuerleben. In dem Raum, in dem der Abhängige eine Woche lang eingesperrt war, die zahllosen Zusammenbrüche unter ärztlicher Kontrolle anzusehen, war schlicht Apokalypse-Tourismus. Doch die Stimme im Telefon sagte: »In der zweiten.« Überrumpelt versprach Anne, sie wäre am nächsten Tag da. Sie hielt ihr Wort und trat mit ihrem berühmten Lächeln vor Derdâ hin. Die blinzelte aufgrund der durchgemachten Krisen aus zwei Augen in die Welt, die wie vom Erdbeben zerstört wirkten. Anne war der lebende Beweis dafür, dass man sich vom Ehrenamt nicht pensionieren lassen konnte.

»Hallo, ich heiße Anne. Ich werde dich zwölf Wochen lang begleiten. Wie heißt du?«

Derdâ schaute der Frau gar nicht erst ins Gesicht.

»Verpiss dich.«

Anne freute sich, immerhin eine Reaktion, und sagte: »Gut, aber ich kann nicht weit weg. Ich bin nun mal deine Begleiterin. Deshalb bleibe ich hier stehen. Guck mich einfach an, wenn du etwas brauchst.« Sie trat zwei Schritte zurück und wartete. Das war eine Taktik, die sie im Laufe jahrelanger Erfahrung entwickelt hatte. Damit die beiden Krümel Menschlichkeit, die, daran glaubte sie fest, irgendwo in jedem

Süchtigen steckten, aneinanderrieben und einen Funken erzeugten.

Sie stand zwei Meter entfernt von Derdâ, die auf einer Bank im Park saß und die Haut um ihre Nägel herum mit den Zähnen bearbeitete. Die Fersen geschlossen und die Hände vor dem Bauch gefaltet, hielt Anne eine Art Wache. In der Vergangenheit war es vorgekommen, dass sie fast vier Stunden so dagestanden war. Sie nannte diese Haltung Kennenlernposition. Dauerte die Position länger, dachte sie an ihre Zeit als Krankenschwester, um ihre zunehmend schwerer werdenden Beine nicht zu spüren, versuchte, sich aus dem Körper zu lösen und in die Ferne zu schweifen. Das gelang ihr auch. In Derdâ steckte aber mehr Menschlichkeit als zwei Krümel, nach zehn Minuten ertrug sie die ungemütliche Stellung der Frau nicht länger und sprach.

»Derdâ. Mein Name ist Derdâ. Komm, setz dich her! Bleib da nicht so vor mir stehen!«

Anne lächelte, sagte »Danke schön« und setzte sich neben das Mädchen. Sie stellte die Frage, die sie die erste Frage nannte. Die erste Frage hatte sie allen Süchtigen gestellt, die Antworten in einem kleinen Heft notiert und sich bemüht, ihren Gegner besser kennenzulernen.

»Erzählst du mir vom Heroin?«

Derdâ wandte Anne den Kopf zu und sah ihr ins Gesicht.

»Warum? Willst du damit anfangen?«

Anne lachte.

»Nein, nein, mich interessiert nur, was für ein Gefühl das ist, das ist alles.«

Derdâ erhob sich abrupt und wanderte los. Anne folgte ihr. Nach gut einhundert stillen Schritten erklang die heisere Stimme des Mädchens.

»Feuerwerk kennst du doch, oder?«

Anne, die den Kopf gesenkt hielt, um besser hören zu können, antwortete.

»Ja, natürlich.«

»Das explodiert so«, sagte Derdâ, hob die Hände vor die Brust und ließ sie über die Schultern hochschnellen.

»Ich weiß. Knallbunt ist es. Ich schau es mir sehr gern an«, sagte Anne.

»Ja, und wenn du Heroin nimmst ...«

Anne unterbrach sie hastig. »Siehst du dann Feuerwerk?«

»Nein«, sagte Derdâ. »Du selbst bist das Feuerwerk!«

Eine solche Definition hörte Anne zum ersten Mal, sie schrieb sich den Satz hinter die Ohren, um ihn später in ihr Heft einzutragen. Sie war beeindruckt.

»Wie schön du das beschreibst! Ich finde, du solltest dich mit Literatur beschäftigen.«

Spöttisch stieß Derdâ »Na klar!« hervor, zur Hälfte lächelte ihr Mund.

»Warum nicht? Literatur heißt doch Erzählen, oder? Gehst du zur Schule?«

»Nein.«

»Würdest du das gern tun?«

Unwillkürlich musste Derdâ an Fehime denken, die jüngste Tochter ihrer Tante im Dorf.

»Vielleicht, ich weiß nicht.«

»Du bist sechzehn.«

Derdâ sah Anne ins Gesicht.

»Ich habe in deiner Akte gelesen. Was ich sagen will, du bist noch jung, und, glaub mir, du kannst tun, was immer du willst. Du hast ein langes Leben vor dir.«

Derdâ blieb stehen. Auch Anne blieb stehen. Derdâ sprach. Anne hörte es.

»Ich bin tot! Verstehst du? Tot! Bloß noch nicht unter der Erde.«

Anne lachte.

»Für einen Toten atmest du ein bisschen viel.«

Derdâ schwieg, weil sie es für unmöglich hielt, der Frau zu erzählen, was sie in der kurzen Zeitspanne ihres Lebens durchgemacht hatte, und ging weiter. Aufgrund der Naltrexon-Behandlung, die sie aufgenommen hatte, schien ihr Verstand die Konsistenz von Brei zu haben. »Wie schreibt sich dein Name?«, fragte sie. Da Anne wusste, dass im Gespräch mit Süchtigen Themen schnell wie Schatten wechselten, zögerte sie nicht, ihren Namen zu buchstabieren.

»In meiner Sprache schreibt man so das Wort für Mutter. Auf Türkisch.«

»Ich weiß«, sagte Anne.

»Woher weißt du das?«, wollte sie fragen, doch der Geruch der Übelkeit in ihrem Magen stieg ihr in die Nase, und sie kippte den Erdbeerjoghurt auf den Rasen, das Einzige, was sie zum Frühstück heruntergebracht hatte. Das Medikament, das sie nahm, hieß Revia. Neben Sehstörungen, Herzrasen und Wahnvorstellungen gehörte Brechreiz zu den Nebenwirkungen. Und Derdâ erbrach in der Phase, da sie das Medikament nahm, alles, was sich auskotzen ließ. Alles, was sie in sich hineinfraß. Einschließlich sämtlicher bezogener Prügel und eingesteckter Beleidigungen.

*

Als sie nach ihrer letzten Aussage vor dem Richter ins Hope zurückkehrte, war die zehnte Woche des Programms angebrochen. Die anderen Süchtigen, mit denen sie grundsätzlich nicht redete, sah sie nur bei den Sitzungen der Gruppentherapie. An den Themen beteiligte sie sich kaum, hielt sich möglichst im Hintergrund, wartete nur ungeduldig auf das Ende der Sitzungen. Sie hatte nichts zu erzählen. Denn niemand war imstande zu verstehen. Das dachte zumindest Derdâ. Nur Anne. Nur sie schien, wenn auch wenig, etwas zu verstehen. Leiden, bereuen, das Leben hassen, sterben wollen konnte sie verstehen, als hätte sie einst selbst so gefühlt, und sie war in der Lage, Sätze, die Derdâ anfing, mit genau den Worten zu Ende zu bringen, die auch Derdâ gewählt hätte. Derdâ, die seit Jahren für keinen Menschen wahre Liebe empfunden hatte und deshalb ihre Gefühle für Anne nicht benennen konnte, liebte sie, aber das wusste sie nicht.

Anne hingegen hatte längst akzeptiert, dass es ihr unmöglich war, sich vorzustellen, was das junge Mädchen durchgemacht hatte. Derdâ war für sie ein stumm rauschender Wasserfall. Anne wollte ihre von den Jahren verrunzelten Hände gern in diesem Wasserfall waschen und nannte das Liebe.

»Siehst du die Bäume da?«, fragte Anne. Sie zeigte auf die hundertjährigen Platanen, deren Wurzeln aus der Erde quollen. Dann hielt sie inne, sagte: »Die sehen aus wie Hosen mit Schlag«, und lachte. Auch Derdâ hätte fast gelächelt, doch sie beherrschte sich. In einer aus lichtloser Tiefe aufsteigenden Sorge fürchtete sie, man würde sie mit Verlassenwerden bestrafen, wenn sie sich anmerken ließe, dass es ihr gut ging. Anne würde sie sitzen lassen, fürchtete sie. So beschränkte sie sich darauf zu nicken. Anne sah, dass Derdâ schwieg, und hakte sich bei ihr ein. Sie flüsterte ihr ins Ohr.

»Ich bin neugierig auf dein Haar, weißt du?«

Derdâs Hand strich über den kahlen Schädel.

»Vermisst du sie nicht auch?«, fuhr Anne fort.

»Ich weiß nicht«, sagte Derdâ. »Ich glaube, ich habe Angst vor meinen Haaren.«

Nach sehr langem Schweigen war Anne sich sicher, Derdâ genug zu lieben, um ihr folgendes Angebot zu unterbreiten.

»Weißt du, was wir tun? Gleich jetzt, wir gehen in dein Zimmer, und du schneidest mir das Haar ab. Dann rasierst du mir den Kopf so wie sonst deinen.«

»Spinnst du?«, fragte Derdâ.

»Natürlich nicht«, sagte Anne. Sie lachte. »Sie wachsen ja wieder. Aber diesmal wachsen deine auch. Wir lassen sie zusammen wachsen. Was meinst du?«

»Ich kenn diese Nummer von irgendwoher!«, sagte Derdâ. »So ähnlich wolltest du bei unserem ersten Treffen Mitleid erregen.«

»O nein, Fräulein, das hat nichts damit zu tun! Außerdem war ich keineswegs auf Mitleid aus. Egal, also, was meinst du? Willst du vom Skinhead zum Hippie befördert werden?«

Derdâ fühlte sich wieder wie ein elfjähriges Kind und dachte nur an sich. An ihr eigenes Glück. Wenn, sagte sie sich, Anne ihre Haare abschneidet, dann kann sie hier nicht weg, bis sie nachgewachsen sind, kann mich nicht verlassen …

»Einverstanden! Komm, wir gehen! Bist du bereit?«

Anne spielte Erschrecken. Sie schlug die Hände vor den Mund und rief: »Nein, nein!«

»Jetzt ist es zu spät!«, sagte Derdâ. Sie ergriff eine Strähne von Annes schulterlangen blonden Haaren und rief: »Runter mit ihnen!«

Als der Therapeut, der Psychiater, die beiden für die Sicherheit zuständigen Riesen, die drei für die Küche zuständigen Frauen, die vier für die Reinigung zuständigen Frauen und die sechs Vorstandsmitglieder, die jeden Monat zur Kontrolle kamen, die Heilige Anne geschoren sahen, dachten sie, die langen Dienstjahre hätten sie um den Verstand gebracht. Dabei trugen Derdâ und Anne, deren Augen lachten, wenn sie einander anschauten, ihre Glatzen mit seltsamem Stolz, wenn sie Arm in Arm durch den Park spazierten. Wie zwei leukämiekranke Kinder nach der Chemotherapie, denen der Tod schnuppe war, streichelten sie sich gegenseitig die Köpfe. Als zwei Tage später auch die dunklen Sonnenbrillen kamen, die sie beim Therapeuten bestellt hatten, der nach Brighton fuhr, setzte Anne eine auf und reichte Derdâ die andere. »Jetzt können wir Fotos machen lassen und sie an Magazine schicken«, sagte sie. »Wir sehen richtig sexy aus!«

Am fünften Tag der zwölften Woche saßen sie still an einen der Schlaghosenbäume gelehnt.

»Merkst du das?«, fragte Anne.

»Was denn?«

»Wie mutig du bist. Ich habe so viele Menschen gesehen, die das, was du getan hast, niemals gewagt hätten. Du bist der mutigste Mensch, den ich kenne. Und stark bist du. Das ist viel wert im wahren Leben, weißt du?«

»Weiß nicht«, sagte Derdâ. Ihre rechte Hand strich über die schwarzen Stoppeln, die auf ihrem Kopf sprossen.

»Aber ich weiß es. Gut, nun sag mir mal, was hast du vor, wenn du hier rauskommst?«

Sobald den MI5-Agenten klar geworden war, dass Derdâs dramatische Wirkung auf den Richter unverhofft stark war, hatten sie nicht nur Wort gehalten, sondern ihr statt einer Aufenthaltsgenehmigung gleich eine neue Identität überreicht. Als Türkin war sie ins Leben gestartet, als Engländerin sollte sie es fortführen. Möglicherweise aber hatte der MI5 vorschnell gehandelt. Denn am Ende des Prozesses, der sieben Monate dauerte, wurde außer neun minderjährigen Mitgliedern der Fighting Wolves, darunter auch Black T., und außer den Kickboxern niemand verurteilt. Gido Ağa, dessen Auslieferung durch die Türkei beantragt worden war, lebte längst im Iran. Hıdır Arif hielt es für seine Pflicht, der Welt von dem Unrecht, das ihm angetan wurde, zu erzählen, und wiederholte in den Fernsehsendungen, in denen er auftrat, mehrfach ein und denselben Satz.

»Diesen ungerechten Prozess haben sie nicht gegen mich geführt, sondern gegen den Islam, und es war ihnen vorherbestimmt, ihn zu verlieren.«

Die Dulluhan-Brüder, die planten, ihr Hauptquartier nach Dublin zu verlegen, verdächtigten zunächst einander und anschließend Hıdır Arif, mit der englischen Regierung zu kooperieren, um sie zu zerschlagen. Daraufhin wurden Hıdır Arifs Büroräume überfallen und die Magazine von zwei Pistolen geleert. Hıdır Arif, der hinter der gläsernen Kugel Deckung suchte, überlebte trotz acht Schusswunden und war sich fortan endgültig sicher, dass der schwarze Splitter, der aus der berstenden Glaskugel sprang, tatsächlich ein Splitter vom Kaaba-Stein Hacerü'l Esved war. Drei Jahre später aber, drei Tage, bevor er sich zum Messias ausrufen lassen wollte, erlitt er auf einem dreizehnjährigen Mädchen, das er anhand einer Fotografie ausgewählt und für sich reserviert hatte, einen Herzinfarkt und verblich.

Die Dulluhan-Brüder versuchten, die politischen Stellschrauben Irlands zu manipulieren. Als ihnen das misslang, bekämpften sie sich gegenseitig, bis nur noch der Jüngste von ihnen übrig war. Der wiederum kam einer der ersten tausend Glocks, die er an die IRA verkauft hatte, vor den Lauf. Er starb zwar nicht, lebte aber fortan mit einer Kugel im Kopf. Einer Kugel, die ihm weder erlaubte, seinen Namen zu sagen, auf den Beinen zu stehen, einen Finger zu rühren, noch die Pupillen zu bewegen …

Letztendlich hatte Derdâs Aussage nichts gebracht, außer ihr eine neue englische Identität. Tatsache war allerdings ebenso, dass irgendeine Staatsangehörigkeit allein noch keine Glückseligkeit bedeutete, auch wenn ein seltsames Land namens USA seine Aufenthalts- und Arbeitserlaubnis als Lottogewinn betrachtete und per Internet-Ziehung unter die Leute brachte. Der Beweis dafür war so groß wie die britische Bevölkerung. Oder die Anzahl der Amerikaner, die es nicht glauben würden, wenn sie erführen, dass ihr Way of Life in einer Lotterie verteilt wurde.

Anne, die sah, dass Derdâ schwieg, wiederholte ihre Frage.

»Was wirst du tun, wenn du hier rauskommst?«

Als gestehe sie eine Liebschaft, sagte Derdâ verlegen: »Ich werde dich vermissen.«

»Und weiter?«

»Ich werde deine Adresse rauskriegen.«

»Weiter?«

»Ich werde mich bei dir in den Garten legen.«

»Und?«

»Nein, ich werde stehen. Werde vor deiner Tür stehen, die Hände gefaltet und gebeugt wie ein bedauernswertes Kind.«

»Und dann?«

»Dann wirst du nicht länger widerstehen können und mich reinlassen.«

»Na gut, sag mal ehrlich, wie lange würdest du da stehen, bevor ich dich reinlasse?«

»Wie lange könntest du mich da stehen lassen?«

Anne nickte. Ihre Augen waren feucht. Sie legte Derdâ eine Hand auf die Schulter.

»Wir gehen hier zusammen raus«, sagte sie und umarmte das Mädchen.

Die tröpfelnden Tränen vermischten sich, und Anne bekam eine Tochter und Derdâ eine Mutter. In jenem Moment verspürte Saniye, wie ihr ein Schmerz durchs Herz fuhr, ahnte aber die Ursache nicht. Das kommt wohl von der Arbeit mit dem Vieh, dachte sie. Davon, sich um ein Haus und ein paar Tiere zu kümmern …

In Annes Händen lachte Derdâs Gesicht zum ersten Mal seit zwölf Wochen.

*

Derdâ, die den Preis für die Erlösung vom Heroin damit zu bezahlen hatte, es ihr Leben lang zu meiden, kleidete sich an, verließ ihr Zimmer und betrat die Treppe, die ins Erdgeschoss des Hope hinunterführte. Sie stieg die im Bogen verlaufenden breiten Stufen hinab und erblickte die Leute. Sie fühlte sich wie die geheimnisvollen Schönen in Märchen, die auf Bällen als Letzte erschienen. Denn so schauten die Leute Derdâ an. Voller Bewunderung. Darüber hinaus stand in den Blicken der anderen Abhängigen, mit denen sie nie gesprochen hatte, ein wenig Neid und in den Augen von Arzt und Therapeut eine Spur Hoffnungslosigkeit. Denn unzählige Male hatten sie schon erleben müssen, dass Süchtige, die sie mit ähnlichen Feiern entlassen hatten, keine Woche später wieder hereingetaumelt kamen. Doch wie stets überwog die Hoffnung, und sie schlugen die Handflächen gegeneinander. Lächelnd applaudierten sie Derdâ. Manche berührten ihre Schulter, andere umarmten sie. Keiner von ihnen wäre dort gewesen, hätte ein Chemiker namens C.R. Alder Wright nicht im Jahre 1874 auf der Suche nach einem schmerzstillenden Mittel Morphium mit diversen Säuren versetzt und damit das Heroin erfunden. Dann hätte es selbst den Ort namens Hope nie gegeben. Doch das Heroin war nun einmal entstanden. Ohne Umkehr. Vielleicht wäre allein eine Zeitmaschine von Nutzen gewesen. Um in jenes Labor zu reisen und Wright in die Arme zu fallen. Er wäre gar nicht schwer zu finden: Jahr 1874, Ort London. Genauer, Saint Mary Hospital. Das Gebäude, in dem Derdâ zweimal starb und zweimal wiederauferstand. Das Gebäude, in dessen zweitem Stock sich jedes Jahr siebentausend Heroinsüchtige aufs Sterbebett legen; im dritten war das Heroin erfunden worden.

Anne, einen Koffer mit rissigem Leder in Händen, eine schwarze Sonnenbrille vor den Augen und ein schneeweißes Kleid am Leib, erwartete Derdâ im Park. Als sie sah, wie sie durch die Haustür trat, lächelte sie und winkte, nicht um sich zu verabschieden, sondern um zueinanderzufinden. Zehn Schritte tat Derdâ, Anne einen. Sie standen einander gegenüber. Das junge Mädchen zog die dunkle Sonnenbrille aus der Jackentasche, setzte sie auf, und unter dem Hope-Schild schritt ein Paar Blues Sisters durch das Gartentor.

In einem grauen Seat, der fünfzig Meter entfernt am Bürgersteig geparkt war, beobachteten die beiden MI5-Agenten, wie Derdâ und Anne ein Taxi bestiegen und davonfuhren.

»Was jetzt?«, fragte der eine.

»Warten wir's ab«, sagte der andere.

Der blonde Jüngling auf dem Rücksitz beugte sich vor und mischte sich ein.

»Und wenn sie uns anzeigt, Dad? Im Prozess hatte sie davon gesprochen … Wenn sie es noch mal versucht?«

Ohne den Blick vom Hope-Schild zu wenden, sagte der Mann auf dem Fahrersitz: »Keine Sorge. Die Sache ist erledigt.«

An der Stelle, auf die er blickte, stand ja doch *Hoffnung*. Möglicherweise war er deshalb so optimistisch. Hatte nicht alles mit einer Hoffnung begonnen? In der Hoffnung, einen Kinderpornoring aufzudecken, hatten sie nach Derdâs Aussage jene Wohnung in Covent Garden gefunden, wo der Film mit zweiundfünfzig Männern und einer einzigen Frau gedreht worden war, und dort den Bebrillten angetroffen, den Besitzer der Kamera. Kaum lief der Film, stotterte dem Agenten das Herz, als sei es in einer Tür eingeklemmt. Der erste der zweiundfünfzig

Typen, die sich auf das sechzehnjährige Mädchen legten, war sein Sohn, dessen Studienkosten in Cambridge er mit Überstunden zu finanzieren sich abstrampelte. »Wir wussten nicht, dass sie minderjährig war!«, hatte sein Sohn gesagt, doch verziehen hatte er ihm nicht. Ebenso wenig aber konnte er zulassen, dass rechtliche Maßnahmen gegen ihn ergriffen wurden.

An jenem Tag hatte er zusammen mit seinem Kompagnon die Kamera und ihre Speicherkarte zerstört, und später hatten sie verhindert, dass Derdâ das Thema vor dem Richter ansprach. Etwas anderes jedoch hatten sie nicht verhindern können: Der fünfzehnjährige neugierige Bruder des Bebrillten hatte einen Tag zuvor den Film auf der Speicherkarte übers Internet an seine Freunde herumgeschickt. Auch wenn der MI5-Agent davon nichts wusste, so sollte er es doch ein paar Jahre später erfahren, genau eine Woche vor dem Studienabschluss seines Sohnes und seiner einundfünfzig Kommilitonen. Durch einen Skandal, der damit endete, dass sie alle von der Universität flogen. Ein Skandal, der damit begann, dass sich der Bruder des Bebrillten in Cambridge einschrieb, und der seinen Verlauf nahm, als er seinen Erstsemester-Kommilitonen diesen Film zeigte und sie von einer Dozentin erwischt wurden. Ein Skandal, der sogleich verdientermaßen Sprengkraft entwickelte, da die Dozentin radikale Feministin war. Ein Skandal, der mit außerordentlichen Anstrengungen innerhalb der Universitätsmauern gehalten wurde. Ein Skandal, der besiegelt wurde mit dem Satz: »Wir exmatrikulieren euch nicht, ihr verlasst die Universität aus freien Stücken.« Ein Skandal, der dazu führte, dass die Anzahl der Absolventen der wirtschaftswissenschaftlichen Abteilung in jenem Jahr sehr viel niedriger ausfiel als üblich.

Zurzeit aber, im grauen Seat, mit Blick auf das Schild *Hope*, schien alles bestens zu laufen. Und jeder war bereit, sich vom Schein täuschen zu lassen. Denn sich vom Schein täuschen zu lassen ist eine Vorbedingung, um das Leben erträglich zu machen.

Schlussendlich verschwand der MI5 aus Derdâs Leben nicht gemächlich, sondern im Eiltempo. Auf der Flucht …

*

Sie standen vor einem eingeschossigen Haus in Newbury Park im Nordosten Londons.

»So«, sagte Anne. »Das ist mein Schloss!«

Als Erstes sprangen Derdâ die Ausmaße der Fensterscheiben in der Front des alten Hauses ins Auge. Um möglichst viel vom seltenen Sonnenlicht einzufangen, gingen sie bis auf Kniehöhe hinunter. Die Vorhänge an den Fenstern und die Haustür waren schneeweiß. Ein niedriger Zaun, der aus der Mauer entsprang, die das Gebäude mit dem Nachbarhaus teilte, lief bis zum Gehsteig und bezeichnete die Grenze des Gartens. Das Haus besaß einen Grundriss, den ein sechsjähriges Kind hätte entwerfen können. Es wirkte, als sei ein Spielzeughaus durch einen geheimnisvollen Zauber hundertfach vergrößert worden. Auch Derdâ war bezaubert. Nicht weil sie ein Schloss bestaunte, sondern weil sie zum ersten Mal ein Zuhause betrat.

Gleich rissen sie die Fenster auf. Drei Nebenräume, ein Wohnzimmer und zwei Frauen atmeten tief durch. Anne nahm Derdâs Hand und sagte: »Komm mit!« An der Tür zu einem Zimmer, das so klein war wie ihr eigenes, blieb sie stehen und deutete hinein.

»Das ist deins.«

In dem Zimmer standen ein Einzelbett, ein Kleiderschrank für eine Person und ausreichend Feuchtigkeit für alle. Derdâ drehte sich um und fiel Anne um den Hals. Mit spitzen Lippen wisperte sie: »Danke!«

Sie lagen nebeneinander auf den beiden Liegestühlen im Hintergarten, hatten die Beine ausgestreckt und tranken Tee, begleitet von der Nachmittagssonne.

»So, Fräulein«, sagte Anne. »Nun erzähl mal, wann fängst du denn mit der Schule an?«

Derdâ stellte das Teeglas auf dem Hocker neben sich ab und befreite ihre Augen von der schwarzen Sonnenbrille. Sie schob die Hände unter den Kopf und sagte: »Ungefähr zehn Jahre will ich mich ausruhen, danach sehen wir weiter«, und zehn Jahre vergingen.

*

Die Menschenmenge im Haupthof der Universität von Edinburgh hatte sich versammelt, um der Absolventenfeier der Abteilung für englische Literatur beizuwohnen. Die Abteilung war vor 200 Jahren gegründet worden. Es war in der ganzen Welt der erste Lehrstuhl gewesen, dessen Grundstein man zur Lehre der englischen Literatur auf Universitätsniveau gelegt hatte. Auf dem Korridor, der zu den uralten Klassenräumen führte, in denen die Seminare abgehalten wurden, hing ein riesiges Messingschild, auf dem über tausend Namen verzeichnet waren. Zum Ende eines jeden akademischen Jahres wurden die Namen der fünf besten Absolventen der Abteilung in das Schild eingraviert. Am Ende dieser Liste stand nun auch Derdâ. Mit Annes Familiennamen.

Als Geschenk zu ihrem achtzehnten Geburtstag war ein ganzer Stoß juristischer Unterlagen vor sie hingelegt worden. Derdâ, die in Tränen ausbrach, als sie erkannte, worum es sich handelte, setzte ihre Unterschrift aus einem Quäntchen Tränen und einem Quäntchen Tinte darauf. Damit war die Scheidung von Saniye in Abwesenheit vollzogen, und sie hatte ihr Leben mit einer neuen Mutter vereint. Drei Monate dauerte es, bis der Gerichtsbeschluss vorlag. Sie feierten Derdâs achtzehnten Geburtstag noch einmal. Diesmal zierten den Kuchen allerdings nur zwei Kerzen, denn Anne hatte Derdâ im Rehabilitationszentrum zur Welt gebracht. Saniyes Tochter mochte achtzehn sein, Annes Tochter aber war zwei Jahre alt.

Nun lag das alles Jahre zurück, und Derdâ machte sich bereit, als einzige Frau unter den fünf besten Studenten aufs Podium zu steigen, wo sie sprechen sollte. Anne ordnete mit den Fingerspitzen die langen schwarzen Haare ihrer Tochter und sagte: »Ich bin stolz auf dich.«

»Mal sehen, ob du auch noch stolz bist, wenn du das Thema meiner Magisterarbeit erfährst«, lachte Derdâ.

»Was könnte das sein?«, fragte Anne.

»Der Einfluss Donatien Alphonse François' auf die englische Literatur.«

»Wer ist das denn?«

»Marquis de Sade!«

Derda

»Derda?«, fragte Isa.

»Mein Vater hatte einen Freund. Der hieß wohl so.«

»Was bedeutet das denn?«

»Was weiß ich!«

»Frag doch mal deinen Vater danach.«

»Ist im Knast«, sagte Derda und stand auf. Er klopfte sich den Staub ab.

Isa geriet in Aufregung. »Was hat er denn getan?«, fragte er.

»Er hat seinen Freund umgebracht.«

Isa verstand nur Bahnhof, er glotzte Derda ins Gesicht, da griff das Geräusch eines Autos nach ihren Ohren. Zuerst schauten sie in die Richtung, aus der das Geräusch kam, dann wechselten sie einen Blick. Isa sprang auf und rannte los. Derda hinterher. Isa, der die Schleichpfade nicht kannte, merkte nicht, dass er seinen Weg verlängerte. Er sauste wie der Blitz, doch es nützte ihm nichts. Der Wettlauf endete am Brunnen, Derda gewann, und Isa, als Neuer in der Branche noch ein wenig schüchtern, gab sich drein. Er begnügte sich damit zu beobachten, wie Derda seine Kanister füllte und auf den Wagen zustrebte, der inzwischen geparkt hatte.

Derda sah diese Leute zum ersten Mal, das Grab aber, vor

dem sie standen, kannte er sehr gut. Denn es brachte auf dem ganzen Friedhof am meisten Trinkgeld ein. Fast täglich kam jemand vorbei, las dort aus dem Koran und zeigte sich anschließend unbedingt spendabel. Wieder rezitierte jemand aus dem Koran. Ein alter Mann. Im Kaftan wie die anderen, die hierherkamen. Auch ein Mädchen stand vor dem Grab. In seinem Alter. Er dachte noch, war da etwa jemand schneller als ich, atmete dann aber auf, als er merkte, dass er das Mädchen nicht kannte. Er näherte sich dem alten Mann, zeigte die Kanister vor und fragte: »Soll ich begießen, Onkel?«

Zum tausendsten Mal wurde er Zeuge, wie das Gemurmel, das er nur allzu gewohnt war, anschwoll. Wer aus dem Koran rezitierte, konnte sich über das Heben und Senken seiner Stimme verständlich machen, diese Sprache beherrschte Derda perfekt. Ebenso beherrschte er die Hartnäckigkeit. Hartnäckig zu sein war Bedingung. Die Grundvoraussetzung dafür, Geld zu verdienen. Reglos verharrte er, und in der Koranrezitationssprache erhielt er von dem alten Mann bald die erwartete Antwort. Er wandte sich dem Grab zu und goss, dem kleinen Mädchen hinterher, das Unkraut jätete, Wasser auf das Grab. Sie umrundeten das Grab, und als er das Becken auffüllen wollte, streckte ihm das Mädchen seine beschmutzten Hände hin. Derda beobachtete, wie das Mädchen sich unter dem Wasserstrahl aus dem Kanister die Hände wusch. Anschließend sagte sie: »Danke.« Im Flüsterton. Auch Derda wollte etwas sagen, doch der Mund blieb ihm offen stehen, denn mit einem Ruck lösten sich seine Füße vom Boden, und er fand sich auf dem Trampelpfad neben dem Grab wieder.

Als sich der Staub legte und er wieder sehen konnte, erblickte er einen hünenhaften Mann. Was habe ich denn getan, wollte er schreien, ließ es aber bleiben. Er wollte das Taschenmesser ziehen und es dem Kerl ins Knie stoßen, unterließ aber auch das. Der alte Mann brüllte, und Derda sah, wie der Hüne Kleingeld aus der Tasche fummelte. Er ignorierte es. Dabei hätte er das Geld dringend gebraucht. Seit dem Aufstehen hatte er nichts gegessen. Doch aus der Hand dieses Bärtigen würde er nichts annehmen. Schon gar nicht vor dem Mädchen. Als er sich umwandte und fortging, stand ihm das Gesicht des Mädchens vor Augen. Sie schien etwas sagen zu wollen. Schien darauf zu warten, gerettet zu werden. Wahrscheinlich fantasierte Derda vor lauter Hunger.

Isa, der alles von weitem beobachtet hatte, kam auf Derda losgestürmt. Noch wütend, weil er das Wettrennen um den Kunden kurz zuvor verloren hatte, legte er den Finger in die Wunde und rief: »Das war falsch!«

»Was?«

»Du bist zu dicht an das Mädchen herangegangen. Solche Männer mögen das nicht.«

»Die sollen sich gehackt legen!«, entgegnete Derda.

Raschen Schrittes marschierte er weiter. Hielt auf die Mitte des Friedhofs zu. Strebte eine schummerige Stelle an, wo die Bäume enger standen und viel Schatten war. Isa folgte ihm.

»Wohin gehst du?«, rief er.

Derda blieb stehen, warf »Nach Hause!« über die Schulter und ergänzte: »Geh auch du nach Hause. Um diese Uhrzeit kommt doch keiner mehr. Du würdest hier nur vergeblich warten.«

Ein paar Sekunden starrte Isa Derda hinterher. Dann steckte er eine Hand in die Tasche und machte sich zum Friedhofstor auf, dabei ließ er den leeren Kanister, den er in der anderen Hand hielt, gegen seine Knie schlagen wie eine Trommel. Derda hatte die schattige Stelle hinter sich gelassen und stand vor einer Mauer. Sein Zuhause lag hinter dieser Mauer. Eine Seite der Mauer gehörte zum Haus, die andere zum Friedhof. So hatte sein Vater es gewollt. »Das wird leichter zu bauen«, hatte er gesagt. »Was für eine schöne Mauer! Wir stellen noch drei dazu und legen ein Dach darauf. Fertig ist das Eigenheim.« Trotz aller Einwände der Mutter und entschlossen, das Geld, über das sie verfügten, bestmöglich zu verwenden, hatte der Vater das Haus an die Friedhofsmauer geklebt, denn damit verringerte sich die Gesamtsumme um den Posten für eine Wand. Wie die Nachbarn. Manche nannten diese Häuser Elendsbaracken. Seine Mutter hörte nicht auf zu klagen. »Wie ein Sarg!« Bis sie darin starb. Vor einem Tag. An Krebs. An Augenkrebs, der einen von zweihunderttausend Menschen traf. Vielleicht, weil sie zu lange auf die Mauer gestarrt hatte. Die Frau hatte zuerst das Sehen, dann ihren Namen und zuletzt das Atmen vergessen. Nur »Wie ein Sarg!« zu sagen schaffte sie bis zuletzt. Wenn sie die Wand mit der Hand betastete, weil sie sie nicht mehr sehen konnte.

Sie war in Derdas Anwesenheit gestorben. Auf der Matratze am Boden. Nachdem sie Derda zu sich gerufen hatte. Kaum war Derda bei ihr, starb sie. Als hätte sie sagen wollen: »Komm her und sieh dir an, wie man stirbt!« Und Derda sah es. Er weinte ein wenig. Dann sprang er auf. Um an sämtliche benachbarten Friedhofskaten zu hämmern. Beim zweiten Schritt schon hielt er inne. Denn ihm kam Fevzi in den Sinn. Fevzi, der aus dem Heim ausgerissen war. Der ausgerissen war und nun auf dem Friedhof lebte. Ihm fiel seine Geschichte ein, die mit den Worten begann: »Sag niemandem ein Wort davon«, die endete mit »Die fallen nämlich zu zwölft über einen her, verstehst du? Ich bin dann nie mehr aufs Klo, weil ich Angst hatte, die tun's wieder. Nachts hab ich mich hinter den Schränken versteckt und in Tüten geschissen«, und die in der Mitte feucht war. Falls sich herumspricht, dachte Derda, dass meine Mutter gestorben ist, stecken sie auch mich ins Heim. Papa ist eh im Knast. Statt sich zu fragen, was soll ich nun tun, gab Derda sich unverzüglich die Antwort. Niemand würde vom Tod seiner Mutter erfahren. Gut. Über das Wie nachzudenken war müßig. Ich bringe sie auf den Friedhof, da begrabe ich sie. Wäre der Boden des Hauses nicht aus Beton, hätte er gar nicht nachdenken müssen. Der Haussarg aber widerstand jedem Spaten.

Er kletterte auf die Mauer, dabei klammerte er sich an den handgerecht abgegriffenen Löchern fest, sprang auf der anderen Seite hinunter, zwängte sich durch die Zweige des Feigenbaums und lief an der Hauswand entlang. Er bog um die Ecke und stand vor der Haustür. Gerade wollte er den Schlüssel herausholen und ins Schloss stecken, da drang ihm ein übler Geruch in die Nasenlöcher. Als er die Tür öffnete, war ihm klar, woher der stammte. Seine Mutter begann zu verwesen. Er musste möglichst schnell eine Lösung finden, wie er den Leichnam auf die andere Seite der Mauer schaffen und an der erstbesten Stelle, wo er feuchte Erde fand, begraben könnte. Die Mutter wog aber doppelt so viel wie Derda. Mochte sie auch verwesen und weniger werden, sie wog noch immer achtzig Kilo. Es war schon schwer genug gewesen, sie von der Matratze auf den Boden zu rollen. Die Nacht zuvor hatte die Mutter auf dem nackten Boden und er auf der Matratze verbracht. Ohne viel zu weinen. Denn die Mutter war acht Monate lang krank gewesen, und acht Monate lang hatte ihr der Tod vor Augen gestanden, da sie weder einen Arzt noch ein Krankenhaus aufgesucht hatte. So war es Derda zur Gewohnheit geworden. Die Frau hatte den Sohn vorbereitet. »Wenn mir etwas zustößt, sagst du den Nachbarn Bescheid«, hatte sie gesagt. »Die taugen zwar nichts, aber sag ihnen trotzdem Bescheid. Sie sollen es deinem Vater erzählen, damit er davon weiß. Sie sollen mich hier irgendwo begraben. Ins Dorf muss ich nicht zurück. Und sag ihnen auch, Gott möge sie alle strafen!«

Denn kein Einziger hatte an ihre Tür geklopft, seit ihr Mann im Gefängnis saß. Obwohl sie wussten, dass sie krank war, hatte niemand die zwanzig Schritte getan, um nach dem Rechten zu schauen. Derda und seine Mutter hatten von dem gelebt, hatten mit dem überlebt, was Derda auf dem Friedhof verdiente. In gewisser Weise waren sie verlassen. Sich selbst und ihrem Schicksal überlassen. »Wegen deinem Vater!«, sagte die Frau. »Seinetwegen schauen sie uns nicht ins Gesicht.« Vor ihrer Erkrankung hatte sie auf dem Markt Dill verkauft. Das Dillkraut bekamen sie von einem Verwandten des Friedhofswärters Yasin. Als der Verwandte aber statt Geld die Frau wollte, hatte sie den Dill abgehakt und den Markt gleich mit. Derdas Vater saß seit sechs Jahren im Gefängnis. Er hatte, wie Derda Isa berichtete, seinen Blutsbruder umgebracht. Derda den Araber. Sie hatten sich beim Hahnenkampf kennengelernt. Beide hatten auf denselben Hahn gewettet. Beide hatten auf den falschen gesetzt. Beide hatten es nicht ertragen können, ihren letzten Groschen verloren zu haben, und hatten sich, ohne voneinander zu wissen, hinter der Lagerhalle, in der die Wettkämpfe stattfanden, auf die Lauer gelegt, um den Siegerhahn samt Besitzer zu erstechen. Der eine hinter der linken, der andere hinter der rechten Ecke. Als der Halter aus der Hintertür der Lagerhalle trat und seinen Lieferwagen ansteuerte, stürmten beide los. Im selben Moment. Der Hahnenhalter schaltete schnell und rannte davon, so dass die Messer in den Händen der beiden ihnen gegenseitig ins Bein fuhren. Da sie betrunken waren, hatten sie nicht richtig zustechen können, waren aber doch an Ort und Stelle zu Boden gegangen. Der Hahnenbesitzer hatte sich samt Hahn aus dem Staub gemacht. Die beiden am Boden Liegenden rappelten sich hoch, wollten miteinander abrechnen. Als sie erkannten, dass es da nichts abzurechnen gab, lachten sie zuerst, um dann, der eine auf den anderen gestützt, einen trinken zu gehen. Denn im Krankenhaus konnte man nicht anschreiben. Aber Derda der Araber kannte einen Kneipier, der Rakı auf Pump ausgab.

Nachdem sie sich wieder daran erinnerten, was hinter jener Lagerhalle passiert war, erkoren sie einander zu Blutsbrüdern. Anschließend erklärten sie der Armut den Kampf, legten sich in denselben Hinterhalt und stürzten sich als Vertreter einer uralten Verbrechenstradition namens Raubüberfall auf jeden mit dicker Brieftasche, der ihnen unterkam. Raubüberfall bedeutete viel Gewalt für wenig Geld. Raubüberfall bedeutete, um Geldbörsen willen, von denen du nicht wusstest, was sie dir bringen würden, dich tollkühn vor Kerle zu stellen, die möglicherweise eine Waffe bei sich trugen. Dementsprechend gehörte Raubüberfall nach alter Tradition zu den Verbrechen, die damals nur Kinder und Dummköpfe begingen. Am Ende einiger Jahre, die sie in der Welt des Raubüberfalls verbracht hatten, eingetreten durch das Kontingent der Dummköpfe, hatten Derdas Vater und Derda der Araber eines Nachts, als sie betrunken waren, auf dem Heimweg zur Friedhofsmauer wieder jemanden überfallen. Derdas Vater hatte schnell gemerkt, dass er eine Woche zuvor diesem alten Mann, den sie nun vor sich hatten, zum Feiertag die Hand geküsst hatte, er sagte: »Ist gut, lassen wir den gehen.« Derda den Araber aber kümmerte das nicht. Von den Flüchen des alten Nachbarn begleitet, hatten sich die Blutsbrüder aufeinandergestürzt, und der, der von beiden nüchterner war, hatte dem anderen sein Messer ins Herz gestochen. Als Derdas Vater, der noch auf den Beinen stand, sein blutiges Messer herauszog und sich umschaute, sah er den alten Mann am Boden zucken, stürzte zu ihm und hörte ihn das Glaubensbekenntnis stammeln. Zwischen zwei Leichnamen, einer dem Messer, der andere einem Herzanfall zum Opfer gefallen, überlegte er, in welche Richtung der Gasse er flüchten sollte, ohne zu bemerken, dass sechs verschwitzte Jugendliche ihn umringten, die vom örtlichen Bolzplatz gekommen waren. Ihr Match hatten sie 1:8 verloren. Ihre Wut ließen sie an Derdas Vater aus. Bis die Polizei kam. Letztlich konnte Derdas Vater niemanden davon überzeugen, dass er seinen Räuberkumpanen getötet hatte, um den betagten Nachbarn zu retten; so wurde er vor dem Gesetz und in den Friedhofskaten verflucht. Dass der Fluch später auf seinen Sohn Derda, dessen Namen er im Suff gewählt hatte, und seine Frau überging, war nur eine Frage der Zeit gewesen. Von ein paar Tagen …

Derda starrte die Friedhofsmauer des Hauses an und grübelte. Am meisten darüber, wie er sich in einer finsteren Gemeinschaftszelle hinter den Schränken verstecken und in eine Tüte scheißen könnte. Und was genau Fevzi mit den Worten: »Sie packen dich an zwanzig Stellen und ficken dich an einer«, gemeint haben könnte.

Er brauchte ein Messer. Ein großes. Er verwarf es. Das lässt sich nicht mit einem Messer machen, dachte er. Eine Säge brauchte er. Auch die verwarf er. Eine Axt! Ja, sagte er. Nur mit einer Axt kriege ich Mama zerteilt. Und dann stückweise begraben.

Doch eine Axt zu besorgen war nicht einfach für Derda. Zuerst fragte er die Nachbarn. Er schwindelte nicht: »Ich brauche sie für meine Mutter!« Niemand hatte eine. Außerdem schlossen sie nicht einfach wieder die Tür und verzogen sich ins Haus. »Was willst du mit einer Axt? Geht es deiner Mutter wieder besser? Lebt der Schuft, der dein Vater ist, immer noch? Sag deiner Mutter, sie soll erst mal ihre Schulden begleichen!« Alle bedachte er mit derselben Antwort: Er nickte. Einen gab es noch, den er fragen könnte: Friedhofswärter Yasin. Derda rannte los. Vor der Tür der Holzhütte hinter dem Eingang zum Friedhof wischte er sich den Schweiß ab. Da Anklopfen ein Fremdwort für ihn war, brüllte er: »Yasin Abi!« Er erwartete ihn an der Tür, doch Yasins Kopf schob sich zum Fenster hinaus. Yasin war gerade erst vom Nachmittagsschläfchen erwacht und hatte es sofort bereut. Denn in seinem Leben gab es nichts, wofür es sich gelohnt hätte aufzuwachen.

»Was ist los?«

»Hast du eine Axt?«

Ja oder Nein schienen sich aus dem Türkischen verflüchtigt zu haben.

»Was willst du mit einer Axt, Bengel?«

Derda kopierte einen Auftrag, den die Mutter, wenn sie denn mal reden konnte, ihm immer wieder gegeben hatte:

»Die Äste vom Baum neben dem Haus müssen ab. Man kommt kaum noch durch den Garten.«

Yasin bemühte sich zunächst zu begreifen, was Derda meinte. Dann wurde ihm klar, dass er der Antwort des Jungen eigentlich gar nicht richtig zugehört hatte. Er sagte: »Hab keine Axt!«, und zog den Kopf in die Hütte zurück. Ein paar Sekunden lang stierte Derda auf das leere Fenster, dann schlüpfte er zum Friedhofstor hinaus und stürmte los. Er lief bis zum Ende der Straße und trat durch die Tür des Eisenwarenhändlers ein. Kaum drinnen, war er schon wieder draußen und begutachtete die Äxte in den Blechkübeln, die auf dem Gehsteig vor dem Schaufenster aufgereiht standen. Dann betrat er das Geschäft noch einmal.

»Was kosten die Äxte?«

Ein alter Mann, unsichtbar zwischen den Schubladen voller Nägel, sagte: »Steht drauf.« Derda verließ das Geschäft erneut, schnappte sich eine der Äxte und entdeckte das Etikett am Stiel. Er starrte es an, starrte, starrte … Und rannte los. Mit der Axt in der Hand. Er brauchte nicht bis zum Eingangstor des Friedhofs zu laufen. Die Mauer war wellig genug. Alle zehn Meter war sie eingestürzt. An einer Stelle, wo die Betonwellen flach waren, sprang er hinüber und stürmte über die Gräber.

Außer Atem gelangte er nach Hause. Dic Insekten, die seiner Mutter aus dem offenen Mund krochen, teilten sich auf die Nasenlöcher auf. Ihm wurde übel, er erbrach sich aber nicht. Er hatte sich im Griff. Genauer gesagt seine Kehle. Damit das, was es bis dorthin geschafft hatte, nicht weiterkam. Es gelang ihm. Außer ein, zwei Würgegeräuschen drang nichts über seine Lippen. Um die weißen Augen seiner Mutter nicht länger sehen zu müssen, bedeckte er die Frau mit dem Laken. Er stellte sich in Schulterhöhe, hob die Axt mit beiden Händen über den Kopf, schloss die Augen, sagte: »Ich geh nicht ins Heim, Mama!«, und führte den ersten Hieb. Er schlug die Augen auf. Er hatte den Hals treffen wollen, doch die Axt war der Frau in die Brust gefahren. Darin stecken geblieben. Die Farbe des schmutzig weißen Lakens wechselte schlagartig. Er setzte der Mutter den Fuß auf die Brust und zog ihr mit beiden Händen die Axt heraus. Dann hob er sie wieder und schlug zu. Dann noch einmal … Bei jedem Hieb sagte er: »Ich geh da nicht hin!«, und Stunden vergingen.

Die Anzahl der Stücke, die das brandig gewordene Laken verhüllte, hatte sich auf zehn erhöht. Zwischen den zehn Hügeln hatten sich Brücken gebildet, die zum Betonboden hin durchhingen. Um die Hügel vollständig voneinander zu trennen, hackte er dutzendfach in die Brücken. Dennoch hielt irgendetwas die Teile zusammen. Er atmete tief ein und riss mit einem Ruck das Laken weg. Vorsichtig hob er die Augenlider und beäugte die Stücke seiner Mutter. Jetzt hatte er sich nicht länger im Griff, alles, was ihm in die Kehle stieg, kam ihm über die Lippen. Er spie es auf das, was dort am Boden lag.

Drei Kanister Wasser goss er sich über den Kopf. Um aufzuwachen und um sich zu reinigen. Er kühlte sein Blut, dann trat er zu seiner in zehn Teilen auf dem Boden des Hauses liegenden Mutter. Oder zu seinen Müttern …

Was die Fleischteile zusammenhielt, waren die Pluderhose und die Bluse, die die Mutter zwei Monate lang getragen hatte. Er holte ein Messer und schnitt den Stoff auf. Geschenkpaketen gleich wickelte er alles aus. In allen steckte die in Blut und Knochen getauchte Blöße seiner Mutter. Damit bekam Derda zum ersten Mal eine nackte Frau zu sehen. Beim Blick auf seine Mutter, die er zuerst zerstückelt hatte und anschließend auszog.

*

Jede seiner Mütter wickelte er in vom Laken gerissene Fetzen. Dann trug er sie bis auf zwei Schritte zur Tür, dort stapelte er sie. Mit drei leeren Kanistern verließ er das Haus. Draußen war alles dunkel, die Sonne hatte sich zum Aufgehen anderswohin verzogen. Einen der Kanister stellte er unter den Wasserhahn am Friedhofsbrunnen und wartete darauf, dass er sich füllte. Plötzlich hörte er eine Stimme.

»Derda!«

Er schaute sich um, sah aber niemanden. Fast wäre er vor Angst gestorben, da bogen sich die Zweige eines Baumes, der aus dem Gestrüpp ihm quer gegenüber ragte, und Isa erschien. Der Kanister lief schon über. Derda steckte so tief in seinem Grauen, dass alles und jeder weit weg von Derda war. Selbst die, die ihm am nächsten standen. Selbst Isa, nur einen Schritt entfernt.

»Schwappt über«, sagte der Junge. Und deutete auf den Kanister. Hätte er Derda genauer angeschaut, wäre ihm wohl aufgefallen, dass es nicht nur der Kanister war, der überschwappte, sondern auch Derdas Augen. Zwei Tränen waren ihm aus beiden Augen getreten, doch Isa hatte es nicht bemerkt. Es herrschte ja Dunkelheit zwischen ihnen. Mit dem Handrücken strich Derda die Tränen von der Wange, als wische er Schweiß ab. Dann kehrte er ins Leben zurück, schob den vollen Kanister beiseite und stellte einen leeren unter den Hahn. Schlagartig fiel ihm Isa wieder ein. Der Junge, nach dem er einige Sekunden lang Ausschau gehalten hatte, ohne ihn zu sehen.

»Was machst du um diese Zeit hier?«

»Papa hat mich weggejagt«, sagte Isa.

»Wohin?«

»Was meinst du mit wohin?«

»Wohin hat dein Vater dich gejagt?«, fragte Derda.

»Hat er nicht gesagt. Verpiss dich, hat er gesagt. Und da laufe ich eben so rum …«

»Was hast du denn angestellt?«

»Ich hab gesagt, ich hör mit der Schule auf.«

Derda fühlte Nässe an den Füßen. Als er den Kopf beugte, sah er, dass auch der zweite Kanister überlief. Während er ihn gegen den dritten auswechselte, sprach er weiter.

»Wieso?«

»Du gehst doch auch nicht zur Schule!«, sagte Isa.

»Das ist was anderes«, sagte Derda. »Ich war nie da … In welche Klasse gehst du?«

»Vierte.«

»Schön, dann hast du noch ein Jahr vor dir. Danach ist eh Schluss, oder?«

Isa lachte.

»Von wegen Schluss! Dann kommt die Mittelstufe, dann die Oberstufe, die Universität!«

Sein Lachen versiegte, und er fragte: »Warum bist du denn nicht zur Schule gegangen? Hat deine Mama dich nicht hingeschickt?«

»Nein«, sagte Derda. »Ich warte.«

»Worauf?«

»Auf die Universität. Damit fange ich an.«

Isa versuchte abzuschätzen, ob Derda es ernst meinte. Soweit er das im Dunkeln erkennen konnte. Dann prusteten beide los. Schwappten über wie die Kanister. Sie beruhigten sich wieder und schwiegen abrupt. Als wäre ein Wasserhahn zugedreht worden.

»Komm, hilf mir«, sagte Derda. Er packte zwei Kanister bei den Henkeln und ging los. Isa übernahm den dritten und folgte ihm. Sie plagten sich ab, mit den Kanistern über die Mauer zu klettern. »Ich werd hier ein Loch reinschlagen«, sagte Derda. »Dadurch komme ich dann rein und raus. Ich hab die Nase voll vom Drüberklettern.«

»Wir haben eine Axt«, sagte Isa. »Mein Vater hat eine. Vielleicht kriegen wir's damit hin.«

Endlich standen sie auf der anderen Seite der Mauer. Die Hände auf den Knien, atemlos. Zwischen zwei Atemzüge klemmte Derda eine Frage: »Ihr habt eine Axt?«

Er ließ Isa zwischen den Friedhofskaten zurück, ging nach Hause und bemühte sich, das Blut auf dem Betonboden mit Brocken wegzuputzen, die er aus der Schaumstoffmatratze gerissen hatte. Als ihm klar wurde, dass der erste Schwamm kein Blut mehr aufnehmen konnte, warf er ihn in eine Tüte und nahm einen neuen zur Hand. Die Hälfte der Matratze verbrauchte er auf diese Weise, die andere Hälfte feuchtete er Stück für Stück an, um keine Spur vom Blut übrig zu lassen. Zwar hatte sich dessen Geruch mit dem Gestank des eingewickelten verwesenden Fleisches vermischt, war im Haus in jedes Loch gekrochen und so schwer geworden, dass er sich nie wieder verflüchtigen würde, doch das Blut selbst war nicht mehr zu sehen. Derda war völlig erschlagen. Als ein Kind von zehn und einem Jahr hatte er sämtliche Kraft seines Körpers und sämtliche Unschuld, die in ihm gesteckt hatte, aufgezehrt. Er zog sich das T-Shirt vom Leib, rollte es zusammen und legte es sich unter den Kopf, während er sich auf dem Beton ausstreckte. Er drehte sich auf die Seite und zog die Knie zum

Bauch. Bald streckte er die Beine aus, weil es keinen Mutterbauch gab, in den er hätte zurückkehren können. Er räkelte sich ein letztes Mal und schlief ein.

Das erste Stück, das er in die Hand nahm, war der linke Fuß seiner Mutter. Denn den hatte er als Letztes eingewickelt und ganz oben auf den Fleischstapel gepackt. Soweit er aus den beiden Fenstern, groß wie zwei Schulranzen, erkennen konnte, war die Welt hellblau. Die Stunden, da die Sonne sich in die Nacht mischte und ihre Farbe aufhellte. Mit dem Stück Fleisch und einem Topfdeckel in der Hand verließ er das Haus, kletterte über die Mauer und betrat den Friedhof. Zwanzig Meter weiter befanden sich nebeneinander zwölf Gräber. Die Grabreihe, die der Friedhofsmauer am nächsten lag. Eines Tages würden sich auch die zwanzig Meter dazwischen füllen, noch aber war es den Toten nicht gelungen, sich Derdas Zuhause weiter zu nähern. Von seinem Standort aus konnte Derda nur die Marmorsteine erkennen. Die marmornen Register, auf denen die Namen der Toten standen. Die Marmorschilder, auf deren anderer Seite ihre Besitzer ruhten.

Der Gebetsruf von der Friedhofsmoschee erklang, Lautsprecher in den Bäumen übertrugen ihn in jeden Winkel. Derda erschrak. Ihm ging auf, dass er sich sofort entscheiden musste. Er hatte vor, Zeichen zu setzen, um sich später daran zu erinnern, wo er die Teile begraben hatte. Doch dazu war keine Zeit mehr, die hellblaue Welt begann sich gelb einzufärben. Plötzlich kam ihm die Idee, die Grabsteine als Zeichen zu verwenden. Die marmornen Schilder. Wenn auf ihrer einen Seite die Besitzer der Namen lagen, konnten auf der anderen Seite die Teile seiner Mutter in der Erde versenkt werden. Er wählte das erste Grab ganz links außen, ließ sich auf die Knie nieder und begann zu buddeln. Mit dem Topfdeckel, den er mit beiden Händen führte, hob er eine Grube von Armeslänge aus. Er legte den linken Fuß seiner Mutter hinein und schob, wieder mit dem Topfdeckel, Erde darüber. Er stand auf und trat zwei Schritte zurück. Schaute, ob man sah, dass die Erde bewegt worden war. Dann hob er den Blick und richtete ihn auf die Grabinschrift. Die Buchstaben und Zahlen. Wenige Sekunden lang. Nicht länger. Ohnehin konnte Derda weder lesen noch schreiben. Er drehte sich um, rannte los und war mit einem Sprung bei der Mauer. Wie ein Nachttier sprang er hinüber und verschwand dahinter, wie ein Käfer schwirrte er ins Haus hinein.

An dem Morgen stieg er noch achtmal über die Mauer. Viermal hin, viermal her. Er wusste, dass die Stunde nahte, zu der die Friedhofskinder auftauchten, deshalb beendete er das Ausheben und Zuschütten von Gruben für jenen Tag. Seine Mutter lag nun zur Hälfte unter den ersten fünf Grabsteinen von links und zur Hälfte hinter der Tür, die er öffnete, um endlich ins Haus zu kommen. Zwei Schritte tat Derda, dann sackte er zusammen. Leise legte er den mit Erde verschmierten Topfdeckel auf den Boden und machte seinen Arm zum Kissen. Er schlief nicht ein, er dämmerte weg. Er hatte zwei Tage nichts gegessen.

*

Im Traum war er im Heim. An jenem Heim genannten Ort, den er nie gesehen hatte und von dem er nicht wusste, wo er sich befand und wie er aussah. Es war nur das da, was Fevzi ihm beschrieben hatte. Betten, Schränke, Abtritte und große Jungs, die Jagd auf ihn machten. Und Hände, die ihn beinahe am Hals oder am Ärmel zu fassen bekommen hätten. Keinen Augenblick hielt er inne, den ganzen Traum über nicht. Unaufhörlich stob er zwischen endlosen Betten und Schränken davon und wurde ohne Unterlass gehetzt. Einmal riskierte er einen Blick über die Schulter, um zu sehen, wie nah die Fingerspitzen, die er im Rücken zu spüren vermeinte, schon waren. Da prallte er gegen etwas. Mit voller Wucht. Er stürzte und hob den Kopf, um zu sehen, wogegen er geprallt war. Seine Mutter. Ihre Augen waren rot und geschwollen wie in den Wochen vor ihrem Tod. Sie stand da und sah den Sohn an, der ihr zu Füßen lag. Sie öffnete den Mund, und über ihre Lippen kroch ein schwarzer Käfer heraus. Derda wollte sich erheben, doch seine Handflächen schienen am Boden festgeklebt zu sein. Er musste es zulassen, dass der Käfer auf ihn plumpste, Derda fuhr hoch wie ein Springmesser und erwachte.

Er versuchte aufzustehen. Sein Kopf drehte sich, es gelang ihm nicht. Vor Hunger war ihm schwarz vor Augen. Wackelig kam er auf die Beine und schlurfte zur Tür. Er zog den Schlüssel aus dem Schloss und taumelte ins Freie. Drei Meter von ihm entfernt saß die achtjährige Süreyya auf einem Stein. Mit einem Stück Schokolade in der Hand. Derda langte danach und entriss es ihr. Süreyya, die schmächtig war für ihr Alter, begann zu heulen, doch Derda scherte es nicht. Er warf sich das zwei Finger dicke Stück Schokolade in den Mund und kaute, dabei schaute er dem kleinen Mädchen ins Gesicht. Mit dem Kauen setzte auch das Hören wieder ein. Erst hörte er Süreyya flennen, dann ihre Mutter keifen.

»Eiferst du deinem Vater nach, du Hundebrut!«

Mit vier Schritten war die Frau bei ihm. Den fünften tat sie, um Derda besser ohrfeigen zu können. Eigentlich wurde Derda erst mit der Ohrfeige richtig wach.

»Wo ist deine Mutter?«, kreischte die Frau. Sie hob den Kopf, schaute zum Haus und öffnete den Mund.

»Havva! Komm raus, sieh dir die Scheiße an, die dein Bankert verzapft!«

Sie hielt Süreyya am Ellbogen fest und trat nach Derda, der am Boden lag. Doch die Latschen erlaubten keine allzu harten Tritte.

»Nicht da«, brachte Derda heraus, »meine Mutter ist nicht da!«

»Was heißt nicht da?«

Die Frau hörte auf, ihn zu treten, und nahm Süreyya auf den Arm.

»Im Krankenhaus«, sagte Derda. Dabei hatte er vorher gar nicht darüber nachgedacht, was er sagen würde, wenn man ihn nach seiner Mutter fragte. »Sie liegt im Krankenhaus.«

Da überkam die Frau Mitleid mit Derda. Als Spross eines Landes, das den Geschwindigkeitsrekord im Wechseln zwischen Weinen und Lachen hielt, war sie innerhalb einer Sekunde vom Hass zum Mitleid gereist.

»Und was machst du jetzt?«

Derda war aufgestanden und klopfte sich den Staub ab, wie alle Kinder es taten, die im Umkreis der Friedhofskaten hinfielen und sich wieder berappelten. In der Erde lagen die Toten.

In der Luft schwebte der Staub der Toten. Damit wollte niemand etwas zu tun haben.

»Ich besuche sie. Es geht ihr ganz gut. Sie kommt wohl bald raus.«

»Hast du denn zu essen?«, fragte die Frau. Dabei wiegte sie Süreyya, die immer noch wimmerte. Sie patschte ihr sogar leicht auf die Wange und schimpfte: »Hör endlich auf!«

»Fast nichts mehr«, sagte Derda.

»Komm heute Abend zu uns, ich geb dir was.«

Laut sagte Derda: »Gut«, innerlich aber fragte er: »Erst heute Abend?« Es war noch Stunden hin, bis die Sonne unterging. Er beobachtete, wie Süreyya und ihre Mutter sich entfernten und in der Tür ihres Hauses verschwanden, und dachte daran, dass er arbeiten musste. Arbeiten und Geld verdienen. Mit dem Geld musste er Brot kaufen. Vielleicht auch etwas Käse. Was es so gab. Ihm wurde klar, dass er Kanister und Schrubber, sein Arbeitswerkzeug, liegengelassen hatte, und ging ins Haus zurück. Schwankend. Die Schokolade hatte nicht gereicht. Noch immer war ihm schummerig.

Die Friedhofskinder hatten sich im Schatten der Bäume am Brunnen auf dem Platz versammelt und spielten. Die Jungen hockten auf den Marmoreinfassungen der Gräber und scherzten, die Mädchen rissen den Blumen, die Angehörige Verstorbener hinterlassen hatten, die Köpfe ab und schmückten damit einander das Haar. Manche von ihnen hatten das Schulalter noch nicht erreicht, andere waren nie zur Schule gegangen, wieder andere kamen nach dem Unterricht her. Für Hausaufgaben blieb keine Zeit. Sie alle mussten arbeiten. Hatten aber weder im Gewerbegebiet noch auf der Haupteinkaufsstraße, wo sie Taschentücher hätten verkaufen können, Bekannte. Ihr Umfeld war der Friedhof. Sie waren umgeben von einem Friedhof, der sich über einige tausend Quadratmeter erstreckte.

Hätten sie in einem Land gelebt, in dem die Menschen ihre Toten verbrannten und ihrer nur mit einem Blick zum Himmel gedachten, wären sie außerstande gewesen, auch nur fünf Groschen zu verdienen. Doch in der Stadt, in die sie hineingeboren worden waren, suchten die Überlebenden zum Gedenken ihrer Toten deren Gräber auf, als Orte des Abschieds. Davor standen sie und ließen, nach einigem Geschniefe, den Marmor putzen, für den sie beizeiten nicht wenig hingeblättert hatten. An diesem Punkt kamen die Kinder ins Spiel. Mit ihren Kunststoffschrubbern und Wasserkanistern. Sie wussten die emotionale Schwäche der Trauernden zu nutzen, bauten sich vor ihnen auf und streckten ihre kleinen Hände aus, um vom Baum des Erbarmens Geld zu pflücken.

Eigentlich konnte man diesen Handel eine Nebenindustrie des Lebens nennen. Er betraf die Zeit nach dem Leben. War ein Beitrag zur Kommunikation zwischen Lebenden und Toten. Es wurde erwartet, dass die Kinder, die vielsagend zwinkerten und die Anderthalb-Meter-Marke nicht überschritten, als Gegenleistung für das erhaltene Bakschisch beteten, damit die Toten in Frieden ruhten. Dabei ruhte man nicht, wenn man tot war, die meisten rissen sogar vor dem Sterben die Augen wie Rettungsringe auf. Es konnte auch keine Rede davon sein, in Frieden zu ruhen. Vor allem weil es auch nichts mehr gab, wovon man sich hätte ausruhen müssen. Zwei Meter unter der Erde war die Lage doch sehr anders als oben drüber. Unten herrschte die Realität: Würmer, Maden und viel Fleisch. Auf der Erde dagegen Einbildung: »Ruhe in Frieden, lieber Papa«, »Licht sei um dich, mein Schatz«, und zahllose Gebete.

Angesichts des Todes, dessen furchtbare Fratze er sich gar nicht vorstellen konnte, musste der Mensch mit Sätzen reagieren wie: »Gieß Wasser darüber, reiß auch das Unkraut aus.« Der Friedhof war Ort seiner Fantasie. Und die Kinder waren die Peter Pane dieser Fantasiewelt. Sie ähnelten einander so sehr, dass niemand einen Unterschied bemerkte, wenn die kleineren die größeren Geschwister ablösten, weshalb sie wirkten, als wüchsen sie nie.

Ein Kind wird erwachsen, wenn es vom Tod erfährt. Auch ein solcher Satz verlor auf diesem Friedhof jede Bedeutung. Denn würde ein Kind durch die Erfahrung des Todes erwachsen werden, was war dann mit denen, die Gräber putzten und so ihr Geld verdienten? Was war mit den Sechsjährigen oder mit denen, die wie Süreyya darauf warteten zu wachsen, um über die Mauer springen zu können? Wie erwachsen würden sie werden? Galten sie vielleicht schon als gestorben, bevor sie noch erwachsen geworden waren? Damit hätten sich die beiden Lagen unter der Erde und die darüber ausgeglichen. Jeder starb, und das Thema war erledigt. Aber so war es nicht. Es geschah rein gar nichts, wenn die Kinder auf den Gräbern einschliefen, die sie pflegten. Auch wenn sie bei Sonnenuntergang zwischen den Gräbern Verstecken spielten, geschah nichts. Sie empfanden nichts dabei. Nichts fehlte oder ging entzwei. Sie selbst merkten das am schnellsten. Vielleicht lag darin ein Defizit oder ein Verderben: dass sie nichts dabei empfanden.

Letzten Endes waren ihnen die Gräber und der Friedhof völlig gleichgültig. Sie fürchteten weder Gespenster noch die

Auferstehung der Toten. Nur dass das Wetter an Feiertagen schlecht sein könnte, das fürchteten sie. Fürchteten, die Menschen, die an Feiertagen durchs Tor auf den Friedhof strömten, könnten angesichts des Regens sagen: »Da ist jetzt alles matschig«, und darauf verzichten, die Schimäre, die sie Gottesacker nannten, zu besuchen. Davon abgesehen schenkten die Kinder den Toten und Hinterbliebenen so wenig Beachtung, dass sie sich die Stängel der Blumen, die unter Tränen auf der Erde niedergelegt wurden, hinter die Ohren klemmten und wetteiferten, wem es gelänge, mit einem einzigen Sprung vom einen zum anderen Grab zu springen.

Das älteste war zwölf. Die kleinsten waren sechs Jahre alt. Tausend Dunkeljahre entfernt waren Kinder, die an ihre Mütter geklammert Horrorfilme anschauten, die auf Friedhöfen spielten. Also gleich hinter den Mauern des Friedhofs. Möglicherweise stellte die Zukunft sie nebeneinander. Die innerhalb und die außerhalb der Mauern. Den einen als Lehrer, den anderen als Hausmeister. Den einen als Richter, den anderen als Gerichtsdiener. Einen als Arzt, den anderen als Blutspender. Einen als Staatsanwalt, den anderen als falschen Zeugen. Einen als Architekten, den anderen als Tagelöhner. Den einen als Pianisten, den anderen als Klavierträger. Den einen als Abgeordneten, den anderen als Sesamkringelverkäufer bei einem Meeting. Eine würde Mätresse, der andere Hurensohn werden. Doch welcher würde welcher sein? Gab es dazu eine Studie? Irgendeinen wissenschaftlichen Artikel? War je eine Statistik darüber erstellt worden, in welche Richtung die Berufswahl von jungen Leuten ging, die ihre Kindheit als Grabputzer zugebracht hatten? Kannten sie überhaupt genug Berufsbezeichnungen, um sich mit der Auswahl schwerzutun? Kurz, was tat man, wenn man seit seinem sechsten Lebensjahr mit dem Tod Geld verdiente? Derda hatte eine Vorstellung davon.

»Ich werde Schatzsucher! Auch hier gibt es Schätze. Nur weiß keiner, wo die vergraben sind.«

Die anderen hörten schweigend zu. Das Thema war interessant genug.

»Was für ein Schatz soll hier vergraben sein?«

Derda grinste, als habe er sämtliche Geheimnisse dieser Welt im Griff.

»Das erfährst du, wenn du groß bist.«

Der Junge, der die Frage gestellt hatte, war zwei Jahre jünger. Er hieß Remzi. Hätte er sich je einem Intelligenztest unterzogen, hätte man seine Familie zur Sondersitzung einbestellt und ihr eröffnet: »Ihr Sohn ist ein Genie.« Doch auch Remzi hatte nie die Schule besucht. Lesen, Schreiben, Zählen und Rechnen hatte er sich selbst beigebracht und von sämtlichen Grabsteinen auf dem Friedhof die Namen wie auch die Geburts- und Sterbedaten auswendig gelernt. Ohne sich dessen bewusst zu sein. Jetzt grübelte er über Derdas Worte nach und versuchte zugleich, die Summe der Buchstaben in dem Satz, den er gehört hatte, zu der in dem Satz, den er gleich sprechen würde, hinzuzuaddieren.

»Schön, aber …«

»Da kommt jemand, da kommt jemand!«

Remzis Rechnung blieb offen. Vier Wagen fuhren durchs Tor. Gerufen hatte der, der sie als Erster entdeckt hatte. Die Kinder waren längst aufgesprungen und losgelaufen. Remzi hätte den Satz für sich selbst vervollständigen können, doch auch er brauchte Geld. Mindestens so viel wie die anderen. Er sprang auf und stürmte ihnen hinterher. Dabei schüttelte er den Kopf und versuchte, die Zahlen darin loszuwerden. Das gelang ihm auch. Es war ja nicht mehr lange, wenn er noch ein paar Jahre die Zähne zusammenbiss, wären seine Talente eins nach dem anderen verflogen und aus ihm wäre ein dummer Junge wie alle anderen geworden. Da gab es nichts, vor dem man sich hätte fürchten müssen. Doch das wusste er nicht, und er konnte, selbst wenn er es gewollt hätte, seinem Verstand nicht Einhalt gebieten. Jetzt überlegte er, unter welchem der siebentausendzweihundertzwanzig Gräber auf dem Friedhof der Schatz vergraben sein mochte. Dabei stellte er sich jedes einzelne vor. Wohl deshalb hatte er nicht gesehen, was vor ihm lag. Er stolperte über ein Familiengrab. Er beäugte sein aufgeschlagenes Knie, hob den Kopf und rief: »Wartet auf mich, Leute!«

Alle hörten ihn, keiner wartete.

*

»Was kann man schon tun, Hasibe?«, sagte die Frau. Weil ihr nichts anderes einfiel. Dabei weinte auch sie, gestützt auf Hasibes Schulter. Sie konnte sich nicht beherrschen. Alles Leid hatte sich zusammengeballt und sie gleich einer Lawine überrollt. Sie lag unter dem Schnee, als ginge nie wieder die Sonne auf. Dabei war die Dahingeschiedene weder ihre Tochter, noch hatte sie die verstorbene junge Frau je gesehen. Doch was die Frau empfand, an deren Schulter sie sich festhielt, das lag auch ihr schwer auf dem Herzen. Sie hatte ebenfalls jemanden, den sie liebte. Das war zwar nicht ihr Kind, sondern ihr Mann. Er leistete genau wie diese junge Frau, die mit gerade einmal sechsundzwanzig Jahren Hand an sich gelegt hatte, Dienst am Vaterland, in weiter, weiter Ferne. An den Kindern des Vaterlandes. Die Mutter des verstorbenen Mädchens hatte sie im Haus der Lehrer kennengelernt. Bei einer Veranstaltung für die Angehörigen der Lehrer, die in weiter, weiter Ferne im Einsatz waren. Kaum kennengelernt, erwärmten sie sich füreinander. Wie auch nicht? Beider Schatz war an derselben Schule tätig. Die Tochter der einen, der Ehemann der anderen. Die eine Yeşim, der andere Nezih. Die eine junge Lehrerin, der andere stellvertretender Rektor. Ein Spatz die eine, ein Strauchdieb der andere …

Zu guter Letzt war es Yeşim gelungen, sich unter die Erde zu bringen. Wie den meisten Menschen, die begreifen, dass der Tod das ist, wonach sie im Leben suchen. Woran sie mit einem Brieföffner gescheitert war, hatte sie mit einer Pistole erledigt. Mit der Dienstwaffe ihres Vaters, dem pensionierten Oberst. Mit der Waffe des alten Herrn, der jetzt, tief gebeugt, den Marmorstein küsste, den er mit beiden Händen umfasst hielt. Nach dem Suizidversuch hatte Yeşim sich krankschreiben lassen und war nach Istanbul gekommen. In den ersten paar Tagen hatte sie nicht gesprochen, in den darauffolgenden Tagen hatte sie unmäßig gelacht und sich am Ende erschossen.

Nun lag sie in ihrem frischen Grab und scherte sich keinen Deut um die, die zwei Meter über ihr standen. Vielleicht wäre sie auferstanden, wenn sie es vermocht hätte. Denn ihre Mutter, die das Telefon, das Nezihs Frau ihr reichte, nahm und ans Ohr hielt, sagte: »Dank sei den Freunden.« Mit Freunde meinte sie Nezih, der am anderen Ende der Leitung Beileid wünschte.

Hätte sie es vermocht, hätte Yeşim in diesem Moment das, was von ihren Augenlidern noch übrig war, aufgeklappt, das Leichentuch mit den Fingernägeln zerrissen, die Erde über ihr einem Biber gleich beiseitegeschaufelt, wäre hinausgefahren und hätte der Mutter das Telefon entrissen. Hätte sie es vermocht, hätte sie das Telefon an das, was von ihrem Mund noch übrig war, gehalten und hineingebrüllt: »Ich scheiß auf deinen Mund und dein Gesicht, du Hurensohn!«

Doch Yeşim vermochte all dies nicht. Nicht eine Wimper konnte sie mehr rühren. Sie war vor sechsundzwanzig Tagen begraben worden. Keine einzige Wimper war mehr von ihr übrig. Hasibe kannte sich mit dem Telefon nicht aus, sie bedankte sich und gab es Nezihs Gattin zurück. Die Frau schaltete den Apparat aus und umarmte Hasibe. Gemeinsam weinten sie.

Derda wartete, bis sie verstummten. Dass sie einen Moment zu sich kamen. Wem sollte er die Hand entgegenstrecken? Dem alten Mann oder einer der Frauen? Wenn sie mir Süßigkeiten statt Geld geben, schmeiß ich sie ihnen ins Gesicht, dachte er. Denn das war die größte Waffe der Friedhofsbesucher: Bon-

bons. Oder Schokolade. Ihre Hände glitten in die Taschen und kamen mit drei, vier zu diesem Zweck bereitgehaltenen Süßigkeiten wieder zum Vorschein, die hielten sie ihm dann unter die Nase und sagten: »Das ist für dich, mein Sohn.«

Als Erste stellte Nezihs Frau das Schluchzen ein. Ihr Ehemann hatte sich zwar nach Kräften darum bemüht, Angehöriger ersten Grades von Yeşim zu werden, doch letztlich war die junge Frau für sie eine Fremde. Darum versiegten ihr die Tränen vor den anderen. Derda ließ sich die Chance nicht entgehen und streckte die Hand aus. Nezihs Frau schaute dem Jungen ins verstörte Gesicht, öffnete ihre Handtasche und zog das Portemonnaie heraus. Sie hatte kein Kleingeld. Notgedrungen zuckte ihre Hand zu den Scheinen. Selbstverständlich zu denen von geringstem Wert. Einer würde es tun, aber sie bekam zwei zu fassen. Sie bereute es, doch es war zu spät.

»Völlig grundlos habe ich einem dieser Kinder einen Haufen Geld gegeben. Na, möge mir die gute Tat angerechnet werden«, sagte sie später zu Hause zu ihrem Sohn, der studierte und fünf Jahre jünger war als Yeşim.

Kaum hatte Derda das Geld in der Hand, stürmte er zum Friedhof hinaus und in den nächsten Krämerladen. Ein halbes Brot ließ er mit Schmorfleisch belegen und biss unverzüglich hinein. Drei Mal, gleich hintereinander. Fast wäre er erstickt. Mit einer Hand riss er die Cola auf, die er sich aus dem Kühlschrank genommen hatte, und trank. Sie brannte ihm in der Kehle. Endlich kam er zu sich. Noch blieb, die Überreste seiner Mutter zu begraben. Sobald er satt war, erinnerte er sich daran. Fünf Stücke Mutter hinter der Tür. Wenn es dunkel wird, sagte er sich. Als er den Krämer bezahlte. Schon halb aus dem Laden, kehrte er noch einmal um.

»Und eine Schachtel Zigaretten!«

»Welche denn?«, fragte der Krämer.

»Die längsten«, sagte Derda. »Und Streichhölzer.«

So fing er das Rauchen an. Mit dem letzten Geld in der Tasche. Mit elf Jahren.

Isa passte Derda am Friedhofstor ab und konnte sich nicht länger im Zaum halten.

»Auf dem Friedhof, von dem ich komme, gab es auch einen Schatz!«

Er gehörte zu den unglücklichsten Kindern der Welt. Denn seine Familie war vom Rand des größten Friedhofs der Stadt an den Rand des zweitgrößten umgezogen. Wieder musste Isa Grabsteine putzen. Dabei erinnerte er sich daran, was auf dem vorherigen Friedhof passiert war. Das aber hatte er vergessen wollen. Am leichtesten vergisst man, dachte er, wenn man davon erzählt.

»Da ist sogar einer gestorben wegen dieser Schatzsache …«

Er sprudelte los, obwohl Derda weiterging und schwieg.

»Unser Friedhof war riesig. Viel größer als der hier. Also, da waren zwei Brüder. Die haben sich gehasst. Jeder hatte eine Gang. Ich war bei dem Kleinen. Aber versteh es nicht falsch, dass ich ›klein‹ sage. Wenn die sich gezofft haben, hat er's seinem älteren Bruder ganz schön gezeigt. Also, jede Gang hatte ihr eigenes Gebiet. Die sind sich nicht in die Quere gekommen. Jeder blieb auf seiner Seite. Da konntest du nicht einfach zu jedem x-beliebigen Grab marschieren wie hier. Eines Tages war von einem Schatz die Rede. Aber der lag angeblich nicht bei uns, sondern drüben. Wir sind dann heimlich rüber. Haben hier und da gebuddelt. Gefunden haben wir nichts. Dann hat einer von uns ein komisches Grab entdeckt. Mit so einer Art Grabmal. Was das genau war, wussten wir nicht. Dann sagten sie, das ist es, genau da. Aber wie sollte man da graben? Das war ja auf der anderen Seite. Dann haben wir gesagt, wir gehen rüber, zur Not kämpfen wir und holen uns den Schatz. Wir also hin. Einer lag oben drauf, einer von der anderen Gang. Ein Kleiner. Der lag auf dem Grab und schlief. Wir haben ihn geweckt. Der hatte vielleicht Schiss. Lasst das, hat er gesagt. Klar haben wir nicht auf ihn gehört. Du fängst an, haben wir gesagt. Du gräbst das hier auf! Dann hat er zu graben angefangen. Dann …«

»Verpiss dich!«, rief Derda. All die Sätze, die Isa mit Schallgeschwindigkeit über die Lippen sprudelten, prallten gegen Derdas zwei Worte und zersprangen in tausend Stücke.

»Ist doch egal! Habt ihr den Schatz gefunden? Nein! Also verpiss dich!«

Isas Gesicht versteinerte. Zu Friedhofsmarmor. Seine Adern klebten ihm grün unter der Haut. Ihm wurde schlagartig klar, dass er in diesem Leben niemals irgendjemandem etwas bis zu Ende würde erzählen können. Was für den einen ein Kampf auf Leben und Tod war, bedeutete dem anderen gerade einmal so viel wie ein Staubkorn im Auge. Isa ließ seinen Blick über die umliegenden Gräber schweifen und dachte, gut, dass sie sterben. An diesem Tag gelangte er zu der Überzeugung, dass der Mensch starb, weil er es verdient hatte. Sein Leben lang sollte er daran festhalten. Vielleicht wurde er deshalb Steinmetz. In eine der Werkstätten neben dem Friedhof trat er als Lehrling ein und als Meister wieder heraus. Weil Derda ihn an jenem Tag unterbrochen hatte. Weil er ihm nicht erlaubt hatte, die Geschichte zu erzählen, die die Wende in seinem Leben darstellte. Wohl deshalb sprach Isa nur noch mit dem Marmor. Sein Leben lang. Ja, wenn er erzählt hätte… Hätte möglicherweise jemand verstanden, warum er in der Schule den Lehrer, dem die anderen Kinder aufmerksam lauschten, einfach nicht hören konnte. Doch das unterblieb. Am letzten Tag seiner Lehre schnitt er den Marmor für sein eigenes Grab zu. Dann stellte er ihn in eine Ecke und bewahrte ihn dort auf. Ab und an trat er vor ihn hin und redete. Um die Geschichte, die Derda zerschnitten hatte, zusammenzukleben und zu Ende zu erzählen. Immer wieder. Dann starb er. Am Marmorstaub, den er eingeatmet hatte. Auf einen Schlag. Seine Geschichte? Wen interessierte die schon! Erst recht nicht, seit Isa begraben war.

Stumm gingen sie bis zum Platz. Nebeneinander. Was dem jeweils anderen durch den Kopf schoss, blieb verborgen, auch wenn sie tausendmal hätten raten dürfen. Derda hatte Isa nicht aus Spaß das Wort abgeschnitten. Er hatte ihm das Wort in den Rachen gestopft, weil er seine Mutter zerstückelt hatte. Was kann er denn dafür, dachte er. Um Abbitte zu leisten, zog er die Schachtel aus der Tasche und fingerte eine Zigarette heraus.

»Steck dir eine an!«

Isa lehnte nicht ab. Er nahm die Zigarette, als hätte er sein Leben lang darauf gewartet. Zündete sie an, als hätte er das Feuer entdeckt. Sog den Rauch in die Lungen, als rauchte er seit hundert Jahren. Dabei war es auch für ihn das erste Mal. Wer weiß, wie viele Kinder sonst noch an jenem Tag das Rauchen anfingen. Überall auf der Welt.

Zwei Schritte weiter stieß Derda mit der Fußspitze einen Kieselstein an. Der Stein sprang Isa vor die Füße, und auch er versetzte ihm einen Tritt. Sie trieben den Kiesel vor sich her, als wäre er der Ball bei einer Weltmeisterschaft. Manchmal sprang er vom Weg und verirrte sich auf Trampelpfaden, doch sie ließen nicht von ihm ab. Wer weiß, wie viele Kinder sonst noch an jenem Tag einen Stein traten und sich wie ein getretener Stein fühlten.

*

Der morgendliche Gebetsruf sickerte durch die Ritzen ins Haus bis in Derdas Ohren hinein. Zwei schwarze Augen öffneten sich und blickten an die Decke. Eine Nase rümpfte sich bei dem Geruch, den sie empfing, und Derda stand auf. Er war spät dran, hatte verschlafen. Weil er satt war. Wegen einer Schale Pilaw, die er von Süreyyas Mutter bekommen hatte. Wenn er sich nicht beeilte, würde er nicht alle fünf Teile begraben können.

Als er die ersten vier Stücke unter den nächsten vier Marmorschildern vergraben hatte, angefangen bei dem Grab, bei dem er aufgehört hatte, war die Sonne, die sich an den Zweigen der Bäume schliff, so hoch gestiegen, dass sie ihm in den Nacken zwickte.

Er atmete tief durch, sagte: »Ein letztes Mal noch!«, und rannte zur Mauer. Unter dem Arm trug er die rechte Hand seiner Mutter. Sie war das erste Stück gewesen, das er in die Lakenfetzen gewickelt hatte. Er kniete am Grab, hob den Kopf und schaute sich um. In der Ferne entdeckte er jemanden. Vor Aufregung vergaß er seine Schaufel. Das heißt den Topfdeckel. Er grub mit bloßen Händen. Doch die Erde war hart. Es gelang ihm nicht, tief zu graben. Er warf einen Blick auf die Hand seiner Mutter. Die Hand, die in sieben Lagen Stoff gewickelt war. Auf jede einzelne Lage stürzte er sich und warf das blutige Leichentuch der Hand weg, damit sie in ihr kleines Grab passen würde. Dann ließ er auch die Hand fallen. Weil er sie nicht länger halten konnte. Erneut hob er den Kopf und schaute sich um. Lugte neben dem marmornen Schild hervor. Um zu sehen, wo der Schemen von eben war. Doch es war niemand zu sehen. Er ist weg, dachte er. Wer weiß, wer das war?

Zusammen mit der Erde schob er die Hand seiner Mutter in das Loch. Dann stand er auf und ging los. Mit schnellen Schritten. Ging an der Reihe der Gräber entlang, in jedem von ihnen ruhte ein Teil seiner Mutter. Besser gesagt, dahinter. Denn die Besitzer der Gräber lagen auf der anderen Seite. Auf der anderen Seite der Schilder. Der Grabsteine, von denen Isa, als er mit der Lehre begann, sagen würde: »Shahida nennt man die, wie den Zeigefinger.«

Plötzlich sorgte er sich, ob er die Hand seiner Mutter auch tief genug vergraben hatte, drehte den Kopf und schaute über die Schulter zurück. Da prallte er gegen etwas und stürzte. Als er den Kopf hob, um zu sehen, wogegen er gestoßen war, erblickte er einen Mann. Einen Mann mit Bart. Er trug einen Kaftan. Derda kannte den Imam der Friedhofsmoschee, Tayyar aber sah er zum ersten Mal.

Stumm schaute Tayyar dabei zu, wie Derda aufstand und die Bewegung machte, die er noch ausführen würde, wenn die Welt unterging. Sich den Staub abklopfen. Doch diesmal verscheuchte er nicht nur den Staub der Toten, er schluckte zugleich an seinem Herzen, das ihm im Halse schlug, und fragte sich: »Hat dieser Kerl beobachtet, was ich getan habe?« Vor Angst war er unfähig, den Kopf zu heben und den Mann anzusehen. Um seinen Blick nicht zu treffen. Er wandte sich nach links und rechts, als suche er nach Staub, den er noch abklopfen könnte. Da sprach Tayyar. Derda verengte die Augen und hörte zu, vor Angst.

»Pass beim nächsten Mal besser auf!«

Dann ging er an ihm vorüber. Derda drehte sich kein einziges Mal zu Tayyar um. Was hatte er sagen wollen? Warum sollte Derda besser aufpassen? Wann? Sollte er besser aufpassen, wenn er wieder einmal etwas zu vergraben hätte? Derda erstarrte. Der Boden unter seinen Füßen schien ihm feucht und in Morast verwandelt. Er konnte sich nicht rühren. Dann aber fiel das Moor trocken, und er tat den ersten Schritt. Nein, sagte er sich. Wie konnte das sein? Da knallst du auf dem riesigen Friedhof ausgerechnet gegen einen Mann! Was sollte der schon sagen? Natürlich sagt er: Pass besser auf! Derda lachte. Er war sich jetzt sicher, dass seine Angst unbegründet gewesen war. Er schüttelte den Kopf: »Was bist du doch bescheuert!« Hätte der Mann beobachtet, wie Derda die Hand vergrub, wäre er dann nicht sofort herbeigeeilt? Hätte er ihn nicht am Kragen gepackt und der Polizei übergeben? Wer, der so etwas sah, würde sich damit begnügen zu sagen: Pass besser auf? Er lachte noch einmal. Und ging weiter. Dann blieb er stehen und wandte sich um.

Da wäre er am liebsten gestorben. Denn Tayyar stand über der vergrabenen Hand und spähte zu ihm herüber. Derda hatte keine Wahl, er musste den Kopf und sich selbst wieder umwenden. Das tat er und setzte sich in Bewegung. Er beschleunigte die Schritte, bald rannte er. Hätte er hinter sich eine Stimme gehört, wäre er noch schneller geworden, doch es blieb nur Stille zurück.

Am Friedhofstor hielt er atemlos inne. Er schüttelte den Kopf. »Grundlos«, sagte er, »ganz ohne Grund ist deine Angst!« Dann lachte er.

»Was gackerst du wie ein Verrückter am frühen Morgen? Geh lieber und hol mir Brot!«

Als Derda Yasin, der sich aus dem Fenster lehnte, das Geld aus der Hand nahm, fragte er: »Stimmt das so?« Er lachte noch immer.

»Stimmt schon, Bengel, stimmt«, sagte Yasin.

Wieder bereute Yasin, erwacht zu sein. Und Hunger zu haben. Und Derda Geld gereicht zu haben. Erst vor zwei Minuten war er aufgestanden, und schon haute man ihn übers Ohr. Noch bevor er selbst einen Bissen zu sich genommen hatte, war das Wechselgeld für das Brot mit Derda zusammen entschwunden.

»Verdammter Bastard!«, fluchte er. Dann ging er und legte sich wieder aufs Ohr. Ich schlaf noch ein bisschen, bis er zurück ist, dachte er nicht einmal. Er schlief einfach.

»Sonst noch was?« Auf die Frage des Krämers konnte Derda nicht antworten. Denn ihm war der blutige Stoff eingefallen, den er von der Hand seiner Mutter gelöst und beiseitegeworfen hatte. Hatte der Mann ihn entdeckt? War er deshalb dort stehen geblieben?

Einer ferngelenkten Kugel gleich zischte er aus dem Laden. Für eine Rakete war er zu klein. Um mindestens zehn Ecken flog er, bis er am Ziel war. Er überquerte den gesamten Friedhof und näherte sich den letzten Gräbern dicht an der Mauer. Auf einmal wusste er nicht weiter. Denn da, vor dem Grab, in dem er die Hand vergraben hatte, stand der Mann im Kaftan.

Er bremste und schlüpfte hinter den erstbesten Baum. Um zu sehen, was der Mann tat, reckte er den Kopf hinter dem Baumstamm hervor, doch vergebens. Zwischen ihnen lagen mindestens noch fünfzehn Grabreihen. Über vierzig Meter. Er sollte nicht direkt auf den Mann zugehen, sollte sich ihm lieber von rechts nähern. Und zwanzig Gräber Abstand halten. Er musterte die Bäume weiter vorn. Ihr Geäst griff ineinander.

Dort sollte er Stellung beziehen. Hinter den Zweigen. Von dort hätte er alles gut im Blick.

Wie ein Eichhörnchen hüpfte er hin. Bei jedem fünften Baum hielt er inne und sicherte die Lage. Dann tat er den letzten Hüpfer hinter das Gebüsch, das wirkte, als handelte es sich hier um einen Baum mit drei Wurzeln, so nah standen die Stämme beieinander, so dicht waren die Zweige.

An dem Stamm des Baumes, zu dessen Füßen er Zuflucht genommen hatte, schrappte er hoch, drehte sich um und schob das linke Auge durch die Zweige. Mehr wagte er nicht. Aber das reichte schon. Um zu sehen, was Tayyar tat.

Der Mann stützte sich auf den Stein am Fußende des Grabes und versenkte ein großes weißes Kuvert in die Erde innerhalb der marmornen Einfassung. Am Kopfende des Grabes stiegen aus einer Wurzel Ranken auf, an deren Spitzen zwei rote Rosen blühten. Den Umschlag versenkte er fünf Handbreit davon entfernt. Dicht an dem Becken am Kopfende, aus dem Vögel Wasser tranken. Er strich die Erde glatt und schaute sich um. Derdas einzelnes Auge verzog sich hinter den Baumstamm. Das Herz pochte ihm in den Ohren. Es hämmerte, als wollte es ihm zu den Ohren hinausspringen. Wieder kauerte er sich unter dem Baum hin. Und brachte es nicht fertig, sich erneut umzudrehen und einen Blick zu riskieren.

Fast eine halbe Stunde hockte er regungslos. Als wäre er ein Stück vom Baum. Nur seine Haare wehten in der leichten Brise. Auch nur so viel wie die Blätter weiter oben. Die Knie unter dem Kinn, die Arme um die angezogenen Beine geschlungen, saß er da.

Sobald er meinte, genug gewartet zu haben, stand er auf, ließ den Kopf vorschnellen und erkannte im selben Moment, dass der Mann fort war. Er trat hinter den Bäumen hervor und beäugte aus dreißig Schritt Entfernung das zuvor beobachtete Grab, da krümmte ihn der Schmerz eines Schlags ins Genick.

»Hab ich dir nicht gesagt, hol Brot, du Hund!«

Zum ersten Mal im Leben freute Derda sich, dass es der Wärter Yasin war, der ihn schlug. Der hatte seine Morgenrunde begonnen, ohne gefrühstückt zu haben, und schlug weiter, weil er es schon bereute, aus dem Haus gegangen zu sein.

*

Nach drei Schlägen machte Derda sich wieder davon, rannte zum Friedhof hinaus und erschien kurze Zeit später mit dem Brot, das er beim Krämer auf dem Tresen vergessen hatte, am Fenster des Wärters. »Das Fenster ist offen, streck den Arm rein, leg's auf den Tisch«, hatte Yasin gesagt. Derda tat wie geheißen. Er schob das Brot unter der Gardine hindurch, legte es auf den Tisch neben dem Fenster und rannte weiter. Um das blutige Stück Stoff zu finden und zu beseitigen …

Am selben Tag erlebte er dieselbe Szene ein zweites Mal, wieder stand vor dem Grab ein Mann. Ein anderer. Einer in einem kurzärmeligen Hemd. Mit Brille. Ein Mann, der wirkte wie Ende fünfzig und der sich ab und an umschaute, dann wehte ihm die Krawatte um den Hals.

Derda verbarg sich an derselben Stelle. Wieder sah er den weißen Umschlag mit einem einzigen Auge. Der Mann nahm den ausgegrabenen Umschlag an sich und ersetzte ihn durch einen gelben.

Während er ihn mit Erde bedeckte, sicherte er ein letztes Mal seine Umgebung, dann ging er auf dem Weg, der zum Friedhofstor führte, davon. Er handelte weniger bedächtig als der Kaftanträger. Flott hatte er in nur einer Minute sein Vorhaben ausgeführt. Nun entfernte er sich. Derda hatte sein Gesicht gesehen, es wirkte nicht wie das eines Bekannten. Schlank war der Mann, Haar- und Hautfarbe waren hell. Seine Blicke wirkten starr, das zerknitterte Gesicht angespannt.

Derda hatte darauf gewartet, dass der Mann verschwand, nun traute er sich hinter dem Baum hervor und lief zum Grab. Dahinter ging er auf die Knie und suchte den Boden nach dem Tuch ab. Da war es. Er atmete sehr, sehr tief durch. Man hatte ihn nicht erwischt! Er lachte auf. Er fingerte die Streichhölzer hervor und riss eines an. Er war schneller als die Flamme, die rasch auf dem schmalen Hölzchen voranzüngelte, und hob den Stofffetzen an einem Zipfel in die Luft. Das freie Ende des Stoffes hielt er ins Feuer. Das fraß ihn knisternd auf. Zuerst rauchte es ein wenig, dann wurde es von Derdas Füßen ausgetreten. Pechschwarze Asche flog auf, und das blutige Lakenstück war verschwunden.

Nun war das Grab an der Reihe. Der Umschlag darin. Derda stellte sich auf die Zehenspitzen und sah sich um. Er steckte die Hand in die Erde und bekam den Umschlag zu fassen. Der war mit einem Klebestreifen verschlossen. In dem beruhigenden Wissen, dass es im Krämerladen Klebestreifen gab, löste er ihn behutsam ab. Es gelang ihm, den Umschlag zu öffnen, ohne ihn zu beschädigen.

Er dachte, das alles könne nicht wahr sein, denn im Kuvert steckte ein Bündel Geld. Derdas zitternde Finger zogen fünf Scheine aus dem Bündel und schoben sie in seine Tasche. Dann nahm er fünf weitere. Solange der Umschlag offen wäre, würde er sich nicht beherrschen können. Um nicht noch mehr herauszunehmen, verschloss er ihn und strich mit dem Fingernagel über den Klebestreifen. Er versenkte ihn in der Grube und bedeckte ihn mit Erde. Er musste rennen. Und rannte. Er musste sehr schnell rennen.

Er stürmte durch das Friedhofstor und holte erst bei der Bushaltestelle in der Straße wieder Luft. Voller Angst wartete er. Er traute sich nicht einen Augenblick, den Blick zu heben, denn er könnte ja den Kaftanträger entdecken oder den Mann, der den Umschlag dort versteckt hatte. Er glich einem Hund, der seinem Schwanz nachjagte. Eine ältere Frau saß auf der Bank an der Haltestelle, deutete auf den leeren Platz neben sich und sagte: »Was hast du denn, Junge, komm, setz dich vernünftig her!« Derda hörte nicht auf sie und konnte nicht stillhalten, bis der Bus kam.

Aus dem dritten Bus stieg er aus und ging zu Fuß weiter. Der Name der Haltestelle, an der er ausgestiegen war, stand auch auf dem Schild über dem gewaltigen Gebäude, vor dessen Tor er angelangt war. Andere nannten die Station einfach »Gefängnis«, sagten: »Ich steig am Gefängnis aus.«

Dem Wachsoldaten sagte er: »Ich will meinem Vater etwas bringen, von meiner Mutter.« Der Soldat hieb mit der Faust gegen das mächtige Eisentor, kurz darauf steckte ein Wärter den Kopf heraus.

»Was gibt's?«

»Für meinen Vater«, sagte Derda. »Ich wollte ihm etwas geben, meine Mutter schickt es.«

»Was denn?«

Er zog die Geldscheine aus der Tasche und zeigte sie vor. Der Rest steckte in der anderen Tasche. Der Wärter zählte mit den Augen das Geld in der Hand des Jungen durch.

»Wer ist dein Vater?«

Derda nannte Vor- und Familiennamen des Mannes, den er seit seinem fünften Lebensjahr nicht mehr gesehen hatte und dessen Gesicht aus seiner Erinnerung getilgt war.

»Gut«, sagte der Wärter. Durch den Türspalt erkannte Derda nur den Kopf. Nun kam seine Hand dazu. Er nahm das Geld und schloss die Tür, da vernahm er die Stimme des Jungen.

»Wie geht es meinem Vater, geht's ihm gut?«

»Das ist ein Gefängnis, mein Sohn, wie könnte es einem hier gut gehen?«, entgegnete er und verschwand hinter der Tür.

Die Augen des Jungen füllten sich mit dem, was er zu hören bekommen hatte. Sekundenbruchteile, bevor die Tränensäcke an der Quelle ein Loch bekamen, sagte der Wachsoldat: »Hör nicht auf den, deinem Papa geht es gut, mach dir keine Sorgen.« Derda schluckte, hob den Kopf und sah den Soldaten an.

»Es geht ihm doch gut, oder? Sag ihm bitte auch, Mama ist gestorben.«

Er war überzeugt davon, dass sein inhaftierter Vater ihn genug liebte, um ihn nicht ins Heim zu schicken. Er würde niemandem sein Geheimnis verraten. Denn Derdas größtes Geheimnis war, dass er niemanden auf der Welt hatte. Ein solches Geheimnis war das, dass er um seinetwillen seine Mutter zerstückelt und begraben hatte. Allerdings konnte man es bereits an seinem Gang erkennen. An der Art, wie er die Hände in die Taschen stopfte. Wie er den Nacken beugte. An seinen Füßen, die bei jedem Schritt schlurften. Daran, dass er langsamer wurde, als gäbe es kein Ziel mehr für ihn. Manchmal auch daran, dass er das Tempo beschleunigte, als käme er zu allem zu spät. Und an seinem Geruch. Schweiß und Einsamkeit. Die Passanten auf dem Fußweg gegenüber oder in den vorbeifahrenden Autos mochten es nicht bemerken, doch wer einen Blick in sein Gesicht wagte, nahm es sogleich wahr. Der Soldat sah ihm hinterher, er hatte es bemerkt. Wohl deshalb schüttelte er den Kopf und murmelte: »Was für ein Leben, Scheiße auch!«

Die Worte verschwanden in den Ohren des Soldaten, von dem sie stammten, das Geld in der Tasche des Wärters. Beides erreichte nie den Empfänger. Derda aber versprach auf dem Heimweg mit stummen Lippen: »Warte nur, Papa, ich werde dir noch viel Geld bringen!« Um seine Ankündigung umzusetzen, ließ er die Umgebung des Grabes, das zwei Männer als Briefkasten benutzten, drei Tage lang nicht aus den Augen. Doch weder kam jemand, noch wurde ein Umschlag deponiert.

Aber am vierten Tag trat ein, worauf er gewartet hatte, der Kaftanträger erschien. Dieses Mal schritt er zur rechten Seite eines Grabs unmittelbar neben dem besagten. Nun stand er vor dem Nachbargrab. Wenn Derda sich recht erinnerte, steckte in jenem Grab der vom rechten Knie bis zum Fußgelenk reichende Teil seiner Mutter.

Der weiße Umschlag wurde versenkt, und der Kaftanträger ging davon, den Blick in die Ferne gerichtet. Derda zögerte nicht. Er sprang zum Grab hin. Er versuchte sich vorzustellen, was wertvoller als Geld sein konnte, und öffnete den großen Umschlag. Ein Bündel Papiere steckte darin. Darauf handschriftliche Notizen und Fotos. Fotos von Männern mit Bärten und Kaftanen in einer Menschenmenge. Einige beturbante Köpfe waren mit Rotstift eingekreist. Daneben stand etwas. Wieder in Rot. Doch Derda konnte noch immer nicht lesen. Andernfalls hätte er Namen wie »Scheich Gazi« und »Hıdır Arif« erkannt. Selbst wenn er sie gelesen hätte, hätte er nichts verstanden. Denn weder wusste er etwas vom britischen Auslandsgeheimdienst MI6 noch von der Existenz der Hikmetisten in England. Selbst wenn er sämtliche Papiere durchgelesen hätte, hätte er nicht verstanden. Dass es sich bei dem Bündel Papiere um geheimdienstliche Informationen im Austausch gegen Geld handelte. Selbst wenn er gewusst hätte, welche Position der Mann mit Brille, der in diesem Augenblick durch das Friedhofstor schritt, im Konsulat bekleidete, hätte er sich keinen Reim auf das Geschehen machen können. Denn auf Stevens Visitenkarte stand natürlich nicht Zuständiger des MI6 für Istanbul, sondern Handelsattaché. Die Kommunikationsmethode, die zwischen ihm und Tayyar zur Anwendung kam, hieß in der Sprache des MI6 *dead drop*. Ein Clearingverfahren, bei dem Geber und Nehmer unter keinen Umständen zusammentrafen. Es bestand darin, dass irgendein zuvor festgelegter Punkt als toter Briefkasten benutzt wurde. Ferner bedurfte es eines Zeichens, das deutlich machte, ob der Briefkasten voll oder leer war. Dazu hatte Steven eine Laterne auf der Straße zum Friedhof ausersehen. Genauer gesagt, den Schaft der Straßenlampe. Ein Pfahl, um den nach dem Hinterlassen eines Kuverts ein Fahrradschloss gelegt wurde. Zwei Fahrradschlösser, eines blau, das andere rot, gingen zwischen Tayyar und Steven von einer Hand in die andere. Immerhin kam es bei einem solchen Austausch vor allem auf die Sicherheit an. Es war eine Tatsache, dass der sicherste Ort ein Friedhof war, der selten von Menschen aufgesucht wurde. Auf einem Friedhof gab es keine neugierigen Blicke. Denn die meisten Augen in der Umgebung befanden sich unter der Erde. Möglicherweise hatte aber Steven den Friedhof auch wegen einer in seinem Charakter liegenden düsteren Romantik gewählt. Wegen eines Wortes in dem Fachterminus: *Dead*.

Der Grund für Tayyars Verrat war schlicht. Ein Satz, der Scheich Gazi vor Jahren über die Lippen gekommen war: »Mein einziger Nachfolger ist Hıdır Arif, das sollt ihr wissen.« Dabei hatte Tayyar Scheich Gazi sein Leben geschenkt. Dabei hatte sich Tayyar, als er gerade achtzehn war, vor die Kugel eines Killers im Auftrag desjenigen Scheichs, der als Selahattin von Teheran bekannt war, geworfen und damit Scheich

Gazi das Leben gerettet. Sieben Tage hatte er im Koma gelegen, um danach mitansehen zu müssen, wie der Teheraner und Scheich Gazi, die wegen einer Territorialstreitigkeit aneinandergeraten waren, sich küssten und versöhnten. Letztendlich hatte Tayyar, wie sein Adoptivvater es einst vorausgesagt hatte, nicht die Absicht, je wieder zu weinen. Das Angebot von Steven, der genug Erfahrung hatte, um in einem Mund mit zehntausend Zähnen den einen faulen zu finden, nahm er unverzüglich an. Denn auf ein solches Angebot hatte Tayyar seit dem Tag gewartet, an dem der Nachfolger verkündet worden war, also seit Jahren. Es war kein Verrat, was er verübte, es war das Einfordern eines verweigerten Rechtes. In bar … Unmöglich hätte Derda all das ahnen können.

So schnell wie möglich musste er die Papiere wieder in dem weißen Umschlag verstauen und diesen zurücklegen. Sonst könnte Tayyar ihn erwischen. Doch von einem sonderbaren Impuls getrieben, ein Erbe seines Vaters, des Räubers, nahm Derda die Hälfte der Papiere an sich, schob sie sich unter das T-Shirt und stopfte die Ränder unter den Hosenbund. Den Rest vergrub er schleunigst. Als er sich aus dem Staub machte, dachte er, wenn diese Papiere tatsächlich Geld wert waren, würde er nie wieder Gräber putzen müssen. Außerdem ermahnte er sich, nur für diesen einen Tag, kein Geld aus dem gelben Umschlag zu entwenden. Die Aufregung zweier Diebstähle an einem Morgen war zu viel.

Die Geldscheine in seiner Tasche ermöglichten ihm, sich fünf Tage lang zu ernähren und zu rauchen. Da er abends nicht mehr an ihre Tür klopfte, geriet er auch bei Süreyyas Mutter allmählich in Vergessenheit. Derda hatte die Papiere aus dem weißen Umschlag in der Kissenhülle versteckt, bettete jeden Abend seinen Kopf darauf und träumte davon, reich zu sein. Plötzlich aber fiel ihm ein, dass er nicht wusste, wem er die Papiere verkaufen sollte. »Egal«, dachte Derda, »ich werd schon einen Weg finden.« Dann erwachte er aus den Fantasien, wie nur ein professioneller Verbrecher sie sich ausmalen konnte, und schlief ein, wie es nur ein Kind konnte.

Während Derda schlief, saß Steven im Kassenraum des Konsulats und tippte ein Kryptogramm. Jeder Buchstabe, auf den er drückte, wurde von der Maschine, an die die Tastatur angeschlossen war, auf einem Lochstreifen chiffriert. Die Maschine spuckte ihn aus, und der gelbe Streifen ringelte sich zu Boden. War das Kryptogramm fertig, würde er den Streifen wie einen Kassenbon abreißen, mit Hilfe von Daumen und kleinem Finger in Form einer Acht aufwickeln, in ein Kuvert stecken, dieses versiegeln und auf den Kurier des MI6 warten. Der kam zweimal monatlich. Aus London. Selbstverständlich besaß der einen Diplomatenpass. Für einen Geheimdienst war ein Kurier eine so alte Einrichtung wie Posttauben. Ganz wie Steven. Ein so alter Mann, dass er Briefe schrieb. Als das spezielle Internet-Programm für Geheimbotschaften, das man auf seinem Computer installiert hatte, abstürzte, freute er sich diebisch. Während er mit Bedacht seine Worte für den Text wählte, streichelte er den gelben Streifen, der seitlich aus der Maschine herauskroch. Er hatte folgenden Betreff gewählt:

DEN HIKMETISTEN BEZIR OBSERVIEREN

Und so ging es weiter:

Die Visa für einen wegen Mordes verurteilten Arbeiter und seine Tochter wurden den Weisungen entsprechend unverzüglich erteilt, dennoch vertrete ich die Meinung, dass Ubeydullah und sein Sohn Bezir über kein für uns nützliches Profil verfügen. Im Lichte jüngster Erkenntnisse kam ich zu dem Schluss, dass Bezir ein gewaltbereiter Fanatiker ist. Ubeydullah ist Hıdır Arif in unverbrüchlicher Treue ergeben. Aus diesem Grund war es, meines Erachtens, ein Fehler, ihre Forderungen zu erfüllen. Im Endergebnis empfehle ich, Bezir, den ich als potenziellen Glaubenskämpfer einschätze, unmittelbar zu überwachen

Erst gegen Morgen kehrte Steven in seine Wohnung in Beyoğlu zurück. Als ihm klar wurde, dass er keinen Schlaf finden würde, schlug er Thomas Edward Lawrences Buch *Die sieben Säulen der Weisheit* auf. Vielleicht zum tausendsten Mal. Wieder blieb er beim Lesen unentschlossen, warum er diesen Mann, der Lawrence von Arabien genannt wurde, so bewunderte. Vielleicht zum zehntausendsten Mal. Weil er ein Geheimdienstler gewesen war wie er selbst? Oder weil er ein Masochist gewesen war wie er selbst? Er schwankte lächelnd zwischen beiden Beweggründen hin und her, dabei berührte er den Stoff, der ihn verhüllte. Steven saß gleich Lawrence in den Kleidern eines arabischen Scheichs auf dem Sofa in seinem Salon. Aus weißem Stoff, den er bei einem Schneider in Damaskus hatte nähen lassen.

Er hatte zwanzig Seiten gelesen, da schrillte das Telefon. Er nahm den Anruf wie ein arabischer Scheich entgegen. Ohne einen Gedanken daran zu verschwenden, dass es vier Uhr morgens war.

»Papa!«

Wie ein Steven unterbrach er den Anruf seines Sohnes. Ohne einen Gedanken daran zu verschwenden, dass er dessen Stimme zum ersten Mal seit vier Jahren hörte. Wieder schrillte das Telefon. Drei Mal. Kurz nacheinander. Steven hatte eine weitere Seite des Buches in seiner Hand umgeblättert. Dem Telefon gönnte er erst wieder einen Blick, als es verstummte. Von weitem. Einen langen Blick.

*

Als er durch das Friedhofstor trat, ging die Sonne schon unter. Vor dem Wärterhäuschen blieb er stehen und brüllte: »Yasin Abi!«

»Was schreist du so?«

Er wandte sich um. Yasin stand hinter ihm. Derda reichte ihm die Langhalslaute, die er mitgebracht hatte. Sie steckte in einer schwarzen Hülle.

»Der Mann hat sie repariert. Er hat's so gemacht, wie du gesagt hast.«

Yasin nahm die Laute an sich und fragte: »Hat das Geld gereicht?«

»Ja«, sagte Derda.

»Und das Wechselgeld?«

»Du hast doch gesagt, es stimmt so! Seit heute Morgen bin ich unterwegs. Und …«

»Schon gut, Bengel, geht klar«, sagte Yasin.

Dann betrat er seine Hütte. Er schloss die Tür hinter sich und setzte sich auf die Matratze. Er öffnete den Reißverschluss der Hülle und streifte sie von der Laute. Vor zwei Tagen hatte er einen über den Durst getrunken und sie gegen die Wand geknallt. Am Schallkörper hatte er sie festgehalten, da war der Hals gebrochen.

»Wäre der Körper beschädigt gewesen, wär's aus«, hatte der Meister zu Derda gesagt. Dann hatte er einen neuen Hals angesetzt. Den Hals, den Yasin nun in Händen hielt. Bevor er die Saiten anschlug, zögerte er. »Verzeih mir«, sagte er heiser. Als die Laute Yasin verzieh, war die Sache erledigt, und ein Lied erklang in der Hütte. Ein Lied, das Derda kannte: »Kendim Ettim Kendim Buldum.« Selbst getan, selbst gewählt. Es gab niemanden, den Yasin hätte beschuldigen können. Niemals.

Derda aber hatte jemanden, auf den er wütend sein konnte: Yasin. »Im Morgengrauen hat er mich losgeschickt!«, murrte er. Er fragte sich, ob inzwischen jemand da gewesen war. Hatte jemand die Gräber aufgesucht, die er, hinter Bäumen versteckt, seit einer Woche nicht aus den Augen ließ? Es gab nur eine Möglichkeit, das zu erfahren. Hingehen und nachsehen.

Vor der Gräberreihe, die der Mauer am nächsten lag, kam er ins Grübeln. Er schaute zu dem Grab, wo der erste Umschlag vergraben worden war. Dann zu dem rechts davon. Dort war der zweite vergraben worden. Zuletzt musterte er das Grab daneben. Gehen die von links nach rechts vor, fragte er sich. Benutzen sie die Gräber der Reihe nach? Ja, so musste es sein. Damit niemand die Umschläge findet, ändern sie offenbar jedes Mal den Ort, dachte er. Aber sie folgen einer Reihe. Von links nach rechts.

Sich seiner Theorie sicher, machte er ein paar Schritte auf das Grab zu, das er nicht aus den Augen gelassen hatte, blieb davor stehen und führte die Finger zu den Fußspitzen. Kaum hatte er begonnen, in der Erde zu wühlen, stieß er auf etwas Hartes. Ein Umschlag war das nicht. Er grub weiter und ertastete etwas, das ihm ein Kasten zu sein schien. Er zog daran. Er holte eine weiße Schachtel aus der Erde. In jener Sekunde wäre kaum ein Kind auf der Welt zu finden gewesen, das glücklicher war als Derda. Wer weiß, welcher Schatz sich in dieser Schachtel befand? Womöglich so viel Geld, dass es in keinen Umschlag passte!

Er sicherte die Umgebung und hob den Deckel. Und prallte zurück, warf den Deckel drauf, kaum dass er offen war. Schaffte es nicht. Er war nicht fähig, den Deckel richtig zu schließen, und alles, auch er selbst, geriet aus dem Gleichgewicht. Außer Derda fiel alles zu Boden: die Schachtel, der Deckel und die linke Hand seiner Mutter. Alles besudelte die Erde, die es berührte. Vor allem der Überrest der Hand seiner Mutter. Ein wenig Fleisch, viel Knochen. Dass es die linke war, wusste Derda aufgrund des Grabs. Er selbst hatte sie dort vergraben. Um sich nicht zu übergeben, schluckte er immer wieder und atmete mehrmals tief ein und aus, damit ihm nicht das Herz stehenblieb. Mit dem Rand seines T-Shirts nahm er die Hand auf, legte sie in die Schachtel und schloss den Deckel. Dann trat er neben den Grabstein, kniete sich hin und hielt Ausschau nach der Grube, die er dort gegraben hatte. Er musste nicht suchen. Sie lag zwischen seinen Knien, offen.

Jemand hatte die linke Hand seiner Mutter gefunden, sie in eine weiße Schachtel gelegt und am Fußende des Grabes verscharrt. Wer? Derda kannte Tayyars Namen nicht. »Er hat's gesehen«, sagte er nur. »Der Mann hat es gesehen, hat beobachtet, was ich an jenem Morgen getan habe. Deshalb hat er gesagt: Pass besser auf! Pass besser auf, damit man dich nicht erwischt!«

Er hatte recht. Stevens erste Anweisung hatte gelautet: »Fertige eine Liste von allem an, was der Umschlag enthält, steck auch die mit hinein. Dann weiß ich, was sich im Umschlag befinden soll.«

Diese simple Maßnahme hatte sich als nützlich erwiesen, und Steven hatte Tayyar über die fehlenden Papiere unterrichtet. Daraufhin hatte dieser aufgelistet, wer ihn beim Verstecken der Umschläge beobachtet haben könnte. Und auf dieser Liste stand nur eine einzige Person: der Junge, der heimlich etwas im Grab verbuddelt hatte. Das Stück Fleisch, auf das er stieß, als er an der Stelle grub, an der er Derda hatte knien sehen, drehte selbst einem Hünen wie Tayyar den Magen um. Doch er riss sich zusammen und legte eine Angel für einen einzigen Fang aus. Ein einziger Haken, ein einziger Köder, ein einziger Fisch. Damit wäre er den Jungen los, von dem er nicht wusste, woher er kam und wohin er ging, und hätte seine Beute auf einen Schlag gepackt. Nur welches Grab er als Falle benutzen sollte, hatte er sich lange nicht entschließen können. Das Grab, aus dem der Junge die Unterlagen gestohlen hatte, oder das Grab rechts davon, wo, wenn alles nach Plan gelaufen wäre, der nächste Austausch stattgefunden hätte? Ein Spiel mit zwei Optionen. Die Schachtel, die ihm bei diesem Spiel als Jeton diente, setzte Tayyar auf den Verstand des Jungen und darauf, dass er sie seit einiger Zeit beobachtete.

Der Köder war offenbar am richtigen Ort in der richtigen Weise ausgelegt, denn Derda dachte, es gebe keine andere Möglichkeit. Das musste das Werk dieses Kerls im Kaftan sein! Steckte ein anderer dahinter, wäre längst die Polizei da gewesen. Die hätten ihn am Schlafittchen gepackt, noch bevor er den Friedhof betreten hätte. Aber diese weiße Schachtel! Dieses Vergraben! Was mache ich jetzt bloß, überlegte Derda. Diesmal laut. Sogar ziemlich laut.

»Was für eine Scheiße soll ich bloß tun?«

Er warf einen Blick auf die Schachtel in seiner Hand. Die musste er zuerst loswerden. Vor allem anderen!

Er flitzte zur Mauer, grub ein möglichst tiefes Loch, versenkte die Schachtel darin und bedeckte sie. Er entfernte sich ein paar Schritte, drehte sich um und schaute nach. Dieses Mal wollte er die Grabstelle nicht in Erinnerung behalten. Die zehn Gräber seiner Mutter zu kennen war ihm ganz gleichgültig geworden. Hatte es ihm denn etwas genützt, sie zu kennen?

War er vielleicht hingegangen und hatte vor jedem einzelnen gebetet? Egal, sagte er sich. Egal, aber was jetzt? Was wollen diese Kerle von mir? Er dachte nach und sagte: »Geld!«

»Die wollen ihr Geld zurück! Scheiße, die wollen ihr Geld! Aber es ist nicht mehr da! Ich hab's ausgegeben, alles! Moment mal, die Papiere sind noch da! Die gebe ich zurück. Vielleicht verzeihen sie mir. Vielleicht lassen sie mich laufen, wenn ich ihnen die Papiere gebe. Doch was, wenn nicht …«

In der Nacht vergrub er die Papiere, eingewickelt in die Kissenhülle, in dem Loch, aus dem er die Schachtel gezogen hatte, und strich die Erde auf dem Grab so glatt, wie es nur ging. Er schlief nicht in jener Nacht. Mit einem gezückten Messer wartete er. Ohne mit der Wimper zu zucken. In der finsteren Kate. Bis der Ruf zum Morgengebet ihn einem Wiegenlied gleich einschlummern ließ.

Als er zu sich kam, sprang er barfuß aus dem Haus, stürmte los, setzte über die Mauer. Am Fußende des Grabes buddelte er. Buddelte weiter. Und noch weiter. Die Erde auf dem Grab fegte er in alle Winde. Er lächelte. Endlich war er sich sicher. Man hatte die Papiere an sich genommen! Sie waren fort! Vielleicht würde der Kaftanträger nie wiederkommen. Aber das Geld! Derda machte ein langes Gesicht. Was, wenn der Kaftanträger wegen des Geldes zurückkehrte und es einforderte? Dann bin ich erledigt, sagte Derda sich in tiefstem Herzen. Der bringt mich um! Denn das Geld kann ich im Leben nicht zurückgeben. Und wenn ich monatelang spare, das krieg ich nie zusammen. »Scheiße!«, schrie Derda. »Verfluchte Scheiße!«

Von jenem Tag an starb Derda Zelle für Zelle und alterte von Tag zu Tag. Sein Kummer war nicht die Angst, sondern das Warten auf die Angst. Das Warten auf die Angst war schlimmer als die Angst selbst. Wie einst jemand geschrieben hatte …

*

»Was ist los?«, fragte Isa. »Wartest du auf jemanden?«

»Nöö«, sagte Derda.

Es klang wenig überzeugend. Wie gehetzt schaute er sich um, reckte den Kopf, um das Gelände hinter den nahen Bäumen im Blick zu behalten, sprang auf, setzte sich wieder hin. So ging das seit fast einem Monat.

»Wonach hältst du denn dann Ausschau?«

»Was kümmert dich das!«, herrschte Derda ihn an. Um es gleich darauf zu bereuen.

»Ich erzähle dir was, aber es ist ein Geheimnis.«

»Gut«, sagte Isa. »Sag schon!«

»Wenn du so einen Mann im Kaftan siehst, dann gib mir Bescheid!«

Isa streckte den Finger über Derdas Schulter aus und sagte: »Da ist einer!«

Derda schrak hoch und sah sich um. Vor dem Grab Yakups, Ubeydullahs Bruder, das an eine Türbe erinnerte, stand ein Mann im Kaftan, die Handflächen geöffnet, und betete. Derda wandte sich an Isa.

»Der doch nicht! Gut, auch der trägt einen Kaftan. Also, hör zu: Weißt du, wo ich meine? Da drüben, da ist doch unsere Mauer. Die Mauer von unserem Haus. Die Gräber davor, die letzte Reihe, weißt du? Wenn du da einen siehst, sag mir sofort Bescheid! Wenn ich zu Hause bin, holst du mich! Egal, wo ich bin, du musst dann sofort zu mir kommen. Ich beschwöre dich, hör zu, das ist wirklich wichtig!«

Isa lachte.

»Schön, aber wieso ist das so wichtig? Soll das jetzt das Geheimnis sein?«

»Hör zu, ich hab neulich für so einen Typ im Kaftan einen

Job erledigt. Ein Grab geputzt. Dann hat er nicht bezahlt. Ich hab ihn beschimpft. Und er hat mich weggejagt. Verstehst du? Wenn der mich findet, macht der mich fertig. Das war ziemlich schlimm, was ich zu ihm gesagt habe.«

»Ach was!«, sagte Isa. »Glaubst du, der Mann hat nichts Besseres zu tun, als dir hinterherzurennen? Der hat dich längst vergessen.«

»Hoffen wir's«, sagte Derda. Dann stand er auf, hob gegen die Sonne schützend die Hand vor die Augen und sicherte die Umgebung. Als er sich wieder zu Füßen des Grabsteins niederließ, an den sie ihre Rücken lehnten, bemerkte er die Zigarette, die Isa ihm hinhielt.

»Sag mir trotzdem Bescheid, wenn sich da bei den Gräbern jemand herumtreibt, okay?«

Isa zündete Derdas Zigarette mit seinem Feuerzeug an und sagte: »In Ordnung.« Dann steckte er auch sich selbst eine Zigarette an und fügte hinzu: »Aber ich glaube, du machst dir ganz ohne Grund Sorgen.«

Nach den ersten fünf Zügen fragte Isa: »Du kennst doch Fevzi, oder? Der Junge, der aus dem Heim getürmt ist.« Derda nickte.

»Den habe ich gestern gesehen. Ein komischer Kerl. Der hat immer diese Tüte dabei. Weißt du, was da drin ist? Er hat's mir gezeigt. Eine Puppe! So eine für Mädchen. Mit Anziehsachen. Dann hat Fevzi sie ausgezogen. Die hat richtig Titten und Arsch. Wie eine erwachsene Frau, verstehst du? Egal. Er hat gesagt, wegen der Puppe ist er aus dem Heim weg. Wie hieß die noch gleich? Barbo oder Barba, na, egal, so in der Art… Barbie, ja, Barbie! Weißt du, warum? Die im Heim haben an der Puppe rumgefummelt, und dann haben sie Fevzi angemacht, verstehst du?«

Derda, der noch immer die Umgebung absuchte, drückte seine Kippe am Grabstein aus. Dann hakte er nach.

»Ja, gut, aber was wollte er denn mit der Scheißpuppe? Hätte er doch wegschmeißen können. Dann wäre er die anderen los gewesen!«

»Moment«, sagte Isa. »Weißt du, von wem er die Puppe hat?«

»Woher soll ich das wissen?«, fragte Derda.

»Vom Ministerpräsidenten, Mann!«

»Fick dich!«, sagte Derda.

»Ehrlich! Er war damals im Dorf. In die Kreisstadt oder was ist der Ministerpräsident gekommen. Alle sind hingefahren. Er war ja noch klein. Da wurde Spielzeug verteilt. Die Kinder haben sich darum gerissen. Und er hat die Puppe auf dem Boden gefunden. Zuerst hat er gar nicht gewusst, was das sein soll. Später mochte er sie dann nicht mehr wegwerfen. Immerhin hatte er sie vom Ministerpräsidenten! Aber die Jungs im Dorf haben schnell mitgekriegt, die sieht aus wie eine Frau. Da haben sie angefangen, sie zu betatschen. Fevzi konnte nichts dagegen machen. Und dann haben sie angefangen, Fevzi zu betatschen. Und er …«

Derda riss den Kopf herum und starrte Isa an.

»Habt ihr etwa was gemacht?«

Isas Antwort kam wie aus der Pistole geschossen. Und zwar als Frage.

»Willst du auch?«

»Verpiss dich, Mann!«, rief Derda. »Was soll ich da schon wollen!«

»Du gibst ihm Brot, und Fevzi …«

»Kein Bedarf«, sagte Derda.

»Alle machen's, hat Fevzi gesagt. Auch die Jungs vom Fußballplatz kommen zu ihm. Aber wenn du die Puppe siehst, wie eine echte Frau. Und wenn Fevzi dann mit der Hand …«

»Ey, verpiss dich!«, brüllte Derda. Ihm war übel. Nicht wegen der Sache, die Fevzi für Isa um eines Brotlaibs willen tat, sondern weil er geglaubt hatte, was ihm Fevzi über das Heim erzählt hatte. Vielleicht stimmte das alles. Vielleicht hatten sie Fevzi tatsächlich auf den Toiletten bedrängt. Aber Derda hatte keine Barbie! Eine Sekunde lang dachte er, er hätte sich umsonst vor dem Heim gefürchtet. Umsonst seine Mutter zerstückelt und begraben. Umsonst den Kaftanträger bestohlen, sich umsonst in die Scheiße geritten … Alles nur wegen Fevzi! Oder wegen dem, von dem er die Puppe hatte! Wegen dem, der ihn in den Wahnsinn getrieben hatte!

»Ich fick den Fevzi!«, sagte Derda. Versehentlich laut. Sein Blick traf den von Isa, und er korrigierte: »Doch nicht so, Mann!«

*

»Steh auf! Steh auf!«

Er hatte sich auf den freien Platz zwischen zwei Gräbern gelegt, der noch auf seinen Toten wartete, und war im Schatten der Zypressen eingeschlafen. Als er die Augen aufschlug, erblickte er Isa über sich.

»Was ist los?«

»Da ist jemand bei deinen Gräbern! Allerdings eine Frau.«

Sofort war Derda auf den Beinen. Aus Gewohnheit schnappte er sich Kanister und Schrubber und lief mit Isa zusammen los. Er versiegelte seine Lippen, damit sein Herz nicht heraushüpfte. Doch als er die Frau vor einem der Gräber in der Ferne sah, musste er sprechen.

»Gut, du kannst gehen.«

»Bist du sicher?«, fragte Isa.

»Ja, ja«, sagte Derda. »Kümmere dich um deinen Kram.«

Isa entfernte sich, und Derda schlüpfte zwischen seine Beobachtungsbäume und spähte hinüber, zitternd, als wäre er eines der Blätter.

Die Frau stand vor dem Grab, in dem der Brustkorb seiner Mutter, den er mit größter Mühe klein gekriegt hatte, und sein Inhalt lagen, und fixierte reglos das marmorne Schild. Derda hielt die Frau für eine gewöhnliche Grabbesucherin. Sie stand da, als würde sie gleich in Tränen ausbrechen, berührte den Marmor der Grabumfriedung, presste dann die Hand auf den Mund. Derda war sich fast sicher. Kein Grund zur Sorge, dachte er. Die Angst, auf die er wartete, war diese Frau nicht. Gerade wollte er sich aus dem Gestrüpp davonschleichen, da sah er etwas, dass ihm schwarz vor Augen wurde. Er rieb den Schleier fort, und seine Augen wurden Zeugen, wie die Frau einen weißen Umschlag aus der Tasche zog und auf die Erde des Grabs legte. »Scheiße!«, dachte er, aber brüllend laut.

Mit beiden Händen schaufelte die Frau eine Grube. Sie grub so tief, dass das Kuvert hineinpassen würde, dann sah sie sich um. Derda zog den Kopf hinter den Baum zurück. Was soll ich machen, fragte er sich unausgesetzt. Was soll ich machen? Was soll ich machen? Was soll ich machen? Soll ich hingehen und mit ihr reden, überlegte er. Hingehen und ihr alles sagen? Sagen, dass ich das Geld zurückzahle? Mich entschuldigen und ihr zu Füßen fallen? Sie anflehen? Vielleicht überzeugt es sie. Und sie geht zu dem Kaftanträger und spricht mit ihm. Ja, sagte er endlich, ja. So muss es sein! Ich habe die Nase voll vom Angsthaben. Soll geschehen, was geschehen muss.

Derda trat hinter den Bäumen hervor, wie ein zum Tode Verurteilter auf dem Weg zur Vollstreckung, und marschierte los, den Kopf erhoben, ein unschuldig zum Tode Verurteilter. Bei jedem Schritt fiel mehr Angst von ihm ab, und als er hinter der Frau angelangt war, holte er ein letztes Mal Atem und sprach.

»Entschuldigen Sie.«

Die Frau, die über das Loch, das sie gegraben hatte, und den Umschlag darin gebeugt war, drehte sich um, wie aus einem Traum geweckt, und sah den Jungen an.

»Die Papiere hatte ich genommen. Und auch ein bisschen Geld. Aber die Papiere hab ich zurückgebracht. Nur Geld habe ich nicht. Bitte, verzeihen Sie mir doch! Ich tu, was auch immer Sie wollen!«

Die Frau musterte den Jungen, während er sprach. Betrachtete seine Schuhe, seine Haare, seinen Kanister, den Schrubber, seine Augen und Zähne. Ebenso versonnen wie eindringlich. Als Derda merkte, dass sie schwieg, fuhr er fort.

»Um der Liebe Gottes willen! Ich bitte Sie!«

Die Frau nickte und zeigte auf das Grab. Derda begriff gar nichts. Er fragte, was ihm unwillkürlich in den Sinn kam.

»Soll ich es putzen?«

Wieder hob die Frau eine Hand, zeigte auf das Grab und nickte. Derda fragte nicht weiter.

»Gut«, sagte er. »Eine Sekunde, ich muss kurz Wasser holen!«

Er rannte, so schnell er konnte. Was war er froh, dass die Sache so ausgegangen war! Er würde ein Grab putzen, damit wäre seine Schuld getilgt. Er sauste zum Platz, stoppte vor dem Brunnen und füllte atemlos den Kanister. Zurück kehrte er nicht über den Weg, der vom Friedhofstor hinführte, sondern über Trampelpfade. Als auch die letzten Bäume, die ihn noch von dem Grab trennten, verschwunden waren, blieb er stehen. Die Frau stand nicht mehr vor dem Grab. Er schaute sich um. Sie war nirgendwo zu sehen. Er machte sich auf den Weg zum Friedhofstor. Wenn sie gegangen war, musste er sie unbedingt einholen. Einholen und mit ihr reden. Sicher sein, dass ihre Abmachung galt. Denn er hatte nicht länger die Kraft, sich zu fürchten. Vor dem Brunnen setzte er den Kanister ab, weil er ihn bremste, dann lief er weiter. Er rannte aus Leibeskräften und gelangte zum Friedhofstor. Niemand war da. Weder die Frau noch sonst wer. Er ging ein paar Schritte aus dem Friedhof hinaus und schaute zu beiden Seiten die Straße entlang. Die Frau schien sich in Luft aufgelöst zu haben. Oder, überlegte Derda, ist sie vielleicht mit einem Auto weggefahren? Schließlich wusste er nicht mehr, was er denken sollte. Seine Gedanken waren völlig ineinander verknäult. Nur eines war gewiss: Er würde den Umschlag in dem Grab nicht anrühren. Ansonsten wusste er gar nichts. Nicht, was er tun sollte, nicht, ob er mit der Frau nun übereingekommen war oder nicht.

»Sie hat auf das Grab gezeigt«, sagte Derda, laut. Er versuchte, sich die Frau ins Gedächtnis zu rufen, und ahmte ihre Geste nach.

»So hat sie gemacht. Sie hat darauf gezeigt. Dann habe ich gefragt: Soll ich's putzen? Und sie hat genickt… So war das, genau!«

Er zog die Ein-Mann-Diskussion nicht in die Länge. Die Übereinkunft war simpel. Und eindeutig. Sie würde seine Schuld streichen. Unter einer Bedingung. Derda musste das Grab pflegen. Der Junge lachte. Und rannte los. Nur am Brunnen wurde er langsamer, als er sich den Kanister schnappte. Ohne Pause eilte er ans Grab. Dort schaute er sich um. Er war sich sicher, dass ihn jemand beobachtete. Sie kontrollierten bestimmt, ob er seinen Teil des Abkommens erfüllte. Schlückchenweise goss er das Wasser aus dem Kanister über den Stein. Dabei hob er den Kopf und schaute in die Ferne.

»Seht nur, ich tue, was ihr verlangt!«, wollte er damit sagen, und das gelang ihm recht gut. Einzeln sammelte er die Blätter ab, die von den Bäumen auf das Grab gesegelt waren, putzte mit dem Schrubber den Marmor, nachdem er ihn begossen hatte, und bemühte sich, dabei so ehrerbietig wie möglich vorzugehen. Ehrerbietig und sorgfältig. Das muss das Grab einer wichtigen Person sein, dachte er. Sonst würden sie wohl kaum seine Schuld streichen.

Beim Reinigen des Grabes wurde Derda frei. Befreite sich von seinen Ängsten. Die Klumpen in seiner Kehle lösten sich einer nach dem anderen auf, sein vom Stress mager gewordenes Gesicht reifte mit jedem Lachen, und zum ersten Mal seit langem fühlte er sich gut. Regelrecht glücklich.

Die Morgensonne hob ihm die Lider, mit einem Lächeln erwachte er. Er hatte von seinem Vater geträumt. Obwohl er sich an sein Gesicht nicht erinnern konnte, hatte er doch gewusst, dass er es war. Er war aus dem Gefängnis gekommen, sie hatten zusammen gefrühstückt. Derda stand auf und zog sich an. Ein Stück Brot vom Vortag und etwas Käse stopfte er sich in den Mund. Dann verließ er mit Kanister und Schrubber das Haus. Er wandte sich nach links, ging an der Hauswand entlang und kam an die Mauer. Dort schlüpfte er durch die Bresche, die er vor Jahren geschlagen hatte, und betrat den Friedhof. Die Toten hatten sich vermehrt, die Gräber waren nah an die Mauer herangerückt. Zwischen ihnen hindurch lief er zum neu gebauten Brunnen. Dort füllte er seinen Kanister und machte sich auf den Weg. Vor einem Grab blieb er stehen. Er reinigte das Grab, als hielte er Andacht. Ob der Umschlag zu seinen Füßen noch dort war, wusste er nicht. Dies war auf dem ganzen Friedhof so ziemlich die einzige Stelle, die er nicht angerührt hatte. Denn er wollte es nicht wissen. Er tat nur, was man von ihm verlangt hatte, und pflegte das Grab.

Sobald er sah, dass kein Totenstäubchen mehr daran haftete, streichelte er den Grabstein und lächelte. Dann senkte er den Kopf und musterte den gepflasterten Weg, auf dem er stand. Den Weg, unter dem der linke Brustkorb und das Herz seiner Mutter lagen. Zwischen den Gräbern, wo er einst alle seine Mütter beerdigt hatte, war ein Weg angelegt und gepflastert worden. Er beugte sich zu dem Grabstein, den er geputzt hatte, und flüsterte: »Wir sehen uns morgen.«

Derda war sechzehn.

*

Zum ersten Mal erlebte Derda, dass jemand bei seiner Antwort nicht erschrak. Er erwartete weitere Fragen von Israfil, der nickte, als wäre Gefängnis eine normale Lebensrealität. Fragen über seinen Vater. Doch es kamen keine. Denn Gefängnis war für Israfil eine normale Lebensrealität. Er nahm einen Schluck von dem Tee, den Remzi ihm reichte, und sagte: »Der Wagen kommt gegen neun. Man wird dir sagen, welche Ware du einlädst. Dann fährst du mit und lädst die Ware bei den Ständen ab. Je nachdem machst du drei bis vier Touren. Abends holst du sie bei den Ständen wieder ab und bringst sie her. Das ist der Job. Und schnell musst du sein. Nicht dass du bei den Ständen herumlungerst, verstanden?«

»Okay«, sagte Derda.

Israfil hatte sich eine Zigarette angesteckt, das leere Glas reichte er Remzi und fügte hinzu: »Hör zu, ihm hast du zu verdanken, dass du hier bist. Arbeite wie ein Mann, verdien dir deine Brötchen.«

»Alles klar, Abi«, sagte Derda.

Drei Atemzüge lang rang Israfil Derda mit Blicken nieder. Er musste nicht sprechen. Denn Drohung dünstete Israfils Körper gleich einer Wolke aus, sie senkte sich auf das ganze Depot. Sobald Israfil meinte, Derda sei von der Drohwolke ausreichend getränkt, drehte er sich um und verschwand in dem Labyrinth, dessen Wände aus Büchern gemauert waren.

Eine halbe Stunde später trug Derda zwei Kartons mit je vierzig Büchern. Er trat durch die Eisentür ins Freie, stieg zwölf Stufen empor und lud die Kartons in den vor dem Treppenaufgang geparkten, hinten fensterlosen Minibus. Nach dem siebten Gang wusste er, dass der Minibus vierzehn Kartons fasste. Er kippte den Kanister neben dem Kühlschrank an, hielt sein Glas darunter, füllte es und stürzte durstig das Wasser hinunter. Er wischte sich den Schweiß ab und rief: »Ich komme!« Dann stürmte er die Treppe hinauf und schwang sich auf den Beifahrersitz. Da erblickte er eine Zigarette vor seiner Nasenspitze.

»Hier, steck dir eine an.«

Er zündete sie mit dem Konsolenfeuerzeug an. Abdullah hatte er vor einer Stunde kennengelernt, nun bogen sie von der Gasse auf die Straße ein. Kaum steckten sie im Verkehr, erkannte er, dass Abdullah ein verkappter Quasselfritze war. Wie alle heimlichen Schwätzer gehörte er zu jenen, die nur in Gegenwart einer Person plapperten. Am Tisch eines überfüllten Kaffeehauses hüllten sie sich in Schweigen, waren aber alle gegangen, kauten sie dem letzten verbliebenen Mann ein Ohr ab. Erzählten, was auch immer ihnen einfiel. Oder alles, was sich in ihnen bis zu jenem Augenblick aufgestaut hatte. Gerne lästerten sie über die, die erst kurz zuvor gegangen waren, beantworteten die auf den Tisch geworfenen Fragen nun, da die Fragenden längst fort waren. Deshalb blieb niemand gern mit Abdullah allein. Doch Derda hatte keine Wahl. Tagtäglich würde er stundenlang mit Abdullah allein in einem Minibus sitzen und sein endloses Geschwätz anhören, das mit der Aufforderung zum Rauchen seinen Anfang nahm.

Ihre erste Station war eine Auslage auf einer Überführung nahe der Universität. Hier verstand Derda erst richtig, was Remzi gemeint hatte, als er sagte: »Der Job ist nicht leicht.« Diesen ersten Stand sollte er stets hassen. Denn es waren vierundsechzig Stufen, die er hinaufmusste. Er wusste zwar nicht, was dabei herauskam, wenn man das mit drei multiplizierte, das Ergebnis aber reichte, ihm die Beine zittern zu machen, nachdem er den letzten Karton abgesetzt hatte. Der Stand gehörte einem bärtigen jungen Mann namens Saruhan. Er studierte an der Universität, deren Park von der Fußgängerbrücke aus zu sehen war, und zwar Mathematik. Um all das zu erfahren, hatte Derda zwei Wochen lang viele Male die vierundsechzig Stufen hinauf- und hinuntersteigen müssen.

Die weiteren Stationen lagen in diversen Vierteln an diversen Knotenpunkten diverser Einkaufsstraßen. Die Verkäufer an jenen Ständen waren alle in Saruhans Alter. Sobald sie Derda erblickten, lösten sie sich von den Mauern, an denen sie lehnten, öffneten auf den bereits ausgebreiteten Planen die Kartons und packten hastig die Bücher aus. Sie sahen Derda selten ins Gesicht, sagten am Ende aber garantiert: »Ciao!« Nur Saruhan sprach mehr. »Wie geht's?«, fragte er manchmal oder bemerkte: »Eisiges Wetter heute, was!« Auch Derda verlor ein paar Worte, sagte: »Gute Geschäfte!«, und entfernte sich. Die leeren Kartons wurden je nach Wetter dem Verkäufer am Stand überlassen oder, wenn es regnete, bis zum Abend im Minibus herumkutschiert.

Am Ende des Tages kehrte Derda mal mit Remzi, mal allein in das Viertel der Friedhofskaten heim. Morgens stand er nun noch früher auf. Um sich ausreichend um das Grab kümmern zu können, das er seit fünf Jahren pflegte. Im ersten Jahr hatte er tatsächlich gefürchtet, der Kaftanträger könnte wiederkommen, in den Folgejahren hatte er das Gesicht des Mannes allmählich vergessen, nur das Grab war noch da. Seit langem hatte es nichts mehr mit Angst zu tun, dass er das Grab reinigte. Für Derda war es wie Atmen. Es war zu einer Gewohnheit geworden. Einer Sucht, die niemandem schadete. Wäre er vor eine Kommission Diplomierter getreten, hätte er sich wahrscheinlich bei dem Versuch zusehen können, eine Reihe von Wörtern zu begreifen, die mit obsessiv anfing und mit kompulsiv weiterging. Doch außer vor das Grab trat Derda vor niemanden hin. Das Hintreten vor dieses Grab löste geradezu Seelenfrieden in ihm aus. Vielleicht betrachtete er es als eine Art Preis. Den Preis dafür, dass er seine Mutter zerstückelt und begraben hatte, dass er Geld gestohlen hatte, das jemand anderem gehörte. »Ich hab Schwein gehabt«, sagte er manchmal, wenn er mit Blick auf den Grabstein redete. Seit seinem dreizehnten Lebensjahr sprach er mit dem Stein. Ohne zu wissen, mit wem er da sprach. Mit Gott, mit seinem Vater, seiner Mutter oder mit sich selbst? Wahrscheinlich sprach er, weil es sich nur um einen Stein handelte. Einen Stein aus Marmor. Vermutlich sprach Derda mit einem Grabstein, weil er mutterseelenallein war. Seit drei Jahren jeden Morgen …

Je nach Jahreszeit pflanzte er Blumen. Aber nicht ans Fußende. Margeriten waren an der Reihe. Was mochten die Angehörigen des Toten, der in diesem Grab lag, denken, wenn sie die Blumen hier sahen? Derda hatte sie nie angetroffen. Denn er erfüllte seine Aufgabe in den ersten Morgenstunden, um sich anschließend in die hintersten Ecken des Friedhofs zu trollen, der im Laufe der Jahre gewachsen war. Um Brot zu verdienen. Am nächsten Morgen war er wieder da und fragte: »Wie geht es dir?« Dann sagte er: »Mir auch. Nicht schlecht. Gestern gab's ein bisschen was zu tun. Du verstehst, ich musste nicht hungrig ins Bett … Gefallen dir die Margeriten?«

Offenbar gab der Grabstein eine Antwort, denn bevor Derda ging, sagte er jedes Mal: »Wir sehen uns morgen.« Niemand wusste von der Freundschaft, die er mit dem Stein geschlossen hatte. Er hatte auch niemanden, der davon hätte wissen können. Seinen Vater hatte er nicht besucht. Aus Angst, die würden auch ihm etwas antun. Die Männer des Kaftanträgers. Ausharren war dann doch leichter. Geduldig auf den Tag warten, an dem sein Vater aus dem Gefängnis entlassen würde und heimkehrte. Eigentlich hatte Derda die letzten fünf Jahre im Wartestand verbracht. Zuerst voller Angst auf den Kaftanträger, dann voller Sehnsucht auf den Vater. Beim Warten hatte er sich einen Geduldsstein zugelegt. Einen Geduldsstein aus weißem Marmor.

*

»Ist das immer so?«

»Was?«, fragte Saruhan.

Derda blickte zu dem Weckerstand in zehn Metern Entfernung hinüber. Seine Augen hörten. Die digitalen Wecktöne von mindestens zwanzig Weckern, die keine Verschnaufpause ließen, weil sie auf verschiedene Zeiten eingestellt waren. Der Mann daneben las Zeitung, als hätte er keine Ohren. Als wäre er nicht mit den Weckern zur selben Zeit am selben Ort.

Saruhan folgte Derdas Blick. »Der? Der spinnt!«, sagte er. »Schon ein paarmal bin ich dem an die Gurgel gegangen, aber kein Scheißdreck ändert sich. Krank ist der. Wie ein Verrückter stellt er die Wecker, und dann steht er von morgens bis abends nur da!«

»Wie erträgst du das?«

Saruhan lachte. Er deutete auf die beiden Ohrenstöpsel, die ihm aus der Jackentasche hingen.

»Damit. Ich höre Musik. Dem verfluchten Kerl gehen nicht mal die Batterien aus! Also, wenn ich einen kaufen wollte, würde ich da nicht hingehen und fragen, was kosten die. Der verkauft auch nichts.«

Der Mann am Weckerstand spürte beim Umblättern der Zeitungsseite die ihm geltenden Blicke und drehte den Kopf in Saruhans Richtung. Saruhan lachte. »Es ist nichts, alles okay!«, rief er. »Wir haben nur gesagt, was klingeln die Wecker so schön!« Dann wandte er sich wieder Derda zu.

»Wo ist denn Abdullah?«

»Er geht eintreiben. Ich soll hier warten, hat er gesagt. Mal sehen, wann er zurückkommt.«

»Das ist auch ein Spinner! Derda, eigentlich spinnt hier jeder. Guck dir diesen Job an. Ist das etwa eine vernünftige

Arbeit? Aber was soll man tun? Wohl oder übel stehen wir hier. Um drei Groschen zu verdienen, stehen wir hier bei Wind und Wetter und frieren uns einen ab.«

»Ich hab da mal eine Frage«, sagte Derda. »Wieso ist es verboten, die zu verkaufen?«

»Lange Geschichte«, sagte Saruhan. »Scheiße! Willst du eins? Ich geb dir eins zum Lesen mit.«

»Nein, danke, danke.« Er schämte sich zu sagen, dass er nicht lesen konnte.

»Nimm schon eins. Ist doch von mir!«

Saruhan beugte sich über die Auslage und tauchte mit einem Wälzer wieder auf.

»Hier, nimm das. Verkauft sich sowieso nicht. Das schleppst du ganz umsonst an. Wenn ich die Bücher aussuchen könnte! Wenn ich entscheiden könnte, was die drucken, wäre ich längst ein gemachter Mann! Aber die drucken jeden Blödsinn. Gut, manche gehen gut. Aber das hier zum Beispiel, ist schon viel, wenn ich davon eins pro Monat loswerde! Und was für ein Schinken, Scheiße! Sieh es dir mal an!«

Notgedrungen griff Derda nach dem Buch. Doch er senkte den Kopf und wollte nicht hinschauen. Denn wenn Saruhan etwas über das sagen würde, was darauf stand, käme heraus, dass er nicht lesen konnte. Um das Thema zu wechseln, fragte er: »Was kostet das?« Saruhan wühlte in seinen Taschen, sagte: »Warte mal, ich hol mir kurz Feuer von dem Spinner da«, und ging zum Weckermann hinüber. Derda, allein zurückgeblieben, warf einen Blick auf den Deckel des Buches in seiner Hand und erstarrte.

Er sah die beiden seltenen Wörter, die er überall auf der Welt erkannt hätte. Denn er hatte fünf Jahre lang vor dem

Marmorstein gekniet, auf dem diese Wörter eingraviert waren. Zwei Bilder, eintätowiert in Derdas Geist. Zwei Bilder, deren jede Windung er auswendig kannte. Sie hatten keinen Klang. Denn er wusste nicht, wie man sie las. Es hatte ihn nie interessiert. Er war nicht einmal auf die Idee gekommen. Man lernte den Namen nur von jenen, die man rufen konnte. Und einen Grabstein konnte niemand rufen. Jetzt aber standen diese beiden Wörter auf einem Buchdeckel. Auge in Auge mit Derdas Augen.

»Was ist, nimmst du es?« Erst als er die Frage hörte, löste er sich aus der Erstarrung. Er hob den Kopf, sah Saruhan an und sprach.

»Bring mir Lesen bei!«

Am nächsten Morgen kam er mit dem Buch in der Hand zum Grab.

»Schau mal«, sagte er. »Ich habe dich gefunden. Weißt du, wie du heißt?«

Er lachte. Er setzte den Zeigefinger auf das erste Wort auf dem Buchdeckel und sagte: »Oğuz …« Dann berührte er das zweite Wort.

»Atay … Oğuz Atay …«

Nach der Arbeit übten sie in einem Café nahe der Fußgängerbrücke. Nachdem der letzte Karton im Depot abgeliefert war, stieg Derda an der ersten Haltestelle auf Abdullahs Heimweg aus und in den erstbesten Bus ein. Er wusste, dass sie alle unter der Überführung hindurchfuhren. Natürlich gab Saruhan den Unterricht nicht umsonst. Sie hatten sich auf ein Fünftel von Derdas Lohn geeinigt. Das führte zwar dazu, dass Derda fünf Tage im Monat mit leerem Magen zu Bett ging, doch das kümmerte ihn nicht. Nicht der Hunger noch Saruhans Unfähigkeit im Lesenlehren.

»Zuerst«, hatte Derda zu Saruhan gesagt, »nenn mir mal den Namen dieses Buches.«

»*Die Haltlosen*.«

Dann hatte Derda Vermutungen angestellt. Über *Die Haltlosen*. Wer weiß, sagte er sich, was auf diesen Seiten steht? Er schaute zu, wie Hunderte gekrümmte Seiten, die ihm vom Daumen schnellten, gleich einem Filmstreifen vor ihm abliefen. Manchmal hielt er sich das Buch ans Gesicht, dann spürte er den Lufthauch der Seiten. In diesem Hauch schloss er die Augen und träumte von *Die Haltlosen*.

Wenn Saruhan sagte: »Junge, was willst du mit diesem Buch? Ist das etwa ein Vieh? Du kannst ja nicht mal deinen Namen schreiben!«, lachte Derda und antwortete: »Egal!« Dann setzte er sich an den Tisch in der hintersten Ecke des Cafés und bemühte sich, die Buchstaben, die er bis dahin als sinnlose Formen wahrgenommen hatte, auswendig zu lernen. In dem Handel mit Saruhan war auch die Anzahl der Tees festgelegt, die dieser trinken durfte. Ab dem sechsten Tee musste Saruhan aus eigener Tasche zahlen. Er trank aber nie einen sechsten.

Morgens übte Derda mit den marmornen Schildern auf dem Friedhof. Als er die Namen der Toten erfuhr, die für ihn zuvor nur Stein und Erde gewesen waren, ertappte er sich dabei, über ihr Leben nachzudenken. Er lernte auch die Zahlen. Er starrte den Strich zwischen Geburts- und Sterbedatum an und staunte, dass sich ein Leben von fünfzig Jahren in einem einzigen Strich zusammenfassen ließ. Jeder Tote, dessen Namen er las, schien für einen Moment lebendig zu werden.

Kam er abends heim, las er die Bilderbücher, die Saruhan ihm gegeben hatte. Er war versessen darauf, mit *Die Haltlosen* anzufangen, hatte aber sich selbst und Saruhan etwas versprochen: Bis zu dem Tag, da er fehlerlos lesen konnte, würde er das Buch nicht anrühren. Der einzige Grund, aus dem Saruhan sich in dieser Sache hartnäckig zeigte, lag darin, zu verhindern, dass seine Unfähigkeit zu lehren herauskam. Er fürchtete, Derda würde den Unterricht abbrechen, wenn er die Unzulänglichkeit seines Lehrers erkannte.

Schließlich brachte sein Unvermögen als Lehrer Saruhan mehr Geld ein. Derda, der den Punkt, an dem er nach zwei Monaten hätte stehen müssen, erst nach fünf Monaten erreichte, glaubte, es liege an ihm, und begann, alle Kinder, die im Alter von sieben Jahren lesen lernten, für Genies zu halten.

Von sämtlichen Fortschritten im Lesen unterrichtete er Oğuz Atay, und jeden Morgen las er ihm Abschnitte aus den Geschichten vor, die für Kinder geschrieben waren. Die Margeritensaison war längst zu Ende, auf dem Grab blühten nun Stiefmütterchen.

Abends, wenn er durch die Straßen lief und dabei alle Schilder las, fühlte Derda sich, als gehörte ihm die ganze Welt. Wie auf einem aus Buchstaben gewebten Teppich schwebte er nach Hause. Den Mund, der nach Lernen dürstete, trocken vom Wind.

Eines Abends sagte Saruhan wohl oder übel: »So.« Sein Blick lag auf Derda, der das Kinderbuch schloss, dessen letzte Zeile er fehlerlos gelesen hatte.

»Jetzt kannst du lesen.«

Ja, Derda konnte lesen. Aber nur lesen. Saruhan, dem etwas schier Unmögliches gelungen war, hatte Derda nur das Lesen beigebracht. Derda hatte mit den Augen Buchstaben und Silben gepaukt, doch kein einziges Mal einen Stift in die Hand genommen. Denn Saruhan hatte eine Rechnung angestellt. Ein Sonderabkommen für den Schreibunterricht. Womit er noch mehr Geld verdienen konnte. Diesen Appetit hatte Saruhan im Laufe der Zeit entwickelt, als er merkte, dass er ein unfähiger Lehrer war und vergessen hatte, Derda die Buchstaben schreiben zu lehren. Jetzt war es an der Zeit. Er konnte fragen.

»Und das Schreiben? Willst du auch das Schreiben lernen?«

Derda lachte.

»Wozu schreiben? Was sollte ich denn schreiben?«

»Verfluchte Scheiße!«, sagte sich Saruhan. Laut sagte er: »Hey, bring noch einen Tee!«

Zum ersten Mal trank er einen sechsten. Was hier zu Ende ging, war die letzte Unterrichtsstunde.

*

Derda lag wie gelähmt auf dem Betonboden. Beide Arme hatte er ausgebreitet, als wäre er an ein unsichtbares Kreuz genagelt. Bei jedem Atemzug hob und senkte sich *Die Haltlosen* auf seiner Brust. Er hatte das Buch von mehr als siebenhundert Seiten durchgelesen und starrte an die Decke. Es war sein erster Roman. Was er verstanden hatte, glich einem Stäubchen. In seinem Geist steckte ein einzelnes Staubkorn, auf seiner Brust dagegen, die sich rasch hob und senkte, lag der Rest von *Die Haltlosen*. Deshalb fiel ihm das Atmen schwer. Von dem, was er empfunden hatte, als die Sätze zusammenkamen, obwohl er sie nicht verstanden hatte. Derda war aber weitergegangen und hatte sich in Oğuz Atay eingefühlt. Der Weg dorthin führte möglicherweise über das Nichtverstehen. Das Nichtverfügen über die Schlüssel, die für Verstehen sorgten. Die Namen, Ereignisse, Begegnungen, Aussagen, alles aus dem Roman schwirrte ihm um den Kopf und tauchte die vier Wände des Hauses von einer Farbe in die andere. Derda betrachtete die Decke wie einen Regenbogen; er selbst lag da wie ein Betrunkener im Regen.

Ein Mann trat ihm vor die geschlossenen Augen. Bei jedem Blinzeln. Ein einzelner Mann. Es kam Derda so vor, als gehörten sämtliche Namen in dem Roman einem einzigen Mann. Als wären die Turgute, die Selims und alle anderen ein einziger Mann. Ein aus Güte gemachter Mann. Vielleicht auch aus Scherben. Oder aus Luft. Dann prallte er gegen einen Stein und zerfiel in tausend Teile, der Mann. Vielleicht löste er sich in Luft auf. Was auch immer er erlebt hatte, war zu einem finsteren Stein geworden und hatte den Mann zu Sand zerrieben. Oder wie Eis geschmolzen. Zurück blieb nur das Buch. Das Buch war etwas, das Derda nicht verstand. Überreste kannte er gut. Was von Menschen blieb, nannte man Grabstein. Er war davon überzeugt, dass das Buch, das sich auf seiner Brust hob und senkte, ein Grabstein war, hörte auf zu blinzeln und schloss die Augen.

Die Transplantation

Beim Stoß einer einzelnen Schulter flog die Tür der Friedhofskate auf, und drei Männer in weißen Kitteln traten ein. Sie hatten eine Trage mitgebracht und stellten sich Derda, der wie gestorben und ausgestopft dalag, zu beiden Seiten. Einer beugte sich hinunter, legte zwei Finger an Derdas Schlagader und überzeugte sich davon, dass er lebte. Dann griff er nach dem Buch auf seiner Brust.

Da wollte Derda die Augen aufschlagen und schreien: »Was ist hier los? Wer seid ihr?« Doch er vermochte es nicht. Er konnte weder ein Stimmband rühren noch einen Finger. Nur die Pupillen gehorchten ihm. Derda konnte nur schauen. Und atmen. Er sah, wie das Buch in einen Kasten gelegt wurde, und atmete dreimal ein und dreimal aus. Als der Kasten aus Titan und der Mann, der ihn trug, auf die Tür zusteuerten, hoben die beiden anderen Derda auf die Trage. Mit einem Ruck.

Die Trage wurde in den Krankenwagen geschoben, der vor dem Haus stand, und Derdas Augen sahen eine Sauerstoffmaske auf sich zukommen. Die Lider wurden ihm schwer. Bald konnten sie sich des Gewichts nicht länger erwehren und klappten zu.

Als sie leichter wurden und sich öffneten, sah Derda, wie er aus dem Krankenwagen gezogen und in den Bauch eines

Flugzeugs geschoben wurde. Und wieder eine anfliegende Sauerstoffmaske.
Das Krankenflugzeug blieb 9 Stunden und 15 Minuten in der Luft und landete in Bangkok. Nach dem Auftanken hob es die Räder vom Boden ab und flog wie eine dem Himmel ins Gesicht geschleuderte Rasierklinge vier Stunden lang weiter, mit dem Ziel Manila. Während all dieser Zeit gingen Verdas Bewusstsein und Augen der Reihe nach auf und zu.
Verda wurde in einen Krankenwagen verfrachtet, der dem in Istanbul sehr ähnlich sah. Zuerst ging es über Asphalt, dann über einen Feldweg. Die Ambulanz kämpfte sich durch Feuchtigkeit und Fliegenschwärme voran. Die Bäume, die das Ende der Straße und ihre beiden Seiten verstellten, endeten wie ein Traum, und ein moosgrüner Hügel war da.
Auf dem Gipfel des moosgrünen Hügels ein wolkenweißes Gebäude und eine lochschwarze Tür. Davor Tausende Menschen, die sich gleich einer riesigen Schlange über einen weiten Hang hinzogen. Jeder hielt etwas in der Hand. Ein Objekt …
Der Krankenwagen stellte die Sirene ab, als er an der Schlange aus Menschen und Objekten vorbeifuhr, kletterte langsam den Hang hinauf und hielt vor dem weißen Gebäude. Wie eine Feder wurde Verda aus dem Wagen gehoben und wie eine Kugel durch die Tür in das Gebäude befördert. Anschließend durch einen Gang, den die Menschen- und Objekteschlange füllte.
Vor der Tür, an der der Gang endete und die Schlange anfing, hielten sie an. Denn vor ihnen stand ein kleines

Mädchen. Sie hielt eine getigerte Katze im Arm. Offensichtlich war sie die Nächste, die durch die Tür eintreten sollte, sobald diese sich öffnete. Einer von denen, die Derda schoben, beugte sich zu ihrem Ohr und flüsterte: »Notfall!«
Reif, wie man es dem kleinen Mädchen angesichts seines Alters nicht zugetraut hätte, trat es beiseite, und Derdas Trage fuhr durch die sich öffnende Tür hinein.
In dem Raum befanden sich ein Operationstisch und zwei alte Männer. Ein Jivaro-Indianer der eine, der andere ein Philippiner. Sie tauschten das weiße Laken auf dem OP-Tisch. Gegen ein sauberes. Sie breiteten es aus und glätteten es mit den Handflächen, dann hoben sie den Kopf. Darauf hatten die, die Derda hergebracht hatten, gewartet. Die beiden alten Männer hoben Derda, der nur mit einer Hose bekleidet war, wie eine Torte auf den OP-Tisch.
Der Indianer ging auf den Mann zu, der den Titankasten trug, und ließ ihn den Deckel öffnen. Als er das Buch erblickte, fragte er: »Gab es das nicht als Taschenbuch?«
Der Mann, der den Kasten hielt, schüttelte den Kopf. Der Indianer atmete müde aus, streckte die rechte Hand in den Kasten und blätterte die Seiten durch. Er hielt die linke Hand über das Buch, rieb die Finger aneinander, und Goldstaub rieselte in den Kasten. Unter dem Staubregen färbte sich das Buch golden ein, schrumpfte, und am Ende war Die Haltlosen nur noch faustgroß.
Der Indianer nahm das geschrumpfte Buch heraus und zeigte es dem Philippiner. Der nickte und schloss die Augen. Er stach die lanzettenähnlichen Nägel seiner rechten Hand, einer Schaufel gleich, unter Derdas linken Brust-

korb. Als er zustach, schrie Derda auf. Es war aber nichts zu hören. Denn er hatte nur geglaubt, aufzuschreien. Dabei hatte er weder einen Schmerz empfunden, der das Schreien gerechtfertigt hätte, noch hatte er den Mund weit genug aufreißen können, um schreien zu können. Entsetzt starrte er dem Philippiner in das runzlige Gesicht. Die anderen beobachteten währenddessen, wie der alte Mann in den Spalt, den er mit der rechten Hand geöffnet und geweitet hatte, seine linke Hand schob. Es floss kein Tropfen Blut, auch wurde Derda nicht der Atem genommen. Dabei gab es Dutzende Gründe für beides, sogar dafür, dass er an Ort und Stelle sein Leben aushauchte. Einen davon hatte er jetzt direkt vor der Nasenspitze: Aus einer Handbreit Entfernung starrte Derda sein eigenes Herz an.

Der Ondianer nahm dem Philippiner das Herz aus der Hand und legte in die geleerte Handfläche das Buch. Der Philippiner hob den Kopf, schloss die Augen und schaute allein mit den Fingerspitzen. Mit einer Hand schob er den Spalt in Derdas Haut wie einen Vorhang auseinander, mit der anderen versenkte er das Buch in sein Fleisch. Was zum Herz geführt hatte und aus dem Herz herausgekommen war, sämtliche Adern und Venen, klemmte er zwischen die Seiten und schloss das Buch. Als er seine Hände aus dem Spalt zog, fand Derda mit dem Blut, das *Die Haltlosen* pumpte, zu neuem Leben. Der Ondianer schaute ihm auf die Brust, die sich mit dem ersten Atemzug hob, trat auf den Hebel des Mülleimers unter dem OP-Tisch und warf das Herz hinein. Denn Fleisch war zu NOCHTS NÜTZE …

Das Gebäude

Das 90 km nördlich von Manila gelegene weiße Gebäude war weder ein Tempel noch ein Palast der Wunder. Es war schlicht ein weißes Gebäude. Ein großes Gebäude, in dem sich ein schmales Zimmer und ein langer Gang befanden. Es ähnelte einem fensterlosen Quader. Ein Ein-Zimmer-Monument mit Mauern, dick wie ein Haus.
Es war im Jahre 1985 bei einem Erdbeben entstanden, das die Philippinen in den Grundfesten erschüttert hatte. Aus allen Ecken der Welt waren Massen von Menschen herbeigeströmt, um das Gebäude zu sehen, und hatten sich bemüht zu begreifen, was sie da sahen. Doch weder irgendein Wissenschaftler noch sonst jemand hatte eine Erklärung für seine Existenz geben können. Es hatte nicht einmal eine Tür. Im Laufe der Zeit war das Interesse, auch durch den Überdruss an der Ungewissheit, abgeflaut, und um das Gebäude herum war es still geworden.
Drei Jahre später kam eines Sommermorgens der Philippiner, der damals schon alt war, zu dem Gebäude, legte die Hand daran und begann zu warten. Wenn er gefragt wurde, antwortete er: »Ich warte auf jemanden, weiß aber nicht, auf wen.« Der Mann, bekannt als einer von Tausenden Hochstaplern seines Landes, der allerdings behauptete, mit bloßer Hand Operationen durchführen zu können, wartete zwei Jahre lang, ohne die Hand von der Mauer zu nehmen, und alterte weiter.
Dann, wieder eines Sommermorgens, tauchte, mindestens so alt wie der Philippiner, ein Indianer auf, der am Gür-

tel faustgroße Schädel bei sich trug. Aus den Anden. Ein Indianer vom Stamme der Jivaro, der in den grünen Höhlen der Amazonaswälder lebte. Um sich vor der Rache der Seelen derer, die sie getötet hatten, zu schützen, schrumpften sie ihre Schädel und trugen sie bei sich.
Er schien zu wissen, was er tat, denn er zögerte nicht, seine Hand genau vier Meter rechts von der des Philippiners an die Mauer zu legen. Da brach die Mauer dort, wo die Hände der alten Männer auflagen, rückte in das Gebäude hinein und schwang nach rechts. Damit war die Tür des Gebäudes wie das Maul einer riesigen Höhle geöffnet, und hatte sich nie wieder geschlossen. Die beiden alten Männer schritten durch den Gang, der sich vor ihnen auftat, und als sie an das Zimmer am Ende des Ganges gelangten, flüsterte das Gebäude ihnen ins Ohr, wozu es diente.
»Wartet!«, sagte es. »Wartet hier. Sie werden zu euch kommen.«
»Wer?«, fragte der Philippino.
»Die, die den Sinn ihres Lebens gefunden haben. Die, die das gefunden haben, dem sie ihr Leben widmen, werden kommen. Ihr werdet ihnen das Herz herausnehmen und die Objekte einsetzen. Ihre Herzen werft ihr weg.«
»Aber«, wandte der Indianer ein, »wie sollen sie ohne Herz überleben?«
»Das werdet ihr sehen!«, sagte das Haus.
»Und wenn niemand kommt?«, fragte der Philippiner.
»Wer sollte sich denn einer Sache dermaßen widmen, dass er dafür sein Herz hergibt?«
»Auch das werdet ihr sehen!«, sagte das Gebäude.
»Und was ist mit jenen, die den Sinn ihres Lebens nicht

finden?«, nahm der Indianer wieder das Wort. »Was wird aus denen?«
»Die werden mit einem Stück Fleisch in der Brust bei lebendigem Leibe verwesen. Und das weiterhin Leben nennen!«
Die letzte Frage stellte der Philippiner: »Warum jetzt? Wer weiß, wie viele Menschen ihr Leben schon einer Sache gewidmet haben? Warum bist du gerade jetzt aufgetaucht?«
Das Gebäude sprach ein letztes Mal: »Weil ein Kind namens Derda geboren wurde!«
»Wer ist das denn?«, wollten sie fragen, doch der Indianer wurde, wie von einem unsichtbaren Lasso gepackt, aus dem Gebäude hinausgezogen.

Der Erste

Der alte Indianer lief den Hang hinunter und gelangte über den Feldweg in den Wald hinein. Er durchdrang die Wände aus Bäumen, kam in ein Dorf und fand die Menschen dort bei einem reglos auf dem Boden liegenden Kind versammelt vor. Dem Kind, das kaum noch zu atmen vermochte, ragten aus der linken Faust zu beiden Seiten die Enden eines Papierfetzens heraus. Der Indianer bat die Umstehenden um Hilfe und ließ das Kind in den schmalen Raum des weißen Gebäudes bringen. Der Philippiner öffnete mühsam die Faust des Kindes und nahm den Papierfetzen heraus. Dann entfernte er ihm das Herz und setzte in die Leere im Brustkorb den Papierfetzen ein. Es war eine 1-Dollar-Note, die an die Stelle des ersten im weißen Gebäude entfernten

Herzens verpflanzt wurde. Das zerknitterte Trinkgeld, das das Kind wenige Stunden zuvor von einem Touristen bekommen hatte. Kaum hatte das philippinische Kind den Geldschein in seiner Hand erblickt, hatte es den Sinn seines Lebens erkannt: GELD.
Als die Dörfler sahen, dass das Kind zu sich kam und geheilt war, knieten sie vor den beiden Alten nieder. Anschließend lernten sie von dem Ondianer, all jene überall aufzuspüren, die ihr Leben einer Sache gewidmet hatten. Mit der Zeit hatten sie auch andere unterwiesen, und so war ein Heer von mehreren tausend Personen entstanden, die sich DOE AUFSPÜRER nannten. Millionen von Menschen aus aller Welt, die den Sinn ihres Lebens gefunden hatten, wurden in das weiße Gebäude gebracht, wo man ihnen das Herz entfernte und entsorgte.
Nach einer Weile bot die Weltgesundheitsorganisation an, die Herzen für mögliche Transplantationen zu deponieren, doch der Befehl war eindeutig gewesen: Werft die Herzen weg!

Der Letzte

Zurück in der Friedhofskate wurden Verdas Augen und Bewusstsein klar. Genau in dem Moment, da die drei weiß bekittelten Männer, die ihn auf dem Boden ablegten, wo sie ihn zuvor abgeholt hatten, das Haus verließen und die Tür schlossen. Seine Hand tastete nach dem Buch, das zuletzt auf seiner Brust gelegen hatte, doch sie griff ins Leere. Er sprang auf und suchte mit Augen und Fingern jeden Fleck des Hauses ab. Doch er konnte Die Haltlosen nicht finden. Abrupt hielt er inne und stieß ein Lachen aus, wie Schluckauf. Wozu denn, dachte er. Was macht es schon, wenn ich es verloren habe? Ich habe es doch gelesen!

Nie wieder suchte Derda nach Die Haltlosen. Ebenso wenig dachte er je wieder an das weiße Gebäude, an das er sich schemenhaft wie an einen Traum erinnerte. Dabei war jenes Gebäude am Tag von Derdas Geburt, zudem um seinetwillen, aus dem Boden gewachsen. Dabei war jenes Gebäude, nachdem Derda herausgekommen war, wieder in dem moosgrünen Hügel versunken. Damit die beiden alten Männer und die Hunderte von Menschen, die auf dem Gang warteten, flüchten konnten, war es ganz allmählich dahin verschwunden, wo es vor Jahren zu Tage getreten war. Die Leute im Gang hatten rechtzeitig die lochschwarze Tür erreicht und mit dem Sinn auch ihr Leben gerettet. Die alten Männer aber zogen es vor, in dem schmalen Raum zu bleiben, einander anzuschauen und zu lächeln. Ihre Aufgabe war erfüllt, und endlich war die Zeit zum Ausruhen gekommen, die man Tod nannte. Der Feierabend namens Tod ... Beide hatten verstanden. Dass das letzte Herz, das sie entfernten, Derda gehörte, dessen Namen sie Jahre zuvor vernommen hatten. Es gab nur eines, das sie nicht verstanden hatten. Danach fragte nun der Indianer: »Was war das für ein Buch?«

Der Philippino lächelte. Dann sagte er: »Ich weiß es nicht, aber es muss ein solches Buch gewesen sein, dass ... « Er schluckte, bevor er fortfuhr.

»Ein solches Buch, dass Millionen von Menschen um seinetwillen den Sinn ihres Lebens erkennen!«

»Gibt es noch mehr Bücher von ihm?«

»Das ist anzunehmen. Aber nicht bei uns, die findest du beim Buchhändler«, sagte Saruhan.

Er beschrieb einen Buchladen in der Nähe der Fußgängerbrücke. Um wieder da zu sein, bevor Abdullah kam, rannte Derda los und betrat zum ersten Mal im Leben eine Buchhandlung. Eine Frau stand vor ihm.

»Bitte schön?«

»Alle Bücher von Oğuz Atay …«

Er hatte den Satz noch gar nicht beendet, da drehte sich die Frau auch schon um und marschierte los. Derda folgte ihr. Sie blieb an einem Regal stehen, reckte sich und zog *Die Haltlosen* heraus.

»Das habe ich«, sagte Derda. Die Frau konnte es nicht ahnen. Dass er meinte: »Das trage ich in mir.«

»Gut«, sagte die Frau und reichte ihm *Warten auf die Angst*. Und *Tagebuch*.

»Die anderen haben wir nicht da.«

Derda pfefferte die zerknitterten Geldscheine, die er aus der Tasche gezogen hatte, auf die Kasse, schnappte sich die Bücher und ging. Wie im Flug erreichte er Abdullahs Minibus, der gerade an den Kantstein heranfuhr. Bei jeder roten Ampel bedachte Abdullah ihn mit schrägen Blicken. So erfuhr Derda, dass der Fahrer Leute hasste, die an seiner Seite Bücher lasen. Denn mit jemandem, der las, konnte man nicht plaudern.

An jenem Abend verschlang Derda im Schein der einzigen Glühbirne im Haus *Warten auf die Angst*. An jenem Abend hörte Derda die Stimme des Steins, zu dem er seit drei Jahren sprach. »Geschichtenerzähler der Eisenbahn – ein Traum«, die letzte Geschichte in dem Buch, endete mit dem Satz:

»Ich bin hier, mein lieber Leser, und wo bist du?«

»Hier bin ich!«, brüllte Derda.

Dann verließ er das Haus, schlüpfte durch das Loch in der Mauer und rannte im Dunkeln zu Oğuz Atays Grab. Er hockte sich neben den Grabstein. »Ich bin hier«, flüsterte er. »Siehst du, hier bin ich. Ich bin hier. Bei dir. Ich war schon immer bei dir. Alle Zeit. Siehst du, auch jetzt bin ich hier …«

Derda weinte. Er wusste nicht, warum, doch er weinte. Vielleicht weil er seit Jahren allein war. Vielleicht weil auch er die Menschen ansah und sagte: Ich bin hier, wo seid ihr? Vielleicht weil er nur weinen konnte, wenn er allein war. Vielleicht weil er an der Seite Oğuz Atays Tränen vergießen konnte. Derda weinte. Zärtlich strich er über die Stiefmütterchen auf Oğuz Atays Grab. Da er nicht wusste, warum er weinte, weinte er noch mehr. In das Schluchzen streute sich sein Gestammel.

»Hier bin ich, hier bin ich, ich bin hier …«

Würde man ihn bitten, die Geschichten aus *Warten auf die Angst* nachzuerzählen, wäre er dazu nicht imstande gewesen. Weder hätte er ihre Titel auflisten noch ihre Themen nennen können. Denn er hatte weder genug Wörter dafür im Kopf noch die Gedanken, die diese Wörter trugen. Doch wie versprochen würde er bis zum Tod da sein. Sogar über den Tod hinaus. Dort. Für immer. Im Himmel oder in einer unsichtbaren Schicht anderer Dimensionen, nebeneinander, ineinander, legiert mit dem Guten und einem unbenannten Frieden. An einem Ort, an den man eher durch Fühlen denn durch Wissen gelangte. An einem Ort, an dem Augen feucht wurden, wenn man zum ersten Mal klassischer Musik lauschte, auch ohne die Namen der Instrumente zu kennen, sich in Regentropfen verwandelten und ihr Licht in sieben Farben brachen. An einem Ort, an dem Unwissen und Weisheit nichts bedeuteten. Da, wo Oğuz Atay war. Da, wohin er gefallen war, als er sich nicht hatte halten können. Da, wo er, vielleicht in dem Augenblick, als er merkte, dass er von der Erdanziehungskraft befreit war, nicht hingefallen, sondern ohne Halt zu finden hin entschwebt war …

Jene Nacht schlief Derda zwischen zwei Gräbern ein, dabei streichelte er die Stiefmütterchen.

*

Derda las Oğuz Atays *Tagebuch.*

»Dieser Tage herrscht Hoffnungslosigkeit…«

Das machte ihn traurig.

»Was auch geschieht, sie sollen mich achten…«

Er wurde wütend. »Natürlich!«, rief Derda. »Selbstverständlich müssen sie dich achten!«

»Eine kleine Bande Halbintellektueller hält das Monopol auf alle möglichen fortschrittlichen und reaktionären Strömungen und versucht sich heute mit Inszenierungen zu halten, die eines Markthändlers würdig wären, um ihre Position nicht aufgeben zu müssen, weil sie sich seit Jahren weigert zu akzeptieren, dass sie besiegt ist…«

Derda verstand nicht, von wem die Rede war, aber er wurde noch wütender.

»Sie gleichen faulendem Fleisch, ausfallenden Zähnen…«

»Genau!«, sagte er sich.

»Die Welt ist verdorrt…«

Wieder rief Derda: »Genau!«

»Wenn an dieser Gasse ein, zwei kleine Friedhöfe lägen und wir jeden Tag auf dem Weg zur Arbeit die Toten grüßten…«

Er lachte. Allmählich zeigte sich das unsichtbare Band, das ihn, davon war er überzeugt, mit Oğuz Atay verknüpfte.

»Warum nur verstehen sie nicht, was ich schreibe, warum gibt es da niemanden in meiner Umgebung…«

Wieder wurde er wütend. »Ich verstehe es auch nicht, aber sieh nur, ich bin bei dir«, sagte er.

»Dummköpfe gibt es in jedem Land – also unter denen, die sich in der Literatur ihres Landes auskennen. Sie reißen sich um ausländische Bücher. Von mir haben sie nicht einmal gehört. Und ich erwarte unter solchen Leuten Leser. Welch eine Dummheit…«

Wieder wurde Derda traurig.

»Ich glaube, ich fühle mich hier ausgeschlossen ...«

»Ich mich auch«, sagte Derda.

»Ich fürchte, am Ende gebe ich auf, das wäre noch betrüblicher ...«

Derda weinte. Die Tränen, die er vergoss, als er die Fotos von Oğuz Atay in unterschiedlichem Alter auf den letzten Seiten des *Tagebuchs* betrachtete, trocknete er, indem er sich mit den Seiten über das Gesicht fuhr. Derda spürte, dass er in Oğuz Atay aufgegangen war, die Resignation, von der er gelesen hatte, spürte er an jeder nur fühlbaren Stelle in sich.

Ganz sicher war Oğuz Atay mindestens so einsam und unglücklich gewesen wie er selbst. Es kostete ihn eine halbe Stunde, 1934 von 1977 abzuziehen, und als er sah, dass das Ergebnis 43 lautete, dachte er: »Wie jung er war!« Mit sonderbarer Feindseligkeit betrachtete er die Grabsteine all jener, die die 43 überboten. Vielleicht, sagte er sich. Vielleicht waren unter ihnen welche von den Dummköpfen, die Oğuz Atay erwähnt hatte. Von einem, der ihm ins Auge gefallen war, rechnete er das Alter aus und schrie: »Siebzig Jahre hat der Kerl gelebt!« Dann stellte er noch eine Rechnung an und sagte: »37 Jahre länger!« Er hob den Kopf zum Himmel. Wen auch immer er dort sah, auch der verstand. Wie tief er Derda enttäuscht hatte. Wer weiß, zum wievielten Mal?

In der düsteren Kate hatte er die drei Bücher aufgestapelt und als Kissen unter den Kopf geschoben. Er starrte zur grauen Decke hoch. »Mehr!«, sagte er sich. »Ich muss mehr wissen. Alles. Ich muss alles über ihn in Erfahrung bringen!«

Warum war er mit 43 Jahren gestorben? Im *Tagebuch* war von einer Krankheit die Rede. Von Krankenhausaufenthalten. Von einer Operation. Er konnte nicht wie Derdas Mutter gestorben sein. Nein! Oğuz Atay musste auf andere Weise die Augen geschlossen haben. Er musste die Menschen angeschaut haben und gestorben sein. Den Blick auf die Augen der Menschen gerichtet. Wie sollte Derda Gewissheit erlangen? Wen sollte er fragen? Natürlich Saruhan …

»Wenn ich jetzt zum Beispiel etwas über das Leben von einem Schriftsteller wissen will, was tue ich dann?«

»Es gibt Biografien«, sagte Saruhan.

»Wo?«

»Wo wohl, im Buchhandel!«

»Sind diese Biografien auch Bücher?«

»Derda, lass mich um Gottes willen in Ruhe, der Idiot da drüben geht mir schon genug auf den Wecker!«

Wieder betrat Derda den Buchladen. Fünf Schritte von der Fußgängerbrücke entfernt. Wieder stand die Frau vor ihm. Dieses Mal lächelte sie. Immerhin war Derda nun ein Kunde.

»Wie kann ich behilflich sein?«

»Mo… Moment«, sagte Derda und zog einen Zettel aus der Tasche. Besser gesagt, die handgroße Ecke eines Kartondeckels. Er hatte Saruhan gebeten, es aufzuschreiben. Das zeigte er der Frau.

»Biografie … Gut, aber von wem?«

Als nenne er seinen eigenen Namen, gab Derda Auskunft.

»Oğuz Atay.«

»Da muss ich nachschauen«, sagte die Frau. Sie ging zu dem

Computer an der Kasse. Sie drückte ein paar Tasten, dann hob sie den Kopf und sah Derda an.

»Ja, wir haben eine da.«

Sie ging an Derda vorbei und schritt die Regale ab. Mit den Fingern der rechten Hand fuhr sie über die Rücken der Bücher, ergriff eines und zog es heraus. Sie reichte es Derda, der ihr gefolgt war. Ein dickes Buch. Derda hatte schon gelernt, dass dick teuer bedeutete. Und das Geld in seiner Tasche würde nicht reichen. Wie ein Kind fragte er: »Kann ich es lesen und wiederbringen?«

Die Frau lachte. »Das geht nicht«, sagte sie. Dann rief sie: »Hey, wohin gehst du? Halt, stopp!«

Mit vier langen Schritten war Derda aus dem Buchladen hinaus, er schlüpfte durch die Lücken in der Menge auf der Straße und rannte. Er wusste, dass die Frau ihn nicht einholen konnte, dennoch wurde er nicht langsamer. Nur Saruhan sah, wie Derda sich gleich einer großen Katze über den Gehsteig davonmachte. Er hatte die Ellbogen auf das Geländer der Überführung gestützt und rauchte. Er beobachtete Derda, bis der, ohne jemanden anzurempeln, in der Menge verschwunden war. Dann fiel sein Blick auf die Frau, die vor den Buchladen getreten war und sich verdattert umschaute.

»Der Junge spinnt auch«, murmelte er. Er drehte den Kopf und schaute zum Weckerverkäufer hinüber. Der holte die Uhren aus dem Karton neben sich, stellte eine nach der anderen und reihte sie auf dem Stand auf. »O Gott!«, sagte Saruhan und schüttelte den Kopf. Das blieb dem Mann nicht verborgen.

»Was ist? Ist was?«

»Nein, nein, nichts. Ich hab nur gute Geschäfte gewünscht.«

Saruhan stöpselte die Ohrhörer ein, die ihm aus der Jackentasche hingen, und schnitt dem Leben mit Slayer das Wort ab. Mit einem Messer der Marke »Raining Blood«.

*

Er war auf dem Weg durchs Friedhofstor, als er eine Stimme vernahm.

»Wohin?«

In der Tür von Yasins Hütte stand ein junger Wachmann in dunkelblauer Uniform.

»Was soll das heißen, wohin?«, fragte Derda.

»Wohin willst du?«

»Nach Hause!«

»Das geht nicht mehr, so einfach über den Friedhof nach Hause laufen. Verboten!«

Derda starrte dem Wachmann einige Sekunden lang ins Gesicht. Lautlos. Dann sprach er.

»Wo ist Yasin Abi?«

»Ich kenne keinen Yasin Abi.«

Da Derda mehrere Wochen lang das Friedhofstor nicht benutzt hatte, wusste er von nichts. Nach vierundzwanzig Jahren als Friedhofswärter war Yasin entlassen worden, er hatte seine Langhalslaute genommen und war gegangen. Es gab noch etwas, das Derda nicht wusste. Zum ersten Mal bereute Yasin nicht, was er tat. Alles war besser, als Tote zu bewachen, dachte er. Er war in sein Dorf heimgekehrt und hatte seine alte Mutter in die Arme geschlossen. »Was hast du all die Jahre gemacht, mein Sohn?«, fragte ihn die Frau. »Nichts«, sagte er, »ich hab einfach nur rumgelungert.«

»Schön, und was wirst du jetzt tun?«

»Ich bin das Rumlungern leid, jetzt will ich etwas tun.«

»Gut, aber was?«

»Also, Mutter, ich bin gerade erst angekommen, lass es mich nicht gleich bereuen!«

Yasin würde gar nichts tun und weiter nur herumlungern.

Bis an sein Lebensende. Danach würde er dann dort herumlungern. Unter der Erde. Schließlich würde er ganz verschwinden. Als wäre er nie da gewesen. Anders als alle anderen Menschen auf der Welt. Denn alle Menschen taten etwas, tun etwas, würden etwas tun. Noch nach dem Tod. Manche fuhren zur Hölle, manche gingen in die Natur ein, andere wurden wiedergeboren. Niemand wagte, wie Yasin zu verschwinden. Niemand hatte den Mut, spurlos zu verschwinden. Unbedingt musste es Zeugen für ihr Dasein auf Erden geben. Um ihre Existenz auszuschmücken. Außer Yasin hatte jeder eine Pyramide, in der er sich zu Grabe legte. So oder so hatte jeder einen Unsterblichkeitsplan. Yasin aber hatte zu viele Tote gesehen. Als hätte er sein Leben auf einem Schlachtfeld verbracht. Er hatte so viele Tote gesehen, als wäre er der letzte überlebende Mensch auf der Welt. Wohl deshalb fürchtete er das Verschwinden nicht. Weil er sich genug vor dem Dasein gefürchtet hatte …

Er rannte an der neu um den Friedhof gezogenen Mauer entlang, doch diesmal lief er vor seinem Haus weiter, statt die Tür zu öffnen und einzutreten. An der Hausecke bog er ab, zwängte sich durch die Zweige und fand, wie vermutet, die Lücke in der Mauer verschlossen vor. Dabei war er noch am selben Morgen zwei Mal durch das Loch geschlüpft. Um hineinzukommen und wieder heraus. Nun aber stand die Mauer undurchdringlich vor ihm. Man hatte ihn mit Beton von Oğuz Atay getrennt. Er drehte sich um und ging auf die Bäume zu. Das Buch in seiner Hand hielt er sich als Schutz vor den Zweigen vor das Gesicht und überlegte, was er am nächsten Morgen tun sollte. Die Mauern waren nicht nur erhöht, sondern obenauf zudem mit Stacheldraht bewehrt worden. Unmöglich, hinüberzuspringen. »Ich mache ein neues Loch«, sagte er, während er den Schlüssel aus der Tasche fingerte. »Wenn nötig, bohre ich ein Loch in die Hauswand.«

Er öffnete die Tür und erblickte einen Mann im weißen Unterhemd auf der Matratze am Boden. Ein bis auf das weiße Unterhemd nackter Mann, weißhaarig, mager, mit faltigem Nacken. Ein Mann, der sich auf Zehen und beiden Händen, die er wie zum Liegestütz auf den Boden gelegt hatte, hob und senkte. Zu beiden Seiten ragten dünne Beine unter ihm hervor. Winzige Füße. Die Fersen zwei Handbreit über dem Boden. Beide schrien. Die eine vor Schmerz, der andere vor Lust. Deshalb hatten sie nicht gehört, dass die Tür aufging. Erst als Derda so laut schrie, dass Glas gesprungen wäre, lösten sie sich voneinander. Wie zwei auseinandergerissene Bretter. Der eine bedeckte sich mit der Hand, die andere mit dem Laken.

»Was ist hier los?«, brüllte Derda.

»Derda, ich bin dein Vater«, sagte der Mann.

»Was schreist du so, Mensch!«, sagte das kleine Mädchen.

»Süreyya?«, fragte Derda.

*

Schweigend sah er zu, wie sein Vater Süreyya Geld in die Hand zählte. Er saß auf dem einzigen Stuhl des Hauses, den Ellbogen auf den einzigen Tisch gestützt. Er betrachtete Oğuz Atays Bücher unweit seines Ellbogens. Er schämte sich. Vor Oğuz Atay. Dessen, was geschah, im Namen aller Anwesenden. Er konnte nicht länger hinschauen. Sein Blick traf den Mund Süreyyas, der launisch aufklappte, als sie die vereinbarte Summe sah und die Hand schloss.

»Man poltert doch nicht wie ein Ochse ins Haus!«

Derda blieb die Antwort schuldig, und das Mädchen stolzierte davon. Der weißhaarige Mann zerrte den Reißverschluss der Hose hoch, die er unter das Unterhemd gezogen hatte, und steuerte auf seinen Sohn zu, ohne den Knopf an der Hose geschlossen zu haben. Die Arme geöffnet. Obendrein lachend.

»Mein Sohn! Mein Löwe!«

Die beiden Hände, die auf ihn zukamen, stieß Derda weg. Gleichzeitig. Der Vater wich einen Schritt zurück. Sein Gesicht verzerrte sich, und er brüllte.

»Hund! Ist das nach so vielen Jahren die Begrüßung für deinen Vater? Was soll schon dabei sein, wenn ich eine Frau ins Haus genommen hab? Du kennst die Kleine ja offenbar auch!«

Plötzlich beruhigte er sich und lachte.

»Deine Flamme, wie? Hör zu, sag die Wahrheit! Bist du deshalb sauer? Okay, Mann, ich rühr sie nicht wieder an. Steh jetzt auf, komm her, lass dich umarmen!«

Er packte Derda am Ellbogen, zog ihn an sich und umarmte ihn mit dem Ausruf: »Mein Sohn!« Die Hände des Sohnes dagegen baumelten wie Händeleichen zu beiden Seiten. Dann trat der Mann zurück und fasste sein Kind bei den Schultern.

»Warte, lass dich mal anschauen! Was bist du für ein Kerl geworden. Mann, groß wie ein Esel! Bravo, Bengel!«

Mit einer Hand versetzte er Derdas Wange leichte Hiebe. Bei jedem Schlag zitterte Derdas Gesicht, dann ging sein Mund auf.

»Mama ist tot.«

Die Schlaghand des Mannes blieb in der Luft hängen.

»Tot? Ist sie nicht ins Dorf? Das hat das Mädchen gesagt.«

»Das hab ich ihnen gesagt«, sagte Derda. »Sie ist ins Dorf, hab ich gesagt. Aber sie ist gestorben. Vor fünf Jahren. Dann hab ich sie zerstückelt.«

Der Mann ließ die Schultern fahren und wich zurück.

»Was?«

»Mama. Dann hab ich sie begraben.«

»Was redest du da?«

»Ich hab Mama zerstückelt und begraben, damit sie mich nicht ins Heim stecken. Damit keiner weiß, dass sie tot ist.«

»Was sagst du da, Mann?«

»Du bist gar nicht so, wie ich gedacht hab, weißt du?«

»Junge, sprich die Wahrheit, wo ist deine Mutter?«

»Das Mädchen ist erst dreizehn!«

»Hör zu, Derda, gleich setzt es was! Red vernünftig, wo ist deine Mutter? Was hast du mit ihr gemacht?«

»Und, fickt sie gut?«

»Ich fick dich!« Da grub sich Derdas Faust in den offen stehenden Mund seines Vaters. Als Derda spürte, wie sich die Zähne seines Vaters in seine Finger gruben, riss er die Faust zurück und schlug mit gleicher Macht noch einmal zu. Wo die Faust diesmal auftraf, saß die Nase seines Vaters. Wer weiß, in wie viele Stücke sie brach, das Gesicht des weißhaarigen Mannes jedenfalls spuckte Blut. Er wich zurück und stolperte über die Matratze. Derda setzte ein Knie auf den Boden, packte das Haar des Vaters mit einer Hand, versetzte seinem Gesicht einen letzten Fausthieb, und alles erstarrte. Die zum Schutz erhobenen Hände waren fort, ebenso der Strom an Beschimpfungen aus dem Mund, der immer finsterer geworden war, je mehr Zähne er verloren hatte. Stille.

Zuerst lockerte Derda den Griff und ließ die Haare fahren. Dann fragte er: »Bist du tot? Hey? Bist du tot?«

Er horchte. Er konnte nicht feststellen, ob der Vater noch atmete, und schob ihm die Lippen auseinander. Dass er fluchte, war deutlich, auch wenn nicht zu verstehen war, was er sagte. Derda packte den Vater unter den Armen, schleifte ihn zum Bett und schob ihm ein Kissen unter den Kopf. Der weißhaarige Mann lag wie ein Toter auf der Matratze, auf der er kurz zuvor lustvoll auf und ab geturnt war. Wie ein Toter, der, wenn auch ungleichmäßig, atmete. Vater und Sohn sahen sich in die Augen. Sie hätten etwas empfinden sollen, doch beider Augen sahen einander nicht.

Der weißhaarige Mann hieß Celal. Aus den Tagen der Raubüberfälle hatte er noch einen Spitznamen: Zecke. Aber sein Name, sein Spitzname und die Jahre im Gefängnis hatten ihn alle nicht schützen können vor den wie Geschossen anfliegenden Fäusten des Sohnes. Elf Jahre hatte er gesessen. Elf Jahre hatte seine Hand keinen weiblichen Körper berührt. Daher war sein Blick auf Süreyya gefallen, als er den elf Jahre alten Schlüssel aus der Tasche gefummelt hatte. Süreyya, die zwei Häuser weiter vor der Tür saß. »Komm mit!«, hatte er gesagt. Süreyya war mitgekommen. Ungefragt hatte sie ihren Preis genannt. Wie die Mutter es ihr beigebracht hatte und wie sie es seit einem Jahr tat. Als es auf dem Friedhof keine Arbeit mehr gab, hatte Süreyya die Branche gewechselt. Darüber hinaus verdiente sie mit dem neuen Job viel besser. Ihren Vater kümmerte das nicht. Denn er war zu keiner Stunde des Tages nüchtern genug, um sich zu kümmern. Und wäre er es gewesen, hätte er es überhaupt bemerkt? Wenn es also so viel Geld einbrachte, eine Pluderhose herunterzulassen und wieder hochzuziehen, wer würde da Taschentücher verkaufen gehen? Waren nicht sämtliche Männer im Viertel in Süreyya verliebt? Standen sie nicht mit Süßigkeiten bei ihr vor der Tür? Süreyya hatte auch Celal gefragt: »Liebst du mich?«

»Klar!«, hatte Celal gesagt. »Wer würde ein Mädel wie dich nicht lieben?«

Und Süreyya liebte die Männer. Nur Derda mochte sie nicht. Derda drehte den Kopf weg, wenn er an ihr vorbeiging. Nur er sah Süreyya nicht an und ging mit einem knappen »Hallo!« seines Weges. »Ist der schwul?«, fragte sie hinter seinem Rücken die beiden, die neben ihr standen. Ihre gleichaltrigen Praktikantinnen. Die lachten, und Süreyya starrte Derda hasserfüllt hinterher. Denn sie war in Derda verliebt, und in dieser Gasse war er der einzige Mann, der sie noch nicht nackt gesehen hatte. So passte es ihr recht gut in den Kram, dass er sie mit seinem Vater überrascht hatte. Und als sie den Streit hörte, der anschließend aus dem Haus drang, war sie richtig vergnügt. Er ist eifersüchtig, dachte sie. Dann tat sie ein paar Schritte und klopfte an die Tür. Derda öffnete.

»Was gibt's?«

Vor seinen Augen spulte sich im Schnelldurchlauf ein Film ab: Süreyya mit acht Jahren und Süreyya unter seinem Vater.

»Ich hab was gehört. Da hab ich gedacht, ich guck mal, was los ist.«

»Seit wann machst du den Job?«

»Welchen Job?«, fragte Süreyya lachend zurück. Sie wollte die Bezeichnung ihrer Tätigkeit aus Derdas Mund hören. Damit es ihm wehtat. Vielleicht auch, damit es ihr wehtat. Oder der Welt. Doch Derda sprach es nicht aus. Wortlos wiederholte er seine Frage. Mit Blicken. Er nagelte dem Mädchen Fragezeichen in die Augen.

»Was geht dich das an?«, entgegnete Süreyya endlich. »Was kümmert dich das! Bist du etwa mein Schatz?«

»Weiß deine Mutter davon?«

Süreyya lachte.

»Du bist ganz schön blöd, weißt du das?«

Derda fiel keine Antwort ein. Keines der Worte, die er kannte, reichte aus. Er fühlte sich dem dreizehnjährigen Mädchen gegenüber so klein, dass er nur schweigen konnte. Schweigen und zuschauen, wie sie lachte. Er dachte, alle Menschen, alle, selbst jene, die in jenem Moment geboren wurden, seien schlecht. Alle, sagte er sich. Wirklich alle! Sind so schlecht! So schlecht und so ekelhaft! Kinder, Alte, Behinderte, Kranke, alle!

»Wo ist dein Vater?«, fragte das kleine Mädchen. Es reckte den Kopf, um hinter Derda zu schauen.

»Ich bring euch alle um!«

»Wie?«

Er knallte die Tür zu, das Mädchen stolperte zwei Schritte zurück. Und kreischte: »Was redest du da, du Irrer!«

Derda drehte sich um und war mit zwei Schritten bei seinem am Boden liegenden Vater. Genau neben dessen blutigem Kopf. Er hob den rechten Fuß und hielt die Sohle eine Handbreit über Celals Gesicht. Wäre Celal in diesem Moment zu sich gekommen und hätte die Augen aufgeschlagen, hätte er sehen können, dass seine Welt von der Fußsohle seines Sohnes verdunkelt war, doch er kam nicht zu sich. Er stöhnte nur. In einer Minute gleich einem Jahr schwankte Derda hin und her, ob er das Gesicht seines Vaters zertreten solle. Vom letzten Hin kehrte er barmherzig zurück und zog den Fuß ein. Er setzte sich auf den Stuhl am Tisch und nahm das gestohlene Buch zur Hand. Das Deckblatt zierte eine Karikatur von Oğuz Atay. Er führte die Lippen nah daran und flüsterte.

»Verzeih ihnen.«

Dann schlug er das Buch auf und fing zu lesen an. »Beweg die Lippen nicht!«, hätte Saruhan gemahnt, wäre er dort gewesen. »Wenn du für dich liest, darfst du die Lippen nicht bewegen!« Derda aber las das Buch nicht für sich. Er bewegte die Lippen und flüsterte mit, was er las, um es der ganzen Welt zu Gehör zu bringen. Beim Lesen hob er immer wieder den Kopf und sagte, mit Blick auf die Friedhofsmauer: »Hurensöhne!«

»Ich bring euch alle um!«

Drei Seiten las er, dann ging er aus dem Haus, ohne die Tür hinter sich zu schließen. Mit seinen Büchern. Süreyya und ihre Mutter sahen, dass Derda herauskam, klaubten Steine vom Boden auf, als hätten sie einen tollwütigen Hund erblickt, und warteten darauf, dass er sich entfernte. Dann betraten sie das Haus und kauerten sich unter Wehgeschrei zu Celal, ans Kopfende. Als sie merkten, dass der Mann nicht tot war, stellten sie das Geschrei ein.

»Hol schnell Watte!«, sagte die Frau. Süreyya lief los. Immerhin war Celal nicht mehr der Räuber von einst, sondern ein neuer Kunde. Außerdem war er erst vor einem Tag aus der Haft entlassen worden. Wer weiß, wie sehr es ihn nach Frauen dürstete? Süreyyas Mutter untersuchte zunächst Celals Hosentaschen. Als sie nichts fand, brüllte sie los. Zur offenen Tür hinaus.

»Zu Hilfe, Nachbarn!«

Für Jodtinktur und Wasserstoffperoxid sollten andere sorgen, dachte sie. Sie hatte recht. Watte war schon teuer genug.

*

»Wo bist du denn abgeblieben, Mann? Gestern Abend mussten die Jungs die Ware transportieren.«

Da er schlecht sagen konnte: Bei der ersten Begegnung, die ich mir seit elf Jahren tausendfach ausgemalt hatte, habe ich meinem Vater das Gesicht blutig geschlagen und das Haus verlassen, beschränkte er sich auf die Worte: »Entschuldige, Süleyman Abi.«

»Was gibt's? Was willst du um diese Zeit hier?«

Er konnte immerhin sagen, dass er keinen Ort zum Schlafen hatte.

»Ich bin von zu Hause weg. Hier …«

Süleyman unterbrach ihn. Er gab die Tür frei und sagte: »Komm rein!« Und Derda betrat das Depot. Eine Frage folgte ihm.

»Hast du Hunger?«

Derda schwieg. Das bedeutete in der Sprache der Armut: ja.

»Hier müssen noch Poğaça-Pasteten sein. Setz dich und iss.«

Süleyman hatte sich im Depot eine Welt aus leeren Kartons geschaffen. Ins Zentrum hatte er eine Wodka-Tafel gesetzt, um die Nacht mit dem Morgen zu verknüpfen. Daran setzte er sich nun wieder und nahm das Glas da auf, wo er es stehen gelassen hatte. Dann fixierte er Derda, der der Poğaça, die er mit beiden Händen gepackt hielt, den Kopf abbiss. Ein Atemzug, ein Schluck Wodka, dann sprach er.

»Und was machst du jetzt?«

Derda kaute den altbackenen Teig, als zerriebe er Stein, schluckte, zwängte ihn durch die Kehle und sagte: »Wenn ich ein bisschen hierbleiben könnte?«

»Wie viel bisschen?«

»Ein paar Tage. Dann suche ich mir etwas.«

Süleyman glaubte ihm nicht. Es war ihm aber auch nicht wichtig. Immerhin war mitten in der Nacht jemand zum Reden aufgetaucht. Er betrachtete die Bücher, die Derda unter dem Arm hervorgeholt und auf einem der Kartons neben sich abgelegt hatte.

»Junge, man verlässt sein Zuhause eigentlich mit einer Tasche in der Hand. Bist du etwa mit diesen Büchern abgehauen?«

»Ja«, sagte Derda.

»Was sind das für Bücher?«

Von seinem Platz aus sah er sie nicht gut, sonst hätte er sie erkannt. Eines war darunter, das er seit Jahren druckte. Den Titel nannte Derda.

»*Warten auf die Angst*, von Oğuz Atay …«

»Oğuz Atay … Den Mann haben sie zugrunde gerichtet«, sagte Süleyman.

Als würde er ein Geheimnis aus der eigenen Vergangenheit erfahren, fragte Derda: »Wieso?«

»Ich war damals organisiert, weißt du? Egal, irgendwann brachte einer von uns *Die Haltlosen* mit. Was sehen wir? Psycho und so. Scheiße, haben wir gesagt. Wir, haben wir gesagt, wir riskieren hier unser Leben fürs Vaterland, und der Kerl schreibt da, was ihm gerade einfällt, haben wir gesagt. Wir wussten es nicht besser … Was war das für ein kluger Kopf! Komm her, trink ein bisschen, dann wird dir wärmer.«

Derda dachte an die Dummköpfe, die Oğuz Atay erwähnt hatte. Es gab da aber noch einen Punkt, den er nicht verstanden hatte. Er fragte danach.

»Organisiert, hast du gesagt, was war das für eine Organisation, Abi?«

»Der Kampf zwischen links und rechts, mein Junge. Ihr habt ja keine Ahnung von der Welt, Scheiße auch! Da hauen die Leute sich gegenseitig die Köpfe ein nach dem Motto, der Fußweg hier gehört mir, der andere dir, dafür stechen sie einander ab, und der geht hin und erzählt so zusammenhangloses Zeugs, haben wir gesagt, verstehst du. Das war uns verquer. Nicht nur uns, allen. Seiner Zeit war er verquer, seiner Zeit! Komm, Junge, sitz da nicht so rum. Schnapp dir ein Glas!«

Derda holte sich ein Teeglas von der Spüle und ging zum Tisch zurück. Er beobachtete, wie der Mann die Flasche kippte, an den Rand des Glases setzte, und wie der Wodka floss.

»Dann prost«, sagte Süleyman. Er hob sein Glas und stieß es an das Teeglas. Beim ersten Schluck verkrampften sich Derdas Gesicht und Kehle. Aber noch verkrampfter war sein Verstand.

»Was ist dann passiert?«

»Was soll passieren? Der hat weiter solche Sachen geschrieben, und keiner hat sich dafür interessiert. Dann ist er ja auch gestorben. Wann war das gleich?« Er wollte den Blick zur Decke heben, doch Derdas Antwort nagelte seinen Blick ungehoben fest.

»77! 1977!«

»Siehst du?«, sagte Süleyman. »Wie die Zeit vergeht! Wie alt war ich damals? Dreiundzwanzig? Vierundzwanzig? So um den Dreh. Na, und danach haben wir gesessen. Im Knast. Da ist er mir wieder untergekommen. Und da habe ich ihn gelesen, so richtig. Gelesen und verstanden. Da habe ich gesagt: Es steckt was dahinter! Ich weiß es noch immer nicht genau, aber ich weiß, dass bei dem Kerl was dahintersteckt, verstehst du? Also, der war ja so eine Art Genie! Der würde da an was schreiben, hieß es immer. Was war das noch?«

Derda wusste es. Was Oğuz Atay geschrieben hätte, wenn er nicht gestorben wäre. Jeder, der sein *Tagebuch* gelesen hatte, wusste es.

»*Die Seele der Türkei!*«

»Ach ja!«, sagte Süleyman. »Genau das. *Die Seele der Türkei!* Schon der Titel ist großartig! Aber was geschah dann? Hat die Türkei noch eine Seele? Verkauft hat sie ihre Seele! Und zwar längst, vor Jahren. Verkauft wie ein Zuhälter! Verstehst du, für einen Hurenlohn ging die Seele des Landes dahin! Trink doch, Junge!«

Wieder verkrampfte sich alles an Derda. Er brannte vom Wodka, erlosch vor Erschöpfung.

»Abi, ich würd mich gern aufs Ohr hauen …«

Süleyman deutete mit dem Kinn auf die Stelle, wo Derda schlafen sollte.

»Zieh die da rüber, da kannst du schlafen.«

Was gezogen werden sollte, waren leere Kartons, und wo er schlafen sollte, war darauf. Derda gehorchte und legte sich hin. Kaum senkten sich seine Lider, sah er Fotografien von Oğuz Atay. Die haben ihn zugrunde gerichtet, der Satz dröhnte ihm zwischen den Ohren. Er schlug die Augen auf und fragte.

»Süleyman Abi, würdest du sie erkennen, wenn du sie siehst?«

»Was?«

»Du hast doch gesagt, die haben ihn zugrunde gerichtet. Wer waren die, würdest du die erkennen?«

»Leg dich hin, Bengel!«, sagte Süleyman. Dann lachte er. »Wieso denn, was willst du von denen?«

»Ich mach sie alle kalt«, sagte Derda. Ruhig, als spräche er über eine heiße Suppe. Wohl deshalb verschlug es Süleyman die Sprache.

*

»Will der Junge hier wohnen?«, fragte Israfil. Dann wandte er sich an Derda.

»Willst du hier wohnen?«

»Wenn du es erlaubst, für ein paar Tage«, sagte Derda.

»Gut«, sagte Israfil. »Bleib hier. Ihr könnt euch gegenseitig beschützen.« Er zeigte auf Süleyman und fügte hinzu: »Der soll nicht so viel schlucken.« Er schaute Süleyman an.

»Süleyman, also bitte! Du bist der Einzige bei diesem Job hier. Richte dich doch nicht zugrunde, hörst du! Eines Tages pennst du noch beduselt ein und fackelst den Stall hier ab mit deiner Fluppe.«

»Ja, ja, kümmere dich um deinen Kram«, gab Süleyman zurück. Er drehte sich um und ging. Zu seinen Maschinen. Israfil legte Derda eine Hand auf die Schulter und lächelte.

»Verstehst du was von Waffen?«

»Nein, Abi«, sagte Derda.

»Wenn du hierbleibst, dann übernimmst du die Nachtwache. Weil der Süleyman nicht mal mitkriegen würde, wenn du ihm die Unterhose vom Arsch klaust. Da brauchst du was in der Hand, damit du nützlich bist. Na, ich werd schon was besorgen. Ist Abdullah noch nicht da?«

»Nein, Abi«, wollte er sagen, als zwei Finger gegen die Tür zum Depot stießen. Derda lief hin und fragte: »Wer ist da?«

»Remzi, Remzi!«

Derda schloss auf und zog die Eisentür zurück. Remzi lachte.

»Hey, Derda, da hast du Onkel Celal ja schön den Kopf eingeschlagen! All die Jahre hast du ihn nicht gesehen! Wieso hast du dich so auf ihn gestürzt?«

»Ist dein Vater raus?«, fragte Israfil.

»Ja«, musste Derda sagen. Er wollte weder von seinem Vater noch von den Fausthieben reden, die er seinem Vater versetzt hatte.

»Glückwunsch, sollte ich sagen, aber es war wohl nicht so toll?«

»Wir sind ein bisschen aneinandergeraten«, sagte Derda. Im Flüsterton. Er schämte sich. Doch Israfils Reaktion fiel ganz anders aus als erwartet.

»Bravo!«, sagte er. »Willst du ein Mann sein, bekämpfst du zuerst deinen Vater!« Er dachte sich seinen Teil und fuhr fort: »Auf dich ist Verlass, Mensch, Derda!« Dann wandte er sich Remzi zu. »Trödel nicht rum, geh deinem Meister zur Hand!«

Derda wollte Remzi nach, doch Israfil hielt ihn am Arm fest.

»Hast du Geld?«

Er hatte keines, sagte aber: »Ja, ja.« Israfil hielt ihm hin, was er aus der Tasche gezogen hatte. »Hier, nimm das, ist besser, wenn du was bei dir hast.«

»Danke, Abi«, sagte Derda. Dann öffnete er die Tür, zu der Israfil strebte, um hinauszugehen. Abdullah hatte den Minibus bereits vor der Treppe geparkt. Israfil sah ihn, als er die Stufen erklomm, und sagte lachend zu ihm: »Apo, pass auf den Bengel auf! Hör mal, der hat sogar seinen Alten umgefegt!«

Abdullah antwortete mit einem falschen Lächeln, soweit es ihm gelang. Sobald Israfil sich entfernt hatte, fing er zu murren an: »Beeil dich, Derda, wir sind sowieso schon spät dran.«

Als an jenem Abend die illegale Druckereiwelt des Depots unterging und stattdessen eine Burg aus Karton erstand, wurde gleich die Wodka-Tafel aufgestellt. Es gab nur ein Glas neben der Flasche.

»Trinkst du nicht?«, fragte Süleyman.

»Nein«, sagte Derda. Er wies das Buch vor, das er in der Hand hielt. »Ich will ein bisschen lesen.«

»Wie du meinst.«

Die Märchen der Vergangenheit steckten Süleyman vom Vorabend noch halb in der Kehle. Vielleicht würde auch er schlafen können wie alle anderen, wenn er ein wenig mehr erzählte. Derda ahnte nichts von Süleymans Gespenstern. Woher auch, dachte der ehemalige Revoluzzer. Gallig kippte er das Glas herunter. Um rascher betrunken zu werden als üblich. Das wäre er auch. Doch Derda ging dazwischen. Er fragte nach Personen, die in dem Buch vorkamen, das er las. Fragte nach den *Weltrettern*, die Oğuz Atay aufs Korn genommen hatten. Stellte Fragen über die Besitzer von Mündern, die sich selbst Sozialisten nannten, von anderen aber sozialrealistisch genannt werden wollten. Und Süleyman erzählte, tauschte in dem großen Depot die eine Zeit gegen die andere. Erzählte alles, was er wusste. Was er nicht wusste, schmückte er aus. Nach jedem Namen kam dieselbe Frage:

»Lebt der noch?«

»Was weiß ich, ist vermutlich längst tot«, sagte Süleyman. Zuweilen sagte er auch: »Er hat ein neues Buch herausgebracht. Guck, da drüben. Gestern hab ich's gedruckt.« Einen Stift in der Hand, setzte Derda Zeichen. Setzte Kreuze auf die Seiten des Buches vor sich. Neben die Namen derer, die noch Sauerstoff atmeten und weiter ihr Gift versprühten. Plötzlich bemerkte Süleyman Derdas schwarze Liste.

»Was tust du da, Bengel?«

Derda hob den Kopf, schwieg aber. So viel er auch trinken mochte, Süleyman gehörte zu denen, die sich erinnerten.

»Junge, spinnst du? Was gehen dich die fremden Leute an? Ich will nie wieder das Wort Kaltmachen hören!«

Derda senkte den Kopf, diesmal sprach er.

»Hast du nicht gesagt, die haben ihn zugrunde gerichtet?«

»Schon«, sagte Süleyman. Er wollte weitersprechen, da sah er, dass Derda aufgestanden war und den Mund öffnete.

»Weißt du, was hier steht? Hier, was steht in dem ganzen Buch? Die haben ihn umgebracht! Bei Oğuz Atay ist doch ein Tumor im Gehirn gewachsen, stimmt's? Dann musste er ganz jung sterben. Und diese Tumor genannte Scheiße, das sind all die Kerle, die du genannt hast! Der Mann ist vor Kummer gestorben! Begreifst du immer noch nicht? Guck, hier steht es. Die haben sich nicht hingestellt und ihn beschimpft. Weißt du, was die gemacht haben? Nichts! Gar nichts haben sie getan! Die haben sich nicht mal nach ihm umgedreht und hingeschaut, als wäre nur ein Hund vorbeigelaufen. Deshalb musste er sterben. Weil keiner sich umgedreht und ihn angesehen hat. Wie kann man das tun! Sag selber! Wer ein Gewissen hat, tut doch so was nicht, verdammt noch mal! Das hat er erlebt, und daran ist er gestorben!«

Derda weinte. Flennte wie ein Kind. Denn er war noch ein Kind. Gerade erst geboren. Deshalb hatte seine Welt die Ausmaße einer Windel. Deshalb auch hörte er Süleyman gar nicht, der sagte: »Ruhig, Junge, setz dich da hin. Geh dir mal das Gesicht waschen. Mann, ich saufe, und du bist besoffen, was?« Denn Derda hatte wie ein Neugeborenes die Augen aufgeschlagen, seine Ohren aber waren noch verstopft.

»Ich treib sie alle auf und fick sie einzeln!«, sagte er zum Schluss. Daraufhin wurde Süleymans Stimme härter.

»Setz dich jetzt mal vernünftig hin, bring mich nicht auf die Palme! Nimmst du Tabletten oder so?«

Wie das wildeste Tier im entlegensten Winkel des unberührtesten Urwalds starrte Derda Süleyman an.

»Nein«, sagte er. »Es geht mir gut. Sehr gut sogar!«

Mehr sagte er nicht. Er vergrub sich in sein Buch und grummelte beim Lesen. Schüttelte den Kopf. Wischte sich mit dem Handrücken die Tränen ab. Schwor tausend Schwüre. Wetzte sich.

Gegen Morgen wachte Süleyman vom Husten auf und sah, dass Derda immer noch las. Er wollte etwas sagen, ließ es aber bleiben. Er dachte an sich selbst. An sein Leben. An die großen Tage der Revolution. Die Folter, die Diskussionen, die Nächte beim Plakatieren, die Täuschungen, die er ausgeteilt und eingesteckt hatte … Was hatte das Leben ihn gelehrt, was könnte er an Derda weitergeben? Verflucht, dachte er. Verfluchte Scheiße …

*

Süleyman und Derda verbrachten eine Woche lang sämtliche Abende Seite an Seite, ohne zu sprechen. Der eine trank Wodka, der andere las. Dann, eines Tages, betrat Derda ein Geschäft im Gewerbeviertel, und als er herauskam, hielt er eine Spraydose in der Hand. »Schwarz«, hatte er gesagt. Weil es »ausverkauft« hieß, nahm er mit Rot vorlieb. An jenem Abend sagte er zu Süleyman: »Ich hab was vor«, und ging auf die Straße. »Besorg mir unterwegs Zigaretten«, sagte Süleyman.

Zu Fuß marschierte Derda bis zur Fußgängerbrücke, auf der Saruhan seine Auslage hatte. In genau einer Stunde. Er zog den Schal, den er von Remzi bekommen hatte, vom Hals, wickelte ihn um sein Gesicht und schüttelte die Dose. So hatte der Verkäufer es ihm erklärt. Fünf Schritte weiter stand er vor der Tür des Buchladens, aus dem er das Buch entwendet hatte. Er schaute zu beiden Richtungen des Bürgersteigs, und sicher, dass niemand in der Nähe war, sprühte er ein O. Mitten auf die Glastür der Buchhandlung. Denn die war nicht von Rollgittern versperrt.

Nur vier Wörter konnte er schreiben: seinen Vornamen, seinen Familiennamen und Oğuz Atay. Er hatte das O zu groß gemalt, für alles andere war kein Platz mehr. Weder für Oğuz noch für Atay reichte es. Er verzichtete auf den Rest und gab sich mit den Anfangsbuchstaben zufrieden. Doch neben das O passte nicht einmal ein A. Derda war zu aufgeregt gewesen, hatte vorschnell gehandelt.

Seine Entscheidung duldete keinen Aufschub. Er wählte die einzige freie Stelle für das A. Malte es mitten in das O hinein. Dann trat er zwei Schritte zurück und begutachtete sein Werk. Ein A in einem O. Knallrot. So war das Zeichen, mit dem andere eine ganz andere Bedeutung verbanden, zu Derdas Oğuz-Atay-Signatur geworden.

Das A im O gefiel ihm so sehr, dass er eine Weile seinen Blick nicht davon lösen konnte. Als er aber am Ende der Straße blau-rote Lichter aufflammen sah, spurtete er davon. Er wollte der Polizei nicht in die Hände fallen. Zumindest noch nicht.

Er hatte für die Oğuz-Atay-Signatur eine Buchhandlung gewählt, weil er glaubte, dort befänden sich die Namen all jener, die er attackieren musste, um Oğuz Atay zu rächen. Er kannte vermutlich die Adresse von keinem Einzigen, dort aber mussten die Bücher von ihnen allen stehen. In den Regalen jener Buchhandlung. Rücken neben Rücken …

Ein sonderbares Lächeln stand ihm auf den Lippen, während er lief. Er rannte durch Straßen, wechselte Gehsteige. Sein Lächeln steigerte sich zu lautem Gelächter. Je mehr er lachte, desto schneller wurde er. Beim Laufen brachte er die Straßen zum Klingen. Endlich hatte er für Oğuz Atay etwas tun können! Vielleicht konnte er sein Grab nicht mehr reinigen, den Buchhändlern aber konnte er zumindest seine Signatur ins Gesicht klatschen. Nun taxierte er kurz die Läden, an denen er vorüberlief. Zufällig stieß er noch auf zwei weitere Buchhandlungen, da schüttelte er wieder die Dose. Eigentlich war sie beim Laufen schon genug durchgeschüttelt worden. Als er noch zwei As in zwei weitere Os gesetzt hatte, verschwand er in der Nacht …

»Wo bleibst du, Bengel?«, fragte Süleyman.

Derda lachte.

»Zwei Stunden hab ich einen offenen Laden gesucht, um dir deine Zigaretten zu holen!«

Abdullah war erleichtert, als er Derda ohne Buch in der Hand erblickte. »Hier, steck dir eine an«, sagte er. Irgendetwas ist verändert an dem Jungen, dachte er. Der schaute sich lächelnd um. Trotz der Kälte hatte er das Fenster heruntergekurbelt, draußen schlenkerte die Hand mit der Zigarette und stieß immer wieder an die Karosserie des Minibusses. Als sie zur Fußgängerbrücke kamen, sah er drei Personen vor der Tür des Buchladens stehen. Eine war die Frau, die ihm Oğuz Atays Biografie gereicht hatte. Da der Minibus am gegenüberliegenden Fuß der Brücke hielt, konnten sie Derda unmöglich sehen. Sie betrachteten das Zeichen auf der Tür und sprachen miteinander. Die Hände in die Hüften gestemmt. Wahrscheinlich können sie sich nicht darauf einigen, wer es wegputzen muss, dachte Derda. Vielleicht sprachen sie auch darüber, wie man es abkriegte. Grinsend stieg er die Treppen der Überführung hoch. Zwei Kartons auf den Armen.

»Nanu?«, fragte Saruhan. »Du hast gute Laune?«

»Ja, es geht mir gut«, sagte Derda. Auf dem Rückweg grüßte er sogar den Weckerverkäufer. Normalerweise gönnte er ihm wegen des Schrillens keinen Blick. Doch an diesem Morgen war nichts normal. Er sehnte die Nacht herbei. Wollte so schnell wie möglich weitere Buchläden aufspüren und die Oğuz-Atay-Signatur setzen. Auf alle Buchhandlungen, vielleicht sogar auf alle Mauern aller Straßen.

Mit solchen Gedanken im Kopf nahm er zwei Stufen auf einmal und mochte nicht glauben, was er plötzlich sah. Also hielt er inne, um es zu glauben, und nagelte seine Augen daran fest. An dem Gebäude gegenüber prangte ein pechschwarzes Zeichen. Ein A in einem O. Kaum von Derdas Zeichen unterschieden. Das A überragte das O rechts und links ein wenig. Wer, dachte er nur. Wer hat das gemacht?

Er verharrte reglos, bis er Abdullahs Stimme hörte. Den Blick auf das Zeichen gerichtet.

»Komm her, Mann, was stehst du da rum? Los, es gibt noch massig zu tun!«

»Ich hab es gewusst«, sagte Derda. Lachend. Die Fäuste ballend und die Stufen hinunterhüpfend.

»Ich hab's gewusst! Ich hab's gewusst!«

»Was denn bloß?«, fragte Abdullah und ging vorn um den Minibus herum zur Fahrertür.

»Nichts«, sagte Derda. Er stieg in den Wagen und zog die Tür hinter sich zu. Diesmal bot er dem anderen eine Zigarette an.

»Hier, nimm eine!«

»Danke«, sagte Abdullah.

Nach dem ersten Zug lehnte Derda den Kopf an die Nackenstütze und dachte. Dass er nicht allein war. Zum ersten Mal im Leben. Ja, sagte er sich. Es gibt noch jemanden! Vielleicht sogar viele! Wie mich! Sie sind unterwegs, um Oğuz Atay zu rächen! Vielleicht an jeder Straßenecke! Ach, sagte er. Könnte ich sie nur kennenlernen! Andererseits mochte er es kaum glauben. Dass er die richtige Signatur gefunden hatte. Das richtige Zeichen gesetzt hatte. So ist das also, sagte er sich. Wenn man etwas fühlt, dann tut die Hand das Richtige! Als sie vor einer roten Ampel standen, musterte er die Gesichter derer, die vor ihnen die Straße überquerten. Welcher, fragte er sich. Welcher von ihnen könnte es sein? Vielleicht alle, sagte er sich und lächelte.

Derda, der noch wenige Tage zuvor gedacht hatte, alle

Menschen, die je auf der Welt gelebt hatten und lebten, seien schlecht, glaubte nun, und sei es nur für einen Moment, an die Wahrscheinlichkeit, dass jeder gut sein könnte. Er stellte sich vor, dass jedermann und jedefrau Oğuz Atay liebte. Denn für Derda war Oğuz Atay alles, was gut war. Alles mit Bezug zu Gutem. Die Fotos am Ende vom *Tagebuch* traten ihm vor Augen. Besonders das letzte. Die Aufnahme, auf der Oğuz Atay Derda in die Augen sah. In den Ohren klang ihm seine eigene Stimme: Ich bin nicht allein …

Er hörte nichts von dem, was Abdullah währenddessen von sich gab. Dabei hatte der die letzte halbe Stunde ununterbrochen geredet. Er hatte davon gesprochen und redete weiterhin davon, dass er mit dem Rauchen aufhören musste, und von dem Auswurf, den er nachts spuckte. Derda hörte Abdullah so wenig, dass er noch eine Zigarette aus der Schachtel zog und ihm reichte. Mit größtem Vergnügen sogar. Als wollte er feiern, dass er nicht allein war. Wie einen Geburtstag. Als wollte er Zigaretten anzünden, weil er keine Kerzen zum Ausblasen hatte.

»Hier, nimm noch eine!«

Abdullah warf einen Blick auf die Zigarette, dann in Derdas lächelndes Gesicht.

»Recht hast du, Mann!«, sagte er und nahm die Zigarette. »Wenn wir schon sterben, dann daran!«

Vielleicht war das Leben durch Missverständnisse schön. Nur durch Missverständnisse. Indem man alles missverstand …

*

Es folgten noch drei Signiernächte. Er setzte Oğuz Atays Zeichen auf Zeitungskioske, Buchhandlungen, Scheiben von Bushaltestellen und auf jede erstbeste Mauer, wenn er allein war. Eigentlich war jedes Zeichen ein Siegel. In jenen drei Nächten drückte Derda Oğuz Atays Siegel überall dort auf, wo er nur konnte. Die Tage verbrachte er damit, nach den Siegeln der anderen Ausschau zu halten. Aus den Fenstern von Abdullahs Minibus. Er sah noch vier Zeichen außer seinen eigenen. Träumte noch vier Träume. Davon, wer die gesetzt haben mochte. Er fühlte sich als Mitglied einer Geheimorganisation. So geheim, dass selbst die Mitglieder einander nicht kannten. Er überlegte, wie die Organisation hieß. Heißen könnte. Plötzlich fiel ihm eines der Kinderbücher ein, die Saruhan ihm zu lesen gegeben hatte. Oğuz-Türken lautete der Titel. Derda lachte. Wäre das möglich, dachte er. Einige Sekunden lang. Dann war es ihm gleichgültig. Egal, sagte er, es zählte, dass er nicht allein war. Denn bis zu jenem Tag war einzig seine Einsamkeit von Bedeutung gewesen.

Am vierten Tag sollte er nicht arbeiten. Israfil hatte gesagt: »Heute fahrt ihr nicht, es ist ein bisschen unruhig.« Als Derda später Süleyman befragte, lautete die Antwort: »Junge, glaubst du, nur wir machen diesen Job? Da treibt sich alles mögliche Pack herum!« Vor ihm lag ein langer Tag, den es auszufüllen galt, und Derda fiel ein, dass er seinen alten Freund Isa seit langem nicht gesehen hatte. Auch wenn er sich dem Friedhofsviertel nur ungern näherte. Nicht weil er seinen Vater gefürchtet hätte. Den hatte er vollkommen aus dem Gedächtnis gestrichen. Das glaubte Derda zumindest. Er hatte ihn in seinem Kopf tief vergraben. War wohl auf ihm herumgetrampelt. Letztlich hatte er ihn vergessen. Es hatte einen anderen Grund, dass er sich nicht ins Friedhofsviertel traute. Er schämte sich. Vor Oğuz Atay. Wer weiß, wie viele Tage sein Grab schon nicht gepflegt worden war? Wie viel Totenstaub überall herumflog? Und die Stiefmütterchen? Was war aus ihnen geworden? Hatten sie überlebt, waren sie verwelkt?

Dann stieg er aber doch zweimal um, lief durch drei Gassen, betrat die Steinmetzwerkstatt und erblickte Isa. In einer Wolke aus Marmorstaub. Er sieht aus wie ein Bäcker, dachte Derda. Mit seinem mehlweißen Gesicht.

»Derda! Wo steckst du denn, Alter? Ich hab mich schon gefragt, lebt der Kerl überhaupt noch?«

Sie umarmten einander. Marmorstaub legte sich auf Derda.

»Tut mir leid«, sagte Isa. Dann klopfte er sich mit den bloßen, aus dem T-Shirt ragenden Armen ab. Je mehr Isa klopfte, desto dunkler wurde seine Haut. Vor allem am linken Arm. Das Weiß gab eine Tätowierung frei. Eine stümperhaft gestochene Tätowierung. Mit Nähnadeln.

»Was ist das denn?« Derda griff nach Isas linkem Arm und schaute genauer hin. Mühselig buchstabierte er: »Weder bestimme ich über den neugeborenen Tag, noch findet sich einer, der versteht … Was soll das, Mann?«

»Scheiße«, sagte Isa mit Blick auf die Tätowierung. »Ich hatte einen in der Krone, da hab ich's so geritzt.«

Überrascht hob er den Kopf.

»Hast du lesen gelernt?«

»Ja«, sagte Derda.

»Bravo, Mann! Dann kriegst du auch ein Grundschuldiplom.«

»Ach was«, sagte Derda. »Was soll ich mit der Grundschule? Ich warte immer noch auf die Universität!«

Sie lachten. Dann nahm Derda wieder Isas Arm und musterte die Tätowierung.

»Hat das nicht wehgetan?«

»Hat's wohl. Aber ich sag ja, ich hatte einen in der Krone.«

Das zeigte sich daran, dass die Buchstaben schief und krumm waren. Vom Ellbogen zum Handgelenk hin wurden sie kleiner. Wie Derda in der Nacht, da er die Oğuz-Atay-Signatur erfunden hatte, hatte auch Isa gleich einem laienhaften Plakatmaler den freien Platz falsch eingeschätzt. Um alles unterzubringen, hatte er die Buchstaben verkleinert, als der Platz knapp wurde.

»Wie hast du das gemacht?«, fragte Derda.

»Mit einer Nadel«, sagte Isa. »Einer gewöhnlichen Nadel.«

»Wie hast du die Farbe hingekriegt?«

»Wir haben doch Ölfarben hier. Für die Grabsteine. Damit hab ich's gemacht. Du machst es mit Schwarz, das wird dann später blau. Egal, berichte mal, was du so treibst! Remzi hat ein bisschen erzählt. Vor ein paar Tagen hab ich ihn gesehen. Du bist im Raubdruck-Geschäft, stimmt's?«

»Raubdruck?«

»So nennt man die.«

»O mein Gott!«

»Ey, Derda, du hast dich gar nicht verändert! Hast immer noch keine Ahnung von der Welt! Du weißt nicht mal, wie man den Job nennt, den du machst! Moment …«

Isa rief hinten in die Werkstatt hinein.

»Meister, ich geh auf einen Sprung weg.«

In der Richtung, in die er gebrüllt hatte, war nur eine Staubwolke zu sehen. Dahinter zwei Männer mit Masken. Sie waren dabei, einen Marmorblock zu zersägen. Einer von ihnen hielt inne und hob die freie Hand. »Komm, gehen wir«, sagte Isa zu Derda. »Gehen wir und trinken wir ein Gläschen.«

Isa zog sich ein Hemd und eine Lederjacke über. Dann verließen sie die Werkstatt. Wortlos. Wenn sie einander ansahen, lachten sie. Nach einhundert Schritten sagte Isa: »Hier ist es.« Derda hob den Kopf und blieb stehen.

»War hier nicht ein Eisenwarenhändler?«

»Der Mann ist gestorben«, sagte Isa. »Sein Sohn hat eine Kneipe daraus gemacht. Komm!«

So betrat Derda Jahre später erneut die Eisenwarenhandlung, vor deren Schaufenster er die Axt gestohlen hatte, um seine Mutter zu zerstückeln. Die Blechkübel und die Schubladen voller Nägel gab es nicht mehr. Nun begrüßten vier Tische und Hocker, allesamt mit wackligen Beinen, die beiden. Und der betrunkene Sohn des Eisenwarenhändlers.

»Hey, Isa, du bist aber früh dran!«

»Hast recht, Mahmut. Hier, das ist ein ganz alter Freund von mir. Aus der Kindheit.«

Dabei war er noch jetzt ein Kind. Auch Isa. Derda ergriff Mahmuts ausgestreckte Hand und schüttelte sie. Sie nahmen auf den Hockern am vierten Tisch Platz. Mahmut holte zwei Bier von der schmalen Bar am Eingang, brachte sie mit zwei Schritten und stellte sie vor sie hin. Dann schlug er die Hand gegen die Stirn und sagte: »Scheiße, ich hab euch gar nicht gefragt, was ihr trinkt!«

Isa lachte.

»Kein Grund für Traurigkeit. Bier geht schon klar.«

Er sah Derda an.

»Das trinken wir, oder?«

»Geht klar«, sagte Derda.

Mahmut entfernte sich, setzte sich auf den Hocker hinter der Bar, steckte die Hand unter die Theke und griff nach dem Wodkaglas. Drei Gläser hoben sich in der Kneipe, die einst eine Eisenwarenhandlung gewesen war und auf deren Schild NAGEL stand. Diesen Namen hatte Mahmut im Gedenken an seinen Vater gewählt. Und im Gedenken an seinen Vater trank er auch. Wie immer. Sprach aber zu niemandem davon.

»Nun erzähl mal«, sagte Isa. »Was machst du so? Bist einfach weg und hast uns hier allein gelassen!«

»Ach wo!«, sagte Derda. »Euch allein gelassen? Mein Vater ist aufgetaucht. Wir sind aneinandergeraten, da hab ich die Tür zugeknallt und bin weg. Gott sei Dank hatte ich schon den Job bei Remzi und stand nicht auf der Straße. Da wohne ich jetzt auch. Was machst du denn?«

»Was soll ich schon machen? Scheiße! Ich arbeite wie ein Esel. Anschließend komm ich her und saufe wie ein Esel.«

Erst schwiegen sie, um einen Schluck Bier zu trinken, dann, weil sie einander nichts mehr zu sagen hatten. Wer hätte wovon erzählen sollen? Sollte Derda von Oğuz Atay sprechen? Sollte Isa die Geschichte zu Ende erzählen, die Derda einst mit »Verpiss dich!« unterbrochen hatte? Seine Schatzgeschichte, die er mit elf Jahren zu erzählen begonnen und noch immer nicht beendet hatte. Wegen dieser Geschichte hatte er mit dem Marmor zu reden begonnen. Und sich die Haut geritzt. Jeden Stich, den er seinem Fleisch versetzte, hatte er mit Grabsteinfarbe gefüllt. Alles um dieser Geschichte willen. Doch was hatte das jetzt noch für eine Bedeutung? Hatte nicht jeder eine solche Geschichte? Die er angefangen, aber nicht hatte zu Ende bringen können? Weil niemand zuhörte … Wenn es möglich war, etwas in sich zu verschließen, wozu dann davon sprechen? Wenn es möglich war, etwas einzuwerfen und die Spülung zu betätigen? Eine Spülung mit Alkohol …

Die zweite Runde Bier kam, noch bevor sie sie bestellt hatten. Noch bevor die erste ausgetrunken war. So kam auch die dritte. Bevor die zweiten Gläser leer waren. Irgendwann war Isa zur Werkstatt gegangen, um mit dem Meister zu reden. Um zu sagen: »Entschuldige mich für heute.« Um einen Deal zu machen: »Morgen bleibe ich dann bis in die Nacht.« Sein Gesicht lachte, als er zurückkehrte.

»Alles klar, der Meister ist einverstanden.«

Sie lachten, und drei weitere Gläser hoben sich im NAGEL. In den Minuten, da die Stunden in den Abend tröpfelten, ging die Tür noch sieben Mal auf und sieben Mal wieder zu. Sieben weitere Steinmetze kamen. Auch Isas Meister. Er nahm fernab seines Lehrlings Platz. Um sein Gesicht nicht länger sehen zu müssen. Auch er hatte von allem die Schnauze voll. Vor allem von seinem Zuhause. Von seiner Frau zu Hause. Er war hergekommen, um fernab der Gesichter, die er satthatte, Platz zu nehmen und sich derart vollaufen zu lassen, dass er wieder fähig wäre, in alle Gesichter zu schauen, die er satthatte.

Einmal hob Isa sein Glas und rief: »Auf den Marmor!« Da mittlerweile niemand im NAGEL mehr an etwas anderes als das Trinken dachte, war es ihnen gleichgültig, dass sie auf die Ehre eines Steins tranken, sie lachten und nahmen einen Schluck. Manche gingen über einen Schluck hinaus, leerten ihr Glas und brüllten: »Mahmut!« Der rief: »Ich komme!«, trat aber beim ersten Schritt zu kurz und stürzte, weil er mindestens so betrunken war wie seine Gäste. Alles lachte. Die beiden ihm am nächsten sitzenden Steinmetze stellten Mahmut auf die Beine. Vor vier Gläsern hatten Derda und Isa zu reden aufgehört, sie ließen die Blicke durchs NAGEL schweifen und lachten. Und lauschten den Gesprächen. Den Steinmetzerinnerungen. Und den Geschichten von Grabsteinen, die am Tag der größten Trauer Risse bekommen hatten.

Dann leerten sich die Hocker einer nach dem anderen. Zurück blieben Mahmut und die beiden Jungen. Erst da begann Derda zu reden.

»Alter, da ist ein Mann namens Oğuz Atay …«

»Wer ist das?«, fragte Isa. »Ein Verwandter?«

»Nee …«

Weil Derda nach den Litern von Bier, die er geschluckt hatte, in seiner Kehle für Atem keinen Platz mehr hatte, war er außer Atem. Er wollte erzählen, vermochte es aber nicht.

»So doch nicht, Alter! Der Mann …«

»Was?«, fragte Isa. »Was? Was ist der Mann? Ist er dein Chef?«

Derda lachte. Schüttete sich aus vor Lachen.

»Wieso Chef, Alter?«, sagte er. »Hör doch mal, was ich sage: Oğuz!«

Mit dem Zeigefinger der rechten Hand tippte er auf die Finger der linken Hand. »O, Ğ, U, Z!« Abrupt hielt er inne.

»Verstanden, Oğuz!«, sagte Isa.

Derda starrte seine Finger an, als sähe er sie zum ersten Mal. Als versuchte er, etwas auszurechnen. Unvermittelt hob er den Kopf und sah Isa an.

»Das geht, Alter!«, rief er.

»Was brüllst du hier rum? Scheiße!«

»Alter, das geht!«

»Was geht?«

»Guck mal«, sagte Derda und fing an, mit dem Zeigefinger

der linken Hand die Finger der anderen Hand, ausgehend vom kleinen Finger, zu berühren. Dabei buchstabierte er: »Hör zu! O, Ğ, U, Z!« Dann führte er den Zeigefinger der rechten Hand über die Finger der linken und brüllte: »A, T, A, Y!« Isa verstand nur Bahnhof.

»Alter, spinnst du?«

»Hast du eine Nadel, Alter, eine Nadel?«, brüllte Derda.

»Was für eine Nadel?«, fragte Isa.

»Eine Nadel zum Tätowieren!«

»Hör auf, du bist ja besoffen!«, sagte Isa.

Mahmut schwankte mit zwei weiteren Biergläsern heran. Während der Besitzer des NAGEL die gefüllten Gläser auf den Tisch stellte, sprach er, soweit seine Zunge ihm gehorchte.

»Auf einem Bein kann man nicht stehen.«

*

Der Klang einer Laute aus dem einzigen noch nicht geborstenen Lautsprecher eines Kassettenrekorders, so alt wie die Kassette darin, der Markenname längst abgewetzt, verhüllte die drei nackten Glühbirnen an der Decke und mischte sich unter den Staub der Werkstatt. Dann stieg Münir Nurettin Selçuks Stimme über der Laute auf. Stieg auf und hob ab: »*Ne doğan güne hükmüm geçer…*« Weder bestimme ich über den neugeborenen Tag… Isa hatte das Lied zum ersten Mal von der Kassette seines Meisters gehört, später glaubte er dann ganz fest, dass die ersten beiden Zeilen allein für ihn geschrieben worden waren, und hatte sie sich in den Arm graviert. Weder kannte er Cahit Sıtkı Tarancı, den Dichter der Zeilen, noch Münir Nurettin Selçuk, den Komponisten des Liedes. »Kassette«, nannte er sie alle. »Meister, lass doch diese Kassette da, ich hör sie mir heute Abend an.« Wieder lauschte er. Nun spielte er sie Derda vor.

»Das tut weh, Alter!«

»Klar tut das weh«, sagte Isa.

Mit den Fingerspitzen streckte er zwei Nadeln ins Feuer des Ofens, um sie zum Glühen zu bringen. Dann tunkte er die Nadelspitzen in schwarze Farbe auf einem Plastikteller, drehte sich auf seinem Hocker herum und griff nach Derdas linker Hand. Mit der Geschwindigkeit einer Nähmaschine stach er die beiden durch ein Gummiband zusammengehaltenen Nadeln in den Rücken seines Zeigefingers. Bei jedem Stich der gefärbten Nadelspitzen mischten sich Blut und Schwarz. Hin und wieder wischte Isa den Finger ab. Mit einem vor Dreck starrenden Tuch. Um zu sehen, was er tat. Er wischte, und ein A kam zum Vorschein.

Statt Isa zuzuschauen, dem der Bierschweiß von der Stirn

rann, studierte Derda seine zur Faust geballte rechte Hand. Auf jedem Finger der Faust stand ein Buchstabe. Auf der Faust stand OĞUZ.

»Fertig«, sagte Isa. Mit dem Handrücken fuhr er sich über die Stirn und fügte hinzu: »Aber so geht das nicht. Mach eine Faust, damit die Haut schön gespannt ist.«

Derda betrachtete das blutende A, dann ballte er die linke Hand und legte die Faust auf den Tisch, der ihn von Isa trennte. Nun war der Buchstabe T dran. Vom gebeugten Sitzen und vom Fokussieren der trunkenen Augen schmerzten Isa Nacken und Rücken. Er reckte sich, dann stützte er sich wieder auf den Tisch. Und begann, die gefärbten Nadeln in den Mittelfinger der Faust in seiner Hand zu stechen. Wieder und wieder.

»Jetzt darfst du die Hände mindestens drei Tage lang nicht waschen«, sagte Isa. Er hielt Derdas zwei Fäuste hoch und begutachtete sein Werk. Voller Bewunderung.

»Das vernarbt nach und nach. Kratz es bloß nicht ab. Sonst verwischt es. Warte, bis es von selbst abfällt.«

»Danke, Isa«, sagte Derda. »Diesen Gefallen werd ich dir nie vergessen.«

»Quatsch, Mann, was für ein Gefallen? Lass dich ab und zu mal blicken, bestell mir ein Bier, dann ist gut!«

Er betrat das Depot mit dem Ruf zum Morgengebet. Seite an Seite. Sein Blick traf den Süleymans. Der saß noch an seinem Wodka-Gedeck und trank.

»Israfil war da und hat nach dir gefragt.«

Derda versuchte, seinen Rausch hinter Schweigen zu verbergen, doch hier musste er reden.

»Was hat er gesagt?«

»Er soll heute Nacht nicht rausgehen, soll hierbleiben, hat er gesagt.«

»Wieso?«

»Die planen einen Überfall auf uns, hat er gesagt.«

»Wer?«

»Wer wohl? Müllmann Hanif, der Zuhälter!«

Unwillkürlich musste Derda lachen.

»Versteh ich nicht, ist der nun Müllmann oder Zuhälter?«

»Lach du nur«, sagte Süleyman. »Schauen wir mal, was du tust, wenn die vor der Tür stehen.«

Derda versuchte, sich zusammenzureißen, es gelang ihm nicht wirklich. Noch immer lächelnd, fragte er: »Was wollen die denn?«

Süleyman leerte das Glas in den Mund, Derda stapelte Kartons und bereitete sich ein Bett.

»Das hier«, sagte Süleyman.

Derda wandte den Kopf und starrte den Mann an, dessen Augen blutunterlaufen waren.

»Das hier?«

»Den Kram hier«, sagte Süleyman und deutete auf die Bücher. Dann auf die Maschinen. »Alles! Da steckt viel Kohle drin, Junge. Geht's um viele Mäuse, gibt's viele Probleme, verstehst du?«

Abrupt verstummte Süleyman. Er hatte den Kopf gebeugt, seine Augen musterten etwas. Besser gesagt, vier Dinge. Vier Finger. Vier Buchstaben. Er konnte es von seinem Platz aus nicht genau erkennen.

»Was ist das, Bengel?«

Derda hob die rechte Hand und musterte seine Tätowierung

zunächst einmal selbst. Als sähe er sie zum ersten Mal. Dann richtete er den Blick auf Süleyman.

»Das hier? Buchstaben, nichts Besonderes.«

»Das sehe ich«, sagte Süleyman. »Das sehe ich, aber was steht da?«

»Oğuz steht da.« Er wies auch die Linke vor. »Und hier steht Atay.«

Süleyman lachte. »Mann!«, sagte er. »Was bist du denn für einer? Und Israfil wollte dir 'ne Knarre geben! Du würdest ja uns zuerst umnieten!«

Er wurde ernst, als Derdas Miene mürrisch wurde.

»Nun leg dich hin und schlaf ein bisschen. Die kommen bald.«

In den zwei Stunden, die Derda schlief, verprügelte er jeden, der ihm begegnete, mit OĞUZ und ATAY. Vorerst im Traum.

*

»Was hast du, ist dir kalt?«, fragte Israfil. Er taxierte die Handschuhe mit den abgeschnittenen Fingerspitzen an Derdas Händen.

»Nein«, sagte Derda. »Meine Hände schwitzen, dann rutschen die Kartons, deshalb trage ich die.«

Dabei hatte er die Handschuhe übergestreift, weil er die Aufmerksamkeit, die seine Tätowierung erregte, und die anschließenden Fragen satthatte. Er hatte sie auf dem Markt in der Nähe des Depots gekauft.

»Gut«, sagte Israfil. »Komm mit!«

»Abdullah Abi kommt gleich«, sagte Derda.

»Egal, die erledigen den Job ohne dich, du begleitest mich«, sagte er und verließ das Lager. Derda folgte ihm mit zwei Stufen Abstand. In einem zwanzig Jahre alten Mercedes fuhren sie auf die Straße hinaus und kämpften sich durch den Verkehr. Israfil schwieg. Entsprechend auch Derda. Als sie auf die Umgehungsstraße bogen, zerriss Israfils aufgepumpte Stimme Derdas Ohren.

»Wie alt bist du noch mal?«

»Fast siebzehn.«

»Wo ist deine Mutter?«

»Verstorben.«

»Hast du deinen Vater wiedergesehen?«

»Nein«, sagte Derda.

»Jetzt hör mal zu, ich bin sozusagen dein Abi, dein großer Bruder. Musst also nicht traurig sein. Brauchst du irgendwas, hast du irgendwelche Probleme?«

»Nein, Abi«, sagte Derda. Dabei schaute er in Gesichter von Istanbul, die er nie zuvor gesehen hatte. Wolkenkratzer mit Scheibengesichtern.

»Dann, Derda Efendi, wenn ich also nichts für dich tun kann, könntest du dann vielleicht etwas für mich tun?«

Derdas Augen schwappten über die Frontscheibe, er richtete sich in seinem Ledersitz auf. Denn er sah zum ersten Mal den Bosporus. Zum ersten Mal im Leben. Obendrein fuhren sie auf die Brücke zu, von der er viel gehört, sie aber nie überquert hatte.

»Derda!«, sagte Israfil. »Geht das in Ordnung, frage ich?«

»Okay, okay«, sagte der Junge. Gedankenlos. Mit Blick auf den Bosporus, der sich gleich einem welligen Spiegel durch Istanbul zog.

»Da ist so ein Kerl«, sagte Israfil. »Ein Zuhälter namens Müllmann Hanif.«

Derdas beide Hände lagen auf dem Armaturenbrett. Sein Rücken war durchgedrückt, er hatte die Zähne gebleckt. Seine Pupillen spielten Bäumchen wechsle dich mit allem, was er sah. Schaute er nach rechts, bedauerte er, links etwas zu verpassen, schaute er nach links, bereute er es ebenso. Plötzlich fächerte sich der Verkehr wie eine Ziehharmonika auf, und der Mercedes befuhr die Bosporusbrücke. Sein Herz begann dermaßen zu trommeln, dass Derda den Mund schloss, damit man das Getöse nicht hörte. Er sah weiße Inselchen auf dem Wasser. Weiße Schiffe. Dann sah er den Horizont. Wie wunderschön war der! Wie herrlich der Himmel! Er drehte sich zu Israfil. Auch er sollte das sehen. Wie glücklich er für einen Augenblick war, wie sehr er lächelte. Da hörte er Israfil. Vierundsechzig Meter über dem blauen Wasser, viele Kilometer unter den weißen Wolken.

»Den Kerl sollst du umlegen, für mich.«

Derda begriff nicht. Er saß da mit dem Lächeln im Gesicht.

»Den Hanif, den Kerl sollst du erschießen.«

Nun hatte er verstanden. In dem Augenblick, da er verstand, war die Brücke zu Ende, und Istanbul wurde wieder hässlich. Genau wie Derda.

»Wenn du es befiehlst, Abi!«

Israfil lachte. Und schlug Derda aufs Knie.

»Bravo!«

»Wann gibst du mir die Waffe?«

Wieder lachte Israfil.

»Hey, wozu die Eile? Warte, wir sind schon auf dem Weg.«

Mit den Fingerspitzen strich Derda über den Handschuh, über die tätowierten Stellen. Es dauert nicht mehr lange, sagte er, zu Oğuz Atay

»Es dauert nicht mehr lange«, sagte Israfil. Derda lachte.

Sie bogen in einen Feldweg ein, der zu einer ausgedehnten Anlage mit Garten am Hang führte, und hielten vor einem Eisengittertor. Israfil zog eine Fernbedienung aus der Tasche, öffnete das Gartentor, und der Mercedes glitt hindurch. Derda hörte zuerst das Gebell, dann sah er den Geifer an der Scheibe. Die beiden schwarzen Hunde, die neben dem nun langsamer fahrenden Auto herliefen und es immer wieder ansprangen, starrten Derda an, als wollten sie ihn zerfleischen, Israfil sagte: »Das sind meine Jungs.« Kaum stand der Wagen, flitzten die Hunde zu Israfils Tür. Sie waren so begierig darauf, sich ihrem Besitzer zu unterwerfen, dass sie einander mit den Köpfen wegstießen und jeder der Erste zu sein versuchte.

Derda stieg aus dem Wagen, betrachtete erst das zweigeschossige Haus und dann den Mann im schwarzen Anzug, der durch die doppelflügelige Tür aus dem Haus trat.

»Da sind wir, Tayyar Abi!«, rief Israfil. Dabei drückte er den Hunden mit den Händen die Köpfe. Derda erkannte Tayyar nicht. Denn weder trug er einen Kaftan noch einen Bart, der gleich einem Schleier sein Gesicht verbarg. Tayyar dagegen löste die Augen nicht von dem Jungen und dachte, irgendwo habe er ihn schon einmal gesehen. Wo nur? Das hatte keine Eile. Es würde ihm schon einfallen. Sie hatten zwei Tage vor sich. Während dieser zwei Tage wollte er im Gartenhaus, an dem der nächste Mensch mit zweihundert Stundenkilometern über die Umgehungsautobahn am Horizont vorbeidüste, dem Jungen zeigen, wie man eine Waffe bediente.

*

»Das ist Derda«, sagte Israfil, während er den Jungen an den Schultern zu den Stufen schob, die zum Haus emporführten. »Gewissermaßen mein kleiner Bruder«, setzte er hinzu. Tayyar zuzwinkernd. Derda drückte die sich ihm entgegenstreckende Hand Tayyars, der mit seiner Masse einen Flügel der Tür verdeckte.

Wieder sprach Israfil.

»Und das ist unser Tayyar Abi.«

Tayyar ließ die Hand in seiner nicht los, er schaute Derda stumm in die Augen. Der Junge wusste nicht, was er tun sollte, die Hand konnte er nicht zurückziehen. Es war, als wäre sie von dickem, hartem Fleisch umfangen. Israfil löste die ineinander verhakten starren Blicke. Er legte beiden die Hände auf die Schultern und sagte: »Kommt, gehen wir rein.«

Sie traten ein. Im geräumigen Salon standen zwei Sofas, zwei große Rauchtische, mindestens sechs Sessel, zwei oder drei Fernsehapparate, ein runder Esstisch und drum herum Stühle. Das war, was Derda auf den ersten Blick erfasste. Weder war er sich der Anzahl sicher noch der Größe des Raumes. Jeder Gegenstand schien im Übermaß vorhanden zu sein, zusammen mit einem Ersatzstück.

»Setz dich, Derda, ich komme gleich«, sagte Israfil. Er ging weiter in den Salon hinein, stieg in die Höhe und geriet aus dem Blick. Erst da begriff Derda, wo die Treppe zum zweiten Stock ansetzte. Als er sah, wie Israfil zwei Stufen hochstieg und verschwand.

Tayyar, der bislang kein Wort verloren hatte, sagte: »Setz dich doch!«

Derda löste die Augen von dem Fleck, an dem sie Israfil zurückgelassen hatten, richtete sie auf den Sessel, auf den Tayyar deutete, tat zwei Schritte und nahm Platz. Als Tayyar die Hände in die Taschen steckte, fielen die Schößе seiner Jacke auseinander, und die zwei Griffe des Revolverpaars an seiner Hüfte wurden sichtbar.

»Woher kenne ich dich?«, fragte er.

»Mich? Keine Ahnung«, sagte Derda.

»Kennst du Çemendağ?«

»Nein.«

»Egal, wir finden's schon heraus«, sagte er und setzte sich auf das Sofa gegenüber. Er spreizte die Arme wie zwei Flügel, packte das Sofa im Genick und warf ein Bein über das andere. Seine Blicke lasteten gleich einem Netz aus Eisen auf Derda.

»Wie heißt dein Vater?«

»Celal«, sagte Derda.

»Celal? Stimmt, Israfil hatte das erwähnt. Gerade erst aus dem Knast raus, richtig?«

»Ja.«

»Ich werd mich schon noch erinnern. Wie alt bist du?«

»Siebzehn«, sagte Derda. Er wollte nicht die Monate berechnen und von ungefähr sprechen. Sofort hatte er sich wie zermalmt gefühlt von Tayyars pechschwarzen Blicken, seinem Revolverpaar und seiner Stahlbeton gleichenden Wuchtigkeit. Aus diesem Grund hatte er, sobald seine Antwort heraus war, Kopf und Blick gesenkt. Weil er die Last des eisernen Netzes nicht ertrug. Zugleich überlegte er, woher Tayyar ihn kennen könnte. Ich würde mich sicher daran erinnern, wenn ich so einen Hünen schon mal gesehen hätte, sagte er sich. Deshalb hörte er Tayyars Frage nicht. Weil er währenddessen mit sich selbst sprach.

»Hast du?«, fragte Tayyar. Diesmal lauter.

Derda hob ruckartig den Kopf und fragte: »Was hab ich?«

»Eine Ahnung! Von dem Job, den du erledigen sollst, frag ich.«

»Ja, Abi«, sagte Derda. »Da ist ein Typ …«

»Welcher Typ?«

»Ein Mann mit Namen Müllmann Hanif.«

»Was machst du mit dem?«

»Ich soll ihn erschießen.«

»Wer weiß, ob ich nicht ein Bulle bin, weißt du das etwa genau?«, fragte Tayyar. Die Frage strömte ihm aus dem Mund. So rasch, dass sie Derda gegen das Gesicht prallte und seine Stirn in Schweiß ausbrechen ließ. Kaum hatte er das Wort Bulle vernommen, pochten Derda die Schläfen, noch bevor die Frage zu Ende war. Was sollte er darauf sagen? Zuerst beugte sich sein Blick, dann fielen ihm die Schultern herab, als wollten sie zwischen den dicken Haaren des Teppichs unter seinen Füßen verschwinden. Sein Kopf steckte noch unter seinen Schultern.

»Sagst du etwa jedem, der dich fragt, dass du einen Mann erschießen willst?«

Derda sank noch tiefer.

»Gut, wer ist dieser Typ, was macht er beruflich?«

Derdas Stimme kam bis an seine Lippen, konnten den geschlossenen Mund aber nicht verlassen. Dabei wollte er nur »Weiß ich nicht« sagen.

»So ist's richtig«, sagte Tayyar. »Schweig! Hör einfach zu. Wenn du etwas lernen willst, dann lernst du durch Zuhören.«

Er nahm das Bein vom anderen und senkte die Arme. Eine Faust stemmte er in die Hüfte, die andere aufs Knie.

»Dieser Hanif ist so ein Typ, wenn wir den nicht erledigen, erledigt er uns. Nicht nur mich, auch deinen Israfil Abi. Und dich auch. Der beseitigt alle, die da bei euch im Depot sind, verstehst du?«

Derda war sich nicht sicher, ob er antworten sollte. Er tat das Richtige und nickte nur.

»Schön! Der wohnt an der Küste. In Maltepe. Israfil wird dir sein Haus zeigen. Zuerst tust du dich da mal vernünftig um. Wenn Israfil sagt: Los!, dann fährst du morgens hin und passt ihn ab. Kennst du dich dort aus?«

Diesmal schüttelte Derda den Kopf. Tayyar beugte sich über den Rauchtisch und zeichnete etwas mit unsichtbarer Tinte darauf. Mit seinem Zeigefinger, der dick wie ein Pistolenlauf war.

»Hier ist die Küstenstraße. Auf der einen Seite die Häuser, auf der anderen das Meer. Auf der Meerseite ist ein Fußweg. Verstanden?«

Derdas Kinn bewegte sich auf und ab, er hatte verstanden.

»Hanif verlässt das Haus gegen Mittag, aber du passt ihn gleich morgens ab. Er tritt aus der Tür, geht über die Straße und läuft am Meer entlang …«

Je länger Tayyar redete, dachte Derda, vielleicht kannte er diesen Mann doch von früher. Es war eher ein Gefühl. Ein Gefühl, das sich weniger auf Gesicht und Körpermasse bezog, als vielmehr auf die Stimme. Er war sich sicher, die Stimme schon einmal gehört zu haben. Aus diesem Grund lauschte er angespannt. Dabei sah er Tayyar in die Augen.

»Er wird niemanden dabeihaben. Vor seinem Haus ist eine Ampel. Da überquert er die Straße. Du stehst auf der Meerseite.«

Tayyar fühlte, wie der Blick des Jungen kurz erstarrte, und fragte zur Probe: »Was machst du?«

»Ich warte auf der Meerseite.«

»Bravo«, sagte Tayyar.

Da erklangen Schritte von einem Paar Füße hinter Derda und wurden lauter. Israfil. Er berührte Derdas Schulter im Vorbeigehen und sagte: »Hör Tayyar Abi gut zu!« Dann setzte er sich in den Sessel quer gegenüber. Tayyar fuhr fort.

»Der kommt also raus, geht über die Straße, kommt dahin, wo du wartest, und macht sich auf seinen Spaziergang. Du bleibst hinter ihm und folgst ihm.«

Unvermutet wandte Tayyar sich an Israfil.

»Besorg einen Trainingsanzug, Laufschuhe und so weiter für den Jungen. So soll er da nicht aufkreuzen, nicht dass Hanif Verdacht schöpft.«

»Okay«, sagte Israfil. »Wird erledigt.«

Wieder blickte Tayyar Derda an. Als falle ihm gerade etwas ein, drückte er kurz den Rücken durch und zog einen der Revolver heraus.

»Da sind sechs Patronen drin. Du gehst von hinten an ihn ran und feuerst alle sechs ab. Zwei in den Kopf, vier zwischen die Schulterblätter. Verstanden?«

»Verstanden«, sagte Derda. Versehentlich. Dabei war er entschlossen zu schweigen. Außerdem hatte er weder Schulter noch Blätter verstanden. Denn seit die Waffe gezogen war, klebten seine Augen daran. Dementsprechend auch seine Ohren.

Die Waffe, von der er den Blick nicht wenden konnte, war nicht bloß eine Smith & Wesson mit 38er Kaliber und kurzem Lauf, sondern Derdas Rachemaschine. Mit ihr würde er die Vergangenheit reparieren. Tayyar bemerkte, dass Derda in Fantasien abglitt.

»Schau her«, mahnte er. Er schwenkte die Trommel aus und kippte sich die sechs Patronen auf die Handfläche. Mit einer Bewegung seines Handgelenks klinkte er die Trommel wieder in das Skelett des Revolvers ein. Die leere Waffe reichte er Derda.

»Hier, nimm!«

Derda nahm den Revolver entgegen.

»Steh auf!«

Er stand auf.

»Israfil, steh auch du auf!«

Auch Israfil erhob sich.

»Israfil, tu so, als würdest du gehen. Und du folgst ihm da von der Tür her. Dann zwei in den Kopf und vier in den Rücken, wie ich gesagt habe. Na los!«

Israfil stapfte durch den geräumigen Salon. Derda folgte ihm. Nach drei Schritten hob er die Pistole und drückte den Abzug. Hintereinander.

»So nicht«, sagte Tayyar. Er erhob sich. Sagte »Bleib stehen« zu Israfil. Und markierte mit der Hand eine Region auf Israfils Rücken.

»Hier, zwischen die Schulterblätter, das ist hier. Nicht weiter unten. Jetzt versucht es noch mal, geht beide zur Tür. Zuerst geht Israfil los, danach du.«

Sie taten, was Tayyar verlangte, nach drei Schritten hob Derda die Pistole. Zog den Abzug sechs Mal ins Leere und sah zu Tayyar hinüber.

»Das war schon ganz gut, aber pass beim nächsten Mal besser auf!« Wie ein Schlag überkam Derda die Erinnerung an jenen Morgen auf dem Friedhof, an den Mann, gegen den er geprallt war, und an den Satz, den der Mann zu ihm gesagt hatte. »Pass beim nächsten Mal besser auf!« Dann hatte er ihn mit pechschwarzen Augen angestarrt. Und jetzt starrte er wieder. Derda wollte es nicht glauben, doch er sah sich dazu gezwungen. Denn alles war wahr. Tayyar war der Kaftanträger von damals, jahrelang hatte die Angst vor ihm seinen Atem bewohnt. Hunderte Tropfen drangen ihm aus dem Körper. Aus seinen Poren trat der Schweiß, der Saft der Angst. In seinem Magen explodierte ein Krampf, und die Waffe in seiner Hand zitterte.

Tayyar stand auf. In diesem Augenblick dachte Derda, der Mann habe begriffen. Dass er ihn kannte. Als Tayyar auf ihn zukam, suchte Derda nach einem Schlupfwinkel, fand aber keinen. Er ging nicht, er lief nicht, noch schrie er. Er zitterte nur und wartete auf die Angst.

Tayyar zog Derda den Revolver am Lauf aus der Hand und sagte: »Jetzt gehen wir raus. Schieß ein paarmal, damit deine Hand sich dran gewöhnt.«

*

Israfil hatte die Hunde in den Käfig im Vorgarten gesperrt. Er wusste, dass sie durchdrehten, wenn sie Schüsse hörten. Zudem war Derda ein Fremder, und sie waren darauf trainiert, die Hand eines Fremden, die eine Waffe hielt, abzureißen. Es hatte nicht nur etwas mit Training zu tun, so lange zuzubeißen, bis eine Hand vom Gelenk abriss. Sie hatten sich dem Leben angepasst, das ihr Besitzer führte. Während Artgenossen Blinden als Führer dienten, brannten diese darauf, Augen aus den Höhlen zu kratzen. Wie Hunderttausende von Kindersoldaten in aller Welt hatten auch die Hunde im Vorgarten ihr Leben nicht selbst gewählt. Sie waren nur gezwungen, noch brutaler zu sein als die Brutalität, in die sie hineingeboren worden waren. Einzig ihre Belohnung unterschied sie von den Kindersoldaten, die gerade mal so groß wie ihre Gewehre waren, und den aggressiven Hunden in den Vorgärten überall auf der Welt. Und genau genommen unterschied sich nicht einmal die Belohnung. Die einen bekamen gares, die anderen rohes Fleisch. Kinder aßen kein rohes Fleisch. Hätten sie es gegessen, hätten sie die Leichen der gegnerischen Kindersoldaten essen können. Das wäre sehr viel billiger gewesen!

Sie blendeten das Gebell der Hunde aus und gingen in den Garten hinter dem Haus. Zu dem Sandhaufen von fünfzig Schaufeln zwischen zwei uralten Platanen. Fünf Schritt davor blieben sie stehen. Tayyar holte die Patronen aus der Tasche, setzte sie in die Trommel des Revolvers ein, fasste ihn am Lauf und reichte ihn Derda. Zwei Schritte entfernt versuchte Israfil, die Zigarette zwischen seinen Lippen dem Wind zum Trotz anzuzünden. Derda, der den Revolver anstarrte, dessen Griff er gepackt hatte, hörte Tayyars Stimme.

»Jetzt schieß mal in den Sandhaufen da. Ich will deine Handhaltung prüfen.«

Dann sah er, wie Tayyar zwei Schritte auf Israfil zutrat. So standen beide hinter ihm. Er beäugte den Sandhaufen. Niemand war zwischen ihnen.

»Ganz ruhig«, mahnte Tayyar. »Knick nicht den Arm ab. Halt den Atem an, bevor du den Abzug drückst, klar?«

Als Derda schwieg, fragte er nach.

»Hast du gehört?«

»Ja«, sagte Derda und hob langsam den Arm. Er richtete den Revolver auf den Sandhaufen.

»Geh einen Schritt vorwärts«, sagte Tayyar. »So viel Abstand sollst du dann auch zu Hanif haben.«

Derda gehorchte, atmete einmal tief, sehr tief ein und hielt die Luft an. Er hatte Angst. Tayyar sah, dass er zögerte, und brüllte.

»Keine Angst! Schieß!«

Derda drehte sich um und zog den Abzug. Weder senkte er den Arm, noch knickte er ihn ab. Drei Kugeln fing Tayyars Brust ein, zwei die Fläche zwischen den Schulterblättern von Israfil, der zu fliehen versucht hatte. Die letzte traf die Rückwand des Gartenhauses.

Als er die zusammengekniffenen Augen aufriss, sah er die beiden Männer wie zwei Hügel auf dem Boden liegen. Unverzüglich senkte er die Augenlider wieder. Er wartete auf ein Geräusch von Tayyar oder Israfil. Doch der Garten des Gartenhauses hatte die Stille eines Weinbergs. Selbst die Hunde waren verstummt.

Derda hob den Kopf und ließ den angehaltenen Atem ausströmen. Zum Himmel. Ein Regentropfen fiel ihm auf die linke Wange. Einer auf die Stirn. »Ganz ruhig«, hatte Tayyar gesagt. Das war nun eingetreten. Seit Jahren atmete Derda zum ersten Mal ruhig. Ohne dass die Angst ihm die Kehle verbrannte. Zwei Schritte von zwei Leichen entfernt, im Nieselregen.

Erst steckte er sich die Waffe in den Hosenbund, dann zog er die Handschuhe aus und warf sie auf den Boden. Und hob OĞUZ und ATAY gen Himmel. Damit alle sie sahen!

Die Hunde schienen zu spüren, dass sie herrenlos geworden waren, denn sie begannen zu jaulen. Blut trat ihnen in die Augen. Denn wie die Kindersoldaten hatten auch sie keine Tränen.

*

An dem Tag, an dem Stevens Tätigkeit im Konsulat endete und er Istanbul verließ, hatte Tayyar Hıdır Arif angerufen und gesagt, er hege einen Verdacht gegen Gido Ağa. Das Gespräch verlief wie folgt: »Gido dreht da ein Ding hinter unserem Rücken. Neulich war er bei mir. Suchte angeblich einen Mann für seine Angelegenheiten in Istanbul. Jemanden, der sich hier auskennt. Ich habe gemerkt, dass er mich aushorchen wollte, und gesagt, schauen wir mal. Dann hat er nach unseren Ausschreibungen gefragt. Offenbar wollte er mich auf seine Seite ziehen und zum Spitzel machen.«

»Der Gottlose!«

»Aber so was von gottlos!«

»Und was willst du tun?«

»Wenn du es erlaubst, trete ich in seine Dienste. Dann sehen wir, wie der Hase läuft.«

»Gute Idee«, sagte Hıdır Arif. »Aber nicht, dass mein Vater davon erfährt. Er darf auf keinen Fall mitbekommen, dass du für den Halunken arbeitest.«

»Keine Sorge. Ich finde schon eine Ausrede. Gott verzeih mir, ich sage, ich kümmere mich um die Angelegenheiten im Ausland.«

Nach dem Gespräch führte Tayyar ein weiteres Telefonat. Diesmal mit Gido.

»Was kann ich für dich tun, mein Bruder Tayyar?«

»Aber nicht doch, Abi! Abi, ich muss dir etwas sagen.«

»Sprich!«

»Dieser Hıdır Arif hat mich dermaßen aufs Kreuz gelegt, wenn mein Vater nicht dazwischenstünde, würde ich dem an die Gurgel gehen. Deshalb sag ich, vielleicht kannst du was in Istanbul organisieren, damit hier nichts passiert … Und ich wegkomme von hier.«

»Gerne, lieber Tayyar, natürlich! Gute Idee!«, hatte Gido Ağa gesagt.

Danach hatte Tayyar noch Steven angerufen. Um über die Aufenthaltserlaubnis für England zu sprechen. Diese Gegenleistung war ihm versprochen worden für seine Verdienste für den MI6. Steven hatte gesagt: »Keine Sorge, das erledigen wir sehr bald.« Das »bald« aber hatte sich hingezogen. In der Zeit hatte Tayyar sich von den Hikmetisten getrennt, Kaftan und Bart abgelegt und als Doppelagent sowohl Hıdır Arif wie auch Gido Ağa hingehalten. Erst später war er ins Schleudern geraten. Denn Hıdır Arif und Gido Ağa hatten den Blick auf Höheres gerichtet, und in solchen Höhen war Tayyars Talent als Judoka nutzlos. Scheich Gazi hatte den echten seiner beiden Söhne für seine Nachfolge gewählt, und genauso zogen sich auch die anderen allmählich von Tayyar zurück. Der greise Scheich hatte offenbar seine Gründe gehabt. Vielleicht hatte er, als er zu Tayyar gesagt hatte: »Du sollst nie wieder weinen«, gemeint: »Du wirst nie wieder weinen, weil du andere zum Weinen bringst!« Und einen Mann, der alle zum Weinen brachte, wollte niemand um sich haben.

Nachdem ihn sein Clan und der Orden abgeschoben hatten, geriet Tayyar mit den Gesetzen in Konflikt und investierte das Geld, das ihm der MI6 gezahlt hatte, in alle möglichen Straftaten, wie es ihm gerade gefiel. Eine davon war die Druckerei, die Raubdrucke produzierte, die Derda transportierte. Die Investition, um deretwillen er Müllmann Hanif beseitigen lassen wollte.

Woher hätte Tayyar es wissen sollen? Dass ein Kind, das er vor Jahren höchstens eine halbe Stunde lang gesehen hatte, Tausende von Tagen später wiederum in einer halben Stunde ihn töten würde.

Woher hätte Derda es wissen sollen? Dass er mit dem Mord an Tayyar alle, außer sich selbst, gerächt hatte.

Woher hätte Israfil es wissen sollen? Dass er Derda und Tayyar niemals hätte zusammenbringen dürfen.

Woher hätte Müllmann Hanif es wissen sollen? Dass er Derda sein Leben verdankte.

Woher hätte der Mensch es wissen sollen? Wohin die Existenz führte.

Die Antwort auf all diese Fragen lautete: nirgendwoher.

Möglicherweise ging deshalb das Leben weiter. Weil niemand im Voraus wusste, was er bewirken würde. Denn die erste Reaktion eines Menschen, der im Voraus sämtliche Resultate seiner Handlungen im Laufe der Zeit sehen würde, wäre vermutlich, innezuhalten. Einzuhalten und Einhalt zu gebieten. Entsetzt. Bis ihm das Herz stehenbliebe vor Angst, sich zu bewegen. Denn das Endergebnis einer jeden Bewegung war bitter, und wenn der Mensch das wüsste, würde er, wahrscheinlich, gar nicht erst auf die Welt kommen. Vielleicht, noch schlimmer, würde er, wenn er all das wüsste, auch weiterhin zur Welt kommen. Er war ja doch ein Mensch und von Natur aus dreist. Er täte alles, um auf die Welt zu kommen. Wenn nötig, würde er die Leiche seiner Mutter, aus deren Bauch er entschlüpft war, im Kreißsaal zurücklassen, sich gar an seinen Zwilling klammern, auf jeden Fall aber auf die Welt kommen …

*

Derda war nicht mehr elf Jahre alt. Deshalb musste er Leichen nicht mehr zerstückeln, um sie zu transportieren. Er konnte, wenn es ihn auch einige Mühe kostete, Tayyar und anschließend Israfil zum Sandhaufen schleifen. In sämtliche durchwühlbare Taschen beider steckte er die Finger. Mit einem Geldbündel, einer Pistole, einer Patronenschachtel und den Haustürschlüsseln kehrten sie zurück. Wäre er fähig gewesen, ein Auto zu fahren, hätte er Israfil den Schlüssel vom Mercedes abgenommen, doch das unterließ er.

Bei der zweiten Runde ums Haus hatte er eine Schaufel aufgestöbert, damit schippte er den Sand auf sie, der unter dem zunehmenden Regen zu Matsch wurde. Wenige Minuten später lag nur noch ein einziger Toter da, und dann waren sie beide begraben, wenn auch nicht unter der Erde.

Er ging ins Haus, zog die Tür hinter sich zu. Solange es regnete, würde er drinnenbleiben. Zuerst betrat er den geräumigen Salon. Er bestieg die Treppe, die neben der hinteren Wand hinaufführte. Oben durchquerte er den Korridor, der sich vor ihm auftat, und drehte den Knauf der erstbesten Tür. Im Zimmer befand sich ein Doppelbett, an seinem Kopfende ein großes Foto. Schwarzweiß in vergoldetem Rahmen. Israfil stand hinter einer Frau, die mit einem Baby auf dem Schoß in einem Sessel saß, und hielt ihre Schultern. Alle drei lächelten. Sogar das Baby. Als beträte er einen Gehweg, stieg Derda auf das Bett und watete mit tief einsinkenden Schritten auf das Foto zu. Zwischen dem Baby und ihm war nur noch eine Nasenlänge, da brach er in Tränen aus. Mit den Fingern der rechten Hand streichelte er das Baby und sagte: »Verzeih mir.« Er hatte keinen Grund gehabt, Israfil zu töten. Er war ihm aus Versehen ins Visier geraten. Dabei hatte Israfil sich nach Kräften darum bemüht, Derda einen Mord begehen und im Gefängnis versauern zu lassen. Aber Derdas Verstand war dermaßen auf Tayyar fixiert, dass er daran gar nicht dachte. Er schaute das OĞUZ auf seinen Fingern an, sagte: »Verzeih auch du mir!«, und kniete sich hin. Sein Schluchzen schüttelte das Bett. Er weinte und legte dabei immer wieder die Handflächen auf das Foto. Als er keine Tränen mehr zu vergießen hatte, schlief er wie ein Kind im Bett des Mannes, den er umgebracht hatte. Als er erwachte, war von der Reue, die ihn gleich einem Fieber gepackt hatte, keine Spur mehr übrig.

Den gesamten Vorrat an tiefgefrorenem Fleisch aus dem Kühlschrank schleppte er in den Salon und häufte ihn auf den Boden. Er kehrte im Haus das Unterste zuoberst, fand aber nur ein Knäuel Schnur, damit ging er in den Garten. Vor die offene Haustür stellte er einen Stuhl, damit sie nicht zufiel. Kaum erblickten die Hunde Derda, bellten sie. Ihre Stimmen wurden lauter, als Derda sich dem Käfig näherte, sie sprangen hoch und rammten die Köpfe gegen den Draht, der sie umgab.

Das Ende der Schnur band er am Eisenhebel des Riegels vor der Käfigtür fest. Mit winzigen Schritten ging er rückwärts bis zum Eisengitterzaun, der den Garten einfasste. Das Knäuel in seinen Händen war merklich geschrumpft, er legte es hin und kletterte am Zaun hoch. Dann sprang er und setzte den Fuß jenseits des Gartens auf den Boden. Er beugte sich vor, griff durch das Gitter nach dem Knäuel und zog. Beim ersten Mal klappte es nicht, doch beim zweiten Ziehen schnellte der Riegel hoch, die Hunde stießen mit einem einzigen Sprung die Tür auf und stürzten ins Freie. Und sofort in Derdas Richtung. Sie würden den Fremden zerfleischen. Sie pressten die

Schnauzen an das Gitter und sprangen davor herum, ohne Derda erreichen zu können. Der Fremde stand einen halben Meter vor ihnen und lächelte. »Nun lauft schon«, sagte er. »Lauft ins Haus, da findet ihr was zu fressen.« Dann drehte er sich um und ging davon. Auf die Umgehungsstraße am Horizont zu.

Als er die Straße, dreispurig zu beiden Seiten, erreichte, wusste er nicht, welche Richtung er wählen sollte. Er erinnerte sich, aus welcher der Mercedes gekommen war, atmete auf und überquerte die Fahrbahn. Er wollte zurück nach Istanbul. Noch eine letzte Aufgabe lag vor ihm. Das würde die letzte Sache sein, die er im Leben täte. Der Rest interessierte ihn nicht. Nun aber musste er ein Auto finden. Es konnte auch ein Lkw sein. Ein roter hielt.

»Wohin?«

»Istanbul.«

»Spring rauf!«

Ein älterer Fahrer.

»Was machst du denn hier, mein Junge?«, fragte er. »Hier treiben sich Hunde und Übeltäter herum!«

Man sah Derda seine beiden Leichen nicht an. Er war nur ein Junge, der bald siebzehn sein würde. Und er roch etwas streng. Weil er keine Zeit gehabt hatte, sich zu waschen. Er blieb die Antwort schuldig, dann fragte er unvermittelt: »Kennst du ein Viertel mit Namen Beyoğlu?«

Der Alte lachte.

»Wovon rede ich und was fragst du? Was willst du denn in Beyoğlu?«

»Mein Papa wartet da auf mich.«

»Welchen Beruf hat dein Vater?«

»Schriftsteller«, sagte Derda.

»Wie heißt er, ist er bekannt?«

»Oğuz Atay.«

»Kenn ich nicht«, sagte der Mann.

Eine Sekunde lang überlegte Derda, ob er den Revolver unter dem Hemd hervorziehen und den Mann erschießen sollte. Weil er Oğuz Atay nicht kannte. Er ließ es aber bleiben. Ist ja nicht sein Fehler, dachte er. Die, die ihm Oğuz Atay verschwiegen haben, sind die Schuldigen. Er verzieh dem Mann. »Du wirst schon von ihm hören«, sagte er. »Bald lernst du meinen Vater kennen.«

Wieder lachte der Fahrer.

»So sei es, warten wir's ab.«

Mehr sprachen sie nicht.

Als er aus dem Lkw sprang, verzog sich die Sonne gerade hinter Istanbul. Der ältere Mann hatte ihm beschrieben, wie er nach Beyoğlu käme, doch vergebens. Denn Derda kannte weder eine der erwähnten Straßen noch einen der Plätze. Er kannte nur Beyoğlu. Auch das nur dem Namen nach. Den hatte er von Saruhan. »Da stecken all diese Literaten und Intellektuellen! Eine Taverne gibt es da, die ist berühmt! Wie hieß die noch? War das Kirg oder Karg, so was in der Art…«, hatte der gesagt.

Er hielt das erstbeste Taxi an und sagte: »Beyoğlu!«

Auf dem Taksim-Platz angekommen, sagte der Fahrer: »Hier ist es.« Derda schaute durch sämtliche Fenster des Autos hinaus. »Wo?«, fragte er. Der Fahrer atmete tief ein und fasste sich, dann deutete er zur Istiklal-Straße und sagte: »Geh da runter, das ist alles Beyoğlu.«

Derda stieg aus dem Taxi und ging auf die Menge zu, dabei überlegte er, wie viele Menschen wohl in Istanbul lebten. Sein Sinn für Lärm und Masse war gestört, weil er jahrelang auf einem Friedhof gelebt hatte, auf dem nur von Feiertag zu Feiertag Andrang herrschte. Derdas Gleichgewicht suchte einen Ort zum Zusammenbrechen, da kam Beyoğlu über ihn. Die Menschen strömten zu beiden Seiten an ihm vorbei, sämtliche Lichter der Istiklal-Straße drangen ihm zum einen Auge hinein und zum anderen wieder heraus. Ihm war weder die Richtung klar, die er nahm, noch wie vielen Leuten er auf die Füße trat. Er bewegte sich nur vorwärts. Falls es ein Vorwärtsbewegen ist, wenn man geht, ohne zu wissen, wohin.

An der Einmündung einer Gasse blieb er stehen, wandte sich an den nächstbesten auf die Straße rinnenden Geifer.

»Das Kirg suche ich, kennst du das? Eine Taverne.«

Es handelte sich um einen Jugendlichen in Derdas Alter. Er starrte die Hand an, die sich ihm gegen die Brust gelegt hatte, um ihn zu stoppen, dann in das Gesicht darüber. Derdas Gesicht glich jenen, vor denen man in Beyoğlu besser auf der Hut war. Der Junge war auf der Hut.

»Eine Taverne?«

»Kirg oder Karg oder so.«

»Kenne ich wirklich nicht«, sagte der Junge.

»Kennst du denn Oğuz Atay?«

Der Junge war verdattert. So sehr, dass er stotterte.

»Ja scho-schon … aber …«

Wieso fragst du nach ihm, wollte er sagen, da war Derda schon fort. Hätte er, wenn er geahnt hätte, dass er sein Leben einem schlichten Ja verdankte, wohl auch gegrinst und den Kopf geschüttelt? Höchstens zehn Meter konnte er Derda hinterherschauen. Dann war er nicht mehr zu sehen. Er hatte sich unter die Leute gemischt. Und die Leute sich unter ihn.

Nachdem er noch sieben Personen gefragt und »Kenn ich nicht« zur Antwort bekommen hatte, näherte er sich an der nach Kloake stinkenden Einmündung einer anderen Gasse einem Maronenverkäufer, nannte die möglichen Namen der gesuchten Taverne und erhielt folgende Antwort: »Karg heißt die. Hier runter und die dritte Gasse rechts rein!« Anschließend eine Handvoll Maronen. Er schälte sie im Weitergehen. Er ging die Gasse hinunter, die er hinuntergehen sollte, und bog in die Gasse ein, in die er einbiegen sollte. Fünf Schritte weiter erblickte er in Kopfhöhe ein Schild. Ein beleuchtetes Schild. Darauf stand KARG. Er zerknüllte die Papiertüte, warf sie weg und ging hinein.

Kaum war er durch die Tür, trat ihm ein Kellner entgegen, der Knoten seiner roten Krawatte ragte aus dem Ausschnitt seines blauen Pullovers heraus.

»Bitte sehr?«

Mit der Linken stieß Derda den Kellner an der Brust zurück, die Rechte zog den Revolver von der Hüfte, zwei Schüsse gab er in die Nähe des antiken Kronleuchters an der Decke ab. Wie Tayyar es ihn gelehrt hatte. Ohne den Arm abzuknicken.

*

Der Knall dröhnte derart durch das historische Lokal, dass die Leute einen Augenblick lang nicht einmal ihre eigenen Schreie hörten. Erst als sie einander anrempelten, während sie hastig unter die Tische kletterten, öffneten sich ihre Ohren wieder. Dann hörten sie auch Derda. Der brüllte den erstarrten Kellner an.

»Schieb die Tische beiseite, sie sollen alle rauskommen! Schnell, verfickt noch mal!«

Als der Kellner die Hitze des Laufs, der kurz zuvor gefeuert hatte, an seiner Stirn spürte, taumelte er rückwärts und sagte: »Okay, okay!« Dann drehte er sich um und schob die Tische, unter und hinter denen die Gäste sich verbargen, nach rechts und links.

»Aufstehen! Steht auf!«, brüllte Derda.

»Ich will eure Fratzen sehen! Will die Fratzen von euch allen sehen!«

Sein Blick traf den eines jungen Mannes. Er war unter dem Tisch hervorgekrochen, stand aber immer noch gekrümmt da. Die Hände erhoben. Er schüttelte den Kopf. Sein Geist, den sieben Gläser Rakı betäubt hatten, war mit zwei Patronen zu sich gekommen.

»Verpiss dich!«, sagte Derda. »Raus, los, verpiss dich!«

Erst mochte der Mann es nicht glauben. Dann huschte er in Begleitung der auf ihn gerichteten Waffe, ohne die Hände zu senken und den Kopf zu heben, an Derda vorbei zur Tür hinaus. Kaum war er draußen, traf Derdas Blick den eines anderen jungen Mannes.

»Raus, auch du raus! Was guckst du? Raus, verpiss dich!«

Auch dieser flüchtete aus der Kneipe. Derda ging zwischen den Tischen umher und jagte alle, die ihm jung erschienen, hinaus. »Verpisst euch!« Zwölf Männer und neun Frauen verließen fast weinend das Karg. Zurück blieben an einem einzigen Tisch drei Männer im Alter zwischen sechzig und fünfundsiebzig.

Derda ging auf sie zu und fragte den einzigen Bärtigen unter ihnen: »Was ist dein Job?«

»Hör zu, mein Sohn«, begann der Bärtige, doch Derda brüllte ihn an.

»Was dein Job ist, frag ich!«

Der Mann mit Brille, der neben dem Bärtigen stand, sagte: »Hör zu, wir regeln dein Problem, egal welches. Er ist Journalist, sag ihm, was du auf dem Herzen hast. Aber führ dich nicht so auf!« Derda lachte.

»Ach ja?«

Der Bärtige sah, dass Derda, der schaute, als wolle er ihm den Lauf des Revolvers ins Gesicht rammen, lächelte, und beruhigte sich. »Natürlich, mein Sohn, ich kümmere mich um dein Problem. Berichte mir einfach davon«, sagte er.

»Musste auch er erst die Waffe ziehen, damit ihr euch sein Problem anhörtet?«, brüllte Derda.

»Wer?«, fragten der Bärtige und der Brillenträger gleichzeitig.

»Erinnert ihr euch an ihn, wenn ich seinen Namen nenne, verfluchte Scheiße?«

Der einzige Dicke unter ihnen und der, der noch nicht gesprochen hatte, brüllte nun: »Sag doch endlich, wer soll das sein?«

Derda hielt den Atem an, richtete den Lauf auf den Bärtigen und drückte auf den Abzug. Er schoss den Journalisten in den Mund. Die Kugel fuhr dem Mann in den Mund, den er geöffnet hatte, um zu sagen: »Mach keinen Unsinn!« Im Nu war sie hinein, durch den Hals wieder hinaus und schlug in die Wand dahinter ein. Der Mann sackte zu Boden, als knickten ihm die Knie weg. Der Brillenträger versuchte, sich unter dem Tisch zu verkriechen. Nur der Dicke stand noch. Er sah Derda in die Augen und wurde ins linke Auge getroffen. Seine Hände hoben sich zu dem verdunkelten Auge. Während er stürzte, schoss Derda auf den Brillenträger unter dem Tisch. Die Revolverkugel durchlöcherte die Handfläche, die der Mann zum Schutz erhoben hatte, und drang ihm ins Knie.

Derda richtete sich auf und brüllte: »Ihr seid für Oğuz Atay krepiert, Hurensöhne! Für Oğuz Atay!«

Er drehte sich um und spurtete zur Tür, Stühle flogen um. Als er die Ansammlung von Menschen vor dem Karg sah, richtete er die Waffe auf sie und rief: »Macht Platz! Aus dem Weg, verfluchte Scheiße!« Die Leute flüchteten kopflos, und Derda rannte, ohne zu wissen, wohin. Er hörte eine Polizeisirene, doch er war längst in die nächstbeste finstere Gasse eingetaucht.

Derda lief die ganze Nacht hindurch, bis zum Morgen. Es war ein Wunder, dass man ihn nicht schnappte, denn jeder Polizist in Istanbul jagte ihn.

*

Die Gassen, in die Derda auf gut Glück hinein- und am anderen Ende wieder herausstürmte, brachten ihn bis zu der Fußgängerüberführung, wo Saruhan seinen Stand hatte. In der ersten Morgensonne erklomm er die Stufen wie King Kong auf dem Weg zum Empire State Building, da bemerkte er den Weckerverkäufer. Der war an jenem Tag seltsamerweise früh dran. Als ihre Blicke sich trafen, nickte der Weckermann zum Gruß. Dann senkte er den Blick und stellte den Wecker in seinen Händen.

Derda ging zu der Stelle, an der Saruhan seinen Stand aufbauen würde, setzte sich, lehnte den Rücken gegen das Geländer und streckte die Beine aus. Zum ersten Mal seit Stunden hielt er inne. Er schob die Hand in die Tasche. Dann in eine andere. Er suchte nach Zigaretten. Er hob den Kopf und rief zum Weckerverkäufer hinüber.

»Hast du eine Zigarette?«

Auch der Weckermann hob den Blick und sagte: »Moment!« Er platzierte den Wecker auf seinem Stand und kam zu Derda herüber. Eine Hand in der Manteltasche. Er zog ein Päckchen Zigaretten heraus. Zwei Schritte vor Derda, der immer noch auf dem Boden saß, zog er aus der anderen Tasche eine Pistole und hielt sie dem Jungen an den Kopf.

»Leg dich hin«, sagte er. Ruhig. Als würde er sagen: »Leg dich hin und schlaf ein wenig.«

Derda gehorchte und brach an Ort und Stelle zusammen.

Als Derda, dessen Personenbeschreibung ihm in alle Ecken Istanbuls vorausgeeilt war, von dem Zivilpolizisten, dessen Aufgabenbereich die Umgebung der Universität war, festgenommen wurde, fragte er noch: »Wolltest du mir nicht eine Zigarette geben?«

Fast die gesamte Aussage, die Derda bei der Polizei machte, wurde in Zeitungen und Fernsehsendungen veröffentlicht, noch bevor man ihn dem Staatsanwalt vorgeführt hatte. Denn der Bärtige war einer der prominentesten Journalisten des Landes gewesen. Die beiden anderen waren zwei Schriftsteller, die in den Krankenhäusern, in die man sie verwundet eingeliefert hatte, ums Überleben kämpften. Zwei Romanautoren. Der Dicke war uninteressant, der Brillenträger aber war eine Prämiensau. Deshalb wollten alle jede Einzelheit erfahren. Die vordringlichste Frage lautete: Gab es einen terroristischen Hintergrund?

Derdas Aussage kam den Polizisten zunächst dermaßen unsinnig vor, dass sie davon überzeugt waren, es mit einem Terroristen zu tun zu haben. Die Details aber, die er nannte, die Tätowierung auf seinen Fingern und die Eindeutigkeit seiner Behauptungen führten dazu, dass seine Version bis auf weiteres als Tatsache akzeptiert wurde.

»Ich«, sagte Derda, »habe sie wegen Oğuz Atay erschossen. Ich weiß nicht, wer sie sind. Es ist mir auch egal. Ich habe nach Schriftstellern gesucht, die ich erschießen könnte. Oder Journalisten. Da sind mir die untergekommen. Ich hab die Waffe gezogen und geschossen.«

»Wer ist denn Oğuz Atay?«, fragte ein kurz vor der Pensionierung stehender Polizist. Trotz der Handschellen an seinen Gelenken sprang Derda auf, brüllte: »Mann!« und verstummte erst, als die beiden Polizisten, die hinter ihm standen, ihn bei den Schultern packten und wieder auf seinen Stuhl drückten. Dann fragte einer von ihnen: »Was hat das Ganze mit Oğuz Atay zu tun?«

»Wisst ihr, warum er gestorben ist? Vor Kummer! Und wer

hat ihn so weit gebracht? Wer ist schuld an seinem Kummer? Alle, die ihm gegenüber damals gleichgültig waren. Wenn ihr mir nicht glaubt, könnt ihr seine Bücher lesen. Dann lest auch über sein Leben! Ich habe die Kerle erschossen, um ihn zu rächen.«

»Und, bereust du es?«, fragten sie.

»Wenn sie nichts mit Oğuz Atay zu tun hatten, dann könnte ich es bereuen.« Derda hielt inne und versank in Gedanken.

»Eigentlich nicht, verflucht! Denn wer auch immer Oğuz Atay kennt, damals gelebt hat und die Augen vor dem verschlossen hat, was ihm angetan wurde, der ist schuldig, jeder! Deshalb bereue ich nichts! Eines aber bereue ich, wisst ihr? Dass ich da rausgegangen bin, weil ich die beiden schon für tot hielt!«

»Was hast du denn mit Oğuz Atay zu tun?«

Bei dieser Frage lachte Derda.

»Was heißt, was habe ich mit ihm zu tun? Wir sind Oğuz-Türken!«

Plötzlich wurde das Verhör interessant. Aufgeregt, weil sie eine neue Terrorgruppe ausfindig gemacht hatten, fragten sie weiter.

»Wer sind diese Oğuz-Türken? Seid ihr eine Organisation? Wie viele seid ihr?«

»Das weiß ich auch nicht. Also ich weiß zwar, dass sie da irgendwo sind, aber wer, wie viele, davon weiß ich nichts. Ich sehe nur überall ihr Zeichen.«

»Was für ein Zeichen?« Er zeichnete ein A in einem O auf ein Stück Papier. Einer der Polizisten stutzte: »Das ist ein …«, doch ein anderer griff nach seinem Arm, bedeutete ihm zu schweigen, und fragte: »Du hast alle jungen Leute aus der Kneipe rausgeschickt. Warum?«

»Oğuz Atay ist 1977 gestorben. Da waren die, die ich rausgeschickt habe, noch nicht mal geboren. Oder kleine Kinder. Deshalb habe ich sie rausgeschickt.«

»Woher hast du die Waffen?«

»Von einem Typen mit Namen Tayyar.«

»Wo ist der?«

»Ich habe ihn verbuddelt, aber wenn du mich fragst, wo, das weiß ich wirklich nicht. Also ich weiß schon wo, ich kann's bloß nicht beschreiben.«

»Hast du uns sonst noch etwas zu sagen?«

»Ich habe auch einen mit Namen Israfil erschossen. Auf den hatte ich es gar nicht abgesehen, aber er war eben da. Ihm bin ich dankbar, er hat mich über die Bosporusbrücke gefahren.«

»Was hast du sonst noch getan?«

»Na ja, außerdem habe ich meinen Vater verprügelt. Hab ihm den Mund zerfetzt und die Nase gebrochen.«

Der Staatsanwalt nahm sich Derdas mit besonderer Aufmerksamkeit an. Als Derda seine bei der Polizei gemachte Aussage wiederholte, hatte er versucht herauszufinden, ob der Junge zurechnungsfähig sei. Er wusste, dass er das nicht allein tun konnte, und überstellte ihn in eine psychiatrische Poliklinik. Die dortige Diplomiertenkommission war zwiegespalten. Die einen glaubten, Derda sei das einzige lebendige Wesen in einer Welt, die er sich selbst erschaffen hatte, die anderen dagegen kamen zu dem Schluss, er sei ein gewöhnlicher Mörder. Erst als sie nach einer Weile erfuhren, in wie viele Teile Derda seine Mutter zerstückelt hatte und wie alt er damals gewesen war, verringerte sich das Votum der Kommission von zwei auf eins. Es war noch zu früh, um eine klare Diagnose zu stellen, deutlich allerdings war, dass Derda keinen gesunden Verstand besaß. Besitzer eines gesunden Verstandes blieben schlimmen Dingen gegenüber stumm oder gingen vor Gericht. Sie gingen nicht hin und erschossen Leute!

Der Prozess wurde vor dem Jugendgericht geführt und jede Verhandlung von Reportern belagert. Fernsehsender brachten Dokumentationen über Oğuz Atay, auf Podiumsdiskussionen wurde über *Die Haltlosen* debattiert. Die Spaltung in der psychiatrischen Poliklinik spiegelte sich auch in diesen Debatten wider. Manche sagten, Oğuz Atay sei zu Lebzeiten großes Unrecht geschehen, andere erklärten, das sei völlig aus der Luft gegriffen, sein Tod habe keinesfalls etwas mit seiner Literatur zu tun. Für kurze Zeit zumindest wurde so viel über Oğuz Atay geredet, dass selbst der alte Fahrer des roten Lkw den Namen im Radio hörte und erfuhr, wer dieser Mann war, den der Junge, den er einst auf der Straße mitgenommen hatte, seinen Vater genannt hatte.

Im Laufe der Zeit merkten die Programmmacher, dass Talkshows zu den immer gleichen Themen nicht genug Quote brachten, sie verlagerten den Fokus auf Derdas Vergangenheit und ließen ihre Gäste über Bildungsmangel, Kinderarbeit auf Friedhöfen und Jugendgewalt diskutieren. Auch über Sucht, obwohl das gar nichts mit dem Thema zu tun hatte. Denn Schnüffeln und lösungsmittelsüchtige Kinder waren Zauberwörter, die schnelles Wegzappen verhinderten.

»Wie kann der Name Oğuz Atay mit einem solchen Gewaltverbrechen in Verbindung gebracht werden? Das ist unglaublich! Stellt euch vor, welche Zustände auf den Straßen herrschen!« Viele solcher Sätze wurden gebildet. Und weithin hielt man Derda für ein Monster. Vor allem, nachdem man gehört hatte, was Süreyya und Celal in die Kameras sprachen. Celal unter Tränen.

»Er hat mich geschlagen! Mein einziger Sohn, den ich jahrelang nicht gesehen hatte, hätte mich fast umgebracht! So ein Kind sollte es gar nicht geben! Ich rufe alle Zuständigen auf, sie sollen den Leichnam meiner Frau finden, sie erscheint mir jede Nacht im Traum!«

Nur Isa lehnte es ab zu reden. Keinem Zeitungs- und keinem Fernsehreporter beantwortete er eine Frage. Mochten sie noch so hartnäckig sein, sie entlockten ihm kein Wort. Dabei war er unter all jenen, denen sie das Mikrofon vor den Mund hielten, vielleicht der Einzige, der eine Geschichte zu erzählen hatte.

Als sie aus dem Krankenhaus entlassen wurden, hatte der dicke Schriftsteller ein Auge und der Brillenträger sein Gleichgewicht verloren. Er sollte bis ans Lebensende humpeln. Beide beeilten sich. Zwei Romane zu schreiben. Der Titel des einen lautete *Eine einzige Kugel*. Der des anderen *Karges Leben*. In beiden stand auf den ersten Seiten: *In memoriam Oğuz Atay* … Denn sobald sie wieder sprechen konnten, hatten sowohl der Dicke wie auch der Brillenträger erklärt, dass sie Oğuz Atay tief verehrten. Da sie aber glaubten, ihre Zuhörer noch nicht hinreichend überzeugt zu haben, widmeten sie ihm ihre Romane. *Karges Leben* wurde selbstverständlich prämiert. Der Empfang zur Buchpräsentation wurde ohnehin im Karg gegeben. Der Dicke dagegen stieß wieder einmal nicht auf die erhoffte Resonanz.

Darüber hinaus war die Beerdigung des Bärtigen ein Ereignis, das größte Aufmerksamkeit erregte. Alle, die ihr Leben schreibend verbrachten und es so weit gebracht hatten, dass andere lasen, was sie schrieben, kamen zusammen und jammerten den Reportern Statements in die Mikrofone. Einer sagte: »Er ist ein Märtyrer der Literatur«, und damit war die Schlagzeile der Zeitung des Bärtigen besiegelt:

»Tausende Menschen demonstrierten für den Märtyrer der Literatur.«

Gleich darunter stand Derdas Foto. Aufgenommen, als er das Gerichtsgebäude verließ. Zwischen zwei Polizisten. Er hielt die in Handschellen steckenden Fäuste nebeneinander ausgestreckt. Ins Objektiv blickte er über OĞUZ und ATAY. Daneben stand: »Justizskandal!« Darunter: »Nur 24 Jahre für den Mörder!«

Im Prozess hatten die Gutachten über seine Zurechnungsfähigkeit nichts genutzt. Statt Derda irgendeine Art von Behandlung zukommen zu lassen, war, um der rasenden Öffentlichkeit den Schwung zu nehmen, beschlossen worden, Derda in ein Erziehungsheim zu stecken. Bis zum achtzehnten Lebensjahr. Anschließend würde er in ein reguläres Gefängnis überstellt werden. Das Strafmaß von vierundzwanzig Jahren jedoch stellte niemanden zufrieden. Drei Mal lebenslang unter erschwerten Bedingungen hatte man erwartet, nun war es nur lebenslänglich geworden, was bedeutete, in vierundzwanzig Jahren könnte er unter Auflagen freikommen. Diese Strafe löste unverzüglich eine landesweite Hysterie aus. Denn die Hysteriker hatten davon geträumt, in Ruhe und Frieden heimkehren zu können, sicher, dass Derda mit drei Mal lebenslänglich unter erschwerten Bedingungen, jedes Mal bedeutete sechsunddreißig Jahre, im Gefängnis sterben würde. Allerdings hatten die Hysteriker eines vergessen: Derda hatte die Morde eine Woche vor seinem siebzehnten Geburtstag begangen, weshalb er als Jugendlicher angeklagt worden war. Hätte er sich noch eine Woche geduldet, hätte er aufgrund der Schwere der begangenen Verbrechen ungeachtet seiner siebzehn Jahre wie ein Erwachsener behandelt werden können, doch der Justizkalender funktionierte anders. Auf eine Art, die niemandem passte.

Bei der Einweihung des Denkmals des Bärtigen vor dem Gebäude der Zeitung, für die er gearbeitet hatte, wurde eine Erklärung verlesen, darin hieß es: »Es handelt sich um einen Angriff auf die Meinungsfreiheit. Dass die Strafe dafür nur vierundzwanzig Jahre beträgt, kommt der offiziellen Legitimierung der Attacke gleich!«

Da seit der Tat zwei Jahre vergangen waren, gedachten die Menschen ihres Literatur-Märtyrers so, wie es ihnen passte. Es war bequemer zu glauben, dass er von einer unendlich geheimen Organisation ermordet worden war und nicht von einem Kind, das die Selbstkontrolle verloren hatte. Es gab niemanden, der hätte widersprechen können. Der Bärtige hatte aufgrund seiner Meinung sterben müssen, basta! Möglicherweise war deshalb sein Denkmal hübscher anzusehen, als er selbst es gewesen war. Weil die Menschen ihn so in Erinnerung behalten wollten. Hatte nicht ohnehin jeder Mensch einen Nebenberuf, in dem er mit zunehmendem Alter zum Meister wurde? Einen herrlichen Beruf mit dem Titel Design und Management der Vergangenheit!

Als Derda aussagte, Tayyar und Israfil hätten ihn bewaffnet, damit er Müllmann Hanif beseitigte, und auf die Einzelheiten einging, hatte das Gericht die strafmindernden Gründe so weit wie möglich ausgeschöpft und bei der Urteilsfindung den

Tod der beiden Männer beinah unberücksichtigt gelassen. Es war ja auch niemand im Fernsehen aufgetreten, um darüber zu jammern, welch gute Menschen sie gewesen seien. Nur Israfils Sohn hatte Derda bei einem Auftritt vor Gericht angegriffen. Doch der Junge, den er einst vor der Fotografie um Verzeihung gebeten hatte, hatte sein Ziel nicht erreicht und war von der Polizei entfernt worden. Die Hikmetisten schoben das, was Tayyar zugestoßen war, darauf, dass er seinen Orden verlassen hatte, und erzählten ihren Kindern noch Jahre später mahnend davon.

Zu guter Letzt wurde Derdas Mutter Stück für Stück exhumiert und der Obduktion zugeführt. Als sich herausstellte, dass ihr Tod nicht von Derdas Hand stammte, wurden alle Teile in einem Karton Celal ausgehändigt. Der trauernde Ehegatte durchquerte den Pulk von Reportern, nahm ein Taxi und stieg zwei Straßen weiter wieder aus. Den Karton warf er in den erstbesten Müllcontainer und ging seines Weges.

Während seines Gefängnisaufenthaltes erhielt Derda jedes Jahr ein Paket. Von den Wärtern und unter der Hand. Manchmal war Geld darin, manchmal Haschisch. Müllmann Hanif schickte es. Er hatte den Prozess aus nächster Nähe verfolgt und erkannt, dass er Derda sein Leben verdankte. Seine Überlebensschuld zahlte er ab, so gut er konnte. Er hatte genug auf der Straße gelebt, um seinem Spitznamen gerecht zu werden. Jahrelang hatte er einen Sack, größer als er selbst, hinter sich hergeschleift, Altpapier gesammelt und seinen ersten Mord in Derdas Alter begangen, für ein Dach über dem Kopf. Er wusste genau, was Gefängnis bedeutete. Und kannte den Wert des Lebens, den er schon als Kind beim Sortieren von Papier herausgefunden hatte.

Derda erfuhr nie, wer ihm die Pakete schickte. Die ersten Jahre glaubte er, Oğuz Atay schicke sie. Sein Geist … Mit der Zeit kam er davon ab. Eigentlich dachte er gar nichts mehr. Bis sich in dem Paket, das er auspackte, ein Mobiltelefon fand. Im neunzehnten Jahr seiner Haft.

*

Er hatte niemanden, den er hätte anrufen können. Deshalb rührte er das Telefon die ersten Wochen gar nicht an. Eines Tages nahm er es aber doch zur Hand und untersuchte es genauer. Er kannte sich kein Stück mit der Technologie aus und wusste sicher nicht, was er tat. Deshalb erschrak er, als er den Klang des Films hörte, der plötzlich auf dem Display ablief. Es dauerte eine Weile, bis er herausbekam, wie man den Ton abstellte. Fast hätte er das Gerät in Stücke gerissen und ins Klo geworfen. Endlich aber fand er den Knopf, auf den er drücken musste, wenn auch rein zufällig, und verringerte die Lautstärke. Erst da konnte er sich den Bildern auf dem Display widmen. Was er da sah, war ein Film. Ein gewöhnlicher Film. Er lächelte. Nach zweiundzwanzig Jahren des Weggesperrtseins hatte er ein Stück Welt von draußen in der Hand. Er war so aufgeregt, dass er in lautes Lachen ausbrach. Dann hielt er sich mit der Hand den Mund zu und brachte sich zum Schweigen.

Seit drei Jahren war es nicht mehr Müllmann Hanif, der Derda die Pakete schickte. Denn der war verstorben. Völlig unerwartet. Er war bei einem Streit im Straßenverkehr erschossen worden. Mittlerweile kümmerte sich sein Sohn um die Pakete. Er hatte die Geschichte Derdas von seinem Vater gehört, wie von einem Märchenhelden aus anderen Zeiten. Viele Male. Nun erfüllte er sein Vermächtnis. Eigentlich hatte Hanif nie ausdrücklich gesagt: »Nach mir sollst du die Pakete weiter schicken.« Denn er hatte nicht vorgehabt zu sterben. Dennoch verstand sein Sohn es als seine Pflicht, einen Märchenhelden mit Geschenken zu bedenken.

Da er keine Ahnung hatte, was einen 35-jährigen Mann, der seit neunzehn Jahren im Gefängnis saß, glücklich machen könnte, versuchte er, sich in ihn hineinzuversetzen. Daraufhin beschloss er, das Einzige, was ihn davor bewahren könnte, zwischen vier Wänden vor Langeweile zu platzen, wäre ein Telefon, auf dem diverse Filme und Musik gespeichert waren. Filme und Songs stellte er eigenhändig zusammen. Die elektronische Ausstattung des Gefängnisses verhinderte zwar, dass ein Telefon zum Telefonieren benutzt wurde, doch Derda war glücklich mit seinem Geschenk. Also war die Wahl richtig gewesen.

Derda fummelte sich in den Apparat hinein und entdeckte, dass Hunderte von Filmen darauf gespeichert waren, er schlüpfte durch das handtellergroße Display, tauchte in eine Welt der Fantasie ein und verweilte stundenlang darin. Wurde er aus seiner Einzelzelle zum Hofgang gerufen, Freistunde genannt, hoffte er, rasch zurück zu sein, um sich in seine Filme zu vergraben.

Er sah, wie sehr sich das Leben und die Menschen draußen verändert hatten, traute kaum seinen Augen und dachte zum ersten Mal seit neunzehn Jahren an den Tag, an dem er entlassen werden würde. Und fürchtete sich. Es stand zwar noch nicht fest, doch er war sich sicher, in das Programm namens Entlassung unter Auflagen aufgenommen zu werden. Sein Register war ja sauber, seit er ins Gefängnis gekommen war. Weder hatte er jemanden ermordet, noch jemanden geschlagen oder auch nur einen Wärter beschimpft. Die anderen Inhaftierten hielten Derda für verrückt, dachten aufgrund dessen, was über ihn erzählt wurde, dass hinter ihm eine geheime, außerordentlich geheime Organisation stand, und ließen ihn in Ruhe. Niemand hatte ihn angerührt. Und er hatte sich nicht aufgeschwungen, mit OĞUZ oder ATAY jemanden zu verletzen. Ginge es so weiter, würde er im vierundzwanzigsten Jahr freikommen. Gliche aber die Welt, die ihn außerhalb seiner Zelle erwartete, der in den Filmen, würde er wohl vierundzwanzig Jahre brauchen, um sich einzugewöhnen.

Eines Morgens, er war gerade vom Frühstück zurück, startete er den Film, der nach Hunderten, die er schon gesehen hatte, an der Reihe war, und erblickte ein junges Mädchen auf dem Display. Daneben einen Mann. Derda war klar, um welche Art Film es sich handelte, denn beide waren unbekleidet. Dabei hatte Derda bisher weder einen Porno gesehen noch eine Frau berührt. Die letzte Frau, die er nackt gesehen hatte, war nach wie vor die zerstückelte Leiche seiner Mutter. Süreyya zählte nicht, denn als sie in der Friedhofskate aufstand und sich anzog, hatte Derda den Kopf abgewandt, sich sogar umgedreht und die Tür angestarrt. Seltsamerweise ausgerechnet das Schlüsselloch.

Er stoppte den Film und kehrte zum Inhaltsverzeichnis zurück. Er tippte auf die Stelle, auf die es zu tippen galt, um den nächsten anzuschauen. In dem gab es drei Frauen, die einander streichelten und küssten. Auch den übersprang Derda und startete den darauf folgenden.

Erst sah er ein Mädchen mit Glatzkopf, dann einen Mann. Einen blonden Mann. Dann andere Männer. Derda wandte den Kopf ab. Er wollte nicht hinschauen. Er wollte mit blinden Fingern zum nächsten Film schalten, da hielten seine Augenwinkel sich nicht länger, rutschten ab und fielen auf die Szene auf dem Display. Sein Blick traf den des kahlköpfigen Mädchens.

Er hatte den Ton flüsterleise gestellt. Einmal verschwand das Mädchen, und der Rücken des Mannes auf ihr war zu sehen. Da hörte Derda eine Stimme. Auch der Kameramann musste sie gehört haben, denn abrupt schwenkte er das Objektiv in die Richtung, aus der die Stimme gekommen war. So wurde klar, dass es das Mädchen mit Tränen in den Augen war, das geschrien hatte. Um sicher zu sein, spulte Derda zurück, sah sich die Szene erneut an und hörte wieder: »Komm her! Komm hierher!«

Das Mädchen sprach Türkisch und schien Derda zu rufen. Im weiteren Verlauf nahmen Dutzende andere Männer den Platz der Dutzenden von Männern ein, die zwischen ihre Beine getaucht und aufgetaucht waren, das Mädchen aber schaute unverwandt Derda an. Und schrie. Zuerst schimpfte und fluchte sie, dann aber sagte sie: »Was steht ihr da rum? Kommt her und tut was! Ich bin hier, und wo seid ihr? He, wo seid ihr?«

Aus einer alten, sehr alten Gewohnheit heraus rief Derda versehentlich: »Ich bin hier!« Er erschrak über seine eigene Stimme und fror die Szene ein. Mit Tränen in den Augen starrte Derda auf diese Szene des Films, der zu dem einzigen Zweck gedreht worden war, den Betrachter aufzugeilen. Denn der Schrei des kahlköpfigen Mädchens war der gleiche wie der Oğuz Atays, dem er einst gefolgt war. Sein Herz, von dem er bis zu jenem Moment vergessen hatte, dass er es weggeworfen hatte, beschleunigte seine Frequenz, erinnerte an seine Existenz und warf sich gegen die Wände des Brustkorbs. Sein Puls pochte in den Fingerkuppen. Mit einem dieser Finger ließ er die Szene weiterlaufen, ohne den Blick von den Augen des Mädchens zu lösen.

Nach unzählbar vielen Männern weinte er mit dem Mädchen gemeinsam und lauschte ihrem Flehen. Mehr ertrug er nicht. Denn Dutzende Männer überzogen das Mädchen mit einem Schmutzregen, und sie starrte verzweifelt Derda an. Er fror die Szene ein und spulte zurück.

Wiederholt hörte er, wie sie schrie: »Ich bin hier, und wo seid ihr?« und antwortete jedes Mal: »Ich bin hier!«

»Ich bin hier!«

*

Er schaute nie wieder einen anderen Film an.

Er lauschte nur dem Mädchen. Jenem weinenden Mädchen.

Dem Mädchen, das die Männer über sich mit matten Faustschlägen bearbeitete.

Er hörte dem Mädchen zu, dessen Stimme heiser wurde vom vielen Schreien.

Unwillkürlich zählte er.

Die zweiundfünfzig Männer, die ihr zwischen die Beine fuhren und dem nächsten Platz machten.

Er schloss die Augen und legte das Ohr an ihr Schreien wie an eine Muschel.

Jeden Bruch in ihrer Stimme lernte er auswendig.

Jede Form, die die Lippen des Mädchens für die einzelnen Buchstaben zeichneten, merkte er sich.

Mal sah er den Film mit Tränen groß wie Pupillen in den Augen, mal redete er dabei.

Er redete mit dem Mädchen, wie er mit Oğuz Atays Grabstein geredet hatte.

Erzählte, was er wusste.

Zählte auf, wovor er sich fürchtete.

Wisperte, was er sich wünschte.

Erinnerte sich an das, was er vergessen hatte.

Sprach von dem, was er geträumt hatte.

Dann trat er mit einer Bitte an die Wärter heran.

Sie sollten ihm Schreiben beibringen.

Denn er hatte nun etwas, das er schreiben musste.

Monate übte er, bis er schreiben konnte.

Monate, bis er eine schöne Handschrift hatte.

Schließlich glichen die Buchstaben aus seiner Feder Gemälden.

Mit diesen Gemälden würde Derda schwören.

Deshalb hatte er schreiben lernen gewollt.

Weil er dachte, wenn er seinen Schwur aufschrieb, wäre er unauslöschbar.

Aus dem Leben wie auch aus der Zukunft.

Vierzig Tage vor seiner Entlassung und mit vierzig Jahren schrieb Derda dem kahlköpfigen Mädchen einen Brief.

Dem er in die Augen geschaut und »Ich bin hier!« gesagt hatte, fünf Jahre lang.

Nach so vielen Jahren, wie er Oğuz Atays Grabstein gepflegt hatte.

Mit all der Liebe und Leidenschaft, die er besaß.

*

Derdas Brief

Wo bist du, hast du gefragt. Hier bin ich!
Ich heiße Derda. Mit sechzehn brachte ich drei Männer um und machte zwei zu Krüppeln. Ein paar davon für mich selbst, einige für Oğuz Atay. Oder vielleicht auch, weil ich verrückt bin. Später wurde mir klar, dass das schwer zu unterscheiden ist. Letzten Endes bin ich nun vierzig Jahre alt und lebe seit vierundzwanzig Jahren in einer Zelle.
Du kennst mich nicht. Du weißt nicht einmal, dass es mich gibt. Aber ich habe dich gesehen. Habe gesehen, wie du gekämpft hast. Habe auch gesehen, wie du gefleht hast. Seit fünf Jahren schaue ich dich an. Seit fünf Jahren, Tag für Tag. In vierzig Tagen komme ich hier raus. Ich weiß nicht, wo du bist. Weiß nicht einmal, ob du noch lebst. Aber in vierzig Tagen machen wir uns auf eine Reise, dieser Brief und ich. Dieser Brief und ich werden durch die Welt wandern, um uns in deine Hände zu begeben. Diese Reise wird ohne dich beginnen und mit uns enden. Wenn nötig, wird diese Reise bis ans Lebensende dauern.
Ich habe oft darüber nachgedacht, wie du wohl heißt. Keiner der Namen, die ich kenne, passt zu dir. An dem Tag, an dem ich dich finde, werde ich ihn von dir hören. Deshalb rate ich

nicht mehr. Vorerst nenne ich dich meine Liebste. Hoffentlich bist du mir nicht böse.

Ich schwöre dir: Wo auch immer du sein magst, ich werde dich aufspüren. Wenn du gestorben sein solltest, werde ich dir unverzüglich folgen. Sollte es kein Leben nach dem Tod geben, werde ich es erschaffen, um mit dir zusammen zu sein.
Weil ich dich liebe.

Derda

Die Reise

Aus der letzten Nacht seiner Strafe erwachte er und richtete den Blick an die Decke seiner Zelle. Um den Tag, den er sich jahrelang ausgemalt hatte, zu beginnen, reichte es, sich aufzurichten und die Füße auf den kalten Betonboden zu setzen. Das tat er aber nicht. Er wartete. Starrte, ohne mit der Wimper zu zucken, bis ihm die Augen tränten. Als seine Wangenknochen feucht wurden, sah Derda verschwommen das Gesicht seiner Liebsten an der Decke. Er streckte seine OĞUZ-Hand danach aus. Mit Fingern, wallend wie ozeanische Korallen, streichelte er eine Erscheinung. Als seine Tränen das Kinn erreichten, wisperte Derda: »Ich komme«, und setzte sich langsam in seinem Bett auf, wie ein auferstehender Toter im Grab.

Er erhob sich, schob die Hand in den Schlitz der Matratze und holte sein Mobiltelefon hervor.

»Man wird dich nicht durchsuchen, wenn du rausgehst«, hatten die Kurier-Wärter gesagt. »An dem Tag haben wir Dienst. Mach dir also keine Sorgen.«

Derda stieg in das Hemd und die Hose, die seit einer Woche darauf warteten, angezogen zu werden. Darüber zog er ein Jackett und steckte das Handy in die Innentasche. Es interessierte ihn kein bisschen, wie er aussah. Er kämmte sich nicht das Haar, ließ sich keinen Schnurrbart stehen. Er wusch sich, ansonsten beschäftigte er sich nur ungern mit sich selbst. Den Anzug hatten ihm die Wärter gebracht. Auch die Farbe hatten sie ausgesucht. Sie hatten sich für Schwarz entschieden, da sie wussten, wie Hanif herumlief, der besser zahlte als das Justizministerium. Müllmann Hanif war davon überzeugt gewesen, der Weg zur Unsterblichkeit führe über seinen Namen, den er seinem Sohn vererbt hatte. Vielleicht stimmte das sogar. Vielleicht waren sämtliche Geheimnisse in den Namen verborgen. Der Befehl an die Wärter war eindeutig gewesen: »Derda darf unseren Namen nicht erfahren.« Deshalb würde er auch niemals erfahren, warum der Anzug, den er trug, schwarz war.

Er tauchte die Füße einen nach dem anderen in die schwarzen Schuhe, die vor ihm standen, und zog den Brief, um dessentwillen er schreiben gelernt hatte, unter der Matratze hervor. Er lüftete eine Seite des Jacketts und schob ihn neben das Telefon. Er tat vier Schritte und schaute in den Spiegel über dem Waschbecken. Er war vierzig Jahre alt, aber er fühlte sich stärker denn je. Wie ein professioneller Boxer hob er die Fäuste und ging in Grundstellung. Er musterte OĞUZ und ATAY und lächelte. Das Lächeln wich, und Derda wartete ab, ohne die Fäuste zu senken. Wie die Statue eines professionellen Boxers. Wie ein Boxer, der in der Mitte des Rings mutterseelenallein stand und darauf wartete, sämtliche Konkurrenten auf der Welt k.o. zu schlagen. Als würde er jeden Augenblick den Spiegel zertrümmern. Als würde er die Wand hinter dem Spiegel und sämtliche Wände und Mauern in Stücke hauen und das Gefängnisgebäude zum Einsturz bringen …

Um sich aus der Starre zu lösen, musste er hören, wie die

Zellentür aufsprang. Und den Satz: »Na los, Derda, heute kommst du raus.«

Zwei Wärter nahmen ihn in ihre Mitte und brachten ihn durch die Gänge zum Gefängnistor, um ihn an der Stelle zurückzugeben, wo er einst aus dem Leben gerissen worden war. Die Wärter blieben stehen und sahen Derda an. Einer von ihnen sagte: »Jetzt ist es vorbei.«

Derda lächelte.

»Es ist noch nicht vorbei. Eigentlich fängt es jetzt erst an.«

Sie verabschiedeten ihn mit Handschlag, Derda wandte sich zur Tür und tat einen letzten Atemzug als Häftling.

Gleich einer magischen Mauer glitt das Tor von vier Metern Höhe und einigen Tonnen Gewicht nach rechts. Leben drang herein. Mit dem Tageslicht. Derda ging auf dieses Licht zu und passierte das Tor, das stehen blieb, nachdem es einen Spalt von zwei Schultern Breite freigegeben hatte.

Er tat den ersten Schritt zu der Reise seines Lebens.

Beim zweiten Schritt vertrat ihm jemand den Weg. Ein Mann im Anzug.

»Derda Bey, nicht wahr?«

Derda antwortete nicht. Er hielt die Hand zum Schutz gegen das blendende Tageslicht vor die Augen und versuchte, das Gesicht des Mannes zu erkennen. Des Mannes, der nun weitersprach.

»Ich würde mich sehr freuen, wenn Sie kurz Zeit für mich hätten.«

Seine Hand glitt in den Anzug, wurde aber von Derdas Griff gestoppt. Weil er nicht wusste, womit die Hand wieder zum Vorschein kommen würde. »Ich wollte meine Visitenkarte herausholen«, sagte der Mann. Derdas Finger lockerten sich.

Als er die ausgestreckte Karte entgegennahm, hörte er: »Sefer Baylan, ich bin Rechtsanwalt. Ein Mandant von mir möchte Sie unbedingt sprechen.«

Derda hatte die Karte gelesen, auf der der Name stand, den er gehört hatte, und reichte sie zurück.

»Sie können sie behalten.«

Da Derda nicht wusste, was er mit der Karte anfangen sollte, ließ er sie zu Boden fallen. Er war es nicht gewohnt, Visitenkarten entgegenzunehmen. Der Anwalt ignorierte die Geste und lächelte.

»Derda Bey, mein Wagen steht gleich hier. Ich würde mich sehr freuen, wenn Sie mich begleiten. Es dauert auch nicht lange.«

Derda war bereit, auf der Reise zu seiner Liebsten es mit allem aufzunehmen. Er war bereit zu kämpfen, verwundet zu werden und sogar zu sterben. Einen Anwalt aber hatte er nicht erwartet. Hatte nicht damit gerechnet, ein solches Angebot zu bekommen. Er wusste nicht, was er sagen sollte, denn im Reden war er nie gut gewesen. Er wusste nur, dass er eine Reise angetreten hatte.

»Ich muss gehen«, sagte er. »Ich muss zu einem bestimmten Ort.«

»Bitte«, sagte der Anwalt. »Erst bringe ich Sie zu meinem Mandanten, danach setze ich Sie ab, wo auch immer Sie mögen.«

Derda wollte nicht mehr zuhören. Er hielt das Gesicht in die Sonne und hatte schon den ersten Schritt gesetzt, als der Satz fiel, der alles veränderte.

»Derda Bey, schauen Sie, es hat mit Oğuz Atay zu tun und ist außerordentlich wichtig.«

Derda stockte im zweiten Schritt und drehte sich um.

»Wo steht dein Wagen?«

Der Anwalt lächelte herzlich, so sehr freute er sich darüber, den schwierigsten Teil dieser Aufgabe bewältigt zu haben, und sagte: »Bitte sehr, gleich hier.«

Die Wege, über die das Auto fuhr, das sie bestiegen hatten, strömten in die Straßen, über deren Gehsteige Derda einst gestürmt war. Als sie unter der Fußgängerüberführung hindurchfuhren, auf der er von dem Weckerverkäufer festgenommen worden war, fragte er: »Wer ist das, der mit mir sprechen will?«

»Es wäre besser, wenn mein Mandant alles selbst erzählt, Derda Bey.«

»Woher wusstest du, an welchem Tag ich rauskomme?«

»Wir haben die Sache beobachtet. Auch haben wir uns sehr darüber gefreut, dass Sie unter Auflagen freigelassen wurden.«

»Warum?«

Wie so viele Menschen, die nicht wussten, was sie sagen sollten, wechselte der Anwalt das Thema.

»Hoffentlich sind wir bald durch diesen Verkehr hier hindurch, der Rest ist ein Kinderspiel.«

»Wohin fahren wir?«

»Wir sind gleich da, Derda Bey. Entschuldigen Sie, ich habe ganz vergessen, Sie zu fragen. Rauchen Sie?«

Sefer war ein guter Strafverteidiger. Zwar jung und noch nicht allzu erfahren, aber er wollte alle möglichen Opfer bringen, um seine Mandanten zu verteidigen. Allein um Derdas Frage zu beantworten und dabei nicht zu viel auszuplaudern, opferte er an jenem Tag seinen Wagen, in dem noch nie eine Zigarette gebrannt hatte.

Derda zündete die dargebotene Zigarette mit dem gereichten Feuerzeug an und blies den Rauch gegen die Decke. Abdullah fiel ihm ein. Der immer gesagt hatte: »Hier, steck dir eine an.« Wo mochte der jetzt sein? Wer weiß, wen er sich jetzt griff, wenn er allein war, und mit seinem Geschwätz bereuen ließ, zur Welt gekommen zu sein. Derda lächelte, als er sich an damals erinnerte. Sefer wandte ihm kurz den Kopf zu und fragte, als er ihn lächeln sah: »Verzeihen Sie, aber was ist das für ein Gefühl?«

»Was?«, fragte Derda.

»Nach vierundzwanzig Jahren wieder die Freiheit zu erlangen.«

Derda nahm einen Zug, der die Hälfte der Zigarette zwischen seinen Fingern verschlang, und sagte: »Das musst du andere Häftlinge fragen. Ich hatte sowieso keinen Ort, wo ich hinkonnte. Auch draußen hätte ich einfach irgendwo vierundzwanzig Jahre herumgesessen.«

Sefer wollte schon über die erhaltene Antwort erstaunt sein, da fiel ihm Derdas Wort von zuvor ein.

»Aber Sie hatten doch gesagt, Sie müssten zu einem bestimmten Ort.«

»Genau«, sagte Derda. »In dem Moment, in dem ich etwas hatte, wohin ich musste, wurde es schwer im Knast. Ansonsten war's egal.«

Sefer dachte darüber nach, wie es sein konnte, dass es einem Menschen, der durchschnittlich siebzig Jahre zu leben hatte, gleichgültig war, vierundzwanzig davon zwischen vier Wänden zu verbringen, und bog auf eine breite Straße ein. Derda erkannte die Straße sofort. Es war die Straße zum Friedhof. Nichts schien sich verändert zu haben. Natürlich hatten sich die Gehsteige, die Farbe des Asphalts, die Mauern, die Häuser und Menschen verändert. Etwas aber war gleich geblieben, und das ließ alles andere verblassen. Die Straße führte nach wie vor zum Friedhof. Nur zum Friedhof. Deshalb verzichtete er darauf zu fragen: »Fahren wir zum Friedhof?« Stattdessen beugte er sich zur Windschutzscheibe vor und suchte den linken Bürgersteig nach einem Schild ab. Ein Schild, auf dem seinerzeit NAGEL gestanden hatte. Doch er konnte es nicht entdecken. Weder die Steinmetzwerkstätten noch die Kneipe. Er musterte die Tätowierung auf seinen Fingern und dachte an Isa. Danke, sagte er stumm. Wo auch immer du sein magst, danke.

Vor dem Friedhofstor drosselte der Wagen das Tempo, und Derdas Augen hielten Ausschau nach Yasins Hütte. Sie kehrten leer von ihrer Suche zurück, denn die Hütte hatte man vor Jahren durch ein zweistöckiges Gebäude mit gläserner Front ersetzt. Auch das Gittertor, das nur nachts geschlossen worden war, existierte nicht mehr. Es gab nun eine Schranke, und die hob sich von selbst. Derda sah weder einen Wärter noch sonst jemanden. Wie halten sie wohl die Kinder draußen, überlegte er. War das mit einer Schranke möglich? Er wusste es nicht. Konnte nicht ahnen, dass man das Barackenviertel hinter der Friedhofsmauer vollständig abgerissen hatte. Denn als er in einer der Katen dort gelebt hatte, war Derda das Viertel wie die Hölle vorgekommen. Und die Hölle vermochte niemand abzureißen. Jedenfalls kein menschliches Wesen. Nun aber gab es das Viertel nicht mehr, ebenso wenig die Kinder, die über die Mauer springen oder unter der Barriere hindurchschlüpfen könnten, um auf dem Friedhof zu arbeiten. Sie waren nun alle in der Schule. Die Derda nie hatte besuchen können.

Als sie zu dem Platz kamen, wo einst der Brunnen war, brachte der Anwalt den Wagen zum Stehen und sah Derda an.

»Von hier ab ist Ihnen der Weg sicher vertraut.«

Derda öffnete die Tür, stieg aus und beobachtete, wie sich seine gesamte Kindheit vor seinen Augen abspulte. In jedem Atemzug steckte seine Vergangenheit auf diesem Friedhof. Vielleicht zum ersten Mal seit der Entlassung sah er einen Ort, den die inzwischen vergangenen vierundzwanzig Jahre unberührt gelassen hatten. Dieselben Gräber, dieselben Steine, dieselben Bäume. Vielleicht ein wenig älter. Wie Derda.

»Freue mich, Sie kennengelernt zu haben«, rief der Anwalt ihm hinterher. Derda hörte es nicht. Er schritt über den Friedhof, den er ebenso gut kannte wie die Toten, die in den umliegenden Gräbern ruhten. Ihn bestürmten so viele Gefühle zugleich, dass ihn schwindelte. Seine Füße kannten den Weg, Derda aber war wie trunken. Er berührte die Grabsteine, pausierte kurz im Schatten der Bäume.

Plötzlich blieb er stehen, als wären seine Fußspitzen in den Erdboden gerammt. Denn vor Oğuz Atays Grab stand eine Frau, und sie hielt einen Umschlag in der Hand. Einen weißen Umschlag …

*

Derda tat nicht, was er Jahre zuvor getan hatte, er versteckte sich nicht. Weder verschwand er zwischen den Bäumen, noch hielt er den Atem an. Er ging einfach weiter. Auf Oğuz Atay und die Frau zu.

Als Derdas Schatten auf sie fiel, drehte die Frau den Kopf und sprach wie aus einem Traum gerissen. Oder als gäbe es auf der Welt nur sie beide.

»Derda, nicht wahr?«

»Ja«, sagte er und kniff die Augen zusammen. Wie ein Seemann, der sich auf dem Ozean verirrt hatte und den Schatten am Horizont in der Hoffnung auf Land absuchte. Denn die Stimme der Frau bei ihren wenigen Worten und ihre Augen, die ihn anschauten, kamen ihm so bekannt vor, dass Derda sich sagte: »Das kann nicht sein!« Gellend.

»Entschuldigen Sie«, sagte die Frau. »Ich habe Sie ganz hierherbemüht.«

Da Derdas beide Ohren von den zwei Augen der Frau erfüllt waren, konnte er nicht hören, was sie sagte. Nur wenn die Zeit stehenbliebe, würde sich alles auflösen. Vor allem diese Ähnlichkeit. Doch weder kleiner noch großer Zeiger kümmerten sich um Derda.

»Ich weiß, was Sie durchgemacht haben«, sagte die Frau. Und griff nach Derdas Hand. Der mit OĞUZ. Dann legte sie ihm den Umschlag hinein. »Wenn Sie das lesen, werden Sie alles verstehen. Ich habe Ihnen geschrieben. Einen Brief.«

Wie mit elf Jahren ließ Derda sich auf die Knie fallen, am Fuß von Oğuz Atays Grab. Ohne sich um den Staub der Toten zu kümmern. Denn er war unfähig, sich auf den Beinen zu halten. Für den Augenblick stellte Oğuz Atays Grab hier das Einzige dar, von dem er wusste, dass es Wirklichkeit war. Er fühlte sich besser, als er den Rücken an den Stein lehnte, er atmete tief durch und öffnete den Umschlag.

Während er die Briefbögen herauszog, hob er den Kopf, sah die Frau an und klopfte neben sich auf den Boden. Die Frau setzte sich. Neben Derda. Auch sie lehnte den Rücken an Oğuz Atay. Dann zog sie die Knie an und stützte ihr Kinn darauf. Und heftete den Blick auf einen Baum in der Ferne. Einen Baum, in dessen Schatten einst Derda in Schlaf und Träume versunken war …

Derdâs Brief

Lieber Derda,
ich weiß zwar, wo ich anfangen soll, doch ich habe keine Ahnung, wie dieser Brief enden wird. Zuerst einmal, ich will dich duzen. Nicht siezen. Vielleicht werde ich das nicht tun können, wenn ich dich zum ersten Mal sehe, aber für mich bist du du. Bei unserem ersten Treffen werde ich so aufgeregt sein, dass ich wahrscheinlich sogar vergesse, meinen eigenen Namen zu nennen. Dabei ist das einer der Gründe, die mich zu diesem Brief ermutigt haben. Mein Name und unsere Namen. Denn beide sind gleich. Beide lauten Derda. Wie auch immer …
Ich kam in einem kleinen Dorf namens Yatırca zur Welt. Mit elf wurde ich zwangsverheiratet und nach London verschleppt. Fünf Jahre lang war ich in eine Wohnung eingesperrt, dann bin ich eines Nachts geflüchtet. Ich fing mit Heroin an und tat alles dafür. Einmal habe ich sogar mit zweiundfünfzig Männern geschlafen. Das wurde zu allem Unglück auch noch gefilmt, und inzwischen haben mir Millionen dabei zugeschaut. Das erzähle ich dir, weil ich möchte, dass du mich kennenlernst. Ganz und ohne Lücken. Ich habe noch nie zu jemandem so einfach davon sprechen

können. Jetzt aber kann ich ruhig darüber schreiben, als erzählte ich es mir selbst. Wahrscheinlich sogar noch ruhiger, als wenn ich es mir selbst erzählen würde. Ich schreibe dir mit einer seltsamen Ruhe… Wie auch immer…

Mit sechzehn lernte ich in einem Rehabilitationszentrum, wo ich war, um vom Heroin loszukommen, eine Frau kennen. Anne. Eine pensionierte Krankenschwester. Sie nahm mich an und in ihr Haus auf mit einer Liebe, die ich nie zuvor erlebt hatte. Die Jahre vergingen, und ich wurde zu ihrer Tochter. Annes Tochter. Ihr Name schrieb sich wie anne, das türkische Wort für Mutter. Schrieb sich, sage ich, weil sie vor zwei Jahren an einer Hirnblutung verstarb und ich mit ihr alles verlor. Sobald ich wieder bei Sinnen war, las ich ihre Tagebücher. Die sie wie einen Schatz gehütet hatte. Da erfuhr ich, dass Anne früher im Atkinson Morley Hospital in Wimbledon, London, tätig war.

1976, in der Nacht vom 22. Dezember, als die damals 28-jährige Anne Nachtdienst hatte, wurde ein Patient auf die Intensivstation gebracht. Nach einer Hirntumor-Operation. Ein Türke. Weißt du, wer das war? Vielleicht weißt du es. Sein Name steht ja auf deinen Fingern: Oğuz Atay.

Oğuz Atay lag bis zum 31. Dezember auf der Intensivstation, und Anne war immer an seiner Seite. Das Erste, was Oğuz Atay zu ihr sagte, war:

»Dein Name schreibt sich genauso wie das Wort für Mutter auf Türkisch.«

Wegen seiner Kopfschmerzen konnte Oğuz Atay nicht schlafen. »Mein Kopf ist der Berg Ağrı! Oğuz«, sagte er. Natürlich verstand Anne nicht, was das bedeutete, und sie bat Oğuz Atay, es ihr aufzuschreiben. Dann übertrug sie

diesen Satz aus einer ihr unbekannten Sprache Buchstabe für Buchstabe in ihr Tagebuch.
Acht Nächte lang unterhielten sie sich bis zum Morgen. Zuerst hörte Anne bloß zu. Denn in jenen Tagen hatte Anne nur das Sterben im Kopf. Hand an sich legen. Nicht, weil sie einen bestimmten Grund dafür gehabt hätte. Sondern weil ihr ganzes Leben ein einziger Grund war. Wegen allem, was sie erlebt hatte. Manche Menschen sind so. Sie sind verletzlicher als andere. Sie tragen den Tod gleich einem Rucksack auf dem Rücken, und wenn sie erschöpft sind, öffnen sie zuerst ihn. Wie auch immer…
Oğuz Atay erfuhr von Annes Wunsch. Vielleicht fühlte er ihn auch nur, und er sprach ihr vom Leben. Davon, dass man am Leben bleiben musste. Nach jenen acht Nächten war Anne jedenfalls überzeugt und ließ sich auf das Leben ein. Denn vor sich hatte sie einen Mann, der wie Don Quijote gegen den Tod kämpfte und ihr mit Worten, die sie noch nie gehört hatte, vom Leben erzählte.
Anne erwähnte auch sein ausgezeichnetes Englisch: »Es war, als hörte ich Shakespeare sprechen und als läse ich das, was er sagte, in einem Buch. Er überzeugte mich mit so wunderbaren Worten, dass ich sie hier gar nicht wiedergeben kann, sie würden ihren Sinn verlieren, wenn ich sie aufschriebe. Er ließ mir keine Chance. Als ihm und dem, wovon er sprach, zu glauben.«
Nachdem Oğuz Atay aus dem Krankenhaus entlassen worden war, sahen sie sich nicht wieder, aber Anne hat ihn nie vergessen. Wenn du mich fragst, war sie in Oğuz Atay verliebt. Allerdings spricht sie davon in ihrem Tagebuch an keiner Stelle. Allein folgender Satz findet sich: »Er war in

meinem ganzen Leben der einzige Mann, in den man sich hätte verlieben können.«

Die Jahre vergingen, und Anne kam in die Türkei. Genau an die Stelle, wo du jetzt bist, falls du diesen Brief liest. Auf den Märtyrer-Friedhof Edirnekapı, Grabfeld Sakızağacı. An Oğuz Atays Grab. Sie erwähnt in ihrem Tagebuch einen Brief. Einen Brief, den sie Oğuz Atay geschrieben hat. Wer weiß, was darin steht? Wie auch immer…

Sie war zu Oğuz Atays Grab gekommen, um jenen Brief dort zu vergraben. In ihrem Tagebuch beschreibt sie die Szene so: »Heute habe ich den Brief über ihm eingegraben. Vielleicht vergehen die Jahre, und er wird zu Erde. Vielleicht liest ihn seine Seele, sobald ich gegangen bin. Ein Junge kam zu mir. Er sah so arm aus. Wahrscheinlich arbeitete er da auf dem Friedhof und pflegte die Gräber. Er sagte etwas zu mir. Natürlich habe ich nichts verstanden. Ich bedeutete ihm, sich um das Grab zu kümmern. Ich hätte ihm Geld geben sollen! Aber mir war so traurig zumute, dass ich zu weinen anfing und weglief. Ohne mich umzuschauen.«

Ich habe erfahren, dass du früher auf Friedhöfen gearbeitet hast. Könntest du dieser Junge sein? Ich glaube nicht. Aber wer weiß, vielleicht ist es wirklich so…

Als ich Annes Tagebücher gelesen hatte, begriff ich, dass nicht sie allein mir das Leben gerettet hatte. Einer von denen, die mich aus der Hölle befreiten, war auch Oğuz Atay. Denn Oğuz Atay hatte Anne das Leben gerettet. Und ohne Anne wäre ich erledigt gewesen.

Dabei hatte ich, bevor ich von all dem erfuhr, nicht einmal den Namen Oğuz Atay gekannt. Dabei bin ich Professorin für Literatur an der Universität Edinburgh, weißt du?

Wie peinlich! Ich muss mich auch für mein Türkisch entschuldigen. Ich schreibe zum ersten Mal in meinem Leben einen Brief auf Türkisch. Ich werde sogar zum ersten Mal seit neunundzwanzig Jahren wieder in der Türkei sein, wenn du diesen Brief liest …
Kaum hatte ich die Tagebücher durch, fing ich an, alles von Oğuz Atay zu lesen und Nachforschungen über ihn anzustellen. Da bin ich auf dich gestoßen. Auf all die Berichte über dich. Die Fotos von dir, deine Aussage vor Gericht … Ich konnte es nicht glauben. Erst recht nicht, als ich deinen Namen las …
Jetzt habe ich meinen Brief noch einmal gelesen und festgestellt, dass er schlecht geschrieben ist. Hinter jedem Absatz steht »wie auch immer«. Dabei ist es ja gerade nicht »wie auch immer«! Dabei stecken hinter jedem »wie auch immer« Tausende von Geschichten, die ich im Augenblick nicht aufschreiben kann.
Ich fühle mich wie ein kleines Mädchen. Vielleicht ist es ein elfjähriges Mädchen, das dir all dies schreibt … Wie auch immer!!!
Jetzt bin ich da, von dem ich nicht weiß, wo es hinführt: am Schluss. Denn ich weiß nicht, was ich von dir will. Aber es ist, als wenn du und ich … Ich vermag es nicht auszudrücken …
Wenn du immer noch liest, heißt das, du bist immer noch bei mir. Wenn du aber glaubst, das sei alles nur Zufall, dann kannst du auch gehen. Dann leben wir einfach weiter und vergessen alles.
Nein, ich will nicht lügen! Ich kann nicht einfach weiterleben und alles vergessen!

*Denn ich habe Oğuz Atay gelesen und dich kennengelernt …
Du kannst jetzt fragen: Inwieweit lernt man einen Menschen schon von Fotos und Nachrichten über ihn kennen? Du hast recht. Vielleicht nur extrem wenig … Dann sollte ich es so sagen: Ich kenne dich ein wenig … extrem wenig …
Merkst du es auch? Wenig ist ein kleines Wort. Nur fünf Buchstaben. Aber hinter ihnen steht ein ganzes Alphabet. Zehntausende Wörter und Hunderttausende Sätze. Selbst die Wörter, die ich zu dir sagen will, aber nicht aufschreiben konnte, stehen dahinter. Irgendwo aus dem Alphabet. Es ist, als wären sie füreinander geschaffen. Um zueinanderzukommen und zusammen gelesen zu werden. Als hätten sie all die Buchstaben zwischen sich überwunden und sich gefunden. Wie du und ich …
Deshalb ist wenig vielleicht so viel mehr als viel. Vielleicht ist wenig so viel wie Leben und Tod. Vielleicht heißt »ich kenne dich extrem wenig« auch, ich kenne dich besser als mich selbst. Heißt, ich tue alles, um dich kennenzulernen, obwohl ich dich noch nicht kenne. Vielleicht bedeutet wenig alles. Vielleicht das Einzige, was ich dir je sagen kann …*

Mir ist kein passenderer Ort für ein Treffen mit dir eingefallen als Oğuz Atays Grab. Denn falls du dich, wenn du diesen Brief gelesen hast, umdrehst und gehst, ohne zurückzuschauen, werde ich ihn hier in der Erde vergraben …

Derdâ

Derdâ und Derda

Sie erwachten. Im selben Augenblick. Sie wandten die Köpfe und blickten einander an. Derda reckte sich, um die Lippen, die eine Halslänge von ihm entfernt waren, zu küssen, und er blieb, wo er geküsst hatte.

Sie verbrachten den Tag in den Straßen von Edinburgh. Der Abend brach früh herein, und sie kehrten heim.

Derdâ ging ins Wohnzimmer, Derda ins Bad.

Er schüttelte die Spraydose und malte an die breite Badezimmerwand ein großes rotes O. Einige Sekunden lang musterte Derda es lächelnd. Den blutroten Buchstaben an der schneeweißen Wand. Dann setzte er ein A in das O. Auch das musterte er, als sähe er es zum ersten Mal. Oder als hätte er es sein Leben lang betrachtet.

Derda wechselte ins Schlafzimmer, löste langsam die Kleider und zog sich aus, bis er nackt war. Man hörte hier die Musik aus dem Wohnzimmer. Seine geschlossenen Lippen bebten. Sein Lieblingsalbum: *Altre Follie, 1500–1750.*

Derda trat vor den Ganzkörperspiegel im Schlafzimmer, hob die Fäuste und ging in Grundstellung. Über OĞUZ und ATAY hinweg sah er sich an. Bis Derdâ hereinkam. Auch sie war unbekleidet. Auch sie lächelte.

Derda nahm Derdâs Hand und wies ihr wie ein Edelmann früherer Zeiten den Weg zum Bad. Mit einer Verbeugung. Derdâ schritt aus und hielt neben der Badewanne inne. Sie beugte die Knie und befeuchtete zwei Finger, um die Temperatur des Wassers zu prüfen. Dann richtete sie sich auf und zog mit einem Ruck die Haarspange heraus, damit ihr Dutt sich löste. Das Haar floss ihr über die Schultern. Sie tauchte erst einen, dann auch den anderen Fuß ins warme Wasser. Ihr Körper verschwand in der Wanne.

Derda stellte zwei Gläser mit Champagner auf den Boden im Schachbrettmuster. Dann tauchte auch er gemächlich ins warme Wasser.

Sie blickten einander durch die Dampfwolke hindurch an, lächelten sich zu, schlossen die Augen und lauschten der Musik.

Die Noten wurden länger, und ihre Augenlider hoben sich zueinander. Beide griffen nach einem Glas und tranken einen Schluck, ohne die Augen von ihrer Liebe zu lösen. Wie einen Atemzug. Einen Atemhauch Gift …

»Ich liebe dich extrem wenig«, sagte Derdâ.

»Ich dich noch weniger«, sagte Derda.

Mehr sprachen sie nicht.

Eine Weile musterten sie das Zeichen an der Wand und dachten: Was mit Oğuz Atay begonnen hatte, endete auch mit Oğuz Atay.

In Begleitung der ewiglichen Melodie namens *Follia*
Sahen sie einander ein letztes Mal an und entschliefen.
In den Tod.
Mit achtzig.
Beide.
Um zusammenzukommen, hatten sie vierzig Jahre,
Um zusammen sterben zu können
Noch einmal vierzig Jahre
Gelebt.

»Follia«, XVI. Jahrhundert

… und in alle Ewigkeit …